Oberon álma

(sci-fi antológia)

Arte Tenebrarum Publishing
www.artetenebrarum.hu

Copyright

Tartalom

Varga Lóránt

Oberon álma

1. fejezet

A percom előbb ébredt fel, mint Oberon Kapri. Ebből persze ő semmit nem érzékelt. Nem szeretett korán kelni, de a heti beosztás ellen lázadozni éppoly fölösleges volt, mint széllel szemben kiereszteni a fáradt olajat.

Elnyűtt arccal tápászkodott ki az ágyból. A percom már bekapcsolta a híreket, és számos diagnosztikai értesítés is befutott a tegnap este óta útra kelt hajókról. Átfutotta az adatokat, és némi megkönnyebbüléssel nyugtázta magában, hogy az éjszaka eseménytelenül telt. Hogy is telhetett volna másképp: egy esetleges hibaüzenet azonnal kiugrasztotta volna az ágyból.

A reggeli egyszerű volt. Soha nem ette túl magát. Nem engedhette meg magának azt a luxust, hogy teste munka helyett az emésztéssel foglalkozzon. Szokás szerint most is az ablak előtt állva fogyasztotta el a kávéját. A kilencvenedik emelet fölött már érdemes volt bámészkodni, és ő a százhatodikon lakott. Lent a város már régen csúcsra járatta magát, mely ismét csak üres megállapításnak tűnt, hiszen ez a város lassan száz éve nem állt le egy percre sem. „Különös lehetett az a kor, amikor még a legnagyobb városokban is elcsendesedett az élet éjféltájban" – tűnődött el Oberon néhány pillanatra, de sajnos a kávé elfogyott, és ez azt jelentette, hogy mennie kell. Kiitta az utolsó kortyokat. Az estére gondolt és Norára, akivel, ha minden jól megy, este vacsorázni mennek. Nora volt ez első nő az életében, mióta két évvel ezelőtt Margaret kilépett onnan. Ráérősen közeledtek egymáshoz. Nem siettek sehova, mindketten élvezték az ismerkedés tétova táncát.

*

A metró nyolc perc alatt száguldott el vele az irányítótoronyhoz, ahonnan gyorslift repítette fel őt a város fölé. Az onnan nyíló kilátás nevetségessé tette az ő százhatodik emeletét. Kilépett a liftből. Az irányítóterem olyan volt, mint egy csillaghajó hídja. A hasonlat nem is volt erőltetett. Ezerszámra találhatott itt olyan berendezést, amit egy űrhajó is magáénak tudhatott. A földi irányítás és az égi hajók egymás testvérei.

– Nos? – nézett Hubertusra, aki az éjszakai műszakot vezette.

– Nos, semmi. Kilenc hajó, mind irányba állva. Hat várakozik. A szemem pedig majd leragad – vont vállat Hubertus. Állítólag a nevét valami huszadik századi agybomlasztó párlatról kapta, melynek tényét ő váltig tagadta. Az etimológusok mostanában a reneszánszukat élik.

– Akkor húzz haza aludni – veregette meg Oberon kollégája vállát. Szerette Hubit. Mióta is dolgoztak együtt? A percom szerint kilenc éve. Az már házasságban is soknak számít.

– Megyek már, te suttyó. Egyébként este, műszak után összefuthatnánk. Holnap nem dolgozom. Addigra kialszom magam, te meg elég fáradt leszel, hogy elbírjak veled. Iszunk valamit.

– Nem lehet, Nora miatt – vigyorodott el Oberon.

– No, csak nem?

– Csak nem. Vacsorázni megyünk, semmi több.

Hubertus jelentőségteljesen fonta össze két karját mellkasa előtt:

– Aha, vacsorázni.

– Igen, vacsorázni. Rossz az, aki rosszra gondol.

– Hát nem kapkodtok. Egyébként nem kéne itt lennie?

– Nem. Mára szabit vett ki.

– És te csak vacsorázni viszed el. Gratulálok!

Mielőtt Oberon válaszolhatott volna, Hubertus már a liftajtóban állt, így inkább annyiban hagyta a dolgot.

*

Átvette a műszakot, elvégezte a reggel érkező protokollok átvezetését, majd újra az ablak elé állt. Két perc, és egy újabb hajó indul el a messzeségbe, hogy parányi ösvényt vágjon az ismeretlenbe. Ha tehette, nem mulasztott el egyetlen felszállást sem, mint ahogy szintén nem mulasztotta el újra és újra tudatosítani magában a gondolatot: jelen van az emberiség kiáradásának hajnalán, és ő, Oberon Kapri ennek a hajnalnak tevőleges szereplője.

Már érezte a rezgést, holott ez fizikailag lehetetlen volt. A hajók régóta nem tolórakétákkal hagyták el a földfelszínt. Az emberiség éppen annak köszönhette kirajzását a világűrbe, hogy kétszáz évvel ezelőtt a rakétatechnikát végleg lecserélte a bozon-hajtómű. A rezgés erősödött. A teremben valószínűleg csak ő érzékelte most mindezt. A helyiségben dolgozók már rég letompították percomjukban a leszállóhelyről érkező szenzorok jeleit, egyedül ő nem tiltotta le azokat. Fülében most egy néhány kilométer távolságban életre kelő hajtómű duruzsolt. Felemelő érzés volt számára. A hajó végre megjelent a tornyok között – hatalmas, lapos fémlencse a milliónyi égbeszökő egyenes vonal között. Megunhatatlan látványt nyújtott. Egy ideig emelkedett még, majd magasan, jóval az épületek fölött lebegni kezdett.

Most érkezett el az a pillanat, melyet egy földi irányító sem engedett át másnak.

– Irányítótorony a... – Oberon egy pillanatra csendben maradt, míg percomja súgott neki – GHN-324-es hajó legénységnek.

– Itt a GHN-324-es hajó parancsnoka – szólalt meg fülében egy kellemes női hang.

– Itt Oberon Kapri földi irányító beszél. A Föld bolygó és az irányítócsapat nevében jó szelet kívánok maguknak.

– Itt Angela Killu parancsnok beszél. A hajó legénysége, utasai és a magam nevében köszönjük a jókívánságot.

Ilyenkor megesik, hogy egy-egy személyes gondolat, üzenet is gazdát cserél, mint az utolsó olyan kommunikáció, melyet a hajó és a Föld egy hálózaton oszt meg egymással, de úgy tűnt, hogy ez most elmarad.

– Vigyék hírét az emberiségnek – mondta Oberon ünnepélyes hangon.

– Elvisszük és megtartjuk – jött a válasz. Az utolsó két mondat szabályszerű volt, minden irányító ezzel köszön el, és minden kapitány ezt a választ adja. Mégis Oberon minden alkalommal úgy ejtette ki a szavakat, mintha a legszemélyesebb gondolatait közölte volna, és a kapitány válasza minden alkalommal felért egy forró öleléssel. Ki állíthatná ezek után, hogy egy formalitás csak szürke és élettelen lehet?

– GHN-324-es hajó, engedélyezem a kilövést.

– Értettem – érkezett a válasz.

A lencse megremegett, majd szédítő gyorsasággal gombostűfejnyire zsugorodott, végül eltűnt a szemük elől. Oberon percomján még tartotta velük a kapcsolatot, így látta, ahogy a hajó kilép a Föld légköréből, irányba áll, majd harmadfokozatban elindul a Nyilas csillagkép szíve felé. Néhány perc, míg eléri a Marsot, és alig egy óra, míg eljut az Oort-felhőig, ahol aztán megszűnik a G-net, és ezzel a hajó kilép az egész Naprendszerre kiterjedő globális hálózat hatóköréből. Onnantól egyedül lesznek.

Gyorsan lekérte az adatokat. Percomja szerint a következő hajó húsz perc múlva indul. Ma nem lesz nagy forgalom. Még öt hajó vár a startra, és persze azok, akiket a központ készakarva kifelejtett a listáról. Sötét hajóknak hívták őket irányítóberkekben, hiszen semmit sem lehetett tudni róluk. Váratlanul jelentek meg Oberon listáján, és neki kezét-lábát törve kellett szabad utat biztosítania számukra.

*

A délelőtt eseménytelen volt. A várakozó három hajó közül az egyik startját műszaki okok miatt elhalasztották. Ritkán, de előfordul az ilyesmi.

Sajnálta a legénységet. Persze a statisztikák bizonyára nem igazolnák a babonát, mégsem lehet kellemes érzés hibával kezdeni egy új élet első lépését.

Ebéd előtt újra lekérte az adatokat. A percom szerint a hajó csak kisebb diagnosztikai rendellenességeket mutatott, így kora délután elindulhat a Tejút Perseus-karja felé.

Akár a hajón is lehetne. Sokat álmodott arról, hogy utazó lesz. Néhány éve jelentkezett a programba, és műszaki ismeretei bőven lehetővé tették, hogy akár parancsnoki posztra is jelöljék, de a behívó elmaradt. Eleinte bosszantotta a dolog, később már csak halvány irigységet érzett az ismeretlenbe repülő kapitányok utolsó szavai hallatán. Igen, a sors és a hivatal útjai kifürkészhetetlenek. És persze földi irányítónak is lennie kell valakinek, márpedig ő pokolian jó irányító volt. Végül meggyőzte magát. Hiszen az utazás, ahogy a reklámok hirdetik, tényleg egy életre szóló kaland minden hajóra lépő számára. Olyannyira egy életre szól, hogy csupán egyszer dönthet felőle az ember: amint elsuhan vele a hajó, nem fordul vissza többé, irány a Tejút egyik távoli csillaga, a soha viszont nem látásra. Ő pedig nem igazán szerette a végleges dolgokat.

Elment ebédelni.

*

A délutáni első kilövés után két sötét hajó következett gyors egymásutánban, majd a délelőtt visszalépett hajó is sorra került.

Átnézte a bejövő adatokat. A telemetria kifogástalan volt. Ezzel nem lesz gond. Lekérte a hajó vezérlésének navigációs adatait, és újra egyeztette azt az irányítóközpont termináljában tárolt csomaggal. A percom rövid figyelmeztetéssel jelezte, hogy hibát talált. A hajó és a központi terminál milliárdszor gyorsabban egyeztette az esetleges eltéréseket, ő azonban szerette, ha mindez nem történik emberi felügyelet nélkül. Mi másért állt volna most éppen az irányítótorony közepén, ha nem ezért?

A percom ismét hibát jelzett, holott a harmonizálás pár másodperce megtörtént.

– Nurmi, mi van a GHT-542-vel? – kérdezte a hídon ügyelő egyik kedvenc kezelőjétől.

– Nem tudom. A két adat nem passzol.

– Azt én is látom. Miért nem vette át a hajó a torony adatait?

Nurmi a kezelőpanel fölé hajolt, diagnosztikai adatok futottak le előtte:

– Fogalmam sincs, Obi, a fedélzeti gép nem hagyja felülírni az adatait.

Oberon sóhajtott egyet. Ebben a hónapban ez már a harmadik eset. Az új hajók fedélzeti számítógépei a frissítés óta ezerszer makacsabbnak tűntek, mint korábbi verziói. Szinte könyörögni kellett, hogy hajlandók legyenek együttműködni a hálózattal. Nyilván a G-net nélküli szabad űrben jó szolgálatot tesz egy önállóbb AI, de amíg a hálóban vannak, addig rémálom a velük való kommunikáció.

– Rendben. Akkor manuálisan – bólintott Oberon. Percomjába hívta a torony adatcsomagjának azonosítószámát, és bár a hajó egysége többször is rosszallását fejezte ki az eljárással kapcsolatban, felülírta az ott tárolt adatokat. Ezután újra ellenőrizte a csomagot, és a szokásos formalitások után útjára bocsátotta a hajót.

Földi irányítótisztként ez volt Oberon Kapri utolsó intézkedése.

2. fejezet

A Földön kétszáz éve nem tartóztattak le senkit. Főként azért, mert nem volt miért. A határok kiszélesítése meglepően jótékony hatással van a bűnözésre, márpedig az emberiség határai milliárdszoros hatványban tágultak ki az elmúlt évszázad alatt. A másik ok ennél sokkal földhözragadtabb volt: senki sem bújhatott el. Százötven éve, mióta kötelezővé tették a percom használatát, az ember születésének első napjától egészen halálig látható volt. Amíg a Naprendszerben tartózkodott, addig a globális információs hálózat, másnéven G-net tagja is volt. Eleinte sokan tiltakoztak, de a generációváltás jótékonyan eltüntette a kétkedőket. Embrióként Oberon is méhen belüli percom beültetést kapott, hogy a szülés pillanatában már bővített memóriával sírjon fel erre a világra. A percom ugyanis idővel továbbfejlődött. Már nem csupán egy csatlakozóegység volt, melynek segítségével használója adatokat kérhetett le a hálózatról, mint amire azt az ősök eredetileg tervezték. Személyes, bővíthető memóriává nőtte ki magát, mindenre emlékező kamerává, melynek felvételeiről bármikor elő lehetett hívni régmúlt történéseket, ahonnan egy apró utasítással felidézhetővé vált a nagymama húslevesének íze, vagy az anya illata. A percom eggyé vált az emberrel, biológiailag a hatodik, digitálisan pedig az emberi faj első érzékszerve lett. Az ember a hálózat részévé vált, a hálózat pedig beleszőtte magát a társadalom végtelen szőnyegébe.

*

Oberon az ajtó surrogására riadt. Zavartan emelte fel fejét a párnáról, megpróbált felkönyökölni, de a szobába toluló három egyenruhás férfi megelőzte. Erős kezek kényszerítették vissza az ágyra. Nagyot nyögött a testük súlya alatt, ahogy ránehezedtek. Hasra fordították, és hátracsavart csuklóira bilincs kattant. Amikor kituszkolták az ajtón, még mindig abban reménykedett, hogy csak álmodik.

*

A lift szokatlanul sokáig haladt lefelé. Pizsamában, mezítelen lábbal álldogált a három egyenruhás között. Nem volt hideg. A Földön már egy ideje csak az fázott, aki szándékosan fázni akart. Oberon nem mert megszólalni. A lift most már jóval a hivatalosan elérhető emeletek alatt járhatott.

11

– Hova megyünk? – kérdezte végül minden bátorságát összeszedve.

– Majd megtudja, addig nem ajánlom, hogy megszólaljon – válaszolt kurtán a tőle jobbra álló férfi. Vörös, égnek álló haja nem illett az egyenruhához. Oberon befogta a száját.

A lift eközben további mélységrekordot döntött meg, majd hirtelen fékezni kezdett, és megállt. Egyszerű világítású folyosóra léptek ki, melynek végén egy égszínkék gyors-metró várakozott nyitott ajtóval. Hát tényleg létezik, futott át fején a gondolat. A söröskorsók fölött elcsattanó okoskodásoknak tehát volt alapja, a föld gyomrában valóban húzódik egy titkos metróhálózat!

Beszálltak. Az ajtó becsukódott, és a jármű azonnal nekiveselkedett az előtte tátongó sötét alagútnak. Oberon érezte az ismerős rezgést: Bozon-hajtómű. A Föld gyomrában. Egészen hihetetlen! Az út nem tartott hat másodpercnél tovább, de Oberon tudta, hogy ezalatt a bolygó bármelyik pontjára elérhettek ezzel a járművel.

Újabb liftutazás következett, de most felfelé. A Földön élők néhány száz éve az utazás eme két tengelyét részesítik előnyben, az átlók, kaptatók és lejtők megszűntek létezni, mióta a bolygó teljes egészében beépült. Ez az ára a modernizációnak: nincs többé ferde vonal.

Megállt a lift. Az Oberon háta mögött álló férfi erőteljes mozdulattal terelte őt át egy ugyancsak dísztelen, egyenes folyosón, majd tessékelte be egy egyszerű nagyobbacska helyiségbe. A terem hátsó felén egy pulpitus állt, rajta egy asztal, az asztal mögött egy régimódi öltönyt viselő idősebb férfi várakozott.

Oberont kísérői a pulpitus elé tolt székhez kísérték, majd néhány lépést hátráltak.

– Üljön le! – mutatott a székre az öreg.

– Miért hoztak ide? – kérdezte Oberon. Nem ült le.

– Üljön le! – mondta szenvtelen hangon a férfi. – Lehet, hogy a többi bíróra még várnunk kell. Még nem mindenhol van reggel.

– Miért, reggel van?

Az öreg nem válaszolt.

Percekig nem történt semmi. Oberon végül úgy döntött, hogy mégis leül, de ekkor a terem oldalfalai átlátszóvá váltak. Két férfi jelent meg élethű kivetítésben a két falon.

– Most már ne üljön le – nézett rá a húsvér valójában is jelenlévő öreg. – Bírák, az ügy anyagát átküldtem. Megtekintették a periratot?

– Igen – válaszolt a jobb oldali férfi. A bal falnál megjelenő alak hosszasan köszörülte a torkát. Oberon most vette észre, hogy nem férfi, hanem egy igencsak koros nő kivetített képét látja.

– Nem várhatott ez reggelig? – kérdezte az asszony.

– Inez, minden alkalommal eljátsszuk ezt.

– Na és?! – csattant fel az asszony.

– Térjünk a tárgyra, jó? Kérdeztem valamit.

– Igen, átolvastam – harákolt egyet Inez.

– Rendben. A döntéssel egyetértenek?

– Igen – válaszolt mindkét kivetített kép szinte egyszerre.

– Milyen döntéssel? Miről beszélnek? – szólalt meg végre Oberon.

– Mindjárt megtudja – bólintott az öreg, majd felállt. – Oberon Kapri, ön mint a kilencvenhármas földi irányítóközpont felelős és rangidős tisztje, a mai napon, Egységes Földi Idő szerint 22:43-kor manuális vezérléssel parancsot adott a GHT-452-es hajó fedélzeti gépén tárolt adatok átírására. Igaz ez?

– Igaz – vonta össze szemöldökét Oberon. – Nem akarta bevenni a torony adatait.

– Tehát szándékosan írta felül a gépi parancsot?

– Igen. Ismétlem: hajó nem akarta bevenni a torony adatait, ezért kénytelen voltam személyesen átírni azokat.

– Értem – bólintott szárazan a férfi. – Az ütközés óta lefojtatott nyomozás...

– Pillanat! – emelte fel mindkét kezét Oberon. – Milyen ütközésről beszél?

– Egységes Földi Idő szerint 03:46-kor a GHT-452-es hajó a fedélzeti gépbe táplált adatoknak megfelelően a Napba rohant. A hajó és teljes legénysége megsemmisült.

Oberon agya lázasan zakatolt.

– De nem én...

– Az előbb ismerte be, hogy az adatokat ön készakarva, tudatosan módosította.

– Igen, de a torony adatait használtam.

– A baleset óta lefolytatott vizsgálat kimutatta, hogy a hajó és a torony adatai egymással azonosak voltak.

– Ez nem igaz!

– A redundáns adatfolyamok többszöri egyeztetése után a vizsgálat hibaszázalék nélkül arra az eredményre jutott, hogy a két adatcsomag egymással megegyezett, és egyben azonos módon tért el az ön által betáplált adatcsomagtól.

Oberon percomján megjelent az emlék. A hajó más adatazonosítót mutatott, mint a torony. Nem tévedett.

– Hazugság! – rázta meg Oberon hevesen a fejét . – Nézzék meg a percomom adatait! Töltsék le a percomomat.

– Uram. Ön pont olyan jól tudja, mint itt mi mindannyian, hogy a percom adatai személyesek, bíróság által nem felhasználhatók. Túl sok visszaélés történt már a percom kétes adataira támaszkodva. Sajnálom, de a kérését elutasítom.

– Akkor is nézzék meg!

– Nem nézhetjük – ingatta a fejét az öreg. – Az a helyzet, hogy elképesztő gépidőt fordítottunk a vizsgálatra, mert mi sem hittük el, hogy valaki ilyenre képes. Amíg maga az ágyában aludt, addig a G-net másfél százaléka ezen az ügyön dolgozott. Meg kell mondjam magának, ekkora vizsgálatot harminc éve nem folytattunk le. Sajnálom, de szemernyi kétség sem maradt a bűnösségével kapcsolatban. A G-net AI tanácsosa még arra is felhívta a figyelmünket, hogy jobb híján a percomján lévő adatokkal próbál majd védekezni. Sajnálom, fiam, ez most nem jött be. Egyáltalán hogy gondolta, hogy megúszhatja?

– Nem csináltam semmit – nézett rá Oberon kétségbeesetten.

– 5,6 zettabájtnyi adat állítja azt, hogy igen, és egyetlen bit sem azt, hogy nem. Tényleg sajnálom. Vádlott, álljon fel!

Oberon valahogy talpra kecmergett.

– A baleset óta lefolytatott G-net vizsgálat és a vádlott beismerő vallomása következtében a vádlottat bűnösnek találtuk a GHT-452-es hajó elleni terrorcselekményben. A G-net ajánlása és a jelenlévő három bíró egyöntetű döntése értelmében a vádlottat a következő büntetésre ítéljük: a vádlottat innen felügyelettel a bírósági klinikára kísérik, ahol megfosztják percomjától és minden egyéb organikus adatkiegészítőjétől, helyére a 1.0 szabványú kommunikációs egység kerül aktiválásra. A döntés elleni legközelebbi fellebbezés az ítélet kihirdetéstől számított egy év leteltével lehetséges. A jelenlévők egyéni azonosítójukkal látták el az ítéletet. A tárgyalást ezennel berekesztem.

3. fejezet

Egyetlen emeletet utaztak. A szobában egy terminál, egy csatlakozókkal ellátott fotel és egy borús tekintetű, amúgy fiatalnak látszó, fehér köpenyes nő várakozott.

– Üljön le! – biccentett hidegen a fotel felé a nő.

– Én nem követtem el semmit – rázta meg a fejét Oberon. Ezt kísérői ellenszegülésnek vélték, és felszólítás nélkül a kartámlák közé kényszerítették. Érezte, ahogy a fotel helyi hálózata rákapcsolódik percomjára. Néhány éve járt már percom hardverfrissítésen, pontosan tudta, hogy mi következik.

– Egy kis szúrást érez majd a nyakán – közölte vele a nő. Vajon orvos volt, vagy csak egy technikus? Meg szerette volna kérdezni. A percom vCard helyett egy azonosítószámot jelzett vissza. Ezzel nem jut messzire. A férfi már érezte is nyakán a csípést. A fotelbe épített neuronháló most csatlakozott testének biológiai neuronhálózatához. Egy pillanatra erős szexuális vágyat érzett, mely néhány másodperc múlva enyhülni kezdett, majd teljesen elmúlt.

– Adok egy kis nyugtatót – nézett most először szemébe a nő.

– Nem követtem el semmit.

– A bírók és a G-net nem ezt állítja.

– Higgyen nekem!

– Sajnálom. Nekik jobban hiszek – rázta meg a fejét a nő. Biztos orvos volt.

– Könyörgöm, nézze meg a percomomat! Legalább maga nézze meg, hogy mi történt!

– Mindjárt rátérünk a percomjára.

– Megnézi?

– Hiába nézném, mindjárt kikapcsolom. Adok egy nyugtatót.

– Nem kell az átkozott nyugtatója!

Oberon érezte, ahogy két erős kéz nehezedik a vállára.

– Adok egy nyugtatót.

– Figyeljen, hölgyem! Nem kell nyugtató. Nincs rá szükségem. Éppen most öl meg, nem akarok félhülyén meghalni.

– Nem öli meg senki.

– Ha lekapcsolja a percomomat, akkor az implantátumom leáll.

– Látom, hogy van egy a combjában. 1.0-s com-egységet kap. Minden, ami a testében eddig automatikusan működött, tovább működik. Ne aggódjon. A teste remekül lesz.

– És a többi?

– Milyen többi?

– A tudatom, az emlékeim?

A nő pillantása ellágyult, de nem válaszolt a kérdésre.

– Ennyire rossz? – kérdezte Oberon. Szíve a torkában lüktetett.

– Van néhány betegem, akiknél leállt a percom, és élnek. Nem tudom, hogy megéri-e, de élnek. Kezdem.

– Kérem! – próbált Oberon felemelkedni a fotelből, de a kezek újfent résen voltak.

A doktor egy ideig nem szólt hozzájuk.

– Felkészült? – szólalt meg hírtelen.

– Kérem, ne tegye!

– Muszáj! Sajnálom! – nézett Oberon szemébe a nő, majd a kijelzőn megpöccintett egy kapcsolót.

*

A világ elsötétült. Nem a fények lettek halványabbak, hanem valahogy minden színtelenné vált. Üres. Igen, ez volt rá a legjobb szó, a világ üressé vált. Szó szerint csöngött a füle a csendtől.

– Jól van? – kérdezte a doktor.

– Nem tudom – válaszolt őszintén Oberon. A nőre nézett, de nem jött felőle adat. Még az a silány azonosítószám sem jutott el a tudatába.

– Ezeket a gyógyszereket vegye be, ha fáj a feje vagy szorongani kezd – nyomott a kezébe egy papírlapot a nő. Néhány kód volt rajta. Oberon elolvasta a számokat, de percomjából nem érkezett hozzá dekódolt üzenet. Nem látta a gyógyszer nevét, sem azt, hogy hol válthatná ki azokat. Nem látott semmit, csak néhány betűt és számot.

– Mi végeztünk – nézett a nő Oberon mögé.

– Igenis, asszonyom – szólalt meg az egyik férfi.

Oberon érezte, ahogy két erős kar a hóna alá nyúl, és szó szerint kiemeli őt a székből. Néhány pillanat múlva a lift előtt álltak.

– Tulajdonképpen mi is végeztünk – szólt a vörös hajú. Megérkezett a lift. – Itt a fuvarja. Beszállás! – bökött a kinyíló ajtó felé. Betessékelték a liftbe.

– És most? – kérdezte Oberon értetlenül.

– És most csináljon, amit akar vagy tud. Sok szerencsét – lépett vissza a folyosóra a férfi.

A lift ajtaja bezáródott.

*

Jó néhány másodperc telt el, mire rájött, hogy a lift nem mozog. A falra nézett, de a szokott helyen semmilyen információ nem szerepelt. A fémes felületen látnia kellett volna az emelet számát, azt, hogy merre megy éppen a lift, mikor kell kiszállnia, hogy hazajusson.

Haza.

A rémület első hulláma most érte el igazán. Tudta, hogy hol lakik. Persze, hogy tudta. De valójában mégsem. Egy érzet volt csupán, elmaszatolódott kép, és nem egy jól követhető útvonal. Ki a fene tudja, hogy melyik metróra és liftre kell felszállnia, ha azt a percomja gond nélkül leköveti anélkül, hogy neki ilyesmire figyelnie kellene? A lift még mindig nem mozdult. Eleve hogyan irányítsa ezt a vacakot? Információ nem jelent meg sehol. Eddig fel sem tűnt neki, hogy a lift falán megjelenő kép valójában csak számára látszik, a G-net és percomja közötti párbeszéd a látóidegében jön létre, és ott is marad.

– A francba – suttogta maga elé. Lerogyott a padlóra.

Össze kell szednie a gondolatait. Már ami megmaradt belőlük. Arra pontosan emlékezett, hogy mi történt vele. Arra is, hogy ki ő valójában. Fel tudta idézni lakásának belsejét, a reggeli kávét és az ablak előtt töltött bámész perceket. Tudta, hogy ki ő, Oberon Kapri létezik, ebben biztos volt. De hogy most hol van éppen, a Föld melyik pontján vették el tőle a hálózatot? Erre nem volt válasz. Érezte, ahogy tudata szüntelen kérdéseket tesz fel a percom irányába, és azt is, ahogy láthatatlan kezei a semmit markolják válaszok helyett. Mint egy veszett, véget nem érő szabadesés.

A lift ajtaja újra kinyílt.

A három őr harsány nevetésben tört ki.

– Mi van, koma? Még nem indultál haza? – kérdezte az egyik.

– Nem tudom…

– Mit nem tudsz?

– Nem tudom, hogy hogyan.

– Azt mi sem.

Oberon értetlenül nézett fel rájuk.

Az őrnek, aki betessékelte a liftbe, végül megesett rajta a szíve: – Rendben. Leküldöm a földszintig. De onnan egyedül kell tovább boldogulnia.

17

Az ajtó újra becsukódott. Oberon érezte, ahogy a lift megmozdul körülötte. Utazik. Percek telhettek el. Ilyenkor általában rákukkant a hírekre, vagy megnézi a postafiókját, de ezekhez az információkhoz sem jutott hozzá, mint ahogy azt sem tudta, hogy éppen melyik emeleten jár. A lift végül megállt. A kint várakozók csodálkozva néztek a padlón kuporgó alakra.

– Jól van? – hajolt fölé egy idősebb nő.

Oberon talpra rángatta magát.

– Igen – mosolyodott el zavartan.

– Beteg? – kérdezte a nő, és végigmérte Oberont.

Mezítláb és pizsamában ücsörgött éppen egy lift padlóján. Nem csoda, ha ezt hiszik róla.

– Minden rendben – bólintott kurtán a nőre, és amilyen határozottan csak tudott, kilépett a liftből.

– A percomjával valami baj van – szólt még utána a nő.

– Az nem kifejezés – válaszolta Oberon, és elindult a metró felé.

*

A földszint hagyományosan bolygó szerte a metróé volt. De hogy mikor vált egységessé a metróhálózat, az percom nélkül kideríthetetlen volt. Oberon lendülete egészen a csarnok közepéig tartott. Vajon melyik járatra szálljon fel? Felnézett. A csarnok falain, ott, ahol reklámok, netshow előzetesek, személyes információk és persze az érkező járatok adatai peregtek, most csak szürke pusztaság honolt. Körbefordult. A csarnokban több ezren siettek kitalálhatatlan céljaik felé, de rajtuk és az egykedvű falakon kívül semmi egyéb nem volt jelen a csarnokban. Minden beton- és acélszürke színt öltött magára. Csak itt-ott fedezett fel fényes, fehér síkokat. Ezek voltak az új responsive terek, melyek lassanként felváltják majd a régi percomos felületeket. Hamarosan azok a helyek, ahol eddig szükség volt a tárgyak fizikai jelenlétére, funkciótlanná válnak. Jól emlékezett arra – úgy egy hónapja történt –, amikor először látogatott el egy ilyen R-space boltba. Cipőt vett magának, anélkül hogy egyetlen valós cipőt is felpróbált volna. Besétált az R-boltba, ahol egy G-netes AI eladó fogadta. Helyes lány volt. A G-net már régen tudja, hogy milyen nőkre kapja fel a fejét. Persze ez nem volt újdonság. Ha valaha is rákerestél percomoddal egy nőre, férfira vagy egyéb teremtményre, arról a G-net értesült. Márpedig melyik kamasz nem túrja fel a netet ilyen ügyekben? Az eladó így éppen ínyére volt. Egy új futócipőt szeretett volna vásárolni, az R-space bolt pedig boldogan állt rendelkezésére, megjelenítette a kívánt cipőket, mégpedig azok kézzel fogható fizikai valójában. Eleinte berzenkedett az ötlettől, hogy éppen egy nemlétező hologramot próbál fel a lábára, de az élmény, legalábbis amit az R-space percomján át a tudatába sugárzott, élethűbb volt, mint egy igazi cipő. Az első nyomta a lábát, de a harmadik modell megfelelt. Meg is vette. A valóságos cipő már lakásának ajtajában várta, amire hazaért.

*

A csarnokban három R-space bolt állt egymás mellett. Mindegyik üres volt, leszámítva a láthatatlan tárgyakat tapogató, láthatatlan eladókkal beszélgető emberek tömegét. Megborzongott.

Újra a metrók felé nézett, de információ nélkül reménytelennek tűnt, hogy hazataláljon.

– Le kell higgadnia. Megkordult a gyomra. Persze. Tegnap este alig vacsorázott. Újra körbenézett. A csarnok átellenes felében, vagy kétszáz méterre tőle éttermek és önkiszolgálók sorakoztak. Legalább ezek nem R-space boltok. Egy ideig még nem lesz elegendő, ha hologramot eszik az ember. De ki tudja, eljöhet még az az idő is.

*

Egy ismerős éttermet választott. A menük, saláták, szendvicsek színes képei helyett itt is szürke falak fogadták. Hamburgerre van szüksége. Beállt a sorba, és gond nélkül hozzájutott az ételhez. A kassza is színtelen volt. Ott, ahol egy G-netes lány szokott mosolyogni rá, most senki nem állt. Megtorpant. Innen hogyan tovább?

– Valami baj van a percomjával – szólalt meg mögötte egy szürke kosztümöt viselő nő.

– Igen, akadozik – válaszolt Oberon zavartan.

– Azt látom, nem jön magától semmi. Engem lát?

– Hogyne látnám. – Buta kérdés volt. Oberon csak később jött rá, hogy a nő vCardjának láthatósága felől érdeklődött.

– Furcsa – vont vállat a nő. – Akkor?

Oberon önkéntelenül lépett előre.

Amint elhaladt a kassza mellett, hangos csipogásra lett figyelmes. Egy hosszú, egy rövid. A jelzés valahonnan belülről érkezett. Nagyot dobbant a szíve. Mintha percomjától kapott volna jelzést, azonban a hanghoz nem csatlakozott sem képi, sem szöveges üzenet. A legközelebbi asztalhoz ült le, és a gondolataiba mélyedt. Észre sem vette, hogy már eszik.

A csipogás egyértelműen arra utal, hogy még mindig rendelkezik valamiféle kommunikációs csatornával. Ez a megállapítás logikusnak tűnt. G-net nélkül nincs élet. Ezen a bolygón nem él ember, akit a G-net ne tartana számon, tehát róla is tudnia kell, még akkor is, ha percomjától, így tárolt tudásának és emlékeinek legnagyobb hányadától megfosztották. Ezt jelentette hát a csipogás. Regisztrált az ételért. Ősi, kezdetleges módon, de fizetett. Ezek szerint, ha megtalálja a lakását, akkor oda is bejut valahogy. Sőt, a liftet vagy metrókocsit is elindíthatja valahogy. Nem vakká, csak erősen látássérültté vált.

– Jobb, mint a semmi – dörmögte maga elé.

*

Ismét a csarnok közepén állt. Újonnan felfedezett tudása bátrabbá tette, de okosabbá nem. A körülötte elhaladó emberek fel-felpillantottak a betonfalak hatalmas síkjára. Járatinformációkat láttak ott, ahol Oberon csak üres szürkeséggel találkozott. Tétován álldogált egy ideig. Hogyan jusson hozzá olyan információhoz, amit rajta kívül mindenki jól lát? Percekbe telt, mire elhatározta magát.

– Hát jó. Akkor jöjjön az ősi módszer – biccentette oldalra a fejét.

Megszólít valakit.

Nők, férfiak, gyerekek suhantak el mellette. Eddig vCard szerint válogatott, mint minden normális ember. Csak egy pillantás az adatokra, és már tudja is, hogy az illető szívesen segít-e, vagy éppen elutasító hangulatban van, nővér a munkája, vagy magának való undok programozó. A percom akár ezer emberből is kiszúrta azt az egyet, akit érdemes volt megszólítani. A percom kiszúrta, de ő? Csöndesen pásztázta a mellette elhaladó embereket. Először ruhájuk alapján próbált tájékozódni, de ez reménytelen vállalkozásnak tűnt. A legtöbben szürke, de inkább seszínű, ránctalan, sima felületű, egyszerű szabású ruhát viseltek. Hát igen, a G-mode ruha letarolta a piacot. Jóval egyszerűbb volt, mint valódi ruhákat vásárolni. Az ember csak felvette az amúgy igencsak funkcionális, és meglehetősen kényelmes G-mode ruhát, kiválasztotta a neten az ízlésének megfelelő modellt, egy öltönyt, tréninget, vagy éppen pizsamát, majd annak reg-kódját a percom segítségével a rajta levő egyszerű szabású G-mode ruhához rendelte. Innentől minden percom a választott ruhát látta rajta, és nem az alapmodellt. A nőknek ez maga volt a mennyország. Nem kellett hozzá csak egy garnitúra G-mode ruha, néhány különböző hosszúságú szoknya, blúz, nadrág. A többinek már csak a képzelet szabott határt.

Oberon megpróbált arc alapján véleményt alkotni, de érezte, hogy percom nélkül ez merő időpocsékolás. Végül találomra egy idősebb férfit választott, aki jól látható módon nem volt éppen sietős kedvében.

– Élnézést, hogy zavarom…

– Nem jó a percomja – vágott a szavába az öreg.

– Igen, ezért szólítottam meg.

– Meg kéne csináltatnia.

– Oda megyek, de nem tudom, hogy melyik metróra szálljak.

– Ezt hogy érti? – hökkent meg az öreg.

– Most mondta, hogy nem jó a percomom. Bedöglött. Meg tudná mondani, hogy melyik metró indul az EUR-H2-es körzet felé?

A lakónegyedét az ember percom nélkül is jól ismeri, és Oberon ennek szívből örült. Ha odaér, majd szépen kiokoskodja, hogy melyik lakótömb százhatodik emeletén bújik meg a lakása.

– EUR-H2 – dörmögött az öreg. – Jól elkeveredett hazulról. Méghozzá pizsamában. Nem változtatná át valami normális ruhára?

– Nekem így teszik – vont vállat félszegen Oberon.

– Aha. Hát jó. – Az öreg a falra nézett. – Az EUR zóna felé mindjárt érkezik egy metró a hatosra.

– Köszönöm – mosolyodott el Oberon.

– Nincs mit. Azért javítsa meg a percomját. Veszélyes így pizsamában, G-net nélkül.

– Úgy lesz – intett Oberon, és elindult a metró alagútjai felé.

Két embert kérdezett meg, míg megtalálta a hatos alagutat, ahol elnyelte a tömeg. Legalább ötven ember közvetlen társaságában gyalogolt a peron felé. Oldalt ismeretlen célú és irányú alagutak csatlakoztak egymásba. Csak remélni merte, hogy még mindig a hatos peron felé tart, de nem állhatott le minden elágazásnál, hogy kérdéseket tegyen fel vadidegen embereknek.

A körülötte hömpölygő tömeg tagjai egyszerre emelték fel fejüket, és váltottak irányt az egyik leágazás felé, mint seregélyek az őszi égen. Csakhogy ő nem volt semmilyen raj tagra. Oberon megijedt, és a fal mellé húzódott. A metrót valószínűleg átirányították a hatos peronról, melyről kizárólag ő nem értesült. Mire feleszmélt, egy üresen kongó folyosón találta magát.

– A jó büdös fenébe! – fakadt ki hangosan.

A távolban egy metró surrogott.

Egyedül volt.

Tétován lépkedett tovább. Talán csak hibásan értelmezte a jeleket, és a hatos peron mégis elrepíti innen az EUR-zónába, bárhol is legyen most.

A peron üres volt, mint azt sejteni lehetett. Lerogyott a fal mellé. Végtelenül fáradtnak érezte magát. A körülötte zúgó csönd áthatolhatatlan, vastag takaróként nehezedett rá. Percomja nem üzemelt, nem volt mit letompítani. A fülével hallott, a szemével látott, de nem tovább, mint ahogy azt a falak és a fény engedte. A világ rázáródott. A távolban újra hallotta a surrogást. Ha lenne percomja, most tudná, hogy a metró hová tart, és azt is, hogy mikor érkezik oda, ahová éppen igyekszik. Sőt, azzal is tisztában lenne, hogy a metrót mikor építették, hányan vettek részt az építkezésen, milyen balesetek történtek közben; tudná, hogy hány netshowban szerepelt már ez a járat, továbbá, hogy mikor végeznek rajta legközelebb felújítási munkálatokat. Mindezt tudná, ha akarná… és ha lenne percomja.

4. fejezet

– Hahó – érintette meg valaki a vállát.

Védekezőn húzta össze magát.

– Ne féljen tőlem.

Egy nő hajolt fölé. Pengeéles arca volt, melyet csak kihangsúlyozott vállig érő fekete haja. Oberon hosszú másodpercekig kereste a vCard információkat, mire rájött, hogy erőlködése hiábavaló.

– Jól van?

– Igen. Azt hiszem, elaludtam.

– Megesik az ilyen a legjobb helyeken is, bár a legtöbben ehhez ágyat használnak. Mondja, mit keres itt ezen a peronon?

Oberon nem tudta, mit válaszoljon. Az igazat nem mondhatja el, hiszen alig néhány órája köztörvényes bűnözővé nyilvánították, és a lehető legsúlyosabb ítéletet szabták ki rá. Erről minden bizonnyal még egy eszelős is hallgat, ha nem akar magának rosszat.

– Biztos jól van? – kérdezte a nő.

– Igen, elaludtam – bólintott Oberon.

– Ezt az előbb már tisztáztuk.

– Ja, igen. Jól vagyok.

– Remek, és merre van az a hely, ahol általában ágyban alszik?

– Hol lakom?

– Aha.

– EUR H2.

– Az baromi messzire van innen. Hogy keveredett el idáig pizsamában, mezítláb?

A nő R-mode ruhát viselt. Szűk nadrág, ujjatlan póló. Lehet, hogy a való világban pirosnak látszott, vagy fehér volt nagy virágmintákkal, ki tudja. Oberon akkor is szürkének látta.

– Nem tudom pontosan.

– Értem – bólintott a nő. – Meg tudná mondani, hogy mikor jön a következő járat?

– Honnan? – nézett fel rémülten Oberon.

– Onnan – intett a peron vége felé a nő.

– Nem tudom. Várjon!... Tíz perc múlva.

– Az csodás. És hová megy?

– Pillanat... ASI S5.

A nő kacagása betöltötte az egész peront. Jóízűen, hosszan nevetett.

– Maga egy igazi kamugép.

– Ezt hogy érti?

– Ahogy mondom. Ezen a peronon vagy egy teljes hétig nem jön semmi. Szombat van. Ilyenkor a hatosról mindent átirányítanak a nyolcashoz.

– Ezt nem tudtam – kapta el tekintetét Oberon.

– Persze, hogy nem tudta, mert nincs percomja. Mióta van lekapcsolva? Egy hete?

– Honnan veszi?

– Hagyja már abba! Egy kihalt peronon alszik pizsamában, és egy olyan metróra vár, ami soha nem érkezik meg. Nincs percomja, punktum. Újra kérdezem: mióta van lekapcsolva?

– Néhány órája.

A nő mélyen Oberon szemébe nézett.

– Ne kamuzzon!

– Higgye el, hogy igazat mondok. Pár órája. Nincs egy napja, az biztos.

A nő tovább firtatta Oberon arcát, majd határozott mozdulattal a kezét nyújtotta felé: – Minden elismerésem. Az első nap a legszarabb. A legtöbbnek hetekre van szüksége ahhoz, hogy olyan állapotba kerüljön, mint most maga.

– A legtöbbnek?

Oberon tétován rázta meg a nő kezét.

– Vannak egy páran, ha nem is túl sokan. Na, álljon fel! Elmegyünk innen.

– Hova?

– Ahol én lakom. Addig beszélgetünk. Egyébként Gudrunnak hívnak. Örülök, hogy találkoztunk.

5. fejezet

Oberon legnagyobb meglepetésére Gudrun nem vezette ki a peronról. Alig tápászkodott fel a földről, és az állomásra máris befutott egy szerelvény. Egyetlen utas sem volt rajta.

– Nem azt mondta, hogy egy hétig nem jár erre metró?

– Olyan nem, ami a percomba is bejelentkezik. Ezek szervízjáratok. Siessünk!

Beszálltak.

– Tizenöt megálló. Számoljuk együtt! Egyszer elvétettem, és eggyel később szálltam le. Hat órámba került, mire hazakutyagoltam.

– Számoljunk?

– Tudja: egy, kettő, három satöbbi.

– De a percom.

– A mindenható percom? Na, az nekem sincs.

Egy ideig csendben ültek egymás mellett. Vajon mit követhetett el a mellette ülő nő, hogy őt is lekapcsolták? Csak főbenjáró bűn lehetett, akárcsak az övé. De persze ellentétben vele, lehet, hogy Gudrun el is követte azt, amivel vádolták.

– Mielőtt kiugrik az egyik állomáson, elmondom, hogy én percom nélkül születtem. Anyám és apám döntöttek így. Engem nem kérdeztek meg. Aztán már én sem akaratam. Tudja, mint régen az anabaptisták.

– Ana...

– Nincs percom, mi?

– Nincs.

– Bocs! Nem akartam megbántani. Most még fáj, de egyre jobb lesz, megígérem. Szóval, mint az anabaptisták. A szüleim ana-percomosok voltak, ha van egyáltalán ilyen, akik úgy vélték, hogy az embernek önként, felnőtt értelemmel kell dönteni a percom, vagyis a G-net tagságról. Ha gyerekként kényszerítünk bele valakit, az az egyéni szabadságjogának durva megsértése. Így gondolkodtak, ezért aztán letagadtak engem a háló előtt, és arra kényszerítettek, hogy ne legyek a társadalom tagja. Fogalmam sincs, hogy a szüleim vagy a háló erőszakolt meg jobban, de mindegy is. A helyzet az, hogy most már önként vállalom a G-net nélküli életet, és higgye el, remek kis élet ez. Persze minél fiatalabb az ember, annál könnyebben szokik hozzá az újdonsághoz. Maga hány éves?

– Negyvenkettő.

– Ó! – nézett rá őszinte meglepetéssel Gudrun. – Harminckilencnél nem mondtam volna többet. Én egyébként negyvenhárom vagyok, szóval innentől tegeződünk.

A metró újabb állomáson fékezett el.

– Hol tartunk? – kérdezte a nő.

– Fogalmam sincs – kapott észbe Oberon. A percomjához nyúlt, de annak csak hűlt helyét találta.

Gudrun felnevetett: – Ne aggódj, az elején ez baromi nehéz lesz. Meg kell szoknod, hogy csak arra emlékszel majd, ami megragad éppen az agyadban, és arra sem jól. Nincs többé gyerekkori emlék vagy visszanézhető szex. Végre emberré váltál.

– Eddig is ember voltam.

Gudrun elmosolyodott, de nem válaszolt.

– Ha nem akarsz, ne válaszolj, de nagyra értékelném az őszinteséged. Miért kapcsoltak le?

Oberon már várta a kérdést.

– Állítólag egy hajót készakarva a Napba irányítottam.

– És nem?

– Nem. A percomomban benne volt a bizonyíték.

– Az senkit nem érdekel, tudom – bólintott Gudrun. – Valaki felültetett?

– Valaki nagyon.

– Nem te vagy az első.

– Hiszel nekem?

– Hiszek.

– Tudsz segíteni? – nézett Oberon Gudrunra.

– Minek?

– Hogy kiderüljön az igazság.

– És visszamászhass a háló meleg ölébe?

– Hogy visszamászhassak az életembe.

– Abból még most sem másztál ki.

– Szóval nem segítesz.

– Azt nem mondtam – mutatott az ég felé jobb mutatóujjával Gudrun. – De nem akarom, hogy túl gyorsan visszaess a régi helyedre. Amit most átélsz, komoly tapasztalás. Olyan, amit csak néhány ember élt át abból a húszmilliárdból, aki most ezen a bolygón és a hajókon él. Oltári nagy mázlista vagy.

– Hát pont nem érzem magam annak.

– Hát pont megérkeztünk – pattant fel Gudrun. – Igyekezz! Ez a metró nem tudja, hogy rajta vagyunk.

6. fejezet

Emberek tömegén haladtak át. Gudrun magabiztosan kanyargott a pókhálószerű alagútrendszerben. Egy forgalmas kereszteződésnél megtorpant, és Oberon felé fordult.

– Elsőként tudnod kell, hogy a legtöbb ember – az előttük hömpölygő tömegre mutatott – valójában nem lát téged. A szemük érzékeli a testedet, ezért nem taposnak el, de a tudatuk számára nem létezel, hiszen nem jönnek felőled jelek, digitális azonosítók. Alig kapnak rólad információt, ezért agyuk figyelmen kívül hagy téged. Olyan vagy nekik, mint egy tárgy, egy pad, vagy egy szemeteskuka. Hasonló a helyzet a gépekkel is. A liftek, ajtók, kasszák érzékelnek, de nem fogadnak el tőled parancsot. Létezel számukra, de emberként mégsem vesznek rólad tudomást, mert a jelenlétedet nem tudják hozzárendelni semmihez. Ez ennek a létnek az átka és a rendkívüli előnye. Majd megmutatom, miről beszélek. Szerzünk neked ruhát!

Gudrun átvágott a tömegen, és a folyosó szemközti falához lépett. Oberon csak lihegve érte utol.

– Szezám tárulj – nézett Oberonra a nő, és tenyerét a falon lévő apró érzékelő elé tolta. Előttük megmozdult a fal, és egy ajtónyi rés támadt rajta. Gudrun azonnal belépett. – Igyekezz! – intett Oberon felé. – Az ajtó sem tudja, hogy itt vagyunk.

Oberon kapkodta magát.

Furcsa, nyomasztóan szűk helyiségben álltak. Előttük egy lépcsősor vezetett felfelé. Eddig nem látott még valódi, szilárd, mozgás nélküli lépcsőt.

– Na gyerünk, mert lekapcsol a lámpa, ha nem érzékel minket.

– Mi ez? – kérdezte Oberon.

– Üdvözöllek a sötét oldalon – nézett rá cinkos pillantással Gudrun. – Ezt, barátom, úgy hívják, hogy lépcsőház. Minden épületben van, de senki sem tud róla. Régen biztonsági okokból építették, hogy tűz esetén gyalog is le lehessen jutni a földszintre, de szerintem vagy kétszáz éve azért kerül be minden épületbe, mert egyszerűen elfelejtették kitörölni a tervező algoritmusokból. A netet igazán nem érdekli egy kis lépcsősor. Jó, mi? Ha elég fitt vagy, a lépcsőházakkal bármelyik emeletre eljutsz.

Gundrun nekieredt, és a csak a második fordulóban állt meg újra.

– Senki nem tud róla, csak néhány tucat ember az egész bolygón. Mi most csak a hatodikra megyünk. Én húsz emeletet tűztem ki magamnak célul. Több emelet esetén lifttel megyek.

– Nem azt mondtad, hogy a lift nem fogad el parancsot tőled... tőlünk?

– De azt is mondtam, hogy érzékel. Kicsit trükkös a dolog, de működik. Azt is megmutatom majd.

Mire a hatodikra értek, Oberon erős hányingerrel küszködött.

– Nem bírja a paraszt a szántást, mi?

– Ebből egy szót sem értettem – rogyott le Oberon a legközelebbi lépcsőre.

– Haladjunk! – perdült sarkon Gudrun. Tenyerét az ajtó melletti érzékelőre nyomta, és feltárult előttük a hatodik emelet.

Lakószinten voltak, mely kísértetiesen hasonlított Oberon toronyházára. Üzletekkel tarkított átriumon vágtak át, ahonnan a tornyok körkörös tüskekoszorúján túl, valahol nagyon magasan, megcsillant a kék ég.

*

Betértek egy hagyományos üzletbe. Az egyszerű polcokon és próbababákon főként R-mode ruhák sorakoztak. Nyilván a bolt percomon át ezer színben pompázik, de ebből most Oberon semmit nem látott.

– Hányas cipőt viselsz? – kérdezte Gudrun.

– Uh, nem is tudom.

A nő felkacagott: – Hát, erről beszélek! Ez a legnagyobb baj a percommal, meg ezzel az egész G-netes nagy közösséggel. A legalapvetőbb információkat is lusták vagyunk megjegyezni, mert van, ami megjegyzi helyettünk. Elveszted a percomot, és életed háromnegyede megy a kukába, mert még a cipőméteredet sem a kicsi fejedben tároltad, hanem a hozzácsatolt áramkörökben.

– Amennyire tudom, ezek már nem áramkörök, hanem bio-hálózatok – válaszolt Oberon.

– Tökmindegy, miből vannak. Le lehet őket kapcsolni, szóval nem az agyad része.

– Az agyat is le lehet kapcsolni.

– Ja, de akkor meghalsz, most meg egészen jól elvagy nélküle. Azt hiszem, az emberiség összekeveri egymással a kellt és a lehetségest, pedig baromira nem ugyanaz a kettő. Na, találjuk ki, melyik cipő jó rád! Szerintem negyvennégyes, talán negyvenötös. – Gudrun a cipőkhöz lépett, és levett egyet a polcról. – Próbáld fel!

Oberon felhúzta a cipőt, mely meglepő módon éppen passzolt a lábára. Tudta, hogy az R-mode ruhák bizonyos mértékig képesek méretet váltani, de Gudrun szemmértéke akkor is figyelemreméltó volt. A nő hasonló határozottsággal választott neki nadrágot és inget.

– Öltözz! – adta át a ruhákat Oberonnak.

– Hol?

– Mégis hol? Itt. Ezekben a boltokban nincs próbafülke, ha nem tudnád.

– De tudom.

– Akkor gyerünk!

– Nem fogok meztelenre vetkőzni ötven ember előtt.

– Ja, ez a baj? – legyintett Gudrun. – Ne aggódj, nem fognak rá emlékezni.

– Hogy a fenébe ne emlékeznének arra, ha egy férfi pucéron parádézik előttük? Fel fog tűnni nekik.

– Persze, de elfelejtik majd. Oberon, még mindig nem érted? Ezek itt – mutatott a körülöttük nézelődő emberekre Gudrun – más világban élnek. Olyan helyen, ami csak látszik, de nem valóságos. Ők persze valósnak hiszik, mivel látják, szagolják, tapintják, használják, de attól még nem valós, csak az érzet az, amit kelt. Ne aggódj! Ha megpillantják a pucér segged, meghökkennek, de mivel csupán egy feneket látnak majd, és nem téged, Oberont, a percomjukban csak egy fenék marad meg emlékként, és nem te. Tulajdonképpen bármit megtehetsz, mert csak a tettet látják majd, de az elkövetőt nem. Ezek itt a percomjuk nélkül senkik, sokan még azt sem tudják, hogy hány évesek. Csodálom, hogy te tudtad.

– Azt azért tudja az ember.

– Már aki. Tudod, nagyon könnyű rátámaszkodni egy mankóra, és hagyni, hogy elsorvadjon a lábad attól, hogy nem használod. Különösen akkor, ha az a mankó gyorsabb, mint amilyen a lábad valaha is lesz. Na, vetkőzz!

Oberon félve ugyan, de engedelmeskedett. A lehető legrövidebb ideig tette közszemlére meztelenségét, de hamar kiderült, hogy fölöslegesen szégyellte magát: a vásárlók többsége rá se hederített.

– Én mondtam – vigyorodott el Gudrun. – Gyerünk!

A boltból kilépve Oberon újra hallotta fejében a csipogást. Egy hosszú, egy rövid.

– Mi ez hang? Vészjelzésnek tűnik – mondta Gudrunt, aki sietős léptekkel indult el az átrium túlsó sarka felé.

– Naplózás. Az üzlet érzékelte, hogy kikerült a készletből egy ruha, de mivel nem tudja, hogy mi módon történt, ezért kezdeményez egy lekérdezést a com egységedbe. Az persze nem válaszol, mert egyszerű, mint egy szög, így az üzlet hibát jelez és naplózza, hogy eltűnt egy ruha. Valójában te és én jelentéktelen bejegyzések vagyunk egy mérhetetlenül nagy iktatókönyvben.

– Régen láttam egy filmet. Talán Mátrix volt a neve – mélázott el Oberon.

– Aha. Van vagy kétszázötven éves. Ősi mozi, és egy baromság. Fura, hogy mitől féltek akkoriban az emberek. Az emberiség soha nem lesz gépek öntudatlan szolgája. Viszont könnyen válhat öntudatlan géppé, ha így halad tovább. Nagy különbség.

*

Újra lakófolyosóra értek, mely enyhén jobbra ívelt. Gudrun olyan gyorsan torpant meg, hogy Oberon majdnem fellökte.

– A francba!

– Mi van? – nézett át a nő válla fölött Oberon.

– Szken – mutatott a folyosó mélyére Gudrun.

Oberon csak néhány takarító robotot és csukott ajtókat látott.

– Az mi?

– Az baj. Tűnjünk innen!

Gudrun megfordult, és újra az átrium felé iramodott. Oberon lihegve követte. Évek óta nem mozgott annyit, mint az elmúlt órákban. A nő nyílegyenesen a falhoz rohant, kezét a már ismert foltra tapasztotta, és eltűnt a hirtelen támadt nyílásban.

– Szóval? – kérdezte Oberon, miután becsukódott mögöttük az ajtó.

– Szóval keresnek minket. Vagyis valószínűleg téged.

– Miről beszélsz?

– Nem láttad?

– Mit, az isten szerelmére? A takarítórobotokat? – Oberon érezte, hogy ismét kezd pánikba esni. Túl sok volt a változás és kevés a magyarázat.

– Aha. Öten voltak.

– Öten? – Oberon megpróbálta felidézni a folyosót, de csak arra emlékezett – arra is elég ködösen –, hogy látott néhány takarítórobotot. Ha Gudrun nem szól, talán észre sem veszi őket. Évek óta kutyák, macskák és egyéb kisállatok képét vették fel a percomban. Ez állítólag jót tesz a közhangulatnak. Igazuk is volt. Szívesebben lát az ember az utcán egy helyes kis szaglászó szörmókot, mint egy automata porszívót.

31

– Igen. A takarítók mindig párban járnak. Ha páratlanok, akkor egy szken is van velük.

– Mi a franc az a szken?

– Olyasmi, amitől jobb félni. A szken adatokat gyűjt. Például el nem küldött naplóbejegyzéseket.

– Oh!

– Oh, bizony. Szóval minket.

– És az miért baj?

– Mert akkor jó így élni, ha nem tudnak rólad. Hidd el, abban semmi poén nincs, ha ki vagy zárva egy csomó mindenből, és még szabad sem lehetsz.

– Mi?

– Bezárnak, Oberon, ha megtalálnak.

– Hova?

– Egy szobába. Azt hitted, hogy szabadon elemelhetünk bármit, mert nincs percomunk?

– Fogalmam sincs, hogy mit hittem – csattant fel Oberon. – Ezt azért közölhetted volna velem, mielőtt ruhát lopattál velem.

– Mert nem használtad volna a liftet, mi? Vagy nem ettél volna, ha kilyukad a gyomrod, és nem is szereztél volna ruhát magadtól, ugye?

– Lehet, hogy nem! – kiáltott fel Oberon dühödten.

– Nem ám, a frászt! Rákényszerültél volna. Hát nem érted? Éppen ez a büntetésed. Mindenből ki akarnak zárni. Mindenből. Két választásod van: Vagy nem hagyod, és akkor újabb bűntetteket követsz el, vagy éhen halsz egy metrófolyosóban. Magadtól is rájöttél volna erre, én csak segítettem.

A lépcsőház világítása lekapcsolódott. Teljes sötétségben és csendben léteztek egy ideig.

– Bocs! – bökte ki végül Oberon.

– Nincs baj – válaszolta Gudrun.

– Akkor most menekülünk?

– Csak akkor, ha üldöznek. Az a helyzet, hogy általában nem nagyon veszik komolyan az ilyen naplóbejegyzéseket. A G-net veszteségeként könyveli el. Nem tőlünk fog tönkre menni az emberiség. De azért jobb nem kockáztatni. A kvóter nem vicces hely.

– Kvóter? Az mi?

– Dutyi. Egy szoba, ahonnan nem tudsz kimenni.

– És ha vécére kell mennem?

– Bent van a vécé.

– Az szar hely lehet.

– Az is. Szó szerint.

Még mindig nem mozdultak, így sötét maradt.

– Te honnan tudsz olyan szavakat, mint kvóter meg dutyi?

– Olvasok, Oberon. Szépen megmozgatja az agyat. Egyébként is szeretem a jópofa kifejezéseket. Gyűjtöm őket.

– De nincs is percomod.

– Megjegyzem őket. Fura, mi? Régen, ha valami tényleg fontos volt számodra, akkor azt megjegyezted, és nem eltároltad.

– Most nem is tűnik olyan hülyeségnek – bólintott Oberon, és ettől felkapcsolódtak a lámpák.

– Végszó – mosolyodott el Gudrun, és kinyitotta az ajtót.

*

– Hová megyünk? – kérdezte Oberon, mikor végre utolérte Gudrunt, aki meglepően jól bírta a gyaloglást.

– Oké – fordult szembe vele a nő. – Akkor itt az első memoriter. Most elmegyünk az EUR G67-be, azon belül is a LZ-234/659/4671-be. Ott lakik egy ismerősöm, aki képes megoldani a problémád egy részét.

– Vissza tud helyezni a hálóra?

– Tulajdonképpen igen, de azért ne képzeld, hogy visszakapod az életed. Egy másikat adhat helyette, de Oberon Kapri mindig is percom nélküli elítélt marad a G-net számára. Ha már van percomod, lehetőséged is lesz kideríteni, hogy ki húzott csőbe. Szóval, ismételd, hová is megyünk?

Oberon hasztalan nyúlt a percomja felé.

– Nem megy, mi? – vigyorodott el Gudrun, és elismételte az adatokat.

Tíz percükbe került. Oberon vagy hússzor mondta vissza Gudrunnak a címet, mire a nő elhitte, hogy tényleg nem felejti el azt öt percen belül.

– Az agy, ha nem is izom, de ha nem használod, sorvad – lapogatta meg végül Oberon vállát Gudrun.

*

Egy lifthez léptek.

– Megtanítalak liftezni – suttogta Gudrun. – Első szabály: mindig legyen veled valaki a liftben. Soha ne tartózkodj bent egyedül, mert akkor oda visz, ahová csak akar, és naplózni fog, amikor ki akarsz szállni. Ne feledd: a lift számára te nem létezel. A legjobb, ha minél többen vannak bent veled.

Egy idősebb asszony lépett melléjük. Tekintetével a csupasz falat pásztázta. Ő látott valamit, amit Oberon nem, a férfi viszont látta, hogy az asszony egy nemlétező világot vizslat szemeivel. Egy-egy, suhant át Oberon agyán a gondolat, melyet Gudrun suttogása szakított félbe.

– Fogd meg a kezem!

Megérkezett a lift. Kéz a kézben követték az előttük beszálló asszonyt. Úgy helyezkedtek, hogy a nő ne láthassa őket. Jól láthatóan egyébként is el volt foglalva percomjával, talán az üzeneteit futotta át, vagy megnézte az esti netshow kínálatot. Gudrun ekkor felemelte a kezét, hogy Oberon észrevegye, mire készül, majd ujja hegyével az asszony kabátjához ért.

Oberon meglepetésében majdnem felkiáltott. A lift falán szellemképes, elmosódott formában, de megjelentek a szokásos feliratok. Éppen a hatvanötödik emeleten jártak, és gyorsan haladtak felfelé. A kép néha homályossá vált, és egyszer meg is szakadt, amikor az asszony megigazította vállán a táskáját, és ezért Gudrun ujja eltávolodott a kabát vásznától. A száznyolcvanötödik emeleten szálltak ki.

– Ezt nem értem – rázta meg fejét Oberon.

– Pedig egyszerű. Az R-mode ruhák miatt van. Régen a bőrhöz kellett érni, és hidd el, az nem volt egyszerű feladat. De amióta az új ruhák vannak, minden pofonegyszerűvé vált. A com egységed képes kapcsolatot létesíteni a hálózattal, hiszen erre tervezték. Nem vezérelheted, de láthatod, amit a percomja lát, és a legjobb, hogy sem ő, sem a G-net nem tud róla. Adatvámpírok vagyunk, jó mi? Persze kell hozzá egy kis türelem, hiszen nem mindenki oda megy, ahová te igyekszel, de erre majd gyorsan ráérzel. Ha az ötvenedikre mész, és valaki kiszáll a negyvenediken, irány a lépcsőház! Ha pedig a földszintre igyekszel, akkor semmi dolgod nincs. Ott minden lift megáll.

– Na jó, irány a metró!

A következő lift lerepítette őket a metrószintre.

– Gondolom, a járatokat is így nézed meg – mondta Oberon.

– Aha. Keress egy turistacsoportot, állj a közepébe, és máris látsz mindent.

Így is tettek.

A metró néhány perc múlva megérkezett, és ők egy páros ülésre huppantak. Volt két nyugodt órájuk. Gudrun behunyta a szemét, és hátradőlt: – Szunya.

– Mielőtt elalszol, kérdeznék valamit – nézett rá Oberon.

– Figyelek!

– Azt mondtad, hogy a percom elhülyít.

– Azt.

– Akkor miért használod?

Gudrun kinyitotta a szemét, és Oberonra nézett. – Használom, Oberon, de nem függök tőle. Nagy különbség.

7. fejezet

– Ajjaj! – Ez volt Gudrun első szava, amikor kiléptek a metróalagútból.

– Már megint? Szkennerek?

– Rendőrök – biccentett a metrócsarnok felé Gudrun.

A csarnok közepén, éppen az üresen tátongó kijelzőfelület alatt két egyenruhás pásztázta a tömeget. Manapság az ember ritkán látott rendőrt közterületeken. Jelenlétük fölöslegessé vált, mióta a G-net amúgy is mindenről tudomást szerzett. Sokkal egyszerűbben el lehetett fogni bárkit néhány parancssor segítségével, mint az utcán hajkurászva.

– Na és? Sétáljunk el mellettük.

– Persze, Oberon, majd készségesen útbaigazítanak. Ezek értünk jöttek.

– Akkor lépcsőház?

– Úgy van.

Gudrun elfordult a csarnoktól, és a kijárathoz vezető falhoz sietett. Már Oberon is kiszúrta a falon megbújó érzékelőt.

Azonnal kaptatni kezdtek.

– Legalább a huszadikig megyünk. Szedd össze magad! – kiabált vissza Gudrun a lépcsőfordulóból.

Oberon válaszolni akart valami epéset, de alattuk sietős lépések zaját hallotta meg.

– Jönnek – mutatott lefelé.

– Gyerünk! – lépett vissza az emeleti fordulóba Gudrun. Kinyitotta az ajtót, és nem várva a férfire eliramodott. Oberon minden erejét összeszedve rohant utána. A nő elfutott az első liftsor előtt, de amikor az egyik ajtó váratlanul kinyílt, visszakozott, és bevágódott a résen. Oberon követte. Az ajtó egy ideig még nyitva maradt, aztán unottan csukódott be előttük.

– Ha mázlink van, nem vettek észre – lihegte Gudrun.

– Szerintem még nem értek fel.

– Akkor jó. Most már csak az kéne, hogy valaki elhívja a liftet.

Mintha csak a kérésükre várt volna, a lift emelkedni kezdett.

– Ez az! – csapott az ég felé Gudrun. – Még sem állunk a tetőig.

– Honnan tudod, hogy oda megy?

– Lassan vége az ebédidőnek. Ilyenkor mindenki a tetőn van.

„Ez így van" – adott magában igazat a nőnek Oberon. Általában ő is a teraszon költötte el az ebédjét. Amióta a föld felszíne – legalábbis, ami a szárazföldeket illeti – teljesen beépült, azóta a szokás bolygószintűvé vált. Aki tehette, természetes napfény alatt múlatta hivatali pihenőidejét.

Gudrunnak igaza volt. A lift ajtaja kinyílt, és ők azonnal érezték az enyhe szellőt, a felhők szagát, azt, ami a bolygó eredeti természetéből még megmaradt. A park éppen kiürült. Tömegek álltak a liftajtók előtt. Gudrun határozott léptekkel indult el a park egyik ösvényén.

– Azt tudtad, hogy errefelé hatalmas erdő volt régen? Úgy értem, amikor még a földön nőttek a fák, és nem négy kilométerrel a felszín fölé telepített talajban.

– Ezek szerint jártál már itt – kémlelt a háta mögé Oberon.

– Ebben a toronyban születtem. Ismerem, mint a tenyeremet. Közel vagyunk.

– Megállni! – kiabálta valaki mögöttük.

Futásnak eredtek. Amint a fák takarásába értek, Gudrun élesen jobbra fordult.

*

A tornyok tetején meghúzódó teraszokat úgy száz éve kötötték össze átívelő elemekkel, buborékfolyosókkal. Égben lebegő földfelszín volt ez, a legigazibb, bolygóméretű függőkert, amit valaha építettek. Elértek az erdősáv szélére, ahol derékig érő korlát állta útjukat.

– Ott lent, oda megyünk – mutatott Gudrun egy tőlük alig száz méterrel alacsonyabb tetőre. – Van vagy öt percünk, mire rájönnek, hogy nem a következő torony felé futottunk.

– Ismered az utat?

– Mondtam, hogy itt nőttem fel. Még azokat az utakat is ismerem, amik nem is léteznek. Erre!

Gudrun átmászott a kerítésen.

– Jesszus! – hőkölt vissza Oberon.

– Ne parázz! Alattunk háló van. Ha kapaszkodsz, semmi bajod nem esik.

Oberon óvatosan lendítette át a lábát a korláton. Ügyelt arra, hogy egyetlen másodpercre se eressze el a vasat. Ha innen leesik, még egy halvány folt sem marad belőle a betonon ezer szinttel lejjebb. Gudrun oldalazni kezdett. Így haladtak a korlát külső felén tíz métert.

– Miért nem bent megyünk? – kérdezte Oberon.

– Mert bent érzékelők vannak. A tetővel még a G-net sem packázik. Egy másodperc alatt karbantartórobotok jelennének meg, hogy megmentsenek minket. Még a hálóig sem esnénk le, és már alánk repülne vagy egy tucat. Persze ha percomod van, akkor már a korláthoz közeledve kolompolt volna a fejedben a figyelmeztetés.

– Te mindig így mész haza?

– Koncentrálj, Oberon!

Egy függőleges betonelemig oldalaztak, mely teljesen elállta az útjukat.

– Most jön a trükkös rész – kacsintott rá Gudrun, baljával elengedte a korlátot, behajlította a térdeit, és szabad kezével a bokája magasságában kotorászni kezdett, majd megkönnyebbült sóhajjal emelkedett ismét egyenes testtartásba. Hajszálvékony huzalt tartott kezében, melynek végén vékony karabiner fityegett. – Gyere közelebb!

Oberon engedelmeskedett.

– Figyelj, neked kell előre menned! Ha én mennék, akkor jóval nehezebb dolgod lenne. Nem tojsz be, ugye?

Oberon nemet intett a fejével, holott fogalma sem volt arról, hogy idegrendszere mikor mondja fel végleg a szolgálatot.

– Csuda jó! – mosolyodott el Gudrun. A huzalt átfűzte Oberon hóna alatt, a karabinert pedig melle előtt kattintotta rá a huzalra. – Így! Ne aggódj, ez a madzag egy épület súlyát is elbírja.

Oberon aggódott, de egy szót sem szólt.

– Most arra kérlek, hogy ugorj le!

– Az képtelenség.

– Annak tűnik, de nem az.

– Nincs is alattunk háló.

– Tényleg nincs. A huzal viszont intelligens és kalibrálva van. Lelassít, és éppen a megfelelő magasságban fékez le. Ezerszer csináltam már.

– De én egyszer sem. Kizárt, hogy leugrok!

– Muszáj, Oberon. Bízz bennem!

– Nem is ismerlek.

– Hát vCardom, az nincs, de együtt loptunk ruhát, és láttalak pucéron. Az nem elég?

– Nem.

– Nincs időnk – nézett az erdő felé Gudrun. – Ezek mindjárt ránk találnak.

– Akkor találjanak ránk. Inkább egy bezárt szobában ücsörgök, mint…

A mondatot nem tudta befejezni. Gudrun nagy erővel sodorta le kezét a korlátról.

Üvöltve zuhant húsz métert, majd a huzal feszülni kezdett, és a sebesség csökkent. Az utolsó néhány méter lágy ereszkedés volt csupán. Egy széles párkányt érzett lába alatt. A huzal tovább ereszkedett, és ő kényelmesen kibújt a hurokból.

Négykézlábra ereszkedett, és várta, hogy elmúljon a reszketése.

– Lent vagyok – kiáltott fel, mikor összeszedte magát. A huzal emelkedni kezdett, majd eltűnt a feje fölött húzódó párkány takarásában.

Erősen fújt a szél. Ameddig a szem ellátott, toronyházak csúcsai meredeztek ki az alant hömpölygő felhők paplanjából. Az emberiség fészke. Alig néhány toronnyal távolabb egy hajó libegett a betontüskék fölé. Oberonnak eszébe jutott a tegnapi műszak. Mintha ezer éve történt volna. Mégiscsak jó lenne a kapitányi hídon állni.

– Vigyék hírét az emberiségnek – mormolta maga elé önkéntelenül, de válasz nem érkezett.

Percek teltek el.

A város élete főként falakon belül zajlott, így a kinti világ szokatlanul csendes volt.

Várt.

*

– Gudrun! – kiáltott immár huszadszor felfelé Oberon, de válasz most sem jött. Újabb percek teltek el eseménytelenül.

Felállt. A párkány elég széles volt ahhoz, hogy ne legyen tériszonya. Balra néhány méter után függőleges betonelem zárta el az utat, de jobbra a párkány egészen az épület sarkáig futott. „Legalább ötszáz méter" – saccolta meg percom híján a távolságot.

Ha nem néz éppen a lába alatt húzódó háztetők irányába, talán észre sem veszi a zuhanást. Csak egy pillanatig látta Gudrun élettelen testét rongybabaként a mélybe hullani. Mire kilépett a párkány szélére, a nő már eltűnt szeme elől.

– A nyavalyába! – suttogta maga elé. A káromkodást nagyanyjától tanulta, és fogalma sem volt arról, hogy mit is jelenthet. Percom nélkül már nem is fogja megtudni.

Újra leült. Hátát a hideg falnak támasztotta, és bár R-mode ruhája kellemesen fűtötte, reszketni kezdett.

8. fejezet

Agya zakatolt. Soha nem érezte magát ennyire egyedül, holott amerre a szem ellátott, emberek milliói élték megszokott életüket. Egy felhő állította talpra. A semmiből jött, és másodpercek alatt átáztatta haját, ruháját. Megindult lefelé a párkányon. Óvatosan lépkedett, mert a beton is vizessé vált. Nem látott tovább az orránál, és ezért mélységes hálát érzett. Sokáig tartott, míg elérte a sarkot. A szél eszelős erővel ostromolta az épületet. Kész szerencse, hogy eddig nem a másik oldalon kellett evickélnie. Óvatosan a fal felé fordult, és kikémlelt a sarkon. A párkány jóval szűkebbé vált. Alig lehetett egy lábfej szélességű. Ilyen szélben ott nem jut tovább, ez biztos.

– Ezt nem hiszem el – ingatta fejét.

Hogyan tovább? Valahol lennie kell egy ajtónak, amit út közben elvétett. Vagy…

Óvatosan, nehogy a szél a háta és a fal közé férkőzhessen, előrehajolt, és meglátta, amit keresett: Vaslétra vezetett lefelé a ködös semmibe. Térdre ereszkedett. Először jobb lábát nyújtotta le, majd mikor az fokot ért, a balt is mellé helyezte. A kezekkel már nem volt gond. Mászni kezdett, és a mozgás új reményt adott. Meglepődve tapasztalta, hogy erősnek és magabiztosnak érzi magát.

Számolni kezdte a fokokat. Ötszáznál újra kezdte, majd ötszáznál ismét egytől indult. Kétezer háromszáz fokot számlált meg, mire lába újra vízszintes felületet ért. Addigra kezei remegtek, talpa izzott, hátizmai jajongtak. Körbenézett, de nem lett okosabb. Vékony betonösvény vezetett nyílegyenesen a semmibe. Két oldalt a köd mélységet sejtetett. Néhány perc gyaloglás után egy kóddal védett rácsos ajtóhoz érkezett. Köröskörül szögesdrót védte, az átmászás esztelenségnek tűnt.

A zárhoz hajolt. Egyszerű numerikus panel volt. A kód kitalálhatatlan. Szipogni kezdett. Évtizedek óta nem volt náthás. Furcsának találta azt az érzést, hogy zsebkendőre van szüksége. A zárhoz hajolt, de nem volt rajta kulcslyuk. Csodálta volna, ha talál egyet. A kulcsok lassan kétszáz éve kimentek a divatból. Újra szipogott, majd pólója ujjába törölte az orrát. A mozdulat különös módon hirtelen jött energiával töltötte fel. Gyorsan jutott eszébe az ötlet, melyet azonnal tett követett. Egy lépést tett csak hátra, és ügyelve arra, hogy egyensúlyát megtartsa jobb lábával, a zárra rúgott. A zár gyenge reccsenéssel adta meg magát.

Nem kis büszkeséggel sétált át a nyitott ajtón. A perem tovább folytatódott, majd a ködben meglátta a közeli tetőpark fáinak körvonalát. Lejutott. Nem hitte volna, de sikerült.

*

A szabadban ebédelő emberek már eltűntek. „Vajon mennyi lehet az idő?" – nézett ösztönösen percomja felé Oberon, de mivel nem talált információt, hagyta is a dolgot. Végül is egyáltalán nem fontos megtudnia. Megállt a lift előtt, mely azonnal kinyitotta az ajtaját. Ijedten tett hátra egy lépést. Persze a háló érzékeli, de nem ismeri fel. Vajon meddig kell várnia, hogy egy emberrel találkozzon? Lehet, hogy órákig nem jön fel ide senki. Majd valamikor a délutáni nyüzsgésben várhat új tetőlátogatókra.

Gudrun óva intette attól, hogy üres liftbe szálljon. Hát megfogadta a tanácsot. Leült egy közeli padra, és várt. Felidézte az elmúlt órák eseményeit. Talán álmodik. Élethű egy álom, de attól még lehet álom. Vagy egy új virtuális játékban ragadt. Ki tudja.

Az ötlet váratlanul érkezett, tudatának valamelyik kiismerhetetlen kanyarulatából pattant elő. Egyszerűen ott termett, mint valami kinyilatkoztatás. Szívesen elmélázott volna a váratlan gondolatok misztikáján, de maga az ötlet túl izgalmasnak tűnt, semhogy állni hagyja.

A lépcsőház. Minden épületnek van lépcsőháza, tehát itt is kell lenni egynek.

A lifttől alig tíz méterre találta meg az érzékelőt. Neki is kinyílt, mint Gudrunnak.

Harminchárom emeletet kocogott le. Tetszett neki a lépcsőház. Ha esetleg visszajut a hálóra, akkor is használni fogja őket, fogadta meg.

*

A vásárlószintre érkezett. Éhes volt, így beállt egy hamburgereshez. Egy hosszú, egy rövid sípolás jelezte, hogy a lopás sikeres volt. Jóízűen evett.

Első feladata az volt, hogy megtudja, melyik toronyban van. Nem lehet messze a céltól, és ha megoldotta a hegymászó kalandot, akkor bent most már biztosan boldogulni fog.

Megakadt szájában a falat. Hova is kell eljutnia? Mi is volt a cím, amit Gudrun memorizált vele? A körzetre emlékezett: EUR-G67, de ezzel nem is kellett törődnie, hiszen már most is itt volt. A többi adat számít. Tudata görcsösen nyúlt a percomja irányába.

– Hagyd abba! – sziszegte fennhangon.

– Parancsol? – kérdezte egy közkorú férfi, aki valamikor észrevétlenül az asztalához telepedett.

– Semmi – mosolyodott el Oberon.

– Rendben – mosolygott vissza a férfi.

Oberonnak új ötlete támadt. Kezdett bízni ezekben a semmiből jött gondolatokban.

– Melyik toronyban vagyunk?

– Pardon? – nézetet vissza értetlenül a férfi.

– Melyik épületben vagyunk?

– Nézzen a percomjára, és megtudja.

– Éppen ezt nem akarom. Segítene?

– Nem akar a percomjára nézni. Ez valami vicc?

– Nem. Inkább kísérlet.

A férfi cinkosan közelebb hajolt Oberonhoz. – Csak nem kapta meg már most a frissítést?

Oberon nem kapcsolt azonnal, de végül megértette, hogy mire utal a férfi. A percom operációs rendszere időnként frissítést kapott. Néha új, eddig nem ismert funkciókkal gazdagodott, mely ilyenkor lázba hozta a bolygó teljes lakosságát.

– Most hogy mondja – kacsintott Oberon a férfira.

– Tudtam. Nincs vCardja. Tudtam… és milyen?

– Eldobná az agyát, ha látná. Szó szerint.

– Szeretném látni.

– Biztos? Erős idegzetűeknek szánták.

– Hát én kipróbálnám.

– Helyes. Nos? Elárulja, hogy melyik toronyban vagyunk?

– A LZ-234-esben.

Azonnal beugrott neki: LZ-234/659/4671.

– Kösz! – pattant fel a helyéről Oberon.

– Mikor jön ki? – kérdezte a férfi.

– Türelem, barátom, türelem.

A liftek tele voltak, gond nélkül hozzáérhetett több utashoz is anélkül, hogy azt észrevették volna. Egy nő kiszállt a hétszázötvenediken, majd egy teljes család a hatszázkilencvenharmadikon. Nem kockáztatott, kiszállt velük. Gyorsan megtalálta a lépcsőházat, és nem okozott problémát a harmincnégy emeletnyi ereszkedés.

„Élsportoló leszek, mire ebből kikeveredek" – mosolyodott el magában, mikor kilépett a folyosóra.

9. fejezet

Az ajtókon nem voltak számok, viszont a folyosó kellőképpen forgalmas volt ahhoz, hogy egy-egy véletlennek tűnő érintés megvillantsa benne mások percomjának a képét.

Az emberek általában percommal kopognak. A percom jelzést küld a G-netnek, az jelzést küld az ajtónak, ami eltárolja az adatokat, és szól a tulajdonosnak, hogy valaki az ajtó előtt álldogál. Egyszerű és visszakereshető módja a kapcsolatfelvételnek. Bambán állt az ajtó előtt egy ideig, aztán öklét felemelve háromszor rávert. Fogalma sem volt, hogy a panel mennyire hangszigetelt. Akár évekig püföltheti itt az ajtót anélkül, hogy bent felfigyelne valaki a neszre. „Fura egy világ.„

Várt pár pillanatot, majd újra dörömbölésre emelte öklét, de az ajtó hirtelen kinyílt. Szikár, Oberonnál legalább egy fejjel magasabb férfi nyitott ajtót, úgy nézett ki, mint egy nagyra nőtt sáska. Szürke szemei gyorsan végigpásztázták vendégét.

– Mit akar? Nem tud kopogni, mint a normális emberek?

Bár felkészült az esetleges kérdésekre, erre azért nem számított. Megrökönyödve maradt csöndben. Hiába, ilyen emberekkel normális esetben szóba sem áll, percomja előre figyelmeztette volna, hogy az alak egy durva fráter. A rossz modor nem maradhat megjegyzés nélkül egy sokmilliárdos közösségben.

A férfi eközben úgy döntött, hogy nem vár a válaszra, hátrahúzódott az ajtóból, hogy becsukja azt.

– Ne! – kapott észbe Oberon. – Gudrun küldött.

– Gudrun? – lépett vissza a férfi. – És ő hol van?

– Elvesztettük egymást.

Oberon életében először hazudott. Nem tehetett mást, és most meg is tehette, hogy nem mond igazat. Nem igazolhatták szavait, de nem is cáfolhatták azt. Különös érzés volt.

– Hol?

– A tetőn. Le kellett ereszkednem egy kötélen, és ő hátramaradt. Azóta nem láttam.

A férfi gyors pillantásokkal körbenézett: – Jöjjön be! Sigfried vagyok.

Oberon hálás sóhajjal lépett a lakásba.

Mindent elmesélt – csak Gudrun zuhanását hagyta ki a történetből. A férfi nem is tűnt olyan mogorvának, mint ahogy azt az előzmények alapján várni lehetett. Teát készített neki és figyelmesen hallgatta Oberon beszámolóját. Csak ritkán kérdezett közbe, és minden választ bólintással nyugtázott.

– És most mit vár tőlem? – kérdezte végül, mikor Oberon a történet végére ért.

– Valójában nem tudom, hogy mire számítsak. Gudrun azt mondta, hogy visszahelyezhet a hálóra egy új vCarddal.

A férfi felnevetett: – Gudrun meglehetősen idealista lány.

– Tehát olyasmi nem lehetséges?

– Azt nem mondtam, de egy visszahelyezés nem olyan egyszerű, mint azt az ember gondolná.

– Én nem gondoltam eddig sehogy.

Sigfried arcán mosoly suhant át. Felállt, majd az ablakhoz sétált. Egy ideig szótlanul szemlélte a kinti világot, melyet a fények alapján Oberon újabb átriumnak sejtett.

– Figyeljen! – szólalt meg végül. – Annyit megtehetek, hogy visszaállítom a kapcsolatot a hálóval, de új vCardot még nem kaphat. Az időbe telik.

– Értem…

– Viszont. Ez azt jelenti, hogy a mostani percom adatai elvesznek.

Oberon hosszú másodpercekig emésztette az információt, mire megszólalt: – Ezek szerint még megvannak.

– Persze – mosolyodott el Sigfried. – Soha nem törlik ki, csak megszakítják vele a kapcsolatot. Egy szimpla tűzfal az egész.

– És maga fel tudja oldani a tűzfalat?

– Én igen. Egyetlen apró parancssor, semmiség. A baj az, hogy a percomja azonnal bejelentkezik a G-netre, és erről még a Marson is tudomást fognak szerezni. Úgy harminc másodpercig élheti a régi életét, aztán újra lebukott. Ára van annak, ha eddig a hálón élt.

– Ezt mondta Gudrun is.

– Jól mondta. Viszont ha letörlöm a percomot, akkor a háló nem azonosítja a régi személyiségével, és automatikusan generál magának egy új vCardot.

– Remek.

– Az, de ahhoz a vCardhoz nem kapcsolódik semmi, nincs lakcíme, nincs kreditje, munkája, semmije sincs, mintha csak most született volna. Ezért aztán a G-net nem engedi majd felnőtt tartalmakhoz. Húsz évig ihat tejet sör helyett, és nézhet rajzfilmeket a netshown az új mozik helyett. Még ebből a szobából sem juthat ki, mert a net nem engedi felügyelet nélkül elkószálni, márpedig én nem veszem a nevemre magát, még Gudrun kedvéért sem. Higgye el nekem, jobb, ha inkább nem próbálja ki egy újszülött életét.

– Jó, értem. És a másik megoldás?

– Amit korábban mondtam: várjon. Időbe telik, míg találok egy kallódó vCardot, amit fel lehet használni.

– Kallódó vCard.

– Olyan emberek, akik már meghaltak, de valamilyen hiba miatt nem törlődtek a rendszerből. Még a G-net sem tökéletes. Vegyük például a baleseteket. Számos olyan eltűnt ember van a világon, akiket még nem törtöltek a rendszerből, de a vCardjukat nem használja senki. Csak keresni kell, és felbukkan egy figura, akinek nincsenek már rokonai, vagy elutaztak a Tejútra. De ehhez idő kell.

– Mennyi?

– Ha körültekintően csináljuk, néha órák, talán napok. Nem lehet hűbelebalázs módjára nekiesni a hálónak.

– Hűbelebalázs?

– Olvasnia kéne. Mármint könyveket – mosolyodott el Sigfried.

– Maga nem rokona Gudrunnak?

– Nem. Nos?

– Jó, akkor várok.

– Remek. Akkor már csak egy feladatunk van hátra.

– Mégpedig?

– Letörlöm a percomját. Csak hogy értse: ha üres a percomja, akkor azonnal fel tudom tölteni rá az új vCardot, de ha akkor kapkodunk a törléssel, amikor már ott a lehetőség, lehet, hogy lecsúszunk róla. Olyan ez, mint a szervdonorok élete. Mindig készen kell állni a műtétre.

– Törölje! – bólintott Oberon.

– De sietős! Azt hiszem, nem gondolta át teljes egészében a dolgot. Elveszít minden percomban tárolt emléket. Nincs többé bármikor előhívható kamaszkori hancúrozás az ágyban a szomszéd csajjal. Csak az marad, amire az agya emlékszik, márpedig az jóval kevesebb a percomnál, és persze nem is annyira pontos.

– Tisztában vagyok vele. Egyébként most is ez van.

– Igen, eddig ezt hitte, de nem így van. A percomja még él, csak nincs hozzáférése, de ha most letöröljük, akkor örökre elvész minden ott tárolt adat, és tapasztalatból tudom, hogy pokoli sok minden van oda bezsúfolva.

Rászoktunk pár száz év alatt, és kiszállt belőlünk az ösztön, hogy a fontos dolgokat megjegyezzük. Inkább eltároljuk, és sajnos az nem ugyanaz. Szerintem gondolja át, mit választ. Annyira vissza akar menni a hálóra, hogy inkább lemond eddigi emlékeinek tehetős részéről? Persze ha nem megy vissza a hálóra, akkor eleve elvész az egész. Lényegében azt kell eldöntenie, hogy visszamegy-e tárolt emlékek nélkül, vagy marad, és tárolt emlékek nélkül él tovább. Valójában úgy is megfogalmazhatjuk a kérdést, hogy kell-e G-net, vagy sem, az emlékeit mindenképpen elveszti – kuncogott fel Sigfried.

Oberon csendben maradt. Agyában bozon-metróként zakatoltak a gondolatok. Sigfried csendben várakozott.

– És nem tudná esetleg letölteni? Letölti, és amikor megkapom az új vCardot, visszatesszük a percomba.

Sigfried harsány kacagásban tört ki. Jóízűen, hosszan nevetett.

– Maga nem buta ember, azt meg kell hagyni.

– Köszönöm!

– Magának köszönje. A letöltés lehetséges. Akár a zsebében is hordozhatja az emlékeit, míg vissza nem tölti azokat, már ha vissza kívánja tölteni.

– Miért ne akarnám?

– Erre nincs válasz – mosolyodott el Sigfried.

– Töltse le!

– Rendben.

– Megtudná tenni most?

– Persze.

– Gyerünk!

Sigfried bólintott és a sarokban álló karosszék felé intett, mely tökéletes mása volt a klinikán látott bútordarabnak. „Manapság a fizikai terminálok főként kanapékra és fotelokra hasonlítanak, nem csoda, ha az ember folyton heverészni akar" – mosolyodott el magában Oberon. Leült. Érezte amint a terminál neurális hálózata rácsatlakozik az övére.

– Figyeljen rám – szólalt meg valahonnan jobb felől Sigfried. – A letöltést öntudatlan állapotban csináljuk meg. Ha ébren van, és megszüntetem a tűzfalat, azonnal fellép a hálóra, és pont azt nem akarjuk.

– Altasson el!

Sigfried egy ideig szótlanul dolgozott.

– Maga egy szerencsés ember – szólalt meg végül.

– Nem érzem magam annak.

– Pedig kevesen kapnak ilyen esélyt az élettől.

46

– Gudrun is ezt mondta.

– Tudom – válaszolt Sigfried.

Oberon már nem tudott a férfire nézni, még előtte elaludt.

10. fejezet

Arra ébredt, hogy pokolian fáj a dereka. Langyos, de meglehetősen kemény felületen feküdt. Nyögve tornászta magát ülő helyzetbe.

A szoba négyzet alapú és rendkívül egyszerű. Első becslésre nem lehetett négy méternél hosszabb, illetve szélesebb. Az ágyon kívül, melyen felébredt, egy, a fal részét képző vécécsészét és középen egy asztalnak is beillő kockát látott.

Automatikusan nyúlt percomjához, de hiába. Egyszerre jutott eszébe minden: az ítélet, Gudrun, a menekülés, Sigfried.

– Halló! – próbált kiabálni, de hangja megbicsaklott, mintha hetek óta nem használta volna. Percom nélkül akár ezt is el tudta képzelni. Ki tudja, mennyi idő telt el, mióta elaludt abban a fotelban? Egy hirtelen ötlettől vezérelve megtapogatta állát. Nem, a borostája maximum egy napos. Nem lehetett kiütve néhány óránál tovább.

– Halló! – kiáltott immár hangosabban.

Nem jött válasz.

Egy napig felé sem néztek.

*

Persze pontosan nem tudta megítélni, hogy mennyi idő telt el. A mennyezeten a megszokott világítópanel árasztotta a fényt, mely hosszú órák elteltével halványodni kezdett. Teljes sötétségbe borult a szoba. Este lehet, gondolta Oberon. Amikor újra reggelre virradt a mennyezet, már pokolian éhes és szomjas volt.

– Hall valaki? – kiabált újra száraz torokkal.

Senki nem reagált és most merült fel benne először, hogy talán ennél több nem is történik vele már ebben az életben. Különös gondolat volt. Eddig soha nem jutott eszébe igazán a halál.

*

Talán dél lehetett – de ezt csak feltételezte –, amikor a szoba közepén lévő asztalnál – mely valójában egy kisebb kocka volt a nagyobb kocka-szobában – megmozdult valami. Az asztallap félrehúzódott feltárva a kocka mélyét, melyből új asztallap emelkedett fel. Odasietett. A kockán egy papírlap hevert, rajta toll. Sem papírt, sem tollat nem fogott még a kezében. Elektromos mását már többször használta – bizonyos munkakörök betöltéséhez kötelező volt megtanulni tollal írni, és a földi irányítói poszt ide tartozott –, de emberemlékezet óta nem írt le semmit kézzel.

Kivette az írószerszámokat.

A papíron egysoros mondatok és üres területek sorakoztak. Elolvasta az első sort:

„Mi az? Minél többet hagysz ott, annál több lesz belőle?"

Nem tudta a választ.

A következő kérdésre ugrott:

„Mi az, aminek ha kimondod a nevét, azonnal eltűnik?"

Ezt sem tudta megmondani. Tovább olvasott. A következő három feladvány is megválaszolatlan maradt, de a hatodiknál elmosolyodott.

– Mi az: a tiéd, mégis többet használják mások – olvasta hangosan.

Felkapta a tollat, és gyakorlatlan kézzel körmölte le a választ: vCard.

Tizenöt kérdés volt felsorolva. Ebből ötöt oldott meg azonnal. A többin töprengenie kellett. Szék híján a kocka-asztal előtt térdelve törte a fejét. Mennyivel egyszerűbb lenne percommal, futott át éppen az agyán a gondolat, amikor az asztal lapja újra félrehúzódott. A felemelkedő új lapon étel volt és egy pohár víz. Nem vitték túlzásba a mennyiséget, de több volt, mint a semmi.

Habzsolva evett.

*

Napok teltek el. Hatszor számlálta meg a szoba elsötétülését, és ebből hat éjszakára következtetett. Idővel felhagyott a kiabálással, értelmetlennek tűnt az erőfeszítés.

Hamar felfedezte, hogy az asztalon megjelenő feladványok összefüggésben vannak az utána érkező étel mennyiségével. Eleinte egyszerű fejtörők érkeztek, melyek idővel aztán egyre nehezebbé váltak. A logikai kérdéseket – mi van a szivárvány végén: hát „ny" – már bonyolultabb geometriai, később matematikai feladványok követték. Akadt olyan, amin órákon át gondolkodott, de számos feladattal egyáltalán nem birkózott meg.

Erről beszélhetett Gudrun. Ez a kvóter, dőlt hátra a priccsén, amikor a kocka-szobája ismét sötétségbe borult. Megpróbálta sajnálni magát, de nem tudott beleadni mindent. Nagyon halkan ugyan, de be kellett vallania magának, hogy nem szenved annyira, mint azt első elkeseredett napjaiban sejtette volna. Agyát lefoglalták a feladványok. Idővel élvezni kezdte a tollal írást.

*

Legalább két hét telt el, amikor úgy döntött, hogy a feladványok nyomán felgyülemlett papírlapok – ezeket az ágya mellett tartotta, és nem dobta a vécébe, mint a használt evőeszközöket – hátoldala éppen megfelel arra, hogy naplót írjon.

Rendkívüli élmény volt. Össze sem lehetett hasonlítani a percom automatikus, szenvtelen modorával, mely tudta nélkül, sőt most már látta: tudta ellenére halmozta fel minden egyes ébren töltött percét. Kialakította napi rutinját. Reggel, ébredés után némi testmozgás következett. Ezt még régi életében – így gondolt az ítélet előtti évekre – szokta meg, és nem látta okát elhagyni azt csupán azért, mert most más környezetben élt – ha egyáltalán lehet ezt a helyet környezetnek nevezni. Kvóter. Bármit jelent is, remek kifejezés erre a szűk kis szobára. A torna után írni kezdett. Napok alatt rendeződtek sorai, és idővel a sortávok is kellő méretűre szorultak egymás alatt. Írt mindenről, ami eszébe jutott, és meg kell hagyni, elég sok minden fordult meg a fejében. Soha nem sejtette, hogy adatok nélkül is ennyit lehet gondolkodni. Addig írt, míg meg nem érkezett az aznapi feladvány. Onnantól ebédig és a délután nagy részében akadt elfoglaltsága bőven. Néhány perccel a vacsora után máris sötétbe borult a cella. Addig gondolkodott a parlagon hagyott fejtörőkön, míg el nem nyomta az álom.

*

Talán fogságának harmadik hetében történt meg először, hogy álmodott. Tudta, hogy korábban is voltak álmai, álom nélkül nincs pihenés, hogyne. A különbség annyi volt csupán, hogy élénk, színes, mozgalmas álmok törtek utat tudatának felszínére. Lenyűgözték saját álmai. A napló lapjai megteltek álmok leírásával, a nyomukba toluló érzésekkel, gondolatokkal. Néha éppen a semmiből előpattanva kitalált történetek jutottak eszébe. Ezeket is leírta.

*

Aztán hirtelen minden egyik pillanatról a másikra félbeszakadt.

*

Bekövetkezett a semmi időszaka. Ételt kapott, de feladatokat nem. A lámpa pontosan jelezte az estét, az asztal pedig az étkezésekkel szabdalta három részre a nappalt, de más nem történt. Jobb híján írással töltötte idejét, de fogyni kezdtek az üres helyek. Kénytelen volt bolhányi betűkkel dolgozni, és agya feladatok híján saját maga gyártott újabb és újabb gondolatokat. Ezek közül voltak félelmetesek, és olyanok is, melyekbe könnyen belevész az ember, ha elhiszi őket.

Rosszul aludt és rémeseket álmodott.

A helyhiány miatt csak a legfontosabbakat írta le. Idővel arra kényszerült, hogy a már leírt sorok közé újakat kényszerítsen.

Újabb hetek teltek el.

Megpróbálta összeszámolni, hány napja van bezárva. Arra a következtetésre jutott, hogy legalább három hónapja tartózkodik a kvóterban.

Érezte, hogy agya hamarosan felmondja a szolgálatot, ha nem történik végre valami.

*

A szökés gondolata csak jóval később jutott eszébe, aztán napokig azon tűnődött, hogy vajon miért nem ez volt az első dolog, ami megfordult a fejében. Terv nem volt, de legalább elfoglalta magát. Módszeresen vizsgálta végig a kockát. Minden négyzetcentire odatapasztotta fülét, hátha felfedez egy neszt, valamit, bármit, amibe agya belekapaszkodhat. Különös figyelmet fordított az asztalra és az ott megjelenő ételre, de nem jutott előbbre. A szoba éjjel csírátlanított, így reggelre minden – beleértve saját testét is – makulátlan tisztaságnak örvendett. Ezzel nem jut előrébb.

Ha esetleg találna egy rést, bármit, ami utalna arra, hogy létezik kiút ebből a kényelmes, unalmas pokolból.

Ennél még a halál is jobb – írta le a kevés szabadon maradt helyek egyikére éppen a lámpaoltás előtt.

*

A könyv valószerűtlen látványa először mozdulatlanságra kényszerítette. Megbabonázva nézte az asztalt, és félt attól, hogy ha megmozdul, a kép eltűnik.

De ahogy a papír és a toll, úgy a könyv sem tűnt el.

– Dumas: Monte Cristo grófja – olvasta fel reszkető hangon a címet. Nem hallott még sem a szerzőről, sem a történetről, de éppen ez töltötte el igazán földöntúli boldogsággal.

Aznap nem olvasott, sőt még két napig kitartott. Ki tudja, lehet, hogy rabságának utolsó percéig ki kell tartson ez a történet. Gyors fejszámolást végzett. Megszokta a műveletet, a rejtvények megedzették agyát. 1532 oldal. Ha naponta egyet olvas – kemény fegyelem kell hozzá, de menni fog

– akkor a történet kitart – mennyi is? – több mint négy évig. Remek. Négy év biztos élet, mozgástér az agy számára. Gyönyörű kilátások. Hálás volt a könyvért, hálás volt fogva tartóinak, még az asztalnak is, ami elővarázsolta számára ezt az ajándékot.

*

Végül képtelen volt betartani. Bármennyire is szerette volna beosztani és takarékoskodni velük, a lapok bizony fogytak, és éhes tudata számára nem volt megállj. Bármennyire is visszafogta magát, egyetlen hónap alatt elfogyott az olvasnivaló.

*

Edmond Dantés a barátja lett – bár soha nem látta –, példaképe – pedig soha, egyetlen szóval sem illette – és hőse, aki kiszabadult börtönéből. Vele kelt, elalváskor vele hunyta le a szemét, és álmainak ő volt a főszereplője.

Vajon miért nem ismerte eddig ezt a csodálatos történetet?

*

A könyv után ínséges, üres hetek következtek, ahol az élelem és a fény-sötétség váltakozása adta tudtára, hogy múlik az idő.

Érezte, hogy újra az őrület határa felé sodródik.

Dantes nem adná fel.

Soha.

*

Voltak napok, amikor nem kelt fel. Fölöslegesnek tűnt ételt magához vennie. Az embernek szüksége van a világra, de ha nincs körülötte semmi, akkor hiába létezik, léte lényegtelenné válik.

11. fejezet

Csak délben vette észre a papírdarabot. Addig nem állt fel ágyáról, inkább egyre áttetszőbbé váló gondolataiban barangolt. Az utolsó pillanatban kapott érte, éppen mielőtt a félre csúszó asztallap helyet adott volna az ebédet hordozó társának.

A cetlit egy papírlap sarkából tépték le. Néhány szó állt rajta kézírással. Lám, más is gyakorolja még ezt az ősi tevékenységet.

Ha gondolkozol, véged.
Sok sikert!

Hevesen vert a szíve, kezei izzadni kezdtek. Vajon ki lehet jóakarója, és egyáltalán jót akar? Miatta kötött barátságot Monte Cristóval, ő juttatta el hozzá a feladványokat? Túl sok kérdés, és percom nélkül... talán percommal sem.

Aznap nem írt – holott Dantes története sok-sok ezer üres sorközzel ajándékozta meg. Bekapta az ebédet, és újra a cetlire meredt. Vajon mit ért jótevője gondolkodás alatt? Bármennyire is töprengett a levél tartalmán, nem jutott előbbre. Ez is azon feladványok közé tartozott, amit percom nélkül nem fog megoldani, gondolta félálomban. Már néhány órája sötét volt, és érezte, hogy lassan legyűri az álom. Vagy a percom maga a gondolkodás melegágya? Ez is lehetséges. Gudrun pont ezért utálja annyira...

A fény erős volt ugyan, de csukott szemmel nem vette volna észre a változást. A hangok rángatták vissza az ébrenlétbe. Hosszú ideje nem hallott mást saját neszein kívül. Kinyitotta a szemét. Kellett néhány pillanat, míg tudata felfogta, hogy mit lát. A cella két átellenes oldala eltűnt. Az egyiken a torony egyik szabvány lakófolyosója látszott, a másikon egy sötét szoba várakozott. Nagyot dobbant a szíve. Merre? A folyosó látszott a helyes iránynak, de elvetette az ötletet. Ott bármikor felfedezhetik. A szoba azonban könnyen lehet, hogy be van zárva, és ő szabadulás helyett csak egy újabb kvóterban találja magát. Felállt. A külvilág zajai mintha ismét halkultak volna.

Utólag sem tudta megmagyarázni, miért a szobát választotta. Talán az örökké égő biztonsági jelzések integettek felé hívogatóan, vagy a sarokban villogó G-net terminál kacsintott rá barátságosan. Akárhogy is, a szoba szebbnek tűnt, és ez döntötte el a kérdést. Felpattant, és rohanni kezdett. Érezte, ahogy teste nekifeszül az egyre szilárdabbá váló erőtérnek, mely újra áthatolhatatlan fallá varázsolja az ajándékként kilágyuló atomszerkezetet. Nyögve tört előre az egyre sűrűbbé váló mezőn. Vajon hány éjszakán hagyta ki eddig a szökés lehetőségét? Lábával nagyot taposott előre, és ez végleg kiszabadította a fal síkjából. Hátrafordult. A fal még átlátszó volt, de már teljesen szilárd. Mielőtt újra betonszürkévé vált volna, még látta, hogy a szemközti fal már régen visszanyerte eredeti állapotát. Ha arra próbálkozik, bent ragad.

Szuszogva hanyatlott a hátára, hogy néhány pillanat múlva már talpon legyen.

Az ajtóhoz sietett, mely azonnal érzékelte jelenlétét, és kinyílt előtte. Egy jóval nagyobb helyiségben találta magát. Inaktív takarítórobotok sorakoztak állványaikon egészen a plafonig – a percomos tömeg egymásra halmozott édes kis kutyusoknak látná őket. Tudta, hogy nem várhat túl sokáig. Az ajtó opálos tükröződésében megvizsgálta magát. Soron következő R-mode kezeslábasát éppen tegnap utalta ki az asztal, a szakáll pedig – most, hogy végre megszemlélhette magán – kifejezetten jól állt neki.

– Akkor gyerünk! – mondta hangosan. Percom nélkül szokásává vált, hogy beszéljen magához.

Kilépett a folyosóra.

Azonnal jobbra indult. Valahogy jónak tűnt az irány. Egy átriumhoz ért. Pontosan tudta, hogy hova igyekszik. Volt elég ideje rá, hogy kitalálja. Saját lakására nem mehet vissza. Valószínűleg az ajtón sem jutna be. Ennél komolyabb tervei voltak. Hosszú ideig Dantes nyomdokait követve a bosszúra vágyott: visszamegy Sigfridhez, és a szart is kiveri belőle! A gondolat elég erőt adott ahhoz, hogy ne hagyjon fel a reggeli testedzéssel, melyet néhány netshowból ellesett harci mozdulattal is gazdagított. Még jó, hogy régen szerette az oldschool mozikat, és nem hányta azokat is percomjának szemétdombjára megtekintésük után néhány másodperccel. De nem, nem lesz ebből bosszú. Különösen azért nem, mert könnyen előfordulhat, hogy Sigfried maga is áldozat, és hozzá hasonlóan egy kockában tölti azóta hétköznapjait.

Komolyabb célt talált magának.

Átvágott az átriumon. Egy liftre volt szüksége, melyet meg is talált a boltok mellett.

Nem volt nehéz dolga. Senki sem figyelt rá. A liftben ácsorgó tucatnyi ember közül egy sem törődött magával a lifttel. Ketten – egymástól öt méter távolságban – netshowt néztek, mégpedig ugyanazt az adást, mert egyszerre röhögtek fel minden elcsattanó poénon. Többen beszélgettek valakivel, aki nem volt jelen a liftben, a többiek pedig egyéb dolgaikat intézték a hálón. A lift lefelé száguldott, így arra sem volt szükség, hogy ellenőrizze az irányt. Ahogy Gudrun mondta egykoron: ha a metrószintre tartasz, akkor csak várnod kell, ott minden lift megáll.

Így is lett.

A csarnokban túl sokan voltak. Kellemetlen nyomást érzett mellkasa tájékán, ezért úgy döntött, hogy vár egy ideig. Fő az óvatosság. Bőven ráér. A lényeg, hogy épségben odaérjen. Több órája van, míg felfedezik eltűnését, feltéve, hogy valakit érdekel egyáltalán a hiánya.

Amikor végre megfelelőnek találta az alkalmat, átvágott a csarnokon. Számtalan ruhához ért hozzá. Mire átjutott, már tudta, hogy melyik peronra lesz szüksége. A hatos folyosóra fordult. Úgy tűnik, a metró hatos folyosójával örök szövetséget kötött. Már majdnem kiért a peronra, amikor éppúgy, mint egy örökkévalósággal ezelőtt, a tömeg egyszerre váltott irányt és kanyarodott el egy átkötő folyosó felé. Felnevetett. Ha most továbbmegy a peronra és lefekszik aludni, akkor hamarosan Gudrun ébresztgeti majd. Jó lenne, de most nem érdemes álmodozni. Követte a tömeget, mely még kétszer váltott irányt. Meg mert volna esküdni arra, hogy sokan észre sem vették a többszörös irányváltozást. Mentek a tömeggel, hiszen valaki – ha más nincs, akkor a G-net – biztos tudja, hogy mi a helyes irány.

Fogalma sem volt róla, hogy melyik peronra jutott végül, de ez lényegtelen adatnak tűnt. A bejövő szerelvénynél egy kamaszfiúval ellenőrizte az útirányt, és mindent rendben lévőnek talált.

Ha a föld mélyén rejtező bozon-metróval mehetett volna, talán egy másodperc alatt megteszi a távot, de így fél óra utazás várt rá. Egy babakocsi közvetlen közelében foglalt helyet. Kipróbálta a kapcsolatot. Lábának apró mozdulatával hozzáért a mini jármű kerekéhez. A kísérlet sikerrel járt. Halvány, de jól kivehető képet kapott a környékről. Már csak azt kellett kivárni, hogy a kocsiban ücsörgő egyéves forma kiskölyök az infotábla felé bámészkodjon.

A jármű tükörsimán hasított a vákuumcsőben. Volt ideje átgondolni a következő órák eseményét. Úgy döntött, hogy elsőként a toronyhoz megy. Kellenek a kódok. Nélkülük szinte lehetetlenné válik a küldetés, márpedig mostanra kőkeménnyé szilárdult benne az elhatározás.

12. fejezet

Régmúlt életének fontos helyszínére érkezett. A csarnokba érve erős nosztalgiát érzett. Az irányítótorony. Ebben a toronyban nincsenek lakónegyedek, az épületet teljes egészében a hajók irányításának szentelték. Aki itt megfordul, az itt is dolgozik, leszámítva egy-két átszálló utast a metrószinten. Kockázatos volt itt megjelennie, tudta, de mindenképpen megért egy próbálkozást. Fogott magának egy szemet. Idősebb nő volt. Nem ismerte, ezért választotta őt. A nő nehezen lépkedett, talán lábimplantátumával volt valami zűr, vagy éppen most kapott implantot az organikus helyett. Hála az égnek, neki még nem kellett ilyesmivel törődnie. Egyetlen feljavított főverőér működött a jobb combjában, ezt leszámítva érintetlen volt. Közelebb lépett a nőhöz, aki nehéznek látszó csomagot cipelt. Ez különösen kapóra jött.

– Segíthetek?

– Nem jó a percomja.

– Igen, tudom. Új modell, és még nem üzemel tökéletesen.

– Már megint új verzió? Alig szoktam meg ezt.

– Sajnálom! A fejlődés nem áll meg.

– Hát nem, hogy a fene essen belé! Egyébként megköszönöm, ha segít.

Oberon felkapta a táskát. Iszonyú nehéz volt. Mélységes tiszteletet is érzett miatta a néni iránt, mire a liftekhez értek.

– Jön? – kérdezte a néni.

– Várok valakit – intett lihegve Oberon.

A liftajtó becsukódott, mielőtt a néni elköszönhetett volna.

Egységes idő szerint hajnali kettő volt. Ez nem is rossz. A műszak hétkor váltja egymást. Ha nem változott a beosztás, akkor Hubertus vagy jön, vagy éppen távozik ebben az időben. Neki csak résen kell lennie a metrónál. Ennyi a terv. Feljebb nem merészkedhet, mert könnyen felismerhetik.

Megkereste a legközelebbi lépcsőházat, és eltűnt az ajtó mögött. Fél év tervezgetés ad némi magabiztosságot az élethez.

A lépcsőház hamarosan sötétbe borult. Leült, és hátát az ajtónak támasztotta.

*

Sötét volt, amikor felébredt, és csodálkozva vette tudomásul, hogy a kvóter nem jelezte a reggel jöttét, holott annak már itt volt az ideje, ezt gyomra pontosan jelezte. Mire felfogta, hogy hol van, már azt is tudta, hogy lekéste Hubertust.

Kilépett a lépcsőházból. Igen, a műszak már lecserélődött. A csarnokban átlagos volt a forgalom, ez műszakváltáskor a duplájára duzzad. Besietett az emberek közé. Nyolc múlt pár perccel. Ezek szerint cellájában nyolckor volt reggel. Éhes volt, de tartotta magát a tervhez. Sem ételt, sem ruhát nem vesz magához.

Új terv kell.

Két lehetősége van. Vagy kivárja a következő műszakot, mely tizenkét óra múlva esedékes, vagy feljebb merészkedik, és megkockáztat egy esetleges lebukást.

Körbenézett, hogy kit kaphatna el egy kis információért. Meg kell tudnia, hogy ki van ügyeletben. Hubertus nem messze lakik innen, talán jobb is lenne, ha otthon beszélne vele.

Kellenek a kódok.

Újra körbepásztázta a csarnokot, és már nem volt ideje kitérni. A férfi egyenesen felé tartott. Igor volt az, egy irányítóhelyettes. Nevezetesen az ő irányítóhelyettese. Ügyelve mozdulataira oldalt fordult, hátha megúszhatja a találkozást. Szeme sarkából látta, hogy Igor nem változtat irányt. Ennyi. Lebukott. Igor biztos elújságolja a hírt, a percomja úgy szórja majd szerte a róla szóló információt, mint pitypang a szirmait. Felkészült a találkozásra, arra, hogy mit mond majd és hogyan próbálja meg lebeszélni volt beosztottját arról, hogy világgá kürtölje a találkozást.

Tulajdonképpen nem hitte el, hogy Igor megtorpanás nélkül kerüli ki és halad tovább a metrófolyosók irányába.

Amikor újra nyugodtan vette a levegőt, átgondolta a történteket: Talán a szakáll álcázta. Soha nem látta még senki szőrcsomóval az arcán. Rendben. Ezzel lehet kezdeni valamit, mint ahogy azzal is, hogy immár bizonyosan Hubi van műszakban. Hubi nem válna meg Norától, akivel ő egy komplett élettel ezelőtt majdnem randizott, és aki egyébként a műszakvezetői poszt egyértelmű várományosa volt. Valahol a felhők fölött Hubi áll hát a hídon.

Fel kell jutnia.

Kell a kód.

13. fejezet

Nem mert liftbe szállni. Ha valaki felismeri, akkor egyszerre húszan értesülnek ittlétéről, és ez egyenlő a biztos lebukással. Ezek szerint ezerszázhuszonhat emelet vár rá.

Nekieredt. Tíz emelet múlva állt le. Lihegve dőlt a korlátra. Egy emelet húsz lépcső, tehát több mint húszezer lépcsőfok van még előtte. Percom nélkül csak találgatott, de úgy saccolta, hogy nagyjából három perc alatt tette meg a tíz emeletet, és később persze lassulni fog. Az annyi, mint... tovább gyalogolt, majd a következő lépcsőfordulóban újra megállt. Vagy kivárja Hubit a földszinten, vagy liftezik. Ha gyalog megy, és egy fikarcnyit sem lassul le, akkor is több mint kilenc órájába kerül a túra, feltéve, ha egyáltalán túléli.

A döntés ismét a semmiből született meg. Szerette ezt a pillanatot, könnyed volt és varázslatos.

A következő emeletnél elhagyta a lépcsőházat, és a liftekhez sétált.

*

A lift megérkezett, és ő sietve a hátsó falhoz lapult. Félelme alaptalannak bizonyult. Rá sem hederítettek, holott több ismerős is utazott vele az ég irányába. A legtöbben G-netjük adatait túrták lelkesen. „Akár a sarokba is piszkíthatnék, az sem tűnne fel nekik" – mélázott el néhány pillanatig. Vajon ő is így élt eddig? Valószínű. Tudta, hogy a lift megáll az ezerszázadikon. Ott van a kantin, és a földi irányítás munkatársai megszállott kávéfogyasztók. Nincs ember a toronyban, aki ne lenne az automaták rendszeres látogatója. Ez már csak így megy: aki másra vigyáz, az megengedi magának, hogy magára ne ügyeljen. A lift utasainak jó háromnegyede vele együtt kilépett a folyosóra. Néhány száz méterig velük tartott, majd végre megtalálta, amit keresett. Bízott benne, hogy ott lesz, de hatalmas kő esett le a szívéről, amikor meg is pillantotta a foltot. Lassított, majd megállt. Ki kell várnia, hogy a liftből kiáramló tömeg elhaladjon előtte. Mégsem nyelheti el a fal ötven ember szeme láttára.

Mikor végre úgy ítélte, hogy a folyosó megfelelően üres, határozott mozdulattal nyitotta ki a lépcsőház ajtaját, és lépett be már jól ismert menedékére. Tizenöt emeletet kell csak kaptatnia, hogy céljához érjen.

Még szerencse, hogy Hubi éppoly kiszámítható szokásaiban, mint egy netshow sorozat végkifejlete, ahol a hős mindig, de mindig megússza valahogy a dolgot. Hubertus ugyanis nem a teraszon, hanem itt, a száztizenötödik emeleten található vészvezérlőben töltötte el ebédidejét. A vészvezérlő az irányítótorony hídjának tökéletes mása volt. Ha bármilyen probléma adódott volna a fent üzemelő híddal, annak funkcióját egy szempillantás alatt átvehette volna ez a terem. Az ő életében erre még nem volt példa, és úgy sejtette, hogy néhány irányító generáció megöregszik még odafent, mire ide beteszi a lábát valaki.

Rajtuk kívül.

A termet havonta ellenőrizni kellett. A G-net automatikája naponta megtette nekik ezt a szívességet, de a műszakvezető irányítótisztnek személyesen is le kellett zarándokolnia ide havonta egyszer. Munkaköri kötelesség. Hubi komolyan vette a szolgálatot. Naponta lesétált szunyókálni egyet, mint ahogy ő is kihasználta néha a terem nyújtotta magányos békét.

Hubi hamarosan ott lesz, erre fogadni mert volna.

*

A folyosón természetesen senki nem volt. Majd Hubi érkezik meg lifttel valamikor. Csak ki kell várni. Már igencsak éhes volt, de ételről most szó sem lehetett. Sőt, talán még holnap is koplalni fog, ha a terv beválik, márpedig kudarcról szó sem lehet.

Óvatosan közelítette meg az irányítóterem hatalmas, átlátszó ajtópaneljét, mely tárva-nyitva várta. Ezek szerint Hubi még nincs itt. Belépett a terembe. Gyorsan felmérte a terepet. Semmi nem változott, mióta elment. A Hubi által rendszeresített tábori ágy üresen állt az egyik vezérlőpult előtt.

A terem oldalfalán sorakozó konzolokhoz lépett. Ezek takarásában kényelmesen el lehetett rejtőzni anélkül, hogy bárki felfedezte volna. Jól tudta, hogy a műszak ide rejti el a nassolni valót, és egyéb, a hídon egyébként tiltott holmit. Hagyta nekik. Ennyi szabályszegés minden munkahelyen kötelező. Most ő vált illegális tárggyá.

Csendben várakozott. Megszokta a csendet. Meg is szerette. Gondolatai léptek ilyenkor előtérbe, és szépen rendezték soraikat.

Lépések zaja rángatta ki belső világából.

*

– Vetkőzz már le, nincs sok időnk – szólalt meg egy férfi. Oberon azonnal felismerte Hubertus öblös hangját. Nincs egyedül, tehát nem pattanhat ki rejtekhelyéről, mint bohóc a dobozból.

– Mi van, dugni akarsz? – kacagott jókedvűen egy nő.

– Nora, ne hívd dugásnak. Az olyan alpári, elmegy tőle a kedvem.

60

– Esküszöm, te vagy kettőnk közül a nő – válaszolta még mindig nevetve Nora.

– Akkor nézz ide!

– Bocsánat, uram, fővezérlő, istenirányító, kilövőmester. Maga a férfi. Atyaég, de mekkora férfi maga!

– Ugye?

Oberon ezután csak neszezést hallott, a szeretkezés járulékos zajait. Egy futó pillanatra féltékenységet érzett, majd rendkívül ostobának érezte magát. Nem hibáztathatta őket, nem volt hozzá joga. Kint az események már teljes gőzzel siklottak természetes gravitációjuk mentén. Késő kilépni a búvóhelyről. Hubertus talán infarktust is kapna. Ha szerencséje van, akkor Nora előbb megy vissza a toronyba, neki pedig lesz néhány pillanata, amikor beszélhet Hubival. Egyébként ez még jól is jöhet. Ha Hubi érez némi lelkiismeret-furdalást, talán könnyebben ráveheti a kódok átadására.

Úgy döntött, hogy befogja a fülét, de nem volt ideje a mozdulatra.

– Ha befejeznék néhány pillanatra a munkahelyi szexet, akkor váltanánk önnel néhány szót – szólalt meg határozottan egy női hang. A válasz egy meglepett sikoltás volt – Nora lehetett az – melyet vad neszezés követet – öltözködés zaja.

– Úgy! Köszönöm! – szólalt meg egy férfi. – Ön, kisasszony, elmehet!

Oberon hallotta, amint Nora sietős léptekkel távozik.

– Hogy találtak meg?

– Ezt most nem kérdezi komolyan, ugye? – kérdezte a nő. Mély, határozott hangja volt, de az irónia eltéveszthetetlen színe ott bujkált a szavak mögött.

Ismeri ezt a hangot.

– Igen fontos ügyben zavarjuk meg pihenőidejében. Oberon Kapriról van szó.

– Mi van vele? – Hubertus hangja színtelen volt.

– A helyzet az, hogy elszökött.

– Ó.

– Ó, ám! – válaszolt a nő. – A kérésünk, hogy azonnal jelentse, ha kapcsolatba akar lépni magával. Egyébként is megtudjuk, de jobban járna, ha még azelőtt jelentené, hogy bejön hozzánk az értesítés. Ugye megértett? Rendkívül fontos, hogy minél hamarabb elkapjuk.

– Értem – válaszolt Hubertus.

– Mertem remélni. Bármit kér, bármire kíváncsi, bármivel áll elő, maga abban a percben lejelenti. Nem később, nem öt másodperc múlva, hanem *azonnal*. Azt akarom, hogy még magával beszélgessen, amikor odaérünk.

Ismerős volt ez a hang. Túlzottan ismerős.

– Mondom, hogy értettem – válaszolt Hubertus ingerülten.

– Csodás. Akkor most húzzon vissza dolgozni, és talán nem jelentem, hogy nászutas lakosztálynak használja a vészhelyzeti irányítótermet és a közvetlen beosztottjával etyepetyézik.

Oberon hallotta, amint Hubertus távozik. Tehát öreg barátja – ebben a kifejezésben most már több kérdőjel rejlett, mint igazság – tudta, hogy bezárták. Lassan le kell mondania a kódról. Érezte, hogy homlokát kiveri a veríték. Új terv kell, mégpedig azonnal.

– Etyepetyézik? – szólalt meg a férfi már sokkal könnyedebb hangon.

– Olvasnod kéne, mint minden normális embernek – válaszolt a nő. – Egyébként kikapcsoltad a percomot?

– Igenis, asszonyom!

Oberon az ajkába harapott.

– Ez mégis hogy történhetett meg? – kérdezte a férfi.

– Túl jó az az anyaszomorító. Amióta kiszökött, nem használt egyedül liftet, nem evett, nem lopott ruhát, nem szállt fel egyedül metróra, nem jelentkezett be zárt ajtón. Ügyes.

– Kellett neked olyan részletesen kitanítani.

– Figyelj! – csattant fel a nő. – Mióta is csináljuk ezt? Elég régen kezdtük, nem?

– …

– Na, és hányan jutottak el idáig? Ketten, talán hárman. El fogjuk kapni, nyugi!

– És ha mégsem? Ha valami nagyobb kárt okoz? Mindig is utáltam ezt a részt.

– Nem tűröm ezt a hozzáállást, Sigfried! – förmedt rá a nő.

– Elnézést, asszonyom!

– Figyelj, Sig – szólalt meg Gudrun békülékenyen. Ő volt az, ezt most már anélkül is tudta Oberon, hogy kilesett volna a fedezékéből. – Elkapjuk, bezsákoljuk, aztán minden megy a maga útján, sima ügy. Ügyes, de nem annyira ügyes, hogy egy bolygót kijátsszon.

„Azt csak hiszed, cica!" – gondolta Oberon. Legszívesebben kitört volna rejtekéről, és ököllel esik a két alaknak, akik se szó, se beszéd tönkretették az életét, mint Villefort szegény Monte Cristoét. „Lesz ebből olyan bosszú, hogy csak úgy füstöl!"

– Jó – szólalt meg Sigfried. – Én visszamegyek.

– Helyes. Én egész nap a kilövőnél vagyok, ha kellek. Percom be! – hallotta Gudrun hangját.

– Ott találkozunk, némber – suttogta Oberon. Nem ismerte pontosan a szó jelentését, de ha Dantesnak megfelelt, akkor neki is jó lesz.

14. fejezet

Könnyedén elérte a kilövőállomást. Nem volt kihívás az úton. A tornyot és a dokkokat számos folyosó kötötte össze. Gyalog is kényelmesen megjárható volt a távolság. A problémák majd a raktérnél kezdődnek, ahová felhatalmazó kód nélkül nem léphet be. Ezért lett volna szüksége Hubertusra. Rohadt áruló! Visszafojtotta haragját. Valójában nem tudta, hogy Hubi részt vett-e az ellene szőtt összeesküvésben. Lehet, hogy éppoly áldozat, mint ő. Ha az, akkor Nora karjaiban nem szenved túlzottan a következményektől. Érezte, hogy újra elfutja a pulykaméreg. Megállt. A távolban már látszottak a dokkok óriási napsárga bejáratai. Türtőztetnie kell magát. Különös. Régen nem voltak ilyen erejű érzelmi kitörései. De most vannak. Vannak, és nem különösebben bánja őket.

Egy teherszállító suhant el mellette vészes közelségben. „Persze nem érzékel emberként, így nem tart attól, hogy megijedek" – gondolta.

Felindultsága enyhült. Erre majd nagyobb figyelmet kell fordítania, ha sikerül a terv. Mert még mindig volt terv. Jobban sántított, mint az előző, de attól még haladt előre. Talán egy hajszállal több szerencse kell hozzá, de ha az élet hazárdírozik vele, akkor ő is hazárdírozhat az élettel. Egy-egy.

*

A sárga kapuk már néhány méternyi távolságban voltak. Most érkezett meg az első ponthoz, ahol némi szerencsére volt szüksége.

Lassított, de nem állt meg. Az feltűnést kelthet a hatalmas, félkör alakú bejárat fölötti irányítófülkében. A helyiségnek két átellenes ablaka és bejárata volt. Az egyik oldal a bejövő folyosóra, tehát éppen rá nyílt, a másik pedig a dokkokra és az ott felkészülő hajókra. „A beléptetés persze automatikusan történik" – gondolta. „Itt nincs helye tévedésnek. Kód nélkül nincs átjutás. Egyetlen személy járhat át a másik oldalra észrevétlenül: a fülkében strázsáló felügyelő."

Hatalmas kő esett le Oberon szívéről, amikor meglátta az érzékelőt:

„Igen, Gudrunnak, aki még mindig némber, igaza volt. Ahol lift van, ott lépcsőház is van."

Kétemeletnyi magasságban talált rá az első ajtóra. A lépcsőház tovább is vezetett, de úgy sejtette, hogy számára azok zsákutcát jelentenének.

Izzadt a keze, ahogy az érzékelő felé nyúlt. Jól ismerte a dokkokat. Munkahelyi kötelessége volt, hogy rendszeresen ellátogasson ide, és személyes jelenlétével felügyelje a munkálatokat. Ha kilép a folyosóra, határozottan kell cselekednie, kétkedés, megtorpanás nélkül. Másként nincs esélye. Viszont nem tudhatja, hogy hányan állnak a vezérlőben. A szabályzat azt írja elő, hogy a dokkfelügyeleti helyiségben csupán egyetlen fő tartózkodhat. Ennek éppen az volt az oka, hogy az illető percom kapcsolatát ne foglalja le fölöslegesen semmi, ide értve a disznó viccek mesélését vagy az esti program megszervezését egy unatkozó dokkmunkással. Az itt dolgozó dokkfelügyelő – hasonlóan az irányítótoronyban dolgozókhoz – tűzfalazott G-net kapcsolatra van ítélve, melyen kizárólag a munkával kapcsolatos protokollok jutnak át. Ezt kell kihasználnia Oberonnak, ha be akar jutni, de két fővel nem bír el. Az már túl sok a jóból.

Kinyitotta az ajtót. Innen nem látta a vezérlőt. Halkan káromkodott egyet, és két óvatos lépést tett előre. Végre megpillantotta a fülke átlátszó ajtaját, mely mögött két alakot fedezett fel. Az egyiket jól ismerte: „Ellenszenves, akadékoskodó, mosdatlan nyikhaj." – Oberon vCard nélkül nem emlékezett a nevére. „Persze, a francba a vCarddal! Egy büdös kis paraszt volt mindig is, akit szívből utálok!" – A másik alak egy nő volt, akit most már gyűlölt: „Gudrun beszélget a csatakos hajú kis disznóval" – szapulta őket magában.

Érezte, hogy forrni kezd a vére, de ismét önuralmat gyakorolt. Ha a srác egyedül lett volna, azonnal támadásba lendül, de Gudruntól félt. Ki kell várnia, hogy a nő lelépjen. Visszahátrált az éppen becsukódni akaró ajtóhoz, mely érzékelvén őt, nyitva maradt.

Megkordult a gyomra.

Érzésre szerint jó fél órát várakozott, mire újra kikémlelt a folyosóra. Remélte, hogy Gudrun megunta már a zsíroshajú társaságát – Egyáltalán, hogy képes szóba állni vele? – és a dolga után nézett. Nem így történt. Még mindig ott csevegtek a fülkében.

Oberon újra visszabújt rejtekhelyére. Van ideje. Amíg éhen nem hal, addig várni is képes.

A világítás lekapcsolódott.

Újra átgondolta a teendőket.

Ha zsíros végre egyedül marad, akkor Oberon odasiet a vezérlőhöz. Az ajtó nem engedi majd be, de mivel percomja nem reagál majd a bejövő hívásra, kiügyeskedi, hogy a gyerek kinyissa az ajtót. Ide is kell mázli egy kalappal, mert ha a srác lejelenti az engedélykérelmet, akkor neki lőttek. Ellenben, ha bejut, akkor már tiszta útja van a dokkokig, hiszen a vezérlő másik ajtaja oda nyílik, egyenesen a rakodóplatformokra, ahonnan már csak egy lépés valamelyik hajó.

Mert utazni fog. Bizony. Mégiscsak elrepül innen a Tejút valamelyik fényes csillaga felé. A kvóterban csak fantázia volt az egész, egy merész terv, mint Edmond Dantes-é. De amint egyre jobban belement a részletekbe, annál valóságosabbnak tűnt az egész. Csak el kell jutni a hajókig. Egyetlen hajó sem száll fel teltházzal. Kabinok tucatjai állnak üresen, hiszen nem tudni, hogy mikor rendezkedhetnek be a megcélzott csillag körüli bolygón normális életre. Lehet, hogy egy teljes generáció él majd a hajó falai között. De a legfontosabb: szabadulásának legfőbb kulcsává éppen az vált, amitől eddig vonakodott. A végérvényesség szakítja majd ki őt földi börtönéből. Csak néhány órára kell meghúznia magát valahol. Indulás után nagyjából egy órával, amint a hajó kiér az Oort felhőből, és a Naprendszeren túli nyílt űrbe kerül, megszűnik a Nap gravitációs vonzása, a hajó bozon-hajtóművei teljes kapacitásra kapcsolnak, és a jármű elképzelhetetlen sebességgel lendül majd célja felé. Legközelebb akkor hallanak felőle a Földön, amikor pályára állt új otthona körül. Nincs G-net, nincs visszatérés. Ismeretlen emberként jelenik majd meg az utasok között, márpedig melyik legénység nem kap egy kiváló képességű mérnök után?

Jobb lesz így, és most zsigereiben érezte ennek igazságát.

*

Harmadik próbálkozása sikerrel járt. A nyikhaj – ezt a szót is Dantestől tanulta – egyedül szöszmötölt a fülkében.

Határozott léptekkel sietett az ajtóhoz, mintha valami rendkívül fontos dolgot akart volna közölni a bent ülővel. A gyerek nem ismerte fel. Oberon a fülére mutatott, és jelezte, hogy csak süket csendet hall. A nyikhaj hasonló gesztussal válaszolt. Még egyszer elismételték a pantomim előadást, majd Oberon az ajtóra mutatott. Most dől el minden. A gyerek – most is zsíros volt a haja – biccentett egyet, hogy érti a kérést, és ennek nyomán az ajtó sziszegve húzódott el Oberon orra előtt.

– Kösz! – mondta mosolyogva, amikor belépett a fülkébe.

– Nem működik a percomod.

– Frissítés, és van benne valami hiba. Most töltöm vissza a régit.

– Bakker, neked már megvan az új verzió? – a nyikhaj láthatóan izgalomba jött.

– Ne hidd, hogy olyan jó. Csak a baj van vele.

– Azért mondhatnál róla ezt-azt.

– Majd ha jövök vissza. Most dolgom van – vágott sajnálkozó képet Oberon. – Akkor ráérek egy kicsit csevegni. Meddig vagy bent?

– Még hat óra.

– Aha. Addig bőven visszaérek. Mikor van a következő kilövés?

– Húsz perc múlva. Most szállnak be az utasok.

– Oké – bólintott Oberon. „Két óra múlva én már bozon-sebességgel repesztek innen" – tette még hozzá gondolatban.

– De tuti, mesélsz róla?

– Tuti – intett fejével Oberon, és a dokk felőli ajtóhoz állt. – Beengedsz? Ez a szar, amire olyan kíváncsi vagy, még egy ajtót sem tud kinyitni.

– Szezám tárulj – mondta a nyikhaj, és Oberon megérezte arcán a szabad levegő utánozhatatlan simogatását. Az egyik hajó fölött már nyitva volt a hangártető. Az lesz hát a ladik, mely elrepíti innen a kincses szigetre.

– Kösz – intett a fülke felé, és már ereszkedni is kezdett a rakodóplató felé, ahol szállítóegységek hernyószerű sora várakozott arra, hogy rakományukkal eltűnjenek a hajó gyomrában.

Leért a földszintre. Megkérdezhette volna, hogy hova megy a hajó, melyik csillag lesz ezentúl otthonának napja, de aztán elhessegette a bosszúságot: „Mindegy! Ez legyen a jövő titka."

15. fejezet

Céltudatosan közelítette meg a hajót. Lassan araszoló konténerek mellett haladt a raktér felé. Kikerült két technikust, akik rá se hederítettek. Felsietett a rézsútos rámpán. A hajót már majdnem teljesen feltöltötték. A kétszázhatvan méter magasan húzódó mennyezet fényes égboltként sugárzott ezer napot felé. Itt bújik majd meg. A kettes szektor mellett a raktár falában egy sor vészhelyzeti kabin állt, melyek éppen azokat védték, akik valamilyen oknál fogva a raktérbe szorultak egy légkör nélküli kirakodás, vagy egy bozon-térre váltás során, tehát őt.

Sietős léptekkel kanyargott a hatalmas konténersorok között.

– Elképesztő vagy, Oberon! – szólalt meg mögötte egy hang. Megperdült. Gudrun állt mögötte.

Vége.

Ennyi volt.

*

Oberon nem válaszolt, nem is kérdezett. Egyetlen hatalmas lendületű ütést mért a nő állára, aki azonnal összecsuklott.

*

– Utazol velem, csillagom – nyalábolta fel a nőt, aki meglepően nehéznek bizonyult. Nem tudta, hogy honnan vette a bátorságot és az erőt ahhoz, hogy leüsse Gudrunt, de a hirtelen ötletet intuícióként értékelte, és örült, hogy élete első ökölcsapása ilyen remekül sikerült.

Torkában dobogó szívvel rángatta be a nőt a kabinba, melynek ajtaja sziszegve csúszott a helyére. Az ablaktalan panel megvédte attól, hogy egy utolsó ellenőrzést végző technikus felfedezze őket. Az ajtó ugyan jelezte, hogy két személy tartózkodik bent, de ki a fene ellenőriz valamit, amiben nem is hisz?

A kabinban öt személy fért el. Gudrunt gondosan bekötötte a középső székbe. Ő még nem szíjazta be magát. Ha a nő esetleg magához tér, kénytelen lesz még egyszer leütni, és ahhoz előtte kell állnia. Ehhez kell még egy kis mázli. Hirtelen ötlettől vezérelve átkutatta a nő zsebeit. Gudrun most nem R-mode ruhát viselt. A testhezálló nadrág és kardigán fölött egy bokáig érő kabát lengedezett, melynek belső zsebében legnagyobb meglepetésére egy kézifegyvert talált. Ismerte a modellt. Számtalanszor lődözött ilyesmivel személyes netshow játékokban. Megmarkolta a pisztolyt. Mennyire más érzés volt igazi fegyvert tartani a markában! Nem tudta volna elmagyarázni a különbséget, de minden porcikájában érezte, hogy a kezében lévő tárgy valódi, ölni lehet vele. Ölni és kábítani. Megbillentette a fegyvert. A markolaton lévő vezérlőegység elárulta számára, hogy a fegyver már most is sokkoló üzemmódra volt kapcsolva. Remek. Gudrun kap belőle egyet, ha idő előtt ocsúdik.

Lába alatt megérezte az enyhe remegést, melyet az irányítóteremben nap mint nap átélt. A hajó hamarosan elindul. Most már hallotta is a hajtómű surrogását, mely kisvártatva egy oktávot emelkedett. Megmozdultak. Már lebegnek. Feltornásszák magukat a tornyok fölé, ott Hubertus elmondja a szertartásos szöveget, és ők elrepülnek egy új világ felé.

Ennyi.

Gudrunra nézett, aki még mindig eszméletlenül lógatta fejét a mellkasára.

– Remélem, nem vagy haragtartó, mert ha igen, akkor vacak egy életünk lesz – mondta hangosan a nőnek.

Érezte, hogy a hajó enyhén megremeg. Hubertus útra bocsátotta őket, ideje neki is bekötnie magát, míg kiérnek a légkörből. Onnan a hajó már saját erőtérrel gravitálja a tárgyakat. Betuszkolta magát a Gudrun melletti ülésbe.

Szabad ember lett.

Talán szabadabb, mint valaha volt.

16. fejezet

Az ajtó sziszegve csúszott félre. Oberon gondolkodás nélkül emelte fel fegyverét, és lőtt. Az ajtóban megjelenő férfi összerogyott.

Kicsatolta magát. Érezte, hogy testét még mindig a megszokott súllyal húzza lefelé a gravitáció. Tehát még nem léptek ki a légkörből. A hajó gravitációja tíz százalékkal gyengébb volt. Ez feltűnt volna. Az ajtóhoz sietett. Sigfried hevert a küszöb előtt.

– Mi a franc bajotok van velem?! – kiáltott az eszméletlen férfira. – Miért akartok végleg kicsinálni, mi? Mit vétettem, hogy ezt érdemlem?

Pisztolyát nadrágjának zsebébe tömködte, lehajolt, és felnyalábolta az élettelen testet: – Akkor hárman utazunk. Mint a három kismalac...

– Oberon, vége – szólalt meg mögötte hűvös hangon Gudrun.

Oberon megfordult, a zsebe után kapkodott, de a nő sokkal gyorsabb volt! Egy szélsebes lépéssel Oberon előtt termett, és egyetlen villámgyors ütés mért a férfi torkára, melytől az azonnal fuldokolva hanyatlott a padlóra.

Még érezte, amint a nő kiveszi zsebéből a fegyvert, és hátának kellős közepére helyezi a pisztoly csövét.

17. fejezet

Oberon egy teremben tért magához. Járt már itt. Itt ítélték el.

A pulpitus mögött ugyanaz a vén bíró ült, mint aki a megvádolta és ítéletet mondott rá. Mellette két további bírája foglalt helyet, most már húsvér valójukban.

– Csakhogy magához tért – mondta mosolyogva az öreg.

Oberon vállat vont, de nem válaszolt.

– No, akkor akár el is kezdhetjük – csapta össze az öreg a két kezét, majd emelt hangon folytatta. – A bizottság ülését ezennel megnyitom. Jelenlévők: Oberon Kapri, földi repülésirányító, Inez Hoombert százados és Kasiga Lokom főhadnagy. – A bíró oldalra nézett, és türelmetlenül az asztalra csapott. – Százados, ne ökörködjön itt! Ez egy hivatalos eljárás.

Az idős bírónő széles mosollyal nézett vissza a középen ülő bíróra.

– Ennyit megérdemelne. Engem leütött, a főhadnagyot pedig lelőtte.

– Azt maguknak köszönhetik – legyintett a bíró.

A két oldalán ülő alak enyhén vibrálni kezdett, majd új formát ölött. Oberon Gudrunnal és Sigfrieddel nézett farkasszemet.

– Ezt nem értem – suttogta Oberon zavartan.

– Azt nem csodálom, fiam – csóválta meg a fejét a bíró. – Mindjárt megérti. Oberon Kapri, ön Egységes Idő 2234/12/24/21.13-kor felvételi kérelmét adta be az űrutazási hivatalba. Kérem, bólintson, ha egyetért a fenti megállapítással.

– Igen, de nem vettek fel – válaszolt Oberon.

– Az, hogy nem kap választ, még nem jelent elutasítást – mondta kioktató hangon a bíró. – Olyannyira igaz ez, hogy a 2236/01/13/03.45-kor megkezdett felvételi vizsga szerint ön felvételt nyert az űrutazási programba. A vizsgaeredményei kiválónak bizonyultak. Megállapításra került, hogy a poszt betöltéséhez elengedhetetlen fizikai és mentális képességek birtokában van. Kiválóan reagált a hálózat megvonására, mely szintén döntő fontossággal bír a megpályázott vezetői poszt betöltéséhez. Ezért: a vizsgáztató tisztek egyhangú véleménye alapján ön alkalmas a hajóparancsnoki tisztség betöltésére.

Amennyiben elfogadja a felajánlott posztot, innen elsőként az ön által már ismert bírósági klinikára kísérik, ahol helyreállítják percom kapcsolatát, és egyben engedélyezik a G-net kapcsolattal való akaratlagos szétkapcsolást biztosító protokollok telepítését. Személy szerint azt javaslatom, hogy egy ideig még ne kapcsolja vissza a hálót. Örüljön egy kicsit a csendnek. A klinikáról a felvett jelöltet az Űrutazási Kiképző Központba delegálják, ahol megkezdődik a kiképzése, mely legkésőbb a kiképzés kezdetétől számított két éven belül befejeződik. Sikeres vizsga letétele esetén a jelölt kinevezést kap a soros csillagközi hajó parancsnoki posztjára. Kérem, jól hallhatóan adja tudtomra, hogy megértette azt, amit most elmondtam önnek.

– Értettem – bólintott Oberon.

– Remek. Most már csak az van hátra, hogy egy szintén érthető „Akarom"-mal fejezze ki, hogy a felvételt elfogadja, és aláveti magát a soron következő kiképzési eljárásnak.

– Akarom – mondta Oberon.

– Akkor ezennel az ülést berekesztem – mondta a bíró, és felállt. – Azt ugye tudja, fiam, hogy még soha senki nem okozott ekkora galibát? Majdnem úgy lett űrhajós, hogy kihagyott minket. Inez nagyon büszke magára.

– Nagyot tud ütni – ölelte át Gudrun, aki egy ideje Inez lett. Mindegy, úgysincs rajta vCard, akár némbernek is kiadhatná magát. – Szabad vagy! Most már tényleg szabad – adott cuppanós csókot jobb orcájára a nő.

– Szabad vagyok – bólintott Oberon.

Inez szemébe nézett, mely gyönyörűen csillogott, mint egy távoli csillag. Azonkívül csak gondolatok voltak, és mögöttük a mélységes csend.

– Éhes vagyok.

Bálint Endre

A tagadás kora

Egy őszi délután két gimnazista bújt elő az Elhagyatott Terület sűrű bokrai közül, széthajtva maguk előtt a leveles ágakat. A kamasz Norbi csupasz karjával önfeláldozóan védte barátnője arcát a visszacsapódó gallyaktól, hogy sebesre ne karcolják, titokban jutalmat remélve lovagias tettéért. Kiérve a szabadba körülnéztek a bágyadt napsütésben. Zoé önkéntelenül elhúzta csinos száját. Nem pont ilyen környékre számított, amikor Norbi azzal kecsegtette, hogy tud egy helyet, ahol zavartalanul kettesben lehetnek.

Az Elhagyatott Terület csendes volt és mozdulatlan, változatlan az elmúlt évtizedekhez képest, amióta itt mindent a pusztulás uralt. Füves buckákon, ormótlan betontömbökön, gondozatlan bozótoson kívül más nemigen akadt errefelé. S az Elhagyatott Területen mintha megállt volna az idő is; itt sohasem történt semmi. Az errefelé kóborlás izgalmát egyetlen dolog adta: a szóbeszéd, hogy ide tilos behatolni. A közeli telepen már nem emlékeztek, honnét e tilalom, nem tudták, mikor lépett életbe, mi értelme, sőt azt sem, létezik-e még egyáltalán. Tábla sem jelezte, ám a szülők óvatosságból mégsem engedték ide játszani kisgyerekeiket. Csak a nagyobb fiúk keresték fel olykor-olykor csavargásaik során, innen ismerte Norbi is a helyet.

Észrevette újdonsült barátnője arcán a csalódást, ám úgy gondolta, könnyű rajta segíteni.

– Tudod-e, mi volt itt, mielőtt elnéptelenedett ez a környék? – kérdezte a lánytól.

– Honnan tudnám? – vont vállat Zoé. – Csak nyáron költöztünk ide, a telepre.

– És milyen szerencse, hogy ideköltöztetek – súgta a fülébe Norbi –, különben sosem ismertük volna meg egymást! – Mivel úgy gondolta, hangulati bevezetőnek ennyi elegendő is, átölelte a leány derekát, és megpróbálta közelebb vonni magához, ám amaz kibontakozott, s határozott mozdulattal eltolta magától a fiút.

– Mit akartál mondani az előbb? Mi volt itt?

– Sose találod ki! – próbálta a fiú most titokzatosra venni a figurát.

– Remélem, nem valami temető, mert attól a frász jönne rám!

– Szó sincs róla. Mit kapok, ha elárulom?

– Ha elárulod, megtudod. Nos? Mondjad már!

Norbi egy pillanatig még vonakodott kijátszani legfőbb aduját, de bízott az információ lehengerlő erejében, hát kibökte:

– Egy időhajó bázis!

Feszülten figyelte az eredményt, de a lánynak meg se rebbent az a gyönyörű szeme. Csak visszakérdezett értetlenkedve:

– Egy micsoda?

Minthogy a várt hatás nyilvánvalóan elmaradt, Norbi felsóhajtott, és belefogott a részletes magyarázatba:

– Az időhajó bázis olyan hely, ahonnan időhajók startoltak el a jelenből a múltba, még valamikor az időutazás hőskorában persze, és ide is érkeztek vissza. Annak idején itt egy hatalmas, sok emelet magas, kupolás csarnok állt, abban helyezkedtek el az indítóállások. Szabadeséssel indították útjukra az időben a járműveket. Képzeld csak el! Zuhansz egy fülkében, mintha kiloktek volna a tizedik emeletről, és van két vagy legfeljebb három másodperced, hogy a hajód kiemelkedjen az idősíkból, máskülönben neked annyi, szevasz, világ, becsapódsz, és ízzé-porrá töröd magad! Ezek a kőtömbök – talpával belerúgott az egyik betonbucka oldalába – az egykori alapzat maradványai lehetnek.

Leült a nagy betontömbre, egy régen volt tartószerkezet, talán hídpillér vagy toronydaru hajdani talapzatára, amely körül egyáltalán nem nőtt fű.

– Időhajók? – kérdezett vissza megint Zoé fintorogva. – Jól értettelek?

– Azok! – jelentette ki titkos tudására büszkén, örömteli hangon a fiú. – Vagy ahogyan egykoron nevezték: mérőhajók. Furcsa, régies elnevezés, nem tudni, honnan származik, de akkoriban mindenki ezt használta.

A lány lebiggyesztette ajkát, ismét elhúzta száját, és tömören csak annyit mondott:

– Szamárság!

– Nem az! – tiltakozott élénken Norbi. – Ha te nem is hiszel benne, én pontosan tudom, miről beszélek.

– Ugyan, honnét tudnád? – vitatkozott a lány. – A tudósok mára cáfolhatatlanul bebizonyították, hogy az időutazás elvi lehetetlenség. Miért nem figyelsz jobban a suliban? Ott is elmagyarázták.

Norbi legyintett.

– Tudom én jól, mit tanítanak az iskolában. Csakhogy nekem még a nagyapám mesélte, hogy... Lehalkította hangját, közben pedig óvatosan körülkémlelt, nehogy valaki a közelükbe lopózva kihallgassa szavait, ám az Elhagyatott Terület – nevéhez illően – most is kihalt volt, nem járt erre senki, még az állatok is ösztönösen elkerülték. Köröskörül csak a magas bozót erős ágainak leveles szövedéke látszott, szívósan összekapaszkodó gallyait a feltámadó szél is alig bírta megmozgatni. Mintha Csipkerózsika elvarázsolt, álomba merült mesebeli kastélyának udvarán veszteltek volna.

A lány ösztönösen közelebb húzódott Norbihoz.

– ... Szóval nagyapám mesélte, hogy nemcsak látott a saját szemével időhajókat, hanem legénykorában szolgált is az egyiken. Időmatrózként gyakran merült alá régi, több száz, több ezer évvel ezelőtti korokba az *Antares* fedélzetén, és kisgyerekként rengeteg érdekes történetet hallottam tőle az elmúlt korok szokásairól, nevezetes eseményeiről, híres embereiről. Személyesen látta a Rómába bevonuló Julius Caesart, látta Kleopátrát, és pár évtizedet emelkedve a hajóval, rejtett kamerával videóra vették Jézus keresztre feszítését is. Mindig a múltba utaztak, mert az időmotorok felépítése olyan, hogy csak a múlt irányába képesek hajtani a hajót.

– A jövőbe nem? – kérdezte élesen Zoé. – Akkor hogyan térhettek vissza azok a hajók? Hogyan tért vissza a nagyapád? Mert ugye a jelen a múlthoz képest mégiscsak a jövő!

A lány büszke volt az eszére, hogy ezt így kilogikázta. Norbi egy tudós komolyságával fogott a magyarázatba:

– Úgy, hogy létezik egy kiegyenlítő hatású természeti ellenerő. Az időmotorokat kikapcsolva a járművet magának az időnek a felhajtóereje emeli vissza a jelenbe. Felfedezője után hivatalosan a Madison-féle parittyahatás nevet kapta, ám az időhajók legénysége, tisztek és matrózok egyaránt csak parittyának nevezték. Úgy képzeld el, mint egy pingpong labdát, amit lenyomnak a víz alá, majd hirtelen elengednek. Ugyanígy szökken vissza az időhajó is az idő felszínére, vagyis az indulási jelenbe, pontosan abba az időpillanatba, ahonnét elindult. Azaz mégsem pontosan, mert mindig volt egy kis elcsúszás. Minél messzebbre utaztak vissza az időben, annál nagyobb. Ezt idő-dilatációnak hívták. A nagyapám erről is sokat mesélt. Ennyi idő telt el a külső szemlélő számára a hajó eltűnése és a visszaérkezése között. A szokásos, néhány évszázados merülések esetén ez legfeljebb egy-két percre rúgott, akkor is, ha napokig voltak távol. Ám egyszer mégis megesett, hogy egy hatalmas időhajó, amelynél nagyobbat sem azelőtt, sem azóta nem épített az emberiség, órák hosszat nem érkezett vissza. Ez több milliárd évnyi merülést jelentett, vagyis annak a hajónak meg kellett közelítenie magát az ősrobbanást, az idők kezdetét.

– És mi történt azzal a hatalmas hajóval? – kérdezte Zoé, akit minden fenntartása ellenére magával ragadott Norbi meséje.

– Erről megoszlanak a vélemények. Egyesek szerint a közelében sem járt az ősrobbanásnak, másként nem térhetett volna vissza sem órák múltán, sem később. Mások szerint viszont nemcsak hogy elérte az ősrobbanást, hanem át is haladt rajta, mégpedig egy kiépített átjárót használva, amely biztonságosan keresztülvezette őket az idők kezdetén, hogy azután hol találják magukat? Na, mit gondolsz?

– Sejtelmem sincs. Már azt sem értem, hogyan juthattak át azon az átjárón. Miféle átjáró lehetett az? És hogy került oda? El sem tudom képzelni.

– Haladjunk csak szépen, sorjában. Tehát miután biztonságosan átjutottak a kiépített átjárón, nem máshol találták magukat, mint a világegyetem jövőjének legtávolabbi pontján.

– A jövőben?

– Igen, jól értetted, a lehető legtávolabbi jövőben, sok százmilliárd év múlva. Aztán onnan csurogtak szépen lefelé, vissza a jelenbe. Vagyis körbejárták az időt, mint Magellán a földgolyót.

– Hát az meg hogy lehet?

– Úgy, hogy a világegyetem szerkezetének geometriája olyan, hogy az idők kezdete és az idők végezete, ezek az egymástól látszólag és a józan logika szerint is legmesszebb eső pontok valójában egybeesnek. Mint egy körvonal, amelyen ha elindulsz, minél tovább mész, annál közelebb kerülsz ismét a kiindulási ponthoz, míg végül valóban visszaérkezel. Nehéz elképzelni, de azt már régóta tudjuk, hogy a világmindenség geometriája nem-euklidészi.

– Euklidészi vagy nem-euklidészi, ezt akkor se fogod beadni nekem soha. És mi van azzal az átjáróval? Azt a legnehezebb elképzelnem. Hiszen az ősrobbanás mégiscsak az ősrobbanás! Nem egy felrobbanó kazán vagy lőszerraktár, de még csak nem is egy csillag belseje. Ezeknél sokkal, de sokkal forróbb! És még ott van az az irdatlan, elképzelhetetlen nyomás, ami az egész világmindenség anyagát atommag méretűre tömöríti! Szóval? Átjáró az ősrobbanáson keresztül?

Norbi megvakarta a fejét.

– Hááát… azzal van egy kis bibi.

– Na, ez az első mondatod, amin nem csodálkozom. Azt csodálnám, ha nem lenne. Gyerünk, mondd, mi az a bibi!

– Az, hogy nemcsak te nem tudod elképzelni, hogyan keletkezhetett az az átjáró, de senki más sem. Egyetlen kozmológus vagy csillagász sem. Nem ismerünk fizikai folyamatot, ami egy ilyen alakzat kialakulását eredményezné. Az pedig, hogy értelmes lények kezének a munkája lenne, egyszerűen nem létezik ép ésszel elgondolható technológia, ami létrehozhatna ilyen elképesztő alkotást.

– Azért arról se feledkezzünk el, hogy nem ez lenne az első találmány a tudomány történetében, amit elképzelhetetlennek tartottak a saját korában – ment át Zoé az ördög ügyvédjének szerepébe. – Hogy csak egyetlen példát mondjak: a repülőgép. Komoly akadémikusok jelentették ki, hogy levegőnél nehezebb tárgy márpedig nem repülhet.

– Ennyit a komoly akadémikusokról!

– De ha a repülőgép repülhet, akkor talán egyszer azt az átjárót is megépíti majd egy értelmes faj az univerzumban egy ma még számunkra tökéletesen ismeretlen technológiát alkalmazva, talán éppen az emberiség lesz az, és akkor igaz lehet az átkelés története.

– Képzeld, Madison is pont így gondolta! Haláláig hitt az átjáró létezésében és kiépíthetőségében.

– Az a parittyás pasas?

– Az. De ebben valószínűleg tévedett. Legalábbis a halála óta már senki nem gondolja ugyanezt.

– Na, várj csak... ha viszont mégse lenne átjáró, akkor merre csellengett órák hosszat az az óriási időhajó?

– Nem órák hosszat csellengett, hanem több hétig volt távol. Több óra a késési idő-dilatációja volt. Elmagyarázzam még egyszer?

Zoé megrázta a fejét.

– Nem, kösz. Ennyi sületlenséget már rég hallottam összehordani. Ez az egész időutazásos história ellentmondásoktól hemzseg. Látod, nem olyan egyszerű kitalálni valamit csak úgy, mert néhány lépés után tuti, hogy belegabalyodsz. Nem véletlenül mondják, hogy a hazug embert hamarabb utolérni, mint a sánta kutyát. Mégiscsak azoknak a tudósoknak lesz igazuk, akik mára cáfolhatatlanul bebizonyították, hogy az időutazás még elvileg sem lehetséges.

Norbi hevesen tiltakozott:

– Ugyan már, nevetséges! Azok nem igazi tudósok! Illetve lehet, hogy azok, csak éppen azt kell bebizonyítaniuk, amire utasítják őket. Ne érts félre, én nem hibáztatom őket ezért, hiszen mindenki tudja, hogy börtön várna rájuk, ha nem tennék meg, vagy kivégzőosztag, de az ilyen emberek szavára én akkor sem adok semmit!

Zoé összevonta szemöldökét.

– Engem sose foglalkoztatott különösebben ez az időutazásos téma. Csak annyit hallottam róla, amennyit a suliban tanítanak, de a kedvedért hajlandó vagyok még egy percet szánni rá. Úgy rémlik, hogy a legfőbb érv az időutazás ellen mindig is a saját ős megölésének a paradoxonja volt. Ha visszamegyek a múltba, és megölöm a saját apámat vagy nagyapámat, mielőtt megfoganhattam volna tőle, akkor nem születhetek meg, ha pedig nem születek meg, akkor meg sem ölhetem őket. De ha nem ölöm meg, akkor mégiscsak megszületek, és visszautazhatok az időben megölni bármelyiküket. Na, erre mit lépsz?

Norbi türelmetlenül legyintett.

– Ez egy ősidők óta ismert látszólagos paradoxon, amely elnagyoláson alapul, nem veszi figyelembe az idő valódi természetét. Mondok egy hasonlót. Azt állítom: minden ember apja egy másik ember. Igaz ez? Persze, hogy igaz, gondolhatjuk felületesen, hiszen egyetlen ellenpéldát sem ismerünk, sőt elgondolni sem tudunk, leszámítva a gagyi sci-fik embergyártó masináit. Ebből viszont az következik, hogy az emberiségnek örökké léteznie kellett volna.

– Már miért következne?

– Azért – magyarázta a fiú türelmesen –, mert ha ehhez hozzávesszük azt a nyilvánvaló körülményt, hogy minden fiúnak időre van szüksége, amíg nemzőképessé érik, mondjuk, tízéves korára, akkor az apjának is ennyi idő kellett (legalább), a nagyapjának is satöbbi, és a múltba visszanyúló lánc így végtelen hosszúra nyúlik. Éppen csak az evolúcióról feledkeztünk meg, hogy az ember nem volt mindig ember, egy másik fajból fejlődött ki, ami szintén egy másikból, és így tovább, visszafelé az időben, míg ötmilliárd éven belül eljutunk az egysejtűekig, ahol már sem emberről, sem apaságról nem igazán beszélhetünk, érted?

– Ezt értem, de mi a helyzet a saját ős megölésével? Ott a végtelen nem játszik szerepet.

– Ott tényleg nem.

– Hát akkor?

– A filozófusok és az anyag elemi részecskéinek kutatói már sok évtizeddel ezelőtt rájöttek, hogy az oksági elv, amit a köznapi életből ismerni vélünk és igaznak tartunk, éppoly felületesen elnagyolt, mint a „minden ember apja egy másik ember" állítás. A világ mélyebb megismerése megmutatta, hogy az ok és az okozat kapcsolata nemcsak lazává válhat...

– Hogyhogy lazává?

– Valószínűségi alapúvá. Ez annyit jelent, hogy az okozat nem teljes bizonyossággal, azaz nem százszázalékos valószínűséggel követi az okot, hanem csak ennél kisebb, pontosan kiszámítható, de száznál mindenképpen kisebb valószínűséggel. Vagyis egyáltalán nem biztos, hogy az ok fennállása esetén bekövetkezik az okozat. Tudom, hogy nehéz ezt elképzelni, mert emberi léptékben ezek a jelenségek már nem játszanak szerepet, mégis így van.

– Mondjuk, hogy hiszek neked, ha nem is értem teljesen – mondta Zoé
–, mert elég szimpatikusan adod elő. Abban legalábbis biztos vagyok, hogy
te tényleg így gondolod, másként nem mondanád.

    – Persze. Ha nem így gondolnám, miért is mondanám?

Zoé titokzatosan elmosolyodott.

    – Tudod, Norbi, a pasik időnként összehordanak mindenfélét, hogy
elérjék a céljukat egy nőnél.

    – Oké, de én most nem lefektetni akarlak téged!

    – Tényleg nem akarsz? – kérdezte a lány tágra nyílt szemekkel, meg-
megrezdülő szempillákkal.

    – Úgy értem – jött zavarba a fiú –, hogy nem itt. És nem most. Mert
különben – kezdett ismét tűzbe jönni – nagyon is tetszel nekem, és én
nagyon is szívesen…

    – Jó, jó, jó, jó, csak haladjunk szépen sorjában – húzta meg Zoé ismét
a határvonalakat. – Mi van a saját ős megölésével? Belezavartál ezekkel a
valószínűségi dolgokkal.

    – Jól van – vett nagy levegőt Norbi, és már megint a magyarázatra
koncentrált. – Az a lényege, hogy az ok és okozat viszonya nemcsak
fellazulhat, hanem oda-vissza irányúvá is válhat, azaz kölcsönössé. Ekkor
már valójában nem is mondható meg, hogy melyik az ok, és melyik az
okozat, mert a két esemény bármelyike felléphet ebben a szerepkörben is,
meg abban is, attól függően, hogy melyik irányban vizsgáljuk a történést.
Ezt nevezik keresztkötésnek, vagy utalva az oda-vissza jellegre, kettős
keresztkötésnek.

    – Furcsa kifejezés. Sose hallottam.

    – A mai világban honnan is hallhattad volna? Ám Madison, igen, a
parittyás pasas szerint úgy tűnik, hogy az idő kedveli az ilyen paradox
megoldásokat. Szó szerint azt mondta, legalábbis az életrajzírója szerint, és
ez mélyen megragadt az emlékezetemben, hogy „még az is lehet, hogy maga
a létezés – a semmiből előbukkanó világegyetemé éppúgy, mint a világban
látszólag cél nélkül lézengő emberi lényeké – csupa hasonló paradoxonon
alapul, csak az esetek nagy részében nem ismerjük fel."

    – Tényleg érdekes gondolat. Majd eltöprengek rajta, ha lesz egy kis
időm, miután megcsináltam az összes házi feladatomat.

    – És olyankor rám is fogsz gondolni, ugye? – közelítette Norbi arcát a
lányéhoz.

Zoé játékosan meglegyintette, s rosszul titkolva tetszését, komoly arcot
erőltetett magára.

– Akkor most hogy is állunk a nagypapa legyilkolásával? Megtehetem, vagy sem?

– Nem tudok róla, hogy bárki kipróbálta volna a valóságban is. De azt hiszem, két dolog lehet. Az egyik, hogy megtehető, és akkor a fellazult oksági viszony miatt egyszerre fog létezni mindkét esemény: az is, hogy megölöd, és az is, hogy nem, tehát megfogansz. A másik lehetőség, hogy ha a nagyapád szép kort ért meg, akkor neked nincs is lehetőséged a megölésére, mert ha lett volna és akartad volna, akkor már megtetted volna, azaz nem ért volna meg olyan szép, magas kort.

– Volna, volna, volna, volna – rázta meg a fejét a lány –, mondom én, hogy zűrös ez az egész. Ha te se érted, mi is történne valójában...

– Ezeket én csak a nagyapám könyveiben olvastam, amik ránk maradtak a halála után. Csak magamban olvasgattam és emésztettem mindezt, mert erről a témáról nem lehet konzultálni senkivel, és egyáltalán nem állítom, hogy már mindent értek. De például Madison, igen, még mindig a parittyás pasas, aki máskülönben az időutazás feltalálója, az utóbbi variációban hitt, vagyis hogy a múlt azért megváltoztathatatlan, mert már eleve olyannak ismertük meg, ami tartalmazza minden változtatási kísérlet eredőjét. Ám ha szilárdan hitt is a múlt megváltoztathatatlanságában, élete végéig nem hagyott fel az időutazással kapcsolatos kísérletezgetéssel.

A lány elgondolkozva hallgatott, csendben bámult maga elé, miközben Norbi titkon azt csodálta, mint vetít arcába hulló, sima hajára kuszán villódzó ábrákat az őszi napfény. Amikor Zoé újra megszólalt, már azt kérdezte:

– És mondd csak, Norbi, szerinted hová lettek azok a híres-nevezetes időhajók, amik innen indultak a múltba? Persze megint csak szerinted.

– Amikor a kormány betiltotta az időhajózást, a hajókat egyszerűen a bontókba küldték. A bázisokat világszerte felszámolták, a tiszteket, matrózokat szélnek eresztették. A telepen lakók többsége hamarosan új munkát talált, és el is tűnt a telepről. Az indítócsarnokokat pedig lerombolták, a környező kiszolgálóépületek elnéptelenedtek, idővel beomlottak, gaz verte fel a tájat.

Körbemutatott, mintha az elvadult bozótos, amely itt-ott valóban rejtett falmaradványokat is, elegendő bizonyítékul szolgálna az elhangzottakhoz.

Zoé őszintén elcsodálkozott:

– De miért tettek volna ilyen őrültséget? Hiszen az időutazás valami egészen elképesztően csodálatos dolog lehetett! Fantasztikus dolog! Miért jutott volna eszébe megszüntetni bárkinek is? Már persze, ha egyáltalán létezett volna – fűzte hozzá sietve. – Most meg én „volnázok" itt neked – nevetett fel vidáman.

A kérdés már Norbiban is felmerült korábban, sokat töprengett, s mostanra kész volt a válasszal.

– Az időutazás egyet jelent a múlt feltárásával. Más szavakkal: semmi sem maradhat homályban. Szerintem az akkori kormányoknak ez nyilván kellemetlen lehetett, melyik kormánynak nincs takargatnivalója, és úgy tettek ellene, hogy betiltották az időutazást egyszer s mindenkorra az egész világon. Azóta nyugodtan alhatnak – fejezte be keserűen –, mert nincs, aki a jövőből kifürkészné a titkaikat. Érted már?

A lányt kevésbé érdekelte a politika, inkább az foglalkoztatta, mi van még Norbi tarsolyában, hát a fiú befejezte a történetét:

– A nagyapám itt maradt a telepen, de ő is kénytelen volt más állás után nézni, hogy legyen miből eltartania a családját. Hosszas próbálkozások után végül kazánfűtő lett. Befogta a száját, és dolgozott némán. Megfenyegették ugyanis, hogy baja esik, ha mesélget a régi dolgokról. Az időhajózást el kellett felejteni, még az emlékét is ki kellett törölni az emberek emlékezetéből. A nagyapám tehát hallgatott, csak néhanapján, ha felöntött a garatra, eredt meg a nyelve, és mesélt szűk családi körben fantasztikusnál fantasztikusabb történeteket. Mikor aztán kijózanodott, ijedten kötötte mindannyiunk lelkére, hogy tartsuk a szánkat, mert neki nagy baja lehet belőle.

Zoé eltűnődött. Egy hajdan élt részeges fűtő meséi álltak szemben a tudósok tekintélyével alátámasztott, iskolában hallott magyarázatokkal. Elhiggye? Mit higgyen? Végül úgy döntött, nem az ő dolga, hogy megítélje ezt az egész kérdést. És mostanra már, hogy ennyi ideje beszélgetett kettesben a fiúval, különben sem a szavak érdekelték elsősorban.

– Ügyes történet volt, még ha olykor hihetetlen is – súgta a fiú fülébe, azzal macskásan hozzásimult, s Norbi végre átölelhette derekát mindkét felsebzett karjával.

Az osztály zsibongása szemernyit sem csillapult, amikor a Köpenyes belépett a terembe. A Köpenyes történelmet tanított, és volt igazi, rendes, polgári neve is, ám nem akadt diák a telepi gimnáziumban, aki azon említette volna. A diákok már csak ilyenek, a Köpenyes az Köpenyes volt diákemlékezet óta. Bece- avagy gúnynevét épp annak a ruhadarabjának köszönhette, amellyel a diáksággal való szolidaritását kívánta kifejezni. Ha számukra kötelező volt az iskolaköpeny, hát ő is azt hordott. Abban érkezett és távozott az iskolából, abban tartotta óráit, abban ebédelt, a rossznyelvek szerint abban is aludt. A szeretkezésre csak azért nem terjedt ki a diákok rosszmájúsága, mert senkinek sem volt tudomása róla, hogy a Köpenyesnek valaha is viszonya lett volna bárkivel. Mindeme sűrű igénybevétel ellenére Köpenyes tanár úr öltözetének e nevezetes tartozéka mégsem keltette soha leharcolt ruhadarab benyomását.

A tanár úr most megállt a nagy Haszin elnök tábla fölé akasztott, díszegyenruhás mellképe alatt, és várta, hogy az osztályban uralkodó hangzavar csillapodni kezdjen. Béketűrő ember volt a végsőkig. Más tanerő az ő helyében már végigpofozta volna a hangoskodókat, ami a nagy Haszin elnök oktatásügyi rendeletei értelmében nemcsak megengedett, de egyenesen kívánatos is lett volna. Köpenyes tanár úr azonban csak állt, szeretettel bámulta nyüzsgő és hangoskodó diákjait, és várt türelmesen, mit sem törődve a feje fölül szigorú ábrázattal letekintő nagy Haszin elnök elvárásaival.

– No, kérem – köszörülte meg a torkát, amint szóhoz jutott –, remélem, nem bánjátok, ha az elkövetkező percekben az iránt fogok érdeklődni, mennyit sikerült megjegyeznetek a múlt órán elhangzottakból.

A padsorokból rémült morgás és nyöszörgés hallatszott, amint diákjai megértették, hogy dolgozat vagy feleltetés vár rájuk. A tanár úr szíve megesett rajtuk.

– Elég lesz, ha csak közösen átbeszéljük a legutóbbi témát, ami... mi is volt? Pucsek!

Pucsek, az osztály strébere, egyben az iskolai válogatott kiváló birkózója abbahagyta a karnyújtogatást, felpattant, és máris fennhangon jelentette:

– Az időhajózás körüli legendák kialakulása mintegy száz évvel ezelőtt, elterjedésük okai, végül pedig az egzakt tudományos cáfolat megszületése, ami mára az egyetlen elfogadható nézet a felvilágosult emberek számára.

– Úgy van – bólogatott a tanár úr. – Téged mi ragadott meg a témában leginkább, Pucsek?

– Engem? – kérdezett vissza megütközve a birkózóbajnok, miközben lázasan törte a fejét, mi is lehet a megfelelő válasz. Ám hamar rájött a megoldásra, s ettől önbizalma is visszatért. – Az, ahogy bölcs vezérünk, a nagy Haszin elnök – e szavaknál patetikus mozdulattal mutatott a tábla fölötti festményre – példamutató eréllyel rakott rendet a mendemondák kusza világában, mindenkor elvi útmutatással szolgálva az akadémia homályban tapogatózó tudósainak.

– Ez valóban rendkívüli, mondhatnánk korszakalkotó cselekedet volt – bólintott a tanár úr. – Másvalaki?

Szeme egy szőke kislányon akadt meg, akinek ritkán lehetett a szavát hallani. Most is maga elé nézve, csöndesen ült a terem végében.

– Próbáld meg most te, Fanni! – szólította fel a Köpenyes.

– Én azért örülök a tudósok eredményeinek – kezdte a kislány a kötelezően begyakorolt szöveget –, mert ha nem létezhet időutazás, akkor nem támadhatnak ránk időutazók váratlanul a jövőből, nem dúlhatják fel békés életünket, melyet a nagy Haszin elnök uralkodása biztosít számunkra, és így biztonságban nevelhetjük majd gyermekeinket, ahogy a szüleink is teszik most.

– Egészen kiváló! – hagyta jóvá Fanni szavait a tanár úr. – A biztonság, az állampolgárok biztonsága valóban rendkívül fontos. Erről a kérdésről egyszer majd, hm, más megvilágításban is beszélünk! – Aggódva pillantott körül, nem ment-e túl messzire, de az osztály szokásos unott hangulatát nem sikerült felkavarnia a szavaival. Egyetlen diákja sem hámozta ki szavaiból, hogy az állampolgároknak az állammal szembeni biztonságára célzott, azaz a diktatúra hatékony korlátozására. Hogy is vették volna észre, amikor jó ideje már a diktatúra szót sem volt szabad kiejteni!

– Másvalaki? Norbi? Látom, nagyon töröd a fejed valamin. Hadd halljuk mindnyájan!

A kamasz vonakodva emelkedett fel a helyéről.

– Engem maguk a legendák fogtak meg – válaszolta kényszeredett hangon.

– Valóban, ezek nem mindennapi mesés történetek – helyeselt a Köpenyes. – Sok bennük az érdekfeszítő, fantasztikus elem.

– Annyira részletesek, hogy nekem sokszor már az az érzésem, hogy nem is lehetnek puszta kitalációk.

– Márpedig szögezzük le, hogy mégiscsak legenda mind, egytől-egyig, amint azt mindannyian jól tudjuk – vetette közbe gyorsan a tanár úr, ujját intően emelve a magasba, és szemével már a következő diák után kutatott a teremben, ám Norbi még nem fejezte be.

– Elképesztően hiteles a korai hajók leírása, amellyel egész expedíciók indultak a múltba feltérképezni a történelem fehér foltjait. Vagy például azé a hajóé, amellyel az ősrobbanást próbálták megközelíteni, majd a halálzóna csapdájába estek s végül átjáróra bukkantak ott, ahol a legkevésbé számítottak rá, az idő legmélyén, az idő kezdetén, s ez az átjáró az ősrobbanás poklán át a legtávolabbi jövőbe vezetett.

– Mindez valóban hallatlanul érdekes – szólt közbe ismét a Köpenyes
–, de egyben ellentmondásokkal terhes is, nem véletlen, hogy a nagy Haszin
elnök tudósokból álló munkacsoportot bízott meg a téma kivizsgálásával,
akik arra az ismert eredményre jutottak, miszerint az időutazás elvileg sem
létezhet. Fogytán az idő, tovább kell haladnunk! Leülhetsz, Norbi.

De a fiú csak folytatta tovább:

– A legérdekesebb legendák pedig az összes közül az időhajók
technikai fejlődését mesélik el. Eleinte óriási, fazékszerű járművekről
szólnak ezek a mondák, melyekkel a régi korok időmatrózai csapatostul
merültek alá a múltba. Egész expedíciók utaztak így. Később a méretek
drasztikus csökkenésével eljutunk a személyi időhajók korába, amikor már
bárki egymaga útnak eredhetett az idő mélységei felé a saját egyszemélyes
kis hajóján, mely elfért akár otthon, a garázsban. Még később már csak
egyetlen vékonyfalú buborékból álló időhajókról szólnak a történetek...

A Köpenyes Norbi mellé lépett.

– Norbi fiam, te bizonyára mérnöki pályára készülsz, azért érdekelnek
ennyire az időhajók konstrukciós részletei.

– Nem, tanár úr. Én történész szeretnék lenni.

A tanár úr szeme alig észrevehetően megrebbent.

– Értem. Khm. Helyes.

Ismét az osztályhoz fordult.

– Jegyezzétek meg jól: csakis a zabolátlan emberi képzelet szolgálhat
magyarázatul a szóban forgó történetekre! Egyáltalán nem példa nélkül álló
eset a legendák történetében, gondoljatok csak arra, mennyi elképesztő
dologgal találkozhatunk a népi hiedelmek világában: tündérek, varázslók,
boszorkányok, angyalok, hétmérföldes csizma, repülő táltos ló, hogy a
járművek világához is közelítsünk. Sohasem szabad összetéveszteni a
hiedelmeket a valósággal. Ülj le, Norbi! Azt mondtam, ülj le! – ismételte
hangosabban, s tőle szokatlanul erélyesen, mert a beszédbe belemelegedett
diák még most is habozott szót fogadni. Végül mégiscsak visszaereszkedett
a padba, közben szemrehányó pillantásokat vetett tanárára, aki belefojtotta
a szót.

Köpenyes tanár úr néhányszor mélyet lélegzett.

– Haladjunk tovább! – szólt diákjaihoz. – Nyissátok ki a könyveket
a tizenhatodik oldalon...

Ekkor a tanterem ajtaján erélyes kopogás hangzott fel, majd belépett
az ügyeletes diák. Felkarján virító vörös karszalag jelezte felelős tisztségét.
Vigyázzállásba vágta magát, tisztelgett, és harsányan rákezdte:

– Tanár úrnak tisztelettel jelentem, ...

De a tanár úr leintette.

– Hagyd el, fiam! És nem süket itt senki. Elég, ha szépen, nyugodtan elmondod, minek köszönhetjük a szerencsét, hogy megjelentél körünkben.

– Igenis! – hangzott még mindig katonásan, de aztán mégiscsak csendesebben folytatta: – Az igazgató úr kéreti a tanár urat és Hámori Norbert tanulót az irodába.

– Rendben – bólintott Köpenyes tanár úr –, a szünetben odamegyünk. Együtt! Hallottad, Norbi? – pillantott a tanulóra.

– Most azonnal kell jönniük! – emelte meg hangját újra az ügyeletes, és cseppet sem titkolta, mennyire élvezi, hogy egy tanárt utasíthat.

– Ennyire sürgős a dolog? – puhatolózott a Köpenyes.

– Ennyire! – hangzott ismét magabiztosan a kezdeti hangerővel.

– Az igazgató úr személyesen adta az utasítást? – kérdezte a Köpenyes.

A válasz nem volt kétséges, csupán tekintélyét próbálta védeni a tanár úr, hogy ebben a teremben mégiscsak ő tartja kézben az eseményeket, és nem egy karszalagot viselő gyerek. Látott ő már karszalagos gyerekeket töltött puskával a kezükben, amit nevetve fogtak felnőttekre. Beleborzongott az emlékébe is.

– Akkor hát siessünk! – mosolyodott el kényszeredetten a válasz hallatán. – Gyere, Norbi! A többiek addig olvassák át csendben a következő olvasmányt! – hagyta meg az osztálynak, majd az ajtóhoz lépett.

Az ügyeletes már elviharzott. Feladata csupán az üzenet átadása volt, nem az idézettek odakísérése, így sietve visszatért posztjára, tovább felügyelni a gimnázium rendjét.

Köpenyes tanár úr kilépett az üres folyosóra. Megvárta, míg Norbi becsukja maga mögött az osztályajtót, majd nekitámadt:

– Mit műveltél, te szerencsétlen?

– Nem csináltam semmit, tanár úr! – védekezett Norbi elképedten.

– Semmit? Halljam, mi volt tegnap?

– Miért pont tegnap?

– Mert ha nem tudnád, az információ errefelé gyors lábakon jár. Ha tegnapelőtt követsz el valami disznóságot, már tegnap hívtak volna. Tehát? Tudnom kell, mire számítsak, mire az igazgatói irodába érünk.

– Hát... az az igazság... – vakarta a fejét Norbi –, hogy tegnap délután együtt voltam egy lánnyal.

– Miféle lánnyal? Ő is ebbe a gimnáziumba jár?

– Igen, de másik osztályba.

– És mit jelent az, hogy együtt voltatok? Lefeküdtél vele? – tette fel a kérdést nyíltan, mert látta, hogy a diák habozik a válasszal.

– Nem. Csak csókolóztunk.

– Csak?

– És közben simogattuk egymást. Tudja, hogy van ez ilyenkor, tanár úr!

Amint kimondta, legszívesebben visszaszívta volna. Köztudott volt, hogy a Köpenyes magányosan él, évtizedek óta nem volt nővel viszonya, vagy talán sohasem, még az is lehet, ki tudja. De a Köpenyes nem sértődött meg, föl sem vette a tapintatlan célzást. Más dolgokon járt az agya.

– Tudod a lány nevét?

– Természetesen.

– Egyáltalán nem olyan természetes ez a tinik között a mai világban! De ha kérdezik, mondd azt, hogy nem tudod, és azt sem, hogy hova jár. Ha a lány kiléte titokban marad, őt is békén hagyják, és a te esélyeid is jobbak lesznek arra, hogy elkerülöd a kirúgást.

Norbi belesápadt, de bólintott, hogy megértette.

– Ki látott benneteket?

– Senki.

– Valakinek csak kellett látnia, ha most itt vagyunk!

– Mondom, hogy senki!

– Nem értem, hogy lehetsz ennyire biztos benne!

– Azért, mert… az Elhagyatott Területen történt köztünk, ami történt.

A Köpenyes minden eddiginél fürkészőbben tekintett rá.

– Mi az ördögöt kerestetek ti ott?

– Olyan helyre akartam vinni a lányt, ahol senki nem zavar. Ahol kettesben lehetünk. Ééés…

– Mi van még? Mondjad hamar, már lent kellene lennünk az irodában!

– És úgy gondoltam, tudok neki érdekes dolgokat mesélni arról a helyről.

– Miféle érdekes dolgokra gondoltál?

– Arra, hogy az a hely valamikor az időhajók indítóbázisa volt. És akkor vált tiltott területté, amikor az időhajózást is betiltották.

A Köpenyes arca megrándult, nyíltan kiült rá a döbbenet. Kinyitotta a száját, hogy jobban kapjon levegőt, majd kis ideig zihálva lélegzett.

– Ezt felejtsd el! Ezt most azonnal felejtsd el! Történjék bármi, kérdezzenek bármit, eszedbe ne jusson ezt megemlíteni! Azt a szót, hogy időhajó, töröld ki az emlékezetedből, ha jót akarsz, de mindörökre!

Donászi igazgató úr íróasztala tekintélyes méretű irodájának végében állott egy életnagyságúnál jóval hatalmasabb, csaknem freskó méretű, a nagy Haszin elnököt lelkesen éljenző tömeg előtt, lóháton, egyenruhában, géppisztolyát magasra tartva ábrázoló óriáskép alatt. Az igazgató úr alacsony termete és köpcös alakja eltörpült a hatalom e túlméretezett manifesztációjának árnyékában, ám Norbi számára így is elég félelmetesnek tűnt. Annyira, hogy eleinte észre se vette azt a sötét öltönyös, hivatalos külsejű férfialakot, aki az egyik sarokban üldögélt hallgatagon, és látszólag nem fordított figyelmet az érkezőkre.

Előre jöttek a hosszú szőnyegen, és illedelmesen megálltak az igazgató úr asztala előtt, kissé megszeppenve, mint két rajtakapott bűnöző. Köpenyes tanár úr pontosan tudta, hogy diákja bűnéért neki is lakolnia kell, bármi legyen is az. Néhány másodpercnyi szótlan méricskélés után Donászi igazgató úr halk, tárgyilagos hangon megkérdezte a fiút:

– Neved?

– Hámori Norbert.

– Osztályod?

– IV.G.

A direktor a Köpenyes tanár úrra pillantott, aki szempillája rebbenésével hagyta helyben az adatokat.

– Nos, Hámori Norbert, IV.G. osztályos tanuló, hivatalosan közlöm veled, hogy ma reggel bejelentést kaptam ellened – folytatta az igazgató úr. – Vizsgálatot kell lefolytatnom, s annak eredménye fogja eldönteni, hogy továbbra is gimnáziumunk tanulója maradhatsz-e.

Norbi arca elsötétült, a fiú egy pillanatra meg is ingott. Nem gondolta, hogy ennyire komoly az ügy.

– A vád röviden: nemi erőszak és felforgató tevékenység. Egyik tanulónk édesanyja panaszt emelt, miszerint leányát tegnap elcsaltad az Elhagyatott Terület néven ismert helyre, melyről mindent elárul a neve – intézte szavait magyarázatként a sötét öltönyös, hallgatag ember felé –, ott megerőszakoltad őt, és közben a nagy Haszin elnök tanításaival nyíltan szembemenő, felforgató eszmékkel traktáltad, hogy így próbáld őt is szembefordítani a fennálló rendszerrel.

– Nem éppen életszerű – jegyezte meg a Köpenyes. – Bocsánat, hogy közbeszólok – fűzte hozzá a direktor megrovó tekintetére –, csak próbáltam rekonstruálni magamban az eseményeket, de nem jártam sikerrel. Vagy az erőszakos szex, vagy a felforgatás. De együtt a kettő elég nehezen képzelhető el.

– Norbert, te mit mondasz?

– Nem igaz! – tört ki Norbiból az elkeseredettség. – Aljas rágalom! Csak találkoztunk, és beszélgettünk mindenféléről, de szó sem volt

88

erőszakról, és eszem ágában sem volt semmiféle felforgató eszmét terjeszteni!

– Vess csak egy pillantást a bőrödre!

A rövid ujjú iskolaköpeny szabadon hagyta Norbi felsebzett karját.

– Csak a bokrok karcolták össze – védekezett –, amikor odafelé menet átbújtunk az ágaik között. Igen sűrű arrafelé a bozót, nézze meg igazgató úr a saját szemével, ha nekem nem hiszi!

– Attól tartok, ez kevés – csóválta fejét az igazgató. – A feljelentés számos olyan részletet tartalmaz, ami hiteltelenné teszi az állításodat, fiam. Még ha a szexuális részletektől el is tekintek, mert erre vonatkozóan maga az állítólagos sértett sem erősítette meg a feljelentésben foglaltakat, a leírás másik felében foglaltak még mindig épp elegendőek ahhoz, hogy...

„Kihallgatták Zoét" – háborgott magában Norbi.

„Ki lehet az a pasas?" – gondolkodott a Köpenyes, és lopva szemügyre vette a sötét öltönyös alakot. „A gyámügyesektől jött? Ott vannak ilyen gyászhuszárok. El akarják venni Norbit az anyjától?" – Úgy tudta, Norbi egyetlen gyerekként csak az anyjával él, apja régen elhagyta őket. „És mit mondott vajon a lány? Ha beszélt az időhajózásról, ha visszamondta Norbi történeteit, amiket az órán is alig tudott beléfojtani, istenem, mennyit beszél ez a gyerek, akkor Norbinak annyi, semmi sem mentheti meg a kirúgástól. És ami ennél is rosszabb: élete hátralevő részében téglát hordhat vagy földet lapátolhat, mert más munkára nem meri majd alkalmazni senki. Ilyen világ van, mióta a nagy Haszin elnök vette át az uralmat. Még örülhet a srác, ha megússza börtönbüntetés nélkül." – Töprengéséből az igazgató szavai riasztották fel:

– Tanár úr, ha megengeded, váltanék veled néhány szót négyszemközt.

Donászi igazgató karon fogva kivezette a Köpenyest a folyosóra, s csak ott szólalt meg hátrafordulva az irodája felé:

– Szegény fiú! Őszintén sajnálom, de semmit sem tehetek az érdekében. Lehetett volna több esze is! Magának kereste a bajt.

– Ki az az ember ott bent? – tudakolta a Köpenyes, ám választ nem kapott. Az igazgató úr csak ajka elé emelte ujját, és az ajtó felé pillantva megrázta fejét.

Amint becsukódott a tanár és az igazgató mögött az ajtó, a sötét öltönyös alak egyszeriben megelevenedett. Középkorú, intelligens arcú ember volt szabályos, ám túlságosan is fegyelmezett vonásokkal. Ruganyosan felpattant a helyéről, és odasietett Norbihoz. Körbejárta, figyelmesen tanulmányozta, egészen közelről szemügyre vette, majd halálos komolysággal így szólt:

– Ugye tudod, hogy nagy bajban vagy? Óriási bajban! Nagyobb bajban már nem is lehetnél!

Norbi csak állt némán. Az ablakon beragyogó kora őszi napsütés, amely cifra fénymintákat vetített a szőnyegre, melyen ácsorogni kényszerült, Zoé haját juttatta eszébe, és a tegnap délutánt, amikor még minden szép volt és ígéretes. Azután az osztályteremre gondolt: mennyivel szívesebben lenne most ott, még ha felelni kéne vagy dolgozatot írni is! Visszamehet-e még valaha? Épp csak elkezdődött a tanév, az ő utolsó éve az érettségi előtt, s most kétségbeesetten gondolt rá, hogy e percben számára talán már be is fejeződött. Így ácsorgott a szoba közepén egyedül, magára hagyottan, kilátástalanul, isten tudja, meddig.

– Őszinte és nyílt leszek veled – szólalt meg ismét az öltönyös –, cserébe elvárom, hogy te is az legyél. A te kis barátnőd, ez a Zoé este beszámolt az anyjának mindenről, ami tegnap köztetek történt azon az... Elhagyatott Területen. Micsoda hely! Nem jutott jobb az eszedbe? Most már mindegy! Igen részletesre sikeredett az a beszámoló. Én nem tudom, hogy mi történt köztetek és mi nem, mennyi benne a valóság és mennyi egy aggódó anya túlzása vagy lányának a dacos hazudozása, mondom, mindez engem nem érdekel, én nem az erkölcsrendészetről jöttem.

„Hanem honnan?" – tolult fel Norbiban a kérdés, de nem mert megszólalni, nem merte kérdőre vonni azt az embert, akinek felhatalmazását egyedül az jelentette, hogy az iskola igazgatójának irodájában magára hagyták vele.

– Azonban úgy veszem észre a feljelentésben leírtakból, hogy igen tájékozott vagy az időhajózás témakörében.

A fiúnak eszébe jutott a Köpenyes tanácsa, és összezárta ajkait, nehogy véletlenül bármi kicsússzon rajta.

– Nos, ebben önmagában még nincs semmi szégyellnivaló. Városi legendák mindig is léteztek, s ami egyszer megszületett, és gyökeret eresztett az emberek fejében, azt onnét többé ki nem irtja senki és semmi. Az eszmék, vallások, legendák, babonák épp ezért kiirthatatlanok. Ugye történelemórán is beszélgettek erről?

Norbi csak állt szótlanul a szőnyegen. Zoéra gondolt, ebből próbált vigaszt meríteni.

– Kérdeztem valamit, fiam – szólt az idegen. – Megtennéd, hogy válaszolsz?

– Mi... mire kíváncsi? – nyögte ki a fiú nagy nehezen.

– Megismétlem: történelemórán is volt szó az időhajózás témáját övező hiedelmekről?

– Tanultunk néhány legendáról – felelte halkan Norbi, s eszébe jutott, miket mondott csak néhány perccel ezelőtt az osztályteremben. A Köpenyes talán épp most tesz jelentést róla az igazgató úrnak, s akkor neki, Hámori Norbert IV.G. osztályos tanulónak egyszer s mindenkorra befellegzett. És nem csak a telepi gimnáziumban.

– Helyes – felelte az idegen, azután ismét csak méregette egy darabig. Norbi számára véget nem érőnek tűnt a beszélgetés, és arra gondolt, bárcsak léteznének most is időhajók, és ő beszállhatna az egyikbe, amelyikkel örökre eltűnhetne innét. – Csakhogy… van itt valami – folytatta az idegen –, amit feltétlenül tisztáznunk kellene.

– Micsoda? – kérdezte Norbi kedveszegetten, reménytelenül tekintve az újabb megpróbáltatás elé.

– Utánanéztem az adataidnak, és találtam egy érdekes családi vonatkozást. Több bejelentésünk is egybehangzóan állítja, hogy anyai nagyapád a telep kocsmáiban vén fejjel gyakran mesélgette, hogy ifjúkorában időhajókon szolgált matrózként.

– Ez csak afféle kapatos hencegés lehetett – próbálta Norbi menteni a menthetőt, eszébe idézve a Köpenyes intelmét.

– Természetesen. Mi más? Hiszen tudjuk jól, időhajózás soha nem létezett. De azért mi csak beszélgessünk tovább!

Este, amikor anyja bejött jó éjt-puszit adni érettségire készülő nagyfiának, Norbi az ágyban fekve megkérdezte:

– Van egy perced, anya?

– Hát persze, hogy van! A te számodra ne lenne? – ült le az asszony az ágy szélére.

– Azon töprengek – fogott Norbi a mondandójába –, hogy vannak családok, akik sok évszázadra visszamenően ismerik a felmenőiket. Tudják, hogy hívták őket, pontosan mikor éltek, mit csináltak. Én még szegény nagyapámat is alig ismertem. Még tízéves se voltam, amikor meghalt.

Anyja megsimogatta a homlokát.

– Lám csak, az én történésznek készülő nagyfiamban felbuzgott a szakmai kíváncsiság. – Felsóhajtott. – Van valahol egy családfa néhány generációra visszamenően, pár fénykép és némi levelezés. Ennyi maradt mindössze. Lent vannak a pincében egy bőröndben, mert idefent kevés a hely. Holnap megnézhetjük, ha el nem áztak, vagy az egerek meg nem rágták.

– Nem lehetne most?

– Késő van már. Ráér holnap. Nem szalad el az a bőrönd.

– Mondd csak, anya...

– Igen, szívem?

– Nagyapa folyton azt mesélgette fűnek-fának, hogy időmatróz volt fiatalkorában. Tudsz te erről valamit?

Anyja tekintete messzire kalandozott, régi idők felé.

– Mesélt sok mindent a nagyapád. Ki tudja ma már, mi igaz belőle?

– Mégiscsak meg kéne nézni azt a bőröndöt!

– Majd holnap megnézzük. Aludj, jó éjszakát! – oltotta le a villanyt, és kiment a szobából.

Nehezen jött álom Norbi szemére, s amikor végre elaludt, zűrzavaros képek rohanták meg. Zoéval sétált kézen fogva a telep utcáin, de a telep egészen másképp nézett ki, mint most. Szép házakat látott a jelen rogyadozó épületei helyén, lombos fák szegélyezte sima utakat a hepehupás, sáros, gidres-gödrös, tócsás utcák helyén, és jövő-menő embereket, akik tele voltak életkedvvel, és szemlátomást jókedvűen tették a dolgukat. Rendes ruhában jártak, és mosolyogtak egymásra, ha találkoztak. Az Elhagyatott Terület felé tekintve pedig óriási kupolát látott, amelyen megcsillant a napfény. Nagyapja, aki álmában alig volt idősebb, mint ő, csíkos matrózblúzban, tarkóján szalagos, kerek sapkában integetett feléjük, hogy tartsanak vele az *Antares* fedélzetén, mert hamarosan indul az újabb merülés, ezúttal a fáraók korába. Videóra veszik a piramisok építését, meglesik a fáraók balzsamozását, megfejtik a hallgatag szfinx rejtélyét...

Másnap szünetben a folyosón a Köpenyes félrevonta.

– Hogy ment?

– Nem fognak kirúgni – felelte Norbi, de hangjában nyoma sem volt a megkönnyebbülésnek.

– Nocsak! Valóban?

– Megígérte az a...

– Az az ember ott, az irodában?

– Igen, ő.

– És mit akart érte cserébe? Mert ugye, jól gondolom, hogy kért valamit, és nem ingyen adta?

– Azt... azt nem árulhatom el. Azt mondta, senkinek sem beszélhetek róla, még az édesanyámnak sem, még a tanáraimnak sem.

– Értem.

A Köpenyes körülnézett. A folyosó üres volt, senki nem tartózkodott a közelükben.

– Tudod, Norbi, amíg te bent voltál, én meg az igazgató úrral folytattam beszélgetést. Ő magasabb körökben is forog néha, és meg szokta osztani velem, ha néhanapján hall valami érdekeset. Az igazgató úr szigorú, de nem rossz ember, hidd el nekem, bár könnyen lehet, hogy te ezt most még másképp látod. Hogy a lényegre térjek: legutóbb azt hallotta, hogy az állambiztonságiak hajtóvadászatot indítottak mindenki után, akinek bármi köze lehetett a hajdanvolt időhajózáshoz.

– Hajdanvolt?

A Köpenyes egyenesen Norbi szemébe nézett.

– Nyíltan beszélek veled, mint férfi a férfival! Felejtsd el, amit az órákon tőlem hallottál. Az az előírt, kötelező tananyag. Te a nagyapádtól tudod, mások máshonnét, de mindenki tisztában van vele, hogy az időhajózás valaha igenis létezett. Ne csodálkozz, hogy ezt hallod tőlem. Jól értetted: az időhajózás létezett, csak a „nagy" Haszin elnök tiltotta be uralkodása kezdetén.

Norbi még sohasem hallotta ilyen hangsúllyal kiejteni Haszin elnök uralkodói állandó jelzőjét.

– Ám hiába is próbálják tagadni – folytatta a Köpenyes –, az emberek tudják az igazságot, még ha megfélemlítve nem is mernek beszélni róla. A diktatúra saját jól felfogott érdekében igyekszik elejét venni a szóbeszédnek. Azért kutatnak fel minden elérhető bizonyítékot, ami az időhajózáshoz kötődik, hogy megsemmisítsék. Ami pedig az embereket illeti... Ne legyenek illúzióid, Norbi! Velük ugyanez a terv. Az érettség legbiztosabb jele a leszámolás az illúziókkal. Elmondod, mit kért tőled, vagy mivel bízott meg ez az ember, aki minden jel szerint az állambiztonságiak ügynöke?

– Azt mondta, ha bárkinek beszélni merek róla, akkor nekem végem.

A Köpenyes tett hátra egy fél lépést.

– Kezedben a döntés. De én attól tartok, hogy éppen akkor lesz véged, és nemcsak neked, hanem másoknak is, ha teljesíted a kérését, bármi legyen is az. Jól gondold meg, Norbi, aztán beszéljünk újra!

A bőrönd ott lapult a pince mélyén egy csomó kartondoboz, használt szőnyeg, rossz cipők és egyéb kacat alatt. Norbi nagy nehezen kiszabadította, lefújta róla a port, majd felcipelte a pincelépcsőkön. Anyja nedves ronggyal törölgette át, mielőtt beengedte a lakásba. Azután együtt bogozták ki az átkötőszíjakat, együtt pattintották fel a zárakat, és nyitották fel a sarkain már foszladozó fedelet.

Percek teltek, órák múltak észrevétlenül, amint a régi levelek és fényképek nyomán feléledt, és melléjük szegődött a múlt. Körülvette őket, mintha időhajóval merültek volna évtizedekkel ezelőtti időkbe, amikor még Norbi anyja se volt a világon, nagyapa pedig épp ifjúkori botlásait követte el, amint kereste helyét a világban, mint minden fiatal.

Mélyebbre túrva a levelek közt egy könyvecske akadt Norbi kezébe. Sima, dísztelen, szürke fedelű kötet, amely a feketebetűs Merülési Szabályzat címet viselte. A fiú felütötte az első oldalon, és ezt olvasta:

Bevezetés

Az emberiség régi álmának, az időutazásnak megvalósulásával egyidejűleg szükségessé vált, hogy felmérjük eme új lehetőség hatását a múltbéli cselekedetek és történések, a kultúrák és hagyományok, az írott emberi történelem és az azt megelőző korszakok, vagyis a legtágabban értelmezett *múlt* egészére, amelyet szemléletünk szerint a felsorolt elemek egymásra épülve vagy egymás ellenében, egymást erősítve vagy gyengítve, olykor egybeolvadva, máskor közös tőről szétágazva, de mindenképpen egy oksági háló láncszemeiként hoznak létre.

Az időutazások során egy gyökeresen új, minden előzmény nélküli esemény, a jelen és a múlt közvetlen találkozása, ütközése, kölcsönhatása valósul meg. A következmények beláthatatlanok, a tapasztalati gyűjtőmunka ezen a téren épp csak elkezdődött, ám bizonyos filozófiai koncepció eme kezdeti eredmények birtokában is már e korai stádiumban kirajzolódni látszik. Ennek sajátosságait szem előtt tartva igyekszik jelen szabályzat a követendő irányelveket lefektetni, a részletes szabályozást kimunkálni.

Reméljük, hogy munkánk eredményének gyümölcseit az egész emberi civilizáció fogja élvezni!

Időkutatási Minisztérium

Lapozott egyet.

I. A Szabályzat célja

1.§ A Merülési Szabályzat (továbbiakban: Szabályzat) célja a saját jelenének idősíkját elhagyó járművek személyzetének és utasainak viselkedését szabályozó előírások egységes keretbe foglalása a járművek üzemeltetése, rendeltetésszerű használata, ill. a járműnek más idősíkokban történő elhagyása során azzal a céllal, hogy

(a) a merülésben résztvevő személyek testi épségét megóvja

(b) a nem kívánatos cselekményeket megelőzze

(c) a múlt változatlanságát megőrizze (észrevétlenségi passzus)

(d) a múltban szándékosan végzett változtatásokat a minimumra csökkentse (minimális beavatkozás elve).

II. A Szabályzat hatálya

2.§ A Szabályzat hatálya kiterjed minden Madison-elven működő időmotorral felszerelt, saját jelenének idősíkját elhagyni képes, a Madison-féle parittyahatás felhasználásával visszatérő polgári célú jármű üzemeltetőjére, személyzetének tagjaira és utasaira.

3.§ Az Időkutatási Minisztérium egyedi felhatalmazás alapján, a kormány vagy a kijelölt kormányszervek megbízása alapján különleges feladatok ellátása céljából végrehajthat a Szabályzat hatályán kívül eső merüléseket is. Ezekre a megbízó szerv által kibocsátott megbízásban, külön fejezetben felsorolt szabályok irányadóak.

4.§ Rendkívüli helyzetben a bázisparancsnok soron kívüli merülést rendelhet el.

5.§ Katonai célú merülés a Hadügyminisztérium illetékes szerveivel, vagy más, erre a célra kormányrendeletben kijelölt kormányszervekkel együttműködve valósítható meg.

És így tovább. Ismét lapozott, de szemét már csak a vastagon szedett fejezetcímeken futtatta át:

III. Az időhajók üzemeltetése. Az indítóbázis feladatai és személyi állománya.
Rendkívüli helyzetek

IV. Az időhajók személyi állománya

V. Útiterv készítése. Engedélyeztetési eljárás. A merülés dokumentálása.
A hajónapló

VI. Az időhajó elhagyása másik idősíkban. Ügyelet a fedélzeten.

95

VII. Beavatkozás másik idősíkban. A minimális beavatkozás elve. Az észrevétlenségi passzus

VIII. A büntetőjogi felelősség egyes kérdései

IX. Vegyes és záró rendelkezések

Kezében tartotta a legfőbb bizonyítékot, az Időkutatási Minisztérium dokumentumát. Ezek után kétség sem férhet többé az időutazás valóságához, bármire esküdözzenek is az ezért fizetett tudósok. Elgondolkoznia már csak egyetlen dolgon kellett: mihez kezdjen vele? Adja át az ügynöknek – magában már csak így nevezte, mert ösztönösen érezte, hogy a Köpenyesnek igaza van –, vagy rejtegesse tovább? Legjobb ötletnek még az látszott, ha tanácsot kér a tanár úrtól, amit csakis négyszemközt, tanúk nélkül tehetne meg, ami egyáltalán nem ígérkezett könnyű feladatnak a mindig nyüzsgő gimnáziumban. De mit mondjon az ügynöknek, aki vár tőle valamilyen anyagot nagyapja hagyatékából az időhajózásról, hogy cserébe befejezhesse a tanévet, és leérettségizhessen?

Váratlanul egy másik könyv akadt kezébe a bőrönd mélyén. Egy hajónapló: az *Antares* naplója. Előhúzta, s mindjárt bele is lapozott. A naplószerű, dátummal ellátott, tömör bejegyzések között fényképeket helyeztek el. Akárha egy színházi évkönyvet tartott volna kezében, melynek társulata az ógörög tragédiáktól Shakespeare-en és Ibsenen át Mordensee-ig, a méltatlanul elfeledett XXII. századi színpadi szerzőig ad elő darabokat, annyiféle kosztümben és díszlet közt tűntek fel a hajó utasai. Nyilván azért, mint Norbi kezdte pedzegetni, hogy eleget tegyenek a Merülési Szabályzat 1.§. (c) pontjának, amely az észrevétlenségi passzus megjelölést viselte. A kosztümök a hajó jelenének mesterségesen előállított termékei lehettek, azonban a díszletek nagyon is valóságosak voltak: az adott kor homlokzatai, palotabelsői, királyi udvarai, csataterei; mindazon helyszínek, amerre az *Antares* megfordult az idők folyamán. Norbi egyik ámulatból a másikba esett. Csak most fogta fel teljes mélységében Zoé szavait, hogy „az időutazás valami egészen elképesztően csodálatos dolog lehetett".

Az igazi nagy felfedezést mégis az anyja tette. Mikor fia a kezébe adta az *Antares* hajónaplóját, nagyítót vett elő, s erős lámpafénynél azzal tanulmányozta át tüzetesen valamennyi fényképet. Egyszer csak elsápadt, majd felkiáltott:

– Nem! Ez nem lehet igaz!

– Mi történt, anya? – kérdezte izgatottan a fiú.

– Nézd – tolta az orra elé anyja a naplót –, nézd ezt a fényképet! Meg ezt itt! Meg ezt is!

Kezébe nyomta a nagyítót, hogy jobban lásson. Norbi tanulmányozni kezdte a három fényképet. A hajózó személyzet egy csoportja, öt-hat fő szerepelt mindegyiken. A spanyol uralkodók udvarában járhatott a hajó a XV. vagy XVI. században, Norbi erre következtetett a buggyos, fekete térdnadrágokból és buggyos ujjú zekékből, fekete selyemharisnyákból, csatos cipőkből, malomkerékszerű, fehér körgallérokból, csúcsos süvegekből. Maga a hajó természetesen sehol sem látszott, érkezéskor nyilván gondosan elrejtették a kor bennszülöttei elől az észrevétlenségi passzus elvárásainak megfelelően. Csak a személyzet volt ugyanaz, akik más képeken az ókori Róma utcáin flangáltak beborozva, vígan, vörös szegélyű tógájukban, vagy zsakettben, csíkos nadrágban üldögéltek egy párizsi kávéház asztalainál az első világégést megelőző boldog békeidőben, kuglófot majszolva és habos kávét kortyolgatva.

– Látom nagyapát! – rikkantotta vidáman Norbi, amint az egyik zsakettes fiatalember arcán ismerős vonásokat fedezett fel.

– Én is láttam – mondta anyja csöndesen. – De nézegesd csak tovább, mert nem ez az igazi szenzáció!

Norbi tehát szorgalmasan böngészett tovább arcról arcra járva, a képkocka minden négyzetmilliméterét tüzetesen szemügyre véve, míg egyszer csak…

– Neee! Na neee! Ezt nem hiszem el!

A nagyapa mellett álló matróz arca szintén nem volt ismeretlen számára. Látta már ezeket a kemény vonásokat, ezeket a szúrós szemeket, ezt az akaratos ajkat, húsos orrot, göndörödő hajviseletet, ha nem is ennyire ifjonti kiadásban, hanem jóval idősebben, ám annál többször, annál több helyen. Számtalan helyen volt látható ez az arckép, elbújni is nehéz lett volna előle. Mégis időre volt szüksége, hogy elhiggye: akit lát, az nem más, mint a nagy Haszin elnök ifjúkorában!

Norbi a döbbenettől sokáig nem jutott szóhoz.

– Ezek szerint – nyögte ki végül – Haszin elnök is időmatróz volt egykor? Nagyapa ismerte őt? Mi több, egy hajón szolgáltak, az *Antares*-en?

A „nagy" jelző már rég nem jött oly könnyen a szájára, hát iskolán kívül nem erőltette.

– Láthatod a saját szemeddel – felelte anyja, és több magyarázatot nem fűzött hozzá.

– Mi lenne, ha megtudná a média?

– Eszedbe ne jusson, fiam! – óvta anyja a felmerülő, veszedelmes ötlettől. – A titkosszolgálat emberei mindenhol ott vannak. Azonnal megtudnák, honnan származik az információ, és akkor neked véged! Még a holttestedet sem találnák meg, hogy tisztességesen eltemethesselek.

– Mégiscsak felháborító – hőzöngött tovább Norbi – ez a sok szemenszedett hazugság, amivel az embereket traktálják!

– Igazad van, fiam, de bele kell törődni, úgysem tehetünk ellene semmit. Csak magadnak ártasz, ha bármivel próbálkozol.

Norbi gondolatai ekkor új vágányon kezdtek haladni, s mindjárt ki is mondta, ami az eszébe jutott:

– Milyen viszony lehetett nagyapa és Haszin között?

De anyja mindjárt lehűtötte.

– Ne reménykedj! Az ilyen embernek nincsenek barátai. Ha mégis vannak, azokat öleti meg elsőnek.

– Lehet, hogy ellenségek voltak? Nagyapa nem mondott valamit a többi matrózról?

– Nem mondott semmit, mindig csak a kalandokról mesélt, amiket együtt éltek át. Nekem az volt a benyomásom, hogy a barátság ismeretlen fogalom azon a hajón, talán a többin is, talán mindegyiken. Legfeljebb ivócimborák voltak, ha épp úgy adódott.

– Milyen feladataik voltak?

– Miért engem kérdezel? Ott a hajónapló a kezedben.

Norbi olvasásba merült, késő éjszakáig erőltette a szemét. Számos oldal íródott nagyapa kézírásával. És mire végigolvasta valamennyit, tisztába jött vele, miért kellett felszámolni az időhajózást.

Az ebédszünetben sikerült időt és alkalmat találni, hogy a Köpenyes zavartalanul végighallgassa Norbit. Közben arca mind jobban elkomorodott.

– Találtál tehát két könyvet otthon – összegezte az elhangzottakat. – Egy szabályzatot és egy hajónaplót, amelyből kiderül, hogy a nagy Haszin elnök egyszerű időmatrózként kezdte pályafutását. Hm, hm.

– Nem hisz nekem a tanár úr?

– Hinni éppen hiszek, csak attól félek, hogy bajt hoznak még ránk ezek a könyvek. Legjobb lenne, ha elégetnéd őket!

Norbi őszintén felháborodott.

– Elégetni a könyveket? Még mit nem? Abba sose egyeznék bele! Inkább elásom valahol, hogy ott vészeljék át, amíg áll ez a rendszer, de megsemmisíteni biztosan nem hagyom.

A Köpenyes halványan elmosolyodott.

– Persze, persze. Elfelejtettem, hogy történésznek készülsz. Minden forrásanyag becses kincs, igaz?

– Igaz – felelte mély meggyőződéssel a fiú.

– Az idők néma, mégis a legtöbbet mesélő, őszinte tanúi.

– Azok – helyeselt Norbi.

– Akkor lássuk, mit is tehetünk.

– Nyilvánosságra kellene hozni valahogy a naplót. Az rögtön leleplezné a rendszer hazugságát, és nem kellene éveket, netán évtizedeket várnunk Haszin elnök haláláig.

– Csendesebben, te! – szólt rá ijedten a Köpenyes. – Vannak dolgok, amiket kiejteni sem szabad a szádon! Még hogy Haszin elnök egyszer meghalhat? Ezt emlegetni egyet jelent azzal, hogy várod, kívánod a halálát. Felségsértés és hazaárulás lenne, jutalma pedig a halál.

– Tanár úr, én rájöttem valamire.

– Igen? És mi az? – pillantott türelmetlenül órájára a Köpenyes, és indulni készült. – Mindjárt mennem kell órára.

– Csak annyi, hogy tudom, miért tiltotta be Haszin elnök az időhajózást.

A Köpenyes megtorpant.

– Komolyan beszélsz?

– Teljesen komolyan – válaszolta Norbi, és tanára az arcáról is leolvashatta, milyen őszintén beszél.

– Nos, erre feltétlenül szánok még pár percet. Beszélj!

– Nagyapám szerint az időmatrózok nem voltak gátlásos fiúk. Megszerezték, ami kellett nekik, és erre minden lehetőségük megvolt az időhajóval a kezükben. Tetszőleges korban, tetszőleges helyen bukkanhattak föl, ismerték a régi korok titkos trükkjeit, összes találmányát, tehát nem esett nehezükre például látogatást tenni egy gondosan lezárt kincseskamrában. A spanyol királyi udvarba a hódítások idején gályaszám özönlött a tömérdek arany és ezüst, szobrok, pénzérmék és ékszerek formájában. Maga a király sem tudta, mekkora a vagyona, így aztán nem jelentett gondot a jövőből érkező legénység számára megcsapolni ezt a kincsesbányát. Meg is tették, nagyapám leírta őszintén a naplóban. És nem is a saját elhatározásukból cselekedtek elsősorban. Állami vezetőktől érkezett az utasítás. Más kérdés, hogy közben dolgoztak saját zsebre is, és ebben Haszin járt az élen, aki akkor még se nagy nem volt, se elnök, csak egy gátlástalan, tolvaj matróz. Már egész tekintélyes vagyont lopkodott össze, amikor egyszer csak észrevette, hogy fogyni kezd a készlete, amit magának rakott félre. Éktelen haragra gerjedt, és sorra gyanúsította meg a társait, mindenáron tudni akarta, ki merte meglopni őt. Sosem derült ki, melyikük volt a szarka, és nem került elő a tolvajtól ellopott értékek közül egy sem. Haszin kénytelen volt belenyugodni ebbe. Később politikai pályára lépett, úgy látszik, abban nagyobb lehetőségeket látott a vagyonszerzésre, ám a leckét sosem felejtette el. Elnökké válása után első intézkedései közé tartozott az időhajózás betiltása.

– Arra gondolsz, hogy a bosszú vezérelte? – kérdezte a Köpenyes, aki mindeddig figyelmesen hallgatta Norbi fejtegetését.

– Nem. Én arra gondolok, hogy a konkurenciától igyekezett megszabadulni.

– Értem. Vagyis... várj csak... arra gondolsz, hogy az időhajózás igazából nem is szűnt meg, csak Haszin emberei titokban űzték, azaz űzik ma is tovább az aranygyűjtést, miközben a nyilvánosság felé az elvi lehetőségét is tagadják az időutazásnak?

– Pontosan így gondolom.

A Köpenyes elismerően nézett Norbira.

– Ez igazán szép szellemi teljesítmény, fiam! Gratulálok! – És gúnyosan hozzáfűzte: – Sikerült újabb indokot szolgáltatnod a kivégzésedhez. Semmi pénzért nem lennék az életbiztosítási ügynököd! Már csak egyet mondj meg nekem: azt is tudod-e, hová lettek azok az értékes tárgyak Haszin időmatróz összelopkodott készletéből?

– Nem. Erről semmit sem írt a nagyapám. Illetve csak annyit, amennyit mondtam, hogy sose derült rá fény.

– Akkor gondolkozz! Ki fogod találni.

– Én??? Honnan tudhatnám, melyiküknek volt enyves a keze? Bármelyik matróz lehetett, egyikük se volt szent.

– Okos fiú vagy te, törd csak a fejedet!

– A tanár úr tudja?

Norbi meglepetten látta, hogy a Köpenyes komótosan bólint egyet.

– Lehetetlen! – tört ki a fiúból. – Hisz azt se tudjuk, kik voltak azon a hajón, hányan voltak, melyikük mit csinált, merre járt, amikor eltűnt a... azt se tudjuk, pontosan mik is tűntek el. Arany vagy ezüst tárgyak? Pénz? Gyémánt? És azt sem tudjuk, mikor tűntek el. Ennyiből maga Sherlock Holmes se lenne képes kitalálni, hogy ki tette.

– Nem is azt kérdeztem, hogy ki tette, hanem azt, hogy hová tűntek azok az értéktárgyak, melyeket Haszin már a sajátjaként kezelt. Az idő a megoldás kulcsa, fiam, az idő! Sose feledkezzünk el az időről! Az idő... rendkívüli dolog. Furcsább a legfurcsább dolognál, amit csak el tudunk képzelni. Ahogy egy ókori verstöredék mondja: „Meglásd, nincs különösb az időnél semmi e földön..." Ez az idézet szerepelt az egyik legjelentősebb indítóbázis kapuja fölött Arizonában, míg a bázis meg nem semmisült. De ez egy másik történet.

– Nem nagyon értem, hová akar kilyukadni a tanár úr.

– Persze, hogy nem, hisz alig tudsz valamit az időről. De a parittyaeffektusról azért biztosan hallottál!

– Ó, a Madison-féle parittyahatás! – jutott a fiú eszébe, amiről Zoénak mesélt az Elhagyatott Területen. – A visszarendező természeti erő!

– Kapiskálod már? Azok a tárgyak nem voltak egyidősek Haszinnal, erővel ragadták ki őket a saját korukból. Ahogy a parittyahatás egy egész időhajót képes visszaemelni a jelenbe, úgy juttatja vissza előbb-utóbb az összes ellopott holmit is a saját korába. Íme, a tökéletes rablás, minden rabló álma: hátrahagyott nyom nélkül, fülön csíphető tettes nélkül, és ráadásul még erkölcsileg sem ítélhető el. Mint Robin Hood, aki a gazdagok összeharácsolt aranyát adta vissza a szegényeknek, az idő is efféle igazságosztó.

– Szevasz, Norbi!

– Szevasz, Pucsek!

– Volna egy kis beszédem veled!

– Tessék, szünet van – dőlt hátra a megszólított.

Pucsek fél fenékkel Norbi padjára telepedett, és fennhéjázón tekintett le a fiúra.

– Nem tetszel te nekem mostanában.

– Ó, nagyon elszomorítottál! – hangzott a gúnyos válasz.

– Az nem tetszik – folytatta rezzenéstelen arccal az iskola kiváló birkózója és az osztály strébere –, hogy mostanában túl sokat sugdolózol a Köpenyessel.

– Mi kifogásod ellene?

– Miről bírtok annyit dumálni?

– Majd legközelebb meghívunk téged is, és akkor a saját füleddel hallhatod.

Pucsek felfortyanva hajolt előre.

– Én rendesen kérdeztelek, kisapám, akkor felelj te is rendesen, vagy ezzel tanítalak meg a tisztességre! – dugta öklét Norbi orra alá.

– Hú, nagyon megijedtem!

– Felelj, ha jót akarsz!

– Semmi olyanról nem beszélünk, ami téged érdekelne.

– Azt majd én eldöntöm. Tehát?

Norbi fel akart kelni, de útjában volt Pucsek hústoronyként fölé magasodó teste.

– Majd akkor mész ki, ha rendesen válaszoltál.

– Szakmai kérdésekről szoktunk beszélgetni – engedett Norbi kényszeredetten a testi erő nyilvánvaló fölényének.

– Miféle szakma?

– Én történész akarok lenni, ő pedig történelemtanár. Dereng már valami?

– Konkrétabban?

– Hol erről, hol arról, ami épp soron következik.

– Például az időhajózásról?

Norbinak a szeme se rebbent.

– Néha arról is.

– Ugye tudod, hogy ez a téma tiltólistán van?

– A tantervben csupán a mélyebb elemzésre nem javasoltak között szerepel. Irodalmi anyagként feldolgozható példaként a városi legendákra.

– Szerintem viszont simán kirúgnák a Köpenyest, ha valaki jelentené Donászi igazgató úrnak, mi folyik az óráin.

– Nem folyik ott semmi szabálytalan. De tessék, szaladj az igazgató úrhoz, ha nekem nem hiszel!

Pucsek némán méregette áldozatát.

– Neked mit mondott az időhajózásról?

– Téged komolyan ez érdekel?

– Felelj!

– Nos, ha épp tudni akarod, a legendákról szoktunk beszélgetni.

– Azokat már megbeszéltük az órán.

– Tudod, Pucsek, ez egy kicsit bővebb téma annál, mint ami negyvenöt percbe belefér.

– Konkrétan mi az, ami több annál?

– Például? – tűnődött el Norbi. – Például Frank Madison élete.

– Ki az a Frank Madison?

– Hallottál már a madisoniumról?

– Nem. Mi az? Sportrendezvény?

– Nem találtad el. A madisonium a 148-as rendszámú szupernehéz elem, amit erről a Madisonról neveztek el, aki valóban létező személy, kutató fizikus volt a maga korában, úgy két évszázaddal ezelőtt.

– És hogy jön ez az időhajózáshoz?

– A legendák szerint ő dolgozta ki az időutazás elvi alapjait a madisonium tulajdonságaira alapozva. Mindez persze csak legenda, más szóval hazugság, egy kukk nem igaz az egészből. Nehogy már elhidd! Ráadásul más mendemondák szerint épp ő akadályozta volna legerélyesebben az időutazás elterjedését, egyszóval elég zűrös a kép. Most megnyugodtál?

– És még?

– Mit „és még"?

– Tovább! Miről beszélgettetek még?

– Sok legenda maradt fenn. Mindre kíváncsi vagy?

– Te csak mondjad! Majd én szólok, ha abbahagyhatod.

– Rendben. Halt könyve. Ez is érdekel?

– Mondjad!

– Nos, ez a Halt már sokkal problémásabb személy, az se biztos, hogy egyáltalán létezett.

– Miért nem?

– Bizonytalanok a személyes adatai. Egyesek szerint ő valójában nem más, mint Henry Arlington professzor, aki feltalálta a jövőbe utazást.

– A jövőbe nem lehet utazni! – mordult fel Pucsek.

– Miért, a múltba lehet? – nézett fel gúnyosan Norbi.

– Oda sem, persze, hogy nem, sehova sem, semmiféle időutazás nem létezik, nem lehetséges – hebegett Pucsek összevissza, mérgesen, amiért belezavarták. – És mit csinált ez a Halt… vagy Arlington… vagy akárki!

– Miután feltalálta a jövőbe utazást? Persze csak a legendában, nem győzöm hangsúlyozni! Szerinted?

– Elutazott a jövőbe?

– Látod, tudsz te, ha akarsz – csapott Pucsek combjára. – Nem is értem, miért mondják egyesek, hogy minden birkózó ostoba tahó.

Pucsek vastag bőrét még ez a nyílt gúnyolódás sem ütötte át.

– És mi van a könyvével?

– Azt nem tudom, az valami matematikai értekezés az idő vektoros természetéről, az extraidőről, az idő dimenzióinak számáról meg hasonlókról.

– Hagyd ezt az áltudományos halandzsát!

Norbi megelégelte Pucsek faggatózását.

– Na, most már tényleg engedj! Mindjárt kezdődik az óra, és nekem még ki is kell mennem.

– Mi vagy te? Hugyos vénember, aki nem képes visszatartani? – vigyorgott Pucsek, miközben lekászálódott a pad tetejéről, utat engedve Norbinak, majd lesajnálóan legyintett egyet, és faképnél hagyta.

Norbi kimászott a padból, megvetően Pucsek után bámult, majd nyújtózott egy nagyot.

– Ez a Halt tényleg elutazott a jövőbe? – kérdezte egy vékony hang a háta mögül.

Norbi megperdült, és Fanni, a mindig csöndes Fanni arcát pillantotta meg.

– Hát te hogy kerülsz ide?

Fanni egykedvűen vállat vont.

– Nem mentem ki a többiekkel a folyosóra.

– Nem vettelek észre.

– Engem nem szoktak. Senki se szokott. Szóval, mi volt ezzel a Halt nevű emberrel?

– Semmi. Nem érdekes. Tudod, ez is csak legenda, mint a többi.

– Jól van – vont vállat ismét a lány. – Nem mondod, ha nem akarod. Nem muszáj nekem mesélni.

Norbi megsajnálta.

– Egyszer majd elmondom, jó? Csak neked elmesélem az összes legendát, amit csak ismerek. Megígérem!

– Jól van – felelte közömbösen Fanni, és már a füzeteivel matatott, hogy előkészítse a következő órára.

Gyönyörűen sütött a nap, színes zászlók lengtek, lobogtak a telepi gimnázium udvarán, a falakról több helyütt is a nagy Haszin elnök tekintett le mozaikfreskó formájában a tanuló ifjúságra, mindehhez hangosan szólt a jókedvű zene, míg az ügyeletes diákok parancsszavára az osztályok felsorakoztak a számukra kijelölt helyen, első sor pontosan a felfestett csíkra állva. Norbi nézte, mint özönlenek ki a lépcsőház kapuján a zene ritmusára a mind újabb és újabb osztályok, egy pillanatra Zoé haját is látta megvillanni, de persze nem mehetett oda, neki már a helyén kellett állnia. Régen látta a lányt, a feljelentés óta szülei megtiltották, hogy találkozzon, vagy akár csak szóba álljon vele. Így aztán csak néhanapján mosolyogtak egymásra, ha az iskolában egymás közelébe sodorta őket a véletlen.

A zene hirtelen elhallgatott. A váratlan, ünnepélyes csendben Donászi igazgató úr kimért léptekkel közeledett az emelvényhez. De nem lépett fel rá, hanem megállt mellette. Majd intésére a tanárok soraiból egy fiatal, csinos, lelkes, az ünnepi alkalomhoz öltözött fehér blúzos, fekete szoknyás, kontyba fogott hajú tanárnő lépett elő, haladt végig az emelvényen, és állt meg a mikrofon előtt. Némi lámpalázas, izgatott várakozás után megszólalt:

– Tisztelt igazgató úr! Tisztelt kollégák! Kedves diákok! Ünnepet ülünk a mai napon a telepi gimnáziumban, s velünk együtt ünnepel külsőségekben és lélekben az egész ország. Ma van a harmincadik évfordulója, hogy a nagy Haszin elnök hatalomra kerülve elsöpörte mindazt a tehetetlenséget, tétovaságot és teszetoszaságot, ami a korábbi „demokratikus" kormányzatok működését jellemezte. Helyette ma már egyetlen ember tiszta és megkérdőjelezhetetlen eszméi uralkodnak e hazában, és ez az egyetlen ember nem más, mint a mi hőn szeretett, bölcs vezérünk, a NAGY HASZIN ELNÖK!!!

Egetverő éljenzés rázta meg a szebb napokat látott telepi gimnázium régi falait. A szűnni nem akaró tetszésnyilvánításnak messze szólóan kellett hirdetnie, mily őszinte imádat lakik a bölcs vezér iránt hű népének szívében. Donászi igazgató az emelvény mellett csendben ácsorogva hallgatott, arcáról nehéz lett volna leolvasni bármit. Hozzá hasonlóan a mögötte felsorakozó tanárok is csak halkan beszélgettek egymással, nem vettek részt a zajos ünneplésben. A lelkes diáktömeg, mely rendkívül élvezte, hogy az iskolaudvaron szabadon üvölthet, csak nagy sokára csendesedett el, akkor ismét a fiatal tanárnő vette át a szót:

– A mai különleges napon más okunk is van a nagy-nagy ünneplésre. Az Akadémia Tudományos Tanácsa közleményben hozta nyilvánosságra, hogy a nagy Haszin elnök útmutatásai alapján már régóta végzett kísérleteik mostanra eredményre vezettek. Tisztelt honfitársaim! Örömtől repeső szívvel jelenthetem be önöknek: tudósaink feltalálták az életelixírt, az örök élet italát. Már nincs messze az idő, amikor mindannyian részesülhetünk eme áldásból tudósainknak és a nagy Haszin elnöknek köszönhetően. A tudomány eme friss eredményének háromszoros HURRÁÁÁ!

– HURRÁÁÁ! HURRÁÁÁ! HURRÁÁÁ! – zúgott a tanulók feje fölött, és a hangszórók ismét pattogó rézfúvós indulóba kezdtek. Percek múltán, miután ismét elcsendesedett az udvar, így folytatta beszédét:

– Az első kezelést csakis arra érdemes, olyan kiváló ember kaphatja, akiben megtestesül az egész nép bizalma és élni akarása. Ma reggel született meg a bölcs döntés, hogy az első, és a tömeges alkalmazás elterjedéséig az egyetlen állampolgár, aki az örök élet előnyeit hazája javára fordíthatja, vitán felül csakis a mi szeretett vezérünk, a NAGY HASZIN ELNÖK lehet!!!

Zene és hosszú éljenzés követte beszédét. Már mindenki azt hitte, hogy az ünnepség ezzel be is fejeződött, de nem. Még hátra volt a legeslegnagyobb meglepetés.

– És most hadd jelentsem be azt a megtiszteltetést, tisztelt kollégáim, diákjaink és igazgató úr, amiről eddig a percig álmodni se mertünk. Az imént kaptuk az értesítést a legfelsőbb helyről, magának a nagy Haszin elnöknek a sajtóirodájától, hogy a mi hőn szeretett, bölcs vezérünk a mai napon MEGLÁTOGATJA ISKOLÁNKAT!!!

Éljenzés közben máris mindenki elkezdte forgatni a fejét, hogy elsőként pillanthassa meg a személyesen még csak kevesek által látott nemzeti bálványt. Haszin elnök ugyanis soha nem kereste a népszerűség populista formáit. Nem vett részt tömeggyűléseken, nem adott interjút, nem szerepelt semmilyen médiában. Épp ezért hatott minden képzeletet felülmúló szenzációnak, hogy most mégis személyesen jelenik meg egy középiskolában.

Senki sem tudta, merről érkezik az elnök. Legkézenfekvőbb természetesen az udvari kijárat lett volna, amelyen át a diákok és a tanárok is elhagyták az épületet, de az agyafúrtabbak más megoldásokon gondolkoztak. Sokan tekintgettek az emeleti folyosók ablakaira. Még az a vélemény tűnt legelfogadhatóbbnak, hogy az első vagy második emeleti folyosó középső ablakában fog az elnök megjelenni, és onnan integet majd a diákseregletnek, netán onnan intéz beszédet is hozzájuk. Ezért amint megmozdult az egyik ablaktábla, a felhördülő tömeg máris egy emberként fordult arra, ám csak az egyik folyosóügyeletes diák szeplős arca vigyorgott vissza rájuk.

Az izgalom percről-percre fokozódott. Volt, aki elájult, de csak lefektették a fal mellé, mert nem akadt senki, aki kivigye. Senki nem akarta elmulasztani ugyanis a jelentőségében felülmúlhatatlan pillanatot, amikor a nagy Haszin elnök személyesen jelenik meg az iskola valamely pontján.

Néhányan már a tetőablakokat vették sorra. Azokat kezdték nézegetni, hátha azok valamelyikében bukkan fel az elnök, és logikusnak tűnt a magyarázat, hogy ilyen magas posztot betöltő ember csak ilyen magas helyen jelenhet meg. És végül majdnem nekik lett igazuk, mert egyikük egyszer csak felkiáltott:

– Ott van!

Minden szem arra fordult. Mindenki megfeszült az igyekezettől, hogy végre megpillantsa az elnököt. De minden erőfeszítés eredménytelennek bizonyult. Az elnök nem látszott sehol.

– Ott! Ott!

Valaki végre szintén megpillantotta, és futótűzként terjedt a hír: ott, ott fenn, ott fenn az égen, az a picike fekete pont. Az egy helikopter! Abban ül a nagy Haszin elnök!

A zenekar rákezdett, hosszan játszott, a tömeg még éljenzett egy darabig, hátha mégiscsak felbukkan az elnök személyesen, aztán lassanként lecsillapodtak a kedélyek. Végre Donászi igazgató úr lépett a mikrofonhoz, arcán nyoma sem volt csalódásnak, helyette szokásos egykedvűsége uralkodott rajta.

– Az osztályfőnökök vezessék vissza osztályukat a tanterembe!

Norbi ugyanezt az egykedvűséget látta a Köpenyes arcán, akit felfedezett a tanárok soraiban, és ugyanezt látta a tanárok többségének arcán is.

Egyszer csak valaki megfogta a karját. Gyorsan megfordult, és Zoét pillantotta meg, aki osztályát elhagyva, nyilvánvalóan megszegve a rendet és a fegyelmet, odasietett hozzá. Arca szomorúnak tűnt.

– Szia! – mondta a lány, és csak állt elfogódottan.

– Szia! – felelte Norbi, és ő is kilépett a sorból, mert osztálya épp elindult a lépcsőház felé.

– Búcsúzni jöttem.

– Máris hazamész? – próbálta Norbi könnyedséggel elnyomni feltámadó balsejtelmeit.

– Úgy értem, végleg. Elköltözünk a telepről.

– Remélem, nem túl messzire!

– Elhagyjuk az országot. Apám már régóta próbálja elintézni, hogy mehessünk, és most sikerült neki. Azt hiszem, lefizetett pár tisztviselőt. Azt mondta, nem szabad késlekednünk egyetlen napot se, mert itt nincs biztonságban se az életünk, se a vagyonunk, bármikor elvehetik mindenünket. Holnap kora reggel indulunk repülővel messzire... A tengerentúlra... Nem is bánom. Igazából csak téged sajnállak itt hagyni. Jó volt veled, sajnálom, hogy anyáék úgy felkapták a vizet, és bekavartak. Igaz, ebben én is vétkes voltam, mert én mondtam nekik, hogy te meg én... szóval, hogy megtettük. Bosszantott, hogy mindig úgy kezelnek, mintha még óvodás lennék. Ha tudtam volna, hogy ez lesz belőle... Meg tudsz nekem bocsátani? Ja, és még azt akartam neked elmondani, hogy igazad lehetett az időhajózást illetően. Apámék is azt mondták, amikor megkérdeztem tőlük, hogy valóban létezett, csak nem szabad beszélni róla senkinek, mert bajba kerülhetünk.

– Én már benne is vagyok, méghozzá nyakig – mondta Norbi kesernyés mosollyal.

– Hát vigyázz magadra! Egyszer majd biztosan találkozunk. Fogok írni neked. Küldök képeslapot…

Nyomott egy gyors puszit Norbi arcára, azzal elment az osztályával.

Norbi csak állt az udvaron magára maradva, és fogalma sem volt, mennyi idő telhetett el, amikor valaki ismét megragadta a karját, ám ezúttal durván, erőszakosan.

– Melyik osztály?! – üvöltött rá egy ügyeletes diák, karszalagja a fiú szeme előtt lebegett, mint bika előtt a vörös posztó.

– IV. G. – suttogta Norbi alig hallhatóan, mert a torkát szorongatta valami.

– Azok már rég fölmentek! – üvöltött tovább a karszalagos. – Mit ácsorogsz még itt? Gyerünk fölfelé te is! Lódulj!

Nehézkesen megindult, magától vitte a lába, amerre kellett. Agya üres volt, nem tudott gondolni semmire. Fölért az emeletre, és be akart fordulni az üres folyosón az osztályterem felé, de hirtelen megtorpant. Ismerős alakot vett észre a folyosó kanyarulatában. A sötét öltönyös ügynök állt ott egy ablakmélyedésben, és csöndes, szőke osztálytársnőjével, Fannival beszélgetett.

Norbi is gyorsan behúzódott egy ablakmélyedésbe. Ösztönösen tette, és most dobogó szívvel azon töprengett, hogyan tovább. Az öltönyössel való találkozást mindenképpen el akarta kerülni, mert félt, hogy beszámoltatja megbízatásáról. Már rég elhatározta, hogy nem tesz neki eleget, ám azzal is tisztában volt, hogy ennek nyílt felvállalása jóvátehetetlen törést okozna az életében. Így hát halogatta döntése közlését, ameddig csak lehetett.

Gyorsan végiggondolta, miket hallhatott Fanni, amikor Pucsek beszélgetésre kényszerítette. Csak most merült föl benne, hogy Fanni talán nem is véletlenül tartózkodott a teremben. Ezek összejátszanak, villant át az agyán. Pucsek az erő, Fanni az ész. Pucsek kikérdezte, Fanni pedig megjegyzett vagy talán le is jegyzetelt mindent, és még a végén is próbált kihúzni belőle, amit csak lehetett.

Az ablakmélyedésből, ahová elrejtőzött, nem hallotta, hogy azok ketten mit beszélnek, még azt sem, beszélnek-e egyáltalán. Óvatosan kidugta a fejét, de már nem látta egyiküket sem. Gyors léptekkel visszasietett az osztályterembe, ahol még tartott a szünet. Pucsek a fiúk körében szájaskodott, mindannyian nagyokat nevettek. A lányok elvonultak valahová, csak Fanni ült a helyén csendesen, egykedvűen, szinte észrevétlenül, mint mindig. Norbi undort érzett iránta. Inkább elfordult, meg ne látszódjék rajta.

Ide-oda rakosgatta a bőröndből előkerült könyveket, leveleket. Az utóbbiak leginkább személyes tartalmúak voltak. A Merülési Szabályzat mint száraz, jogi szöveg, egyszeri átlapozás után kikerült Norbi érdeklődésének látóköréből. Az *Antares* naplója azonban még tartogatott meglepetéseket.

Csak olvasta, és nem akart hinni a szemének. Amiként nem hitt a Köpenyes sem, amikor másnap alkalmat keresett és talált, hogy ismét négyszemközt beszélhessen vele. Ültek késő délután a már kiürült tanáriban, kint lassan sötétedett, a Köpenyes elgondolkozva bámult ki az ablakon, Norbi pedig izgatottan egyre azt leste, hogy mit szól majd a felfedezéséhez.

– Egy valódi, működőképes időhajó – szólalt meg egyszer csak a Köpenyes. Halkan beszélt, mint mindig, ha ez a téma került szóba, már régen vérévé vált az óvatosság. Szemét résnyire hunyorította, úgy mérlegelte az elképzelhetetlen tényt. – Szerintem lehetetlen! Én ezt nem hiszem el!

– Pedig lehetséges, tessék elolvasni! – unszolta Norbi, és tanára orra elé tartotta a hajónaplót, amit magával hozott az iskolába.

– Jézusom, te ezt csak így...? – fakadt ki a tanár úr, amikor meglátta, hogy a fiú egy nejlonszatyorban lóbálva hozta magával a pótolhatatlan, értékes kordokumentumot.

– Persze, mi baja eshetne? – felelte Norbi a fiatalok szokásos könnyelműségével.

A Köpenyes óvatosan az asztalra helyezte a kötetet, és még óvatosabban kezdte forgatni a lapokat. Hosszú-hosszú idő telt el, kint már egészen besötétedett. Norbi nem nézett az órájára. Érezte, hogy ami most történik, annak fontossága hétköznapi léptékkel nem mérhető. Tudta, hogy történelmi jelentőségű pillanatokat él át a tanári szoba halványan izzó, kékesfehér fényű, halkan zúgó neonvilágítása alatt.

Nagyon sok idő telt el, mire a Köpenyes végre megemelte és megcsóválta fejét, mintha még mindig nem hinné el, ám végül kijelentette:

– Talán igazad van. Az a hajó még tényleg létezhet valahol.

– Sejtem is, hogy hol – szólt izgatottan Norbi.

– Valóban?

Norbi a könyv után nyúlt.

– Itt, ugye, azt írja: „Amikor megkaptuk a parancsot, gondolkodóba estünk, mitévők legyünk. Egyikünknek se fűlött hozzá a foga, hogy szeretett hajónkat, mely sok éven át volt az otthonunk, átadjuk a bontó munkásainak, hogy a lepusztított váz az enyészeté legyen. Miután néhányan, akiket megbízhatatlannak ítéltünk, elhagyták a hajót, gyors tanácskozást tartva inkább úgy döntöttünk, elvisszük egy titkos tárolóhelyre, amit minden lehetséges eszközzel lezárunk, hogy tartalmához ne férhessen senki illetéktelen, s így is tettünk. Szabályosan leállítottuk és konzerváltuk az összes fedélzeti berendezést, hogy később könnyen újraindíthatók legyenek. Utána megfogadtuk erős esküvéssel, hogy a hajó helyét soha el nem áruljuk senkinek mindaddig, míg újra olyan idők nem járnak szegény hazánk fölött, mely kedvez az időhajózás újbóli fellendülésének."

– Semmi konkrétumot nem tudok kihámozni ebből – mondta a tanár úr.

– Ennyiből még nem is lehet – felelte Norbi –, ám itt – lapozott néhányat –, később azt írja: „Elhatározásunk megvalósítására egyetlen alkalmas hely kínálkozik. El kell vinnünk a hajót oda, ahol a legkevésbé fogják keresni. A bázisra!" És még később: „Titkunkat immár a föld mélyére bíztuk. Rejtse, ha kell, mindörökké!"

– Arra gondolsz, hogy…

– Az egész országban egyetlen indítóbázis működött, mégpedig a mai Elhagyatott Terület helyén. Szerintem a bázis föld alatti hangárainak egyikébe zárhatták az *Antares*-t. Lehet, hogy a csarnok föld alatti része nem is semmisült meg, mivel csak a kupolát rombolták le és az indítóállásokat. A többit befedte a föld meg a törmelék. Csak ki kellene ásni!

– Ez puszta feltételezés, azt ne mondjam, spekuláció. Erről az egyetlen indítóbázisról maradtak fenn feljegyzések, ám könnyen lehet, hogy volt több is, csak azoknak a nyomát még a tervtárakban is felszámolták. Nem tudhatjuk.

– Megtudhatjuk, ha odamegyünk, és megkeressük!

– Arra gondolsz, hogy ásatásba kezdjünk az Elhagyatott Területen? Mi ketten egy ásóval és egy lapáttal?

– Miért ne?

– Fiam, fiam, ezt te sem gondolhatod komolyan!

– Azért, mert tiltott terület?

– Talán tiltott, talán nem, ezt ma már nehéz megmondani. De ebben az országban, ahol mindenkit megfigyelnek, meddig maradhatna titokban a mi kis akciónk? Ha pedig rajtakapnak, odalesz a hajó, és odaleszünk mi is. Nem követhetünk el ekkora baklövést!

– Márpedig, ha megtalálnánk azt a hajót, többé senki sem állíthatná, hogy csak mese vagy legenda az időhajózás! Akkor újraéledhetne, és…

– Bár ilyen egyszerűen mennének a dolgok ezen a világon! – hűtötte le a Köpenyes a lelkesedéstől felhevült fiút. – De amíg a csillagot is le lehet hazudni az égről, addig semmi esélyünk. Várni kell, egyebet nem tehetünk.

Eszedbe ne jusson keresgélni azt a hajót! Az idő majd kiforogja magát, és elhozza egyszer a megoldást!

– Zavarhatlak, Norbi?

A fiú csodálkozva pillantott fel. Az óraközi szünetben magányosan olvasgatott az üres teremben, amikor megszólították. Fanni állt a padja előtt.

– Mit akarsz még? – kérdezte elborult tekintettel.

– Múltkor azt ígérted, mesélsz majd nekem legendákat az időhajózásról. Most nincs itt senki, alkalmas lenne.

– Felejtsd el! – vetette oda a fiú foghegyről.

– Felejtsem el? – a lány arcán őszinte értetlenség tükröződött.

– Nem állok szóba olyasvalakivel, aki jelentget rólam holmi ügynököknek.

– Megláttál tegnap, amikor beszélgetett velem – mondta Fanni egykedvűen. Nem kérdés volt, hanem megállapítás.

– Ennyi nekem elég is!

– Tudja, hogy jogi pályára készülök, és megkérdezte, szeretném-e, ha biztosan felvennének az egyetemre. Mondtam, hogy persze, de amikor közölte az árát, hogy jelentéseket kellene írnom az osztálytársaimról meg a tanárokról, melyikük mit gondol, milyen véleményt nyilvánít a többiek előtt, akkor nemet mondtam.

– És ezt el is higgyem neked?

– Te döntöd el, mit hiszel el és mit nem. Én az igazat mondom.

Norbi elbizonytalanodott. Kezdett hinni a lánynak, mert megérintette egyszerű őszintesége.

– Nem lett dühös, amiért nemet mondtál?

– Nem az a könnyen dühbe guruló fajta. Csak annyit mondott, hogy gondoljam át még egyszer, mert a jövőm forog kockán.

– Ebben maradtatok?

– Megkérdeztem: mi lesz, ha végleg nemet mondok? Azt felelte, semmi. Majd akad más, aki jobban tovább akar tanulni, mint én. Persze ez is burkolt fenyegetés. Hiszen ha nem tudok továbbtanulni, az érettségit a fülem mögé tűzhetem.

Norbi megenyhült.

– Nem gondoltam, hogy ilyen bátor lány vagy. Tudod, engem is megkerestek, és én nem mertem azonnal, határozottan visszautasítani az ajánlatukat.

– Akkor mesélsz nekem az időhajókról?

– Mesélek, persze. És várj, mindjárt mutatok is valamit – vette elő hirtelen feltámadó bizalmában az *Antares* hajónaplóját a nejlonzacskóból.

A fekete öltönyös ügynök a folyosón csípte el Norbit. Egy ablakmélyedésbe vonta, ahogy múltkor Fannit. Mint tanároknak a katedra, neki ez volt a kedvenc beszámoltató helye a gimnáziumban. Udvarias és hideg volt, mint mindig, minden mondatát előre megfontolta. Azt mondta a diáknak, csak egy percet kér, aztán mehet az órára.

– Megállapodtunk legutóbb, hogy a nagyapád hagyatéka közt időhajózással kapcsolatos anyagokat keresel. Mit találtál?

– Semmit – tagadott Norbi. – Pedig átnéztem sok levelet és fényképet, de semmi.

Az ügynök cseppet sem látszott bosszúsnak, türelmesen folytatta:

– Kell ott lennie valaminek. Biztosan tudom, hogy lennie kell. Gondolkozz csak!

Világos volt, hogy nem hisz neki. Norbi úgy tett, mint aki komolyan töri a fejét.

– Sajnos nem emlékszem semmi olyasmire...

– Egy hajónaplót keresek – mondta ki az ügynök kerekperec, és Norbi ereiben megfagyott a vér. Fanni mégis elárulta?

– Ha nem adod elő, házkutatást tartunk nálatok, és az sokkal kellemetlenebb lesz, mint ez a kis beszélgetés.

– Mondom, hogy semmit... de miből gondolja?

– A szüleidtől hallottam.

– Anya nem mondhatott ilyet – tiltakozott Norbi felháborodottan.

– Nem is mondtam, hogy az anyád – szólt az ügynök, és a fiú arcát tanulmányozta.

Norbi nem értette.

– Apa elhagyott bennünket, amikor még kicsi voltam. Azt se tudjuk, melyik zugában él a világnak.

– Nem érdekes – felelte nyugodtan az ügynök. – Az számít, hogy mielőtt elment, részletes vallomást tett mindarról, amit apósa az időhajózás terén tett vagy mondott. Ez volt a feltételünk, hogy akadálytalanul elhagyhassa az országot. Ő említette, hogy nagyapád birtokában van egykori időhajója, az *Antares* naplója. Erre van szükségem, és ha előadod, már végeztünk is. Sima utad lesz a történészi pályádig, sőt a pályán is! Ez a rendszer nem felejti el a segítőit, hosszú távon is hálás nekik. De az ellenségeit sem, ezt soha ne feledd!

– Hátha mindez csak kitalált hazugság – próbálkozott Norbi. – Hogyan lehetne igaz, hiszen az egész időhajózás csak legenda, elkeseredett sorsú emberek agyszüleménye, soha nem is létezett igazából.

Az ügynök most először látszott komolyan megdühödni.

– Hagyd ezt az ócska dumát! Ne próbálj engem átverni, mert nagyon megbánod! Holnapig kapsz haladékot. Akkorra itt legyen a napló, vagy megkeserülöd egy életre, hogy hazudtál nekem!

Ám Norbi nem ijedt meg. Már tudta, hogy Fanni nem árulta el őt. Már nem volt egyedül, a Köpenyessel együtt már hárman is voltak. És bizonyára vannak még többen, sokkal többen, akik szenvedő alanyai ennek a rendszernek, és velük együtt várják egy jobb kor eljövetelét.

– Miért vagy olyan gondterhelt, Norbi?

Megint a szőke, csöndes Fanni szólt hozzá, megint a padja előtt állva. Norbi szívesen elmondta volna neki az ügynök fenyegetését, ám kezdte félteni a lányt, hogy máris túl mélyen keveredett az ügyeibe.

– Nem akarlak terhelni vele.

– Rendes tőled – mosolyodott el Fanni, amit csak ritkán tett meg, és ez oly különös bájt kölcsönzött az arcának, hogy Norbi egy pillanatig rajta felejtette a szemét –, de nekem nyugodtan elmondhatod, ha valami bánt.

Norbi eltöprengett. Megbántani se akarta ezt a helyes, kedves, őszinte lányt, de bajba se akarta sodorni még jobban.

– Jobb, ha nem tudsz róla, hidd el nekem – mondta nagyon komolyan.

Fanni leült mellé a padba.

– Nekem az a jó, ha segíthetek másoknak. Neked például nagyon szívesen segítenék.

– Kedves tőled. Még mindig azokról az időhajós témákról van szó. Biztosan unod már.

– Engem mindig nagyon érdekeltek az időhajós legendák. Igazad volt, amikor múltkor az órán azt mondtad a Köpenyesnek, hogy ezek annyira részletesen kidolgozottak, hogy nem is lehetnek a puszta képzelet szüleményei. Szerintem sem azok.

– Az ügynök a hajónaplót akarja tőlem – fakadt ki a fiú –, azt, amit neked is megmutattam. De én nem fogom odaadni neki! Ha a feje tetejére áll, akkor sem!

– Ha nem adod, biztosan megpróbálják majd elvenni tőled. Erővel, ha másként nem megy, és akkor még rosszabbul jársz.

– De ez a napló sokkal több, mint egy emlék a nagyapámtól!

– Tudom – mondta Fanni csöndesen, ahogy beszélni szokott. – Láttam én is, ki van azokon a képeken.

– Nehogy beszélj róla valakinek!

– Ne félj, én tudok vigyázni. De veled mi lesz?

Norbi hosszasan töprengett, rágódott a kérdésen, míg végre döntésre jutott.

– Azt hiszem, tudok egy helyet, ahol sohasem keresnék. Este elviszem oda. Úgyis van arrafelé egy kis elintéznivalóm.

– Ha bajod lesz… Jaj, úgy aggódom érted!

– Nem lesz semmi baj – felelte bizakodóan Norbi, és búcsúzóul megsimogatta Fanni aggodalmas arcát.

Az Elhagyatott Terület sötét bozótjában csörtetés hallatszott, mely egyre közeledett a hajdani kupola középpontja felé, amelyet a szétszórtan, hozzávetőleg köralakban heverő betontömbök helyzetéből lehetett valószínűsíteni. A hangok forrása, amint megérkezett, lihegve lerakta vállán cipelt szerszámait, és körbevilágított zseblámpájával. Füves, agyagos, keményre döngölt talajt látott mindenfelé. Lejáratnak, nyílásnak vagy csapóajtónak nyoma sem látszott. Tanácstalanul nézelődött. Most hol keressem, kérdezte magában. Merre kezdjek ásni? Az Indiana Jones-filmekben ilyenkor mindig találnak egy kallantyút, amit ha meghúznak, elfordul az egész szikla, és feltárul egy rejtelmes barlang tele kincsekkel. Vagy egyszerre kell megérinteni néhány gyémántot, és akkor… De itt nem voltak se gyémántok, se kallantyú.

Feje fölött a csillagos ég sötétlett, távolban a telepi házak elszórt fényei hunyorogtak, a bokrok közt tücsök ciripelt. Az idődimenzió mentén, a mélyben ott rejlett a dicsőséges múlt, amikor időhajók serege merült alá, hogy mint halászhajó a hálójával, ismereteket gyűjtögessen be régen elmúlt korok idősíkjaiból. Föllebb a pusztítás és rombolás került sorra, melynek az indítóbázis is áldozatul esett, majd kietlen, eseménytelen évtizedek után a jelen varázsos, tovatűnő, röpke pillanata következett, mint kiterjedés nélküli pont a számegyenesen. Magasan fölötte pedig az ismeretlenségbe burkolózó, homályos jövő magasodott végeláthatatlanul…

Úgy elbámészkodott, hogy csak nagy sokára hallotta meg a neszezést, amely lassan, de határozottan közeledve erősödött.

Ki járhat erre ilyenkor, tűnődött, de kérdésére hamarabb megkapta a választ, mint szerette volna. Előbb egy lámpa fénye villant fel, majd a bozótos körös-körül megelevenedett, amint mind újabb és újabb alakok bújtak elő. Valamennyien egyenruhát viseltek. Lámpafényük ide-oda imbolygott, mint akik nagyon keresnek valamit. Vagy valakit! Norbi rémülten ismerte fel, hogy ezek rendőrök. Nehezen tudná megmagyarázni nekik, mit keres itt egyedül, késő este az Elhagyatott Területen. Fürgén bevetette magát a bokrok közé, amerre a legcsendesebb volt, és mászott, mászott, míg végül a sűrű legmélyén, egy helyen szívdobogva meglapult.

– Itt kell lennie valahol! Keressétek! – hangzott a vezető parancsszava, s Norbi nem kis rémületére a fekete öltönyös ügynök hangját ismerte fel. – Mindenképpen meg kell találni azt a kölyköt! Nála van a könyv, amit keresünk! Látták, amikor elindult!

Norbi magához húzta és szorosan átölelte szatyrát, amelyben ott lapult a nejlonba burkolt kötet. Szétnézett a sötétben, hová rejthetné, de semmit se látott. Hallotta, mint közelednek, tudta, hogy egyre szűkül a kör, és hamarosan elkapják. Csak legalább a könyvet megmenthetné! Ha leteszi a földre, még ha gallyakat, leveleket is szór fölé, biztosan megtalálják. A magasba talán? Hátha fölfelé nem néznek! De egyetlen fa sem volt a közelben. Nem tehetett egyebet, mint hogy behunyta szemét, mozdulatlan maradt, s megpróbált eggyé válni a földdel…

Óra elején a Köpenyes tekintete nyugtalanul pásztázott a diákok feje fölött, de hiába, nem találta, akit keresett.

– Norbi hiányzik ma? – kérdezte. – Tudtok róla valamit?

– Hát, itt nincs, az már igaz! – szólt Pucsek, és arcán olyan sunyi, örömteli kifejezés ült, hogy a Köpenyesnek minden szelídsége ellenére hirtelen kedve támadt követni a nagy Haszin elnök diákokra vonatkozó útmutatását. De lélegzett egy mélyet, és erőt vett magán.

– Másvalaki?

Csönd. Majd hátul egy halk hang szólalt meg:

– Azt hiszem, tegnap este még elvitt valahová egy könyvet.

A Köpenyes a hang felé fordult.

– Hová? Egy barátjához? Vagy a könyvtárba?

– Nem hiszem…

– Nem együtt mentetek oda?

– Nem. Csak délután beszélgettünk az időhajós legendákról, és amikor elbúcsúztunk, azt mondta, van nála egy könyv, azt még el akarja vinni valahová…

A folyosón reá várakozó, kisírt szemű, riadt tekintetű asszony láttán Köpenyes tanár úr első gondolata az volt, hogy bizonyára Norbi édesanyja áll vele szemközt, s nem is tévedett.

– Hámori Norbert édesanyja? – lépett az asszonyhoz. – Mit tud a fiáról?

– Tegnap óta semmit – felelte szívtépő hangon a nő. – Este ment el otthonról valahová. Egy szatyor volt nála, meg szerszámokat vitt magával, egy ásót és egy csákányt, azt hiszem. Nem értettem, mire kell neki, de csak annyit mondott, ne aggódjak, hamarosan hazajön, csak előbb még elintéz valami fontosat. De nem jött...

Az asszony szava zokogásba fúlt.

– A rendőrségen nem kereste?

– Őket hívtam elsőként, de azt mondták, nem adhatnak felvilágosítást. Félek, tanár úr, nagyon féltem a fiamat. Mibe keveredhetett?

– Nem adhatnak felvilágosítást – ismételte maga elé mormogva a tanár úr. Tudta jól, hogy ez mit jelent. A fiút elfogták és őrizetbe vették.

– Baja esett a Norbinak? – szólalt meg mellette egy vékony hang, ugyanaz, amelyik előbb az osztályban.

– Hamarosan meglátjuk. Asszonyom! – fordult most a kamasz kétségbeesett édesanyjához. – Menjünk el együtt a rendőrségre! Ott helyben bizonyára többet is megtudhatunk tőlük. Te is akarsz jönni? – kérdezte Fannitól.

– Jönnék szívesen, de van még egy világnézetünk alapjai és egy a nagy Haszin elnök élete és cselekedetei óránk.

Köpenyes tanár úr legyintett.

– Sose törődj vele! Majd én kimentelek!

– Milyen ügyben jöttek?

Az ügyeletes rendőrzászlós a nevüket tudakolta, felvette adataikat, és csak a legvégén kérdezte meg:

– Kit keresnek?

– Hámori Norbertet – lehelte az anyja félelemmel vegyes reménykedéssel.

– Maga kicsoda?

– Az édesanyja vagyok.

– És maga?

– A tanára. Ő pedig az osztálytársa – mutatott a Köpenyes Fannira.

Az ügyeletes intett egy őrnek.

– Egyszerre csak egy mehet be! – tudatta velük, majd az anyához fordult. – Jöjjön, odavezetik a fogoly cellájához!

A fogoly és cella szavak hallatán az asszony megint szipogni kezdett, de már nem olyan keservesen. Legalább már annyit tudott, hogy a fia életben

116

van. Nagy megnyugvás volt ez az elmúlt órák viszontagságai után. Némán követte az őrt.

A Köpenyes és a kislány helyet foglalt egy padon, a folyosón. Egy darabig szótlanul várakoztak, bámulták a kövezet ismétlődő mintáit, majd kis idő múltán a Köpenyes megkérdezte Fannitól:

– Sokat beszélgettetek az időhajózásról?

– Mostanában elég sokat. Norbi annyi érdekeset tud mesélni! És mutatott egy hajónaplót is! Egy igazi időhajó valódi hajónaplóját!

– Tudod azt is, ki van a fényképeken?

– Tudom. A nagy...

– Mások is látták azt a naplót? – vágott közbe a mind jobban megdöbbent tanár úr.

– Néhányan biztosan.

– Kicsoda?

– Először is Pucsek...

Több nem is kellett a tanár úrnak. Már csak azon gondolkodott lázasan, hogyan segíthetne ezeken a szerencsétlen fiatalokon, hogyan óvhatná meg őket a rájuk leselkedő veszedelemtől.

Az anya kijött. Fanni következett, bement az őr után.

– Milyen állapotban van a fiú? – tudakolta a tanár úr.

– Kicsit sápadt, különben rendben van. Hál' istennek nem esett nagyobb baja. Nem bántották.

Ültek csendesen, gondolataikba merülve, amíg Fanni újra meg nem jelent. Akkor a tanár úr ment be Norbi cellájába. Egyszerű, jellegtelen, ablak nélküli helyiség volt, szürkére festett falakkal, benne mindössze egy szék meg egy ágy. Norbi az ágy szélén ült. A retesz kívülről csattanva csukódott rájuk.

A Köpenyes matatott valamit a zsebében.

– Most már nyugodtan beszélhetünk – mondta halkan. – Van nálam egy ügyes kis készülék, ami tökéletes biztonsággal megakadályozza, hogy lehallgassanak minket. El kell tűnnöd innét mielőbb!

Norbi lassan felemelte a fejét.

– Tanár úr! Ez egy börtön, ha nem vette volna észre. Innen nem lehet csak úgy eltűnni!

A tanár úr türelmetlenül intett.

– Mi van a könyvvel?

– A hajónaplóra gondol?

– Persze, hogy arra.

Norbi halkan, keserűen felnevetett.

– Amiatt van az egész!

– Én megmondtam neked, hogy ez egy felbecsülhetetlenül értékes dokumentum. Ezek ölni is képesek érte. Megtalálták nálad?

Norbi még mindig nevetett.

– Tényleg lehallgatásbiztos az a kütyü? – kérdezte azután lecsendesedve.

– A nyakadat teheted rá.

– Jó, akkor elmondom. A könyv nálam volt tegnap este, amikor elcsíptek az Elhagyatott Területen.

– Minek mentél oda?

– Mondtam már: szerintem ott van a hajó. Az *Antares*. Oda rejtette el nagyapám és a legénység megbízható része, aztán hallgattak róla, mint a sír. Nem árulták el soha, senkinek, tehát a hajónak máig is ott kell lennie. Csak ki kellene ásni!

– Ezért mentél oda ásóval? Hogy majd te egymagad... ?

– Legalábbis megpróbálkoztam volna vele.

– És minek volt nálad a könyv?

– Nem mertem otthon hagyni. Az ügynök kilátásba helyezett egy házkutatást. Ott akartam elásni, ahol a hajó van. Az Elhagyatott Területen teljes biztonságban lett volna, mert arrafelé soha nem jár senki.

A Köpenyes rosszallóan csóválta a fejét.

– Amikor bekerítettek a rendőrök, még sejtelmem se volt, hová dugjam el a könyvet, de mire áthatoltak a bokron, támadt egy ötletem. Gyorsan beleraktam egy mélyedésbe, gallyat és levelet szórtam rá, és... ráálltam.

A tanár úr elismeréssel nézett diákjára. Nem nézett ki belőle ennyi leleményt.

– Aztán ott álltam feltartott kézzel, miközben átkutatták az egész Elhagyatott Területet, engem is megmotoztak, a motyómat is átvizsgálták többször is. Éppen csak a talpam alá nem pillantottak. Pedig ott volt a könyv mindvégig, ott van még most is. És szerintem ott van a hajó is, lent, csak kicsit mélyebben.

– Bátor és okos fiú vagy! – dicsérte a Köpenyes. – De most szedd össze magad, mert egy még keményebb akcióban kell részt venned.

– Itt, a fogdában? – csodálkozott Norbi.

– Úgy van – felelte a Köpenyes, és lélegzett egy mélyet. – Találkoznod kell a feleségemmel.

– A tanár úr nős? – csodálkozott még jobban a diák.

– Igen, az vagyok.

– Mi meg azt hittük...

– Jól tudom, miféle szóbeszédek járnak rólam a diákjaim között. Nem vagyok se süket, se vak. Igen, nős vagyok, gyerekeim is vannak, és ha csak tehettem, velük töltöttem az estéimet és az éjszakáimat. Idáig.

– Miért, mostantól mi változik?

– Csak figyelj rám! Ha találkozol a feleségemmel, mondd meg neki, hogy nagyon szeretem, ő minden gondolatom és a gyerekek. Megjegyezted?

– Persze, de...

– Neked itt már nincs jövőd. Számodra talán csak egy nap az élet. És Fanninak is, akinek megmutattad az *Antares* naplóját. Ezek senkit nem hagynak életben, aki olyan kompromittáló anyagot ismer Haszinról, mint az *Antares* naplója. Pucsek már valószínűleg mindent jelentett.

– Az a mocsok szemétláda!

– Igazad van, de ne heveskedj! Ezen most már túl kell lépnünk.

Kiszólt a kémlelőnyíláson:

– Beküldené még egy percre a kislányt? Fanni a neve. Most mondja a fiú, hogy még el sem búcsúztak. Ilyen hebrencsek ezek a mai fiatalok!

– Nem bánom, ha ez az utolsó kívánsága – hallatszott kintről a dünnyögés –, én is voltam valamikor fiatal...

Azzal az őr elballagott Fanniért.

– Emlékszel még az időhajók technikai fejlődésére? – A Köpenyes halkan, gyorsan beszélt. – Te tartottál belőle kiselőadást az órán. Azt hittem, menten agyonütlek! De a lényegre térve: először óriási fazék, aztán autónyi méret, végül már csak egy vékonyfalú buborék.

– Emlékszem – bólintott Norbi –, hogyne emlékeznék. Kedvenc témám.

Nyílt a cellaajtó, az őr beeresztette Fannit, s közben egész pofájával vigyorgott.

– Nesze, fiam, egy kis friss hús. Öt percet kapsz a búcsúzásra, használd ki jól! Ugye, értesz? – kacsintott, és kéjes arccal a levegőbe markolgatva mutatta, mire gondol.

Fanni riadtan, Norbi értetlenül nézett Köpenyes tanár úrra. Nem sejtették, mi jár a fejében.

– Emlékszel még, mit üzenek a feleségemnek? – kérdezte.

– Hogyne emlékeznék – bólintott komolyan Norbi.

– Rendben. Öleljétek át egymást!

– Hogyan? Mit csináljunk? – kérdezte egyszerre a két meglepett fiatal.

– Gyerünk, csak csináljátok, amit mondok, fogytán az időnk! Nincs ez nektek annyira ellenetekre!

119

A fiú és a lány először megilletődve közeledett egymáshoz, aztán óvatosan megérintették egymás testét.

– Közelebb! – parancsolta a Köpenyes. – Egészen közel!

Megtették, bár még mindig nem értették, mit akar.

– Legjobb, ha becsukjátok a szemeteket. Kicsit rémítő lehet annak, aki nincs szokva az olyasmihez, ami most következik.

Szó nélkül engedelmeskedtek, behunyták szemüket. Így aztán nem látták, amint körülöttük kifehéredett minden, amint vakító fehérré változott az egész világ. Ők ketten mindössze annyit éreztek csupán, hogy valami lágyan körülöleli őket. Azután jött a zúgás és a remegés, mely egyszerre zajlott bennük és körülöttük, teljesen átitatva lényüket és az egész külső világot. Nem látták, mint lopóztak alaktalan színek a tiszta fehérségbe, mint rendeződtek sietve homályos foltokká, és e színes, mind tisztábban kiélesedő foltokból mint állt össze körülöttük egyszeriben egy másik, évszázaddal is magasabban fekvő idősík valósága. Ismeretlen emberek hangja szólt hozzájuk, hogy kinyithatják a szemüket, és ekkor már egy egészen más világban voltak, ahol azelőtt sohasem jártak, amely szokatlannak és felfoghatatlannak tűnt számukra számtalan vonásában, és amely mostantól fogva mégis az új otthonuk lett.

Köpenyes tanár úr óvatosan megmozdította a cellaajtót, amely meglepetésére magától, könnyedén kinyílt. Az őr nem reteszelte vissza legutóbb, amikor Fannit beeresztette. Nem fáradozott se a retesz, se a többi biztonsági eszköz használatával, hiszen a látogatók percek múlva úgyis távoznak, minek arra a kis időre az a sok cécó? Mikor a tanár úr kilépett a folyosóra, az őr már az ebédjével foglalatoskodott, épp az utolsó falatokat kebelezte be.

Köpenyes tanár úr megköszörülte óraadáshoz szokott torkát.

– Nem látta véletlenül, merre ment a kislány? – kérdezte fennhangon.

– Elment a kislány? – pillantott fel csodálkozva az őr a tányérjából. – Hát az meg hogy történhetett?

– Nem is vette észre? Itt kellett elmennie az orra előtt. Igaz, szegényke olyan vékony kis alkat! Kétszer kell ránézni, hogy egyszer észrevegyék!

– A fiúval mi a helyzet? – terelte az őr a beszélgetés témáját zavartan másfelé, amiért hanyagságon kapták.

– Eléggé maga alatt van. Nincs hozzászokva, hogy letartóztassák – szólt a tanár úr.

– Ezek a mai szaros kölkök semmihez sincsenek hozzászokva. Olyan nyápicok, hogy az első szél elfújja őket!

– Majd nézzen rá néha, ha megkérhetem! Szüksége lehet rá! – kérlelte Norbi anyja.

Az egyenruhás felfortyant.

– Nem az én dolgom, hogy szarosokat istápoljak! Felőlem ott dögölhet meg mind, ahol van, én ugyan meg nem mozdítom értük, de senki másért se még a kisujjamat se!

– Ahogy jónak látja, uram – zárta le a társalgást angyali szelídséggel Köpenyes tanár úr, és karját nyújtotta Norbi anyjának. Sikerült, csak ennyit súgott neki, miközben távoztak a komor épületből.

Már hetedhéthatáron túl jártak, amikor felharsantak a rendőrségi riadó szirénái. Megálltak, hallgatták messziről a mérgesen visító hangokat. A tanár úr elmosolyodott, Norbi anyja azonban még mindig aggódva tekintgetett maguk mögé.

– Ne haragudjon, tanár úr – szólalt meg –, de én még most is alig tudom felfogni a történteket. Mi lett az én Norbi fiammal? Mikor láthatom őt legközelebb?

Egész küldetése során ekkor következett el Köpenyes tanár úr számára a legnehezebb pillanat. Minden időutazó rémálma a perc, amikor nem marad más választása, mint leleplezni magát a kor bennszülöttei előtt. Ami ugyan az észrevétlenségi passzus nyílt megsértése, ám előfordul, hogy az adott szituációban egyben az egyetlen emberi megoldás is. A tanár úr – nevezzük továbbra is így – el tudta képzelni, mi játszódhat le egy anya lelkében, akinek a fia először eltűnik, majd előkerül ugyan, de csak azért, hogy bármelyik órában kivégezzék, majd a cellájából érthetetlen módon ismét eltűnik, ezúttal végérvényesen. A tanár úr saját édesanyjára gondolt, és úgy döntött, pokolba az észrevétlenségi passzussal és a Merülési Szabályzat minden pontjával, amit szárazszívű jogalkotók íróasztal mellett valaha is kifundáltak, és belekezdett a tények feltárásába.

– Hadd kezdjem azzal, kedves anyuka, hogy én ki is vagyok valójában. A nevemet ismeri, de az életkoromon meg fog lepődni. Helyi idő szerint nagyjából mínusz száz éves vagyok. Nem tudom, melyiken csodálkozik jobban, a százas számon vagy a negatív előjelen. A mínusz annyit jelent – ismét hangsúlyozom: helyi idő szerint –, hogy nagyjából száz év múlva fogok megszületni.

– Tanár úr, biztos, hogy maga…

– A válaszom nem és nem! Nem ittam, és nem bolondultam meg. Ebben a furcsa jelenben, az időhajózást tagadó kor kellős közepén az emberek fülének azért furcsa, amit mondok, mert mesterségesen elszoktatták őket a gondolattól, hogy az időhajózás feltalálása óta az emberiség otthonának határai óriási mértékben kitágultak. Pedig a változás óriási! Immár a téridő egésze lehetőségeink játékterévé változott. Már nemcsak a térben utazhatunk kedvünk szerint, hanem az időben is. És nemcsak a múltba, mint sokáig hitték, hanem a jövőbe is. Üljünk le egy kicsit ide, erre a padra! Folytatom:

– A jövőből érkeztem, eredeti foglalkozásomra nézve történész vagyok. Témám a nagy Haszin elnök uralkodásának évtizedei, melyek elképzelhetetlen visszaesést jelentenek az emberi kultúra korábbi csúcsaihoz képest. Munkámat magamban szeretem a kémkedéshez hasonlítani. Nem fedhetem fel a kilétemet, nem árulhatom el, honnan jöttem, ki vagyok, mire vagyok kíváncsi, milyen eszközökkel dolgozom. És bár a lehetőségeim igen tágak, messze nem élhetek velük oly szabadon, ahogy szívem szerint tenném. Tudja, anyuka, a Merülési Szabályzat egyetemes érvényű egyezmény az idő egész dimenziója mentén. Elvei és paragrafusai minden időutazóra kötelező érvényűek. A sok szabály közül is a két legalapvetőbb az észrevétlenségi passzus, ezért kell álcázni magunkat, és a minimális beavatkozás elve. Ez utóbbi szokta a legtöbb gondot okozni. Nincs jóérzésű ember, aki át ne hágná olykor. Hiába, nehéz istennek lenni![1] Sok év alatt én most tettem meg először, és lehet, hogy ez a küldetésembe fog kerülni, de akkor se bánom meg soha! Semmilyen szakmai karrier nem ér fel két fiatal életével. A minimális beavatkozás elvére pedig mostantól fütyülök, és amíg tehetem, megmentek, akit csak lehet ennek a rövidlátó, ostoba és kegyetlen diktatúrának a karmaiból. Az én előnyöm az, hogy pontosan tudom, meddig áll még fönn ez az elnyomó rendszer, mikor és hogyan fog szégyenletes bukással véget érni, hiszen én már az iskolapadban megtanultam mindezt. De ha nem tanultam volna is, tudnám, hogy egyszer vége lesz, mert a diktatúrák soha nem tartanak örökké, előbb-utóbb csúf véget érnek, amiként szerencsére a diktátorok élete is véges, bármit hazudjanak is csodaszerekről, csodafegyverről vagy bármi egyéb csodáról. Néha egy kisfiú szava is elegendő, aki nem fél hangosan kimondani, hogy a király meztelen! Pontosan tudom, hogy eljön majd a nap, amikor a „nagy" Haszin elnök az egérlyukba is belebújna „szeretett népe" haragja elől!

Norbi anyja ámulva hallgatta mindezt, s csak a végére szedte össze annyira magát, hogy megkérdezze:

– Értem és elhiszem mindezt, tanár úr, hangozzék bármily hihetetlenül is, de legjobban az érdekelne, ha az én Norbi fiamról tudna mondani valami biztatót…

---

[1] Utalás Arkagyij és Borisz Sztrugackij: Nehéz istennek lenni c. regényére

– Természetesen. Bocsánat, ha kissé elragadott a hév. Ami Norbit illeti, ő mostantól a jövő vendége. Igaz ugyan, hogy a minimális beavatkozás elvének megsértésével került oda, de humanitárius egyezmények tiltják emberi lény visszaküldését olyan körülmények közé, amelyek az életét veszélyeztetik, ahogy régen sem adtak ki a halálbüntetést már eltörlő országok senkit olyan államoknak, ahol kivégzés fenyegette. Itt csupán egyetlen technikai problémával kell számolnunk: a parittyával. Azzal a visszarendező természeti erővel, amely gondoskodik róla, hogy hosszú távon érvényesüljön az anyagmegmaradás törvénye. Amit elmozdítunk egy idősíkból, legyen az tárgy vagy személy, annak előbb-utóbb vissza is kell kerülnie oda. A parittya szigorú természeti törvényével nem lehet nyíltan szembeszállni – de van más megoldás. Alkut lehet kötni vele. A visszarendeződés időpontját a mi idősíkunkban tág határok között vagyunk képesek befolyásolni. Emberi lények esetében ki tudjuk tolni az érintett személy életének legvégső határáig, így a visszarendeződés már csak akkor következik be, amikor az illető régóta por és hamu.

– Azt mondja tehát, hogy az én Norbi fiam biztonságban van?

– Tökéletesen. Nagyobb biztonságban, mint itt, pontosabban szólva: most bárhol lehetne.

– Ennek igazán örülök, és ne tartson hálátlannak a tanár úr, hogy azért csak elkeseredem, ha ennek a biztonságnak az az ára, hogy többé nem láthatom őt.

– Mindent megteszünk azért, hogy ne így legyen, kedves anyuka. Kellően alapos előkészületek mellett hamarosan Norbi is meglátogathatja önt, vagy történhet fordítva is, ahogy szeretnék.

Norbi anyja végre kezdett megnyugodni. Már enyhe mosoly is kiült az arcára, amint átérezte, hogy fia, mondhatni, megütötte a főnyereményt. Biztonság, gondtalan élet, boldog jövő. Az anyai szívnek ennyi elég megnyugtatásul, ha a gyerekéről van szó.

– Meddig marad velünk, tanár úr? – kérdezte szívélyesen.

– Amíg lehet. Ahogy az orvosok is a végsőkig küzdenek betegeik életéért, az igazi történész is bármit bevállal, ha ezzel előrébb juthat a munkájában. És ebben a korszakban még nagyon-nagyon sok a felderítenivaló. Mindaz, aminek az eltitkolásáért felszámolták és földbe döngölték az időhajózást.

– De ha úgy döntene, ugye ön is bármikor elmehetne?

Köpenyes tanár úr fanyar arcot vágott.

– Eddig így volt, de mostanra kissé változott a helyzet.

– Miért? Mi történt?

– A saját hazajutási lehetőségemet használtam fel a diákjaim utaztatására.

– Ó, ha ezt előre tudom – hüledezett az asszony –, nem engedtem volna! Remélem, tudják pótolni a… a lehetőségét!

– Nos, legyünk derűlátóak ezen a téren! Vannak utánpótlási nehézségeink. Úgy tűnik, a diktátor erői, akik nagyon is tisztában vannak az időutazás létezésével és mikéntjével, zavarni igyekeznek mindenféle behatolást a tagadás korának teljes intervallumában. Olykor a legdrasztikusabb módszerektől sem riadnak vissza. – Egy pillanatig gondolkodott, majd hozzátette: – Őszintén szólva kicsit élvezem is, hogy így alakult. Valójában mindig gyávának éreztem magam e lehetőség nyújtotta védelem miatt. Mintha én egy üvegfal mögül ingerelnék egy oroszlánt, míg mások csupasz testtel, közvetlen közelből teszik ki magukat a veszélynek. Most legalább magam is megtapasztalom, milyen az, ha nincs üvegfal, nincs mentőöv, nincs pótkötél.

Az ég beborult, kezdett hűvösre fordulni az idő.

– Még egyszer köszönök mindent, tanár úr – nyújtott kezet Norbi anyja –, amit a fiamért tett. Elmondhatatlanul hálás vagyok.

– Ugyan, semmiség – intett búcsút mosolyogva a Köpenyes. – Bárki ezt tette volna a helyemben.

– No, azért azt, hogy bárki, mégsem hiszem!

A tanár úr szó nélkül meghajolt. Elindultak ketten két irányba: az asszony haza, a tanár úr vissza az iskolába. Néhány lépés után azonban az asszony megtorpant és visszafordult.

– Öltözzön melegebben, nehogy megfázzon! – javasolta aggodalmasan. – Már nincs az a nagy nyári meleg.

– Köszönöm, kibírom, amíg a gimnáziumba érek.

– A fiamtól mindig azt hallottam, hogy a Köpenyes… már megbocsásson, de Norbi mindig csak így emlegette: a Köpenyes… még aludni is abban a köpenyben jár. Most meg itt áll ingujjban! Pedig amikor a rendőrségre mentünk, határozottan emlékszem, még magán volt az a nevezetes köpeny. Hová rakta?

– Valóban – felelte a tanár úr, és egy pillanatig eltűnődött, mennyit mondhat még el a tagadás kora bennszülött asszonyának. Aztán úgy döntött, ez a kicsi már mit se számít ahhoz képest, hogy eddig lábbal tiporta a Merülési Szabályzat legfontosabb pontjait. – Valóban azt viseltem. Jó nagy köpeny volt. Szerencsére elég nagy, hogy egyszerre két kamaszt is beburkoljon. Látja – mondta, és arcára mosolyt csalt jó eszű tanítványának emléke –, Norbi ennyiből már megértené. Ő oly sokat foglalkozott az időhajók konstrukciós kérdéseivel! Ő ennyiből már kitalálta volna, hogy a vékonyfalú buborék sem a végső állomás a fejlesztések terén. A testen hordható, ruhadarabnak álcázható, minden korábbinál könnyebb és vékonyabb, hajlékony kivitelű időhajó a mi jelenlegi csúcstechnológiánk!

Az asszony álla leesett az ámulattól.

– Számomra ez valódi csoda!

– Megértem, hogy annak tűnik. Pedig csak a fejlesztés következő, logikus láncszeme.

Az asszony elmosolyodott.

– Valamit én is megértettem. – És a tanár úr kérdő tekintetére így folytatta: – A rendszer egyik legtöbbet hangoztatott érve az időutazás ellen mindig is az volt, hogy ha lehetséges lenne, akkor már régóta itt nyüzsögnének körülöttünk a más korokból erre járó időutazók. Csak éppen az észrevétlenségi passzussal nem számoltak.

A tanár úr elismerően mosolygott.

Norbi anyjának még valami eszébe jutott.

– A fiam elvitt otthonról egy naplót.

– Tudok róla. Az egy nagyon fontos dokumentum, amely leleplezi az egész rendszer alapvetően hazug mivoltát.

– Azt is tudja, mi lett vele?

– Pillanatnyilag jól el van rejtve. De még ma este kilátogatok az Elhagyatott Területre. Megkeresem, és megmentem a jövő számára.

– Vigyázzon, nehogy magát is kövessék!

– Említettem már a kémeket? Sokat tanultam a technikáikból. Ne aggódjon, engem nem kapnak el egykönnyen!

Ismét elindultak, ki-ki a maga dolgára. A tanár úr fázósan zsebre dugta kezét, s így, kissé felhúzott vállal, ingujjban ballagott az utcán a gimnázium felé. Norbi anyjának, aki hosszan nézett utána, ez a kép vésődött mélyen az emlékezetébe. Soha többé nem látta, s nem is hallott a tanár úr felől.

Epilógus

A pénztárak előtt kora reggel óta óriási tömeg tolongott, így sokáig tartott, míg Norbi és családja végre bejutott az időhajózás – korabeli kifejezéssel: mérőhajózás – történetét bemutató kiállításra. A rengeteg látnivaló közepette gyorsan szaladtak a percek. Kisfia hamar elfáradt, felkérezkedett Norbi nyakába, így folytatták útjukat a pavilonok között. Délre járt már az idő, hazafelé készülődtek, amikor az egyik teremben az ifjú apa hirtelen megtorpant.

– Apuuú, menjüüünk! – nyűgösködött a nyakában Kisnorbi, aki unta már az egészet, éhes volt és kimerült, hazavágyott.

– Megyünk mindjárt, kisfiam, de ezt az egyet még apának feltétlenül látnia kell.

Feleségének is mehetnékje volt már.

– Nem láttál eleget? Ezek az időhajók mind egyformák! Aki egyet látott, az összeset látta. Csupasz fazekak mind, jobb esetben formatervezett hajótestek.

– Ezt az egyet még akkor is meg kell néznem közelebbről!

Elfogódottan lépett oda a kiszemelt hajóhoz. Ütött-kopott, használt darab volt, a közepes méretűek közül való, akkora, mint egy kisebbfajta vízibusz. Látszott rajta, hogy igen rég épülhetett, és nem hangárokban pihent, hanem sok vihart élt meg az idő hatalmas óceánján. Norbi megilletődötten lépett mellé, és tenyerével úgy simított rajta végig, mint hűséges eben szokás: telve szeretettel, bizalommal.

– Nagyapa – mondotta csendesen –, bárcsak te is itt lehetnél! Nézd, fiam – szólt most Kisnorbihoz –, ez a hajó a nagyapám, a te dédapád időhajója volt egykor. Úgy hívták: *Antares*, és – a kiállítási magyarázó tábláról olvasta – „évtizedekig pihent a föld alatt tizenöt méter mélységben elrejtve, mígnem hosszú évek kitartó ásatásai révén sikerült épen és sértetlenül, eredeti állapotában napvilágra hozni. Működőképes, akár rögtön útnak indulhatna a múlt valamely szegmense felé, ahogy tette oly sokszor több mint száz esztendővel ezelőtt, felbecsülhetetlen értékű tudással gyarapítva történelmi ismereteinket. Az oldaltárlóban kiállított eredeti, kalandos életű hajónapló tanúsága szerint e hajón szolgált ifjúkorában maga a későbbi „nagy Haszin elnök" is, aki uralomra jutván az időhajózás minden nyomát igyekezett megsemmisíteni. A napló megmenekülése a ma is működő telepi gimnázium egyik diákja leleményes bátorságának valamint történelemtanára önfeláldozó hősiességének köszönhető, akik..."

Norbi hangja elcsuklott.

– Tanár úr – suttogta csendesen –, mennyire vártuk, hogy egyszer újra találkozzunk, de soha nem jött...

– Apuuú, menjünk máááár!

– Tudod, fiam – vette le nyakából Kisnorbit, és kézen fogva elindult vele a kijárat felé –, annak idején apád és anyád is ebbe a telepi gimnáziumba járt. Egészen kiváló tanárai voltak akkoriban. Ha nagy leszel, és jól tanulsz, téged is oda fogunk beíratni. Igaz, anya?

Válasz helyett Fanni csak csöndesen mosolygott, és megfogta Kisnorbi másik kezét.

Mező Ferenc

Civilizáció

1. fejezet: Becsapódás

A hatalmas csillaghajó éppen csak felbukkant a téridő általunk ismert oldalán, máris irányíthatatlanul sodródott bolygónk holdja felé. Minden olyan gyorsan történt. Néhány mentőkabin elhagyta ugyan a hajót, de ez csak csekély számú túlélőnek adhatott esélyt. Sok ezren ragadtak a hajón, mikor a monstrum a Holdba csapódott. Örök időkre a mellékbolygó felszínén fekszik majd. A csillagok fognak vigyázni rá, olykor a Nap hevíti fel, máskor az űr hidege dermeszti meg, de sohasem éri el a kék bolygó, az élő bolygó visszavert fénye. Pedig azért jöttek ide, hogy azt felfedezzék. Nem számoltak azonban a bolygóhoz képest szokatlanul nagyméretű hold gravitációs hatásával, amikor kiléptek a hiperűrből. Hiba volt. Civilizációt teremtő hatású ősi hiba volt.

* * *

Ragyogó telihold volt, amikor az izzásig felhevült mentőkabin azon a viharos éjszakán becsapódott a bolygó felszínébe. A fékezőrakéták nem működtek megfelelően, s a zuhanás utolsó néhány ezer méterét egyedül az automatikusan kinyíló mentőernyők lassították valamelyest. Ez azonban nem volt elég. Ha minden rendben ment volna, akkor az utasokra a saját testsúlyuk tízszeresénél nagyobb súly nem nehezedett volna. De nem ment minden rendben. Az utasoknak negyvenszeres terhelést kellett elviselniük. Egy hetvenöt kilogramm súlyú utasra, így a még csak-csak elviselhető hétszázötven kilogramm helyett háromezer kiló súly nehezedett. Ilyen körülmények között a túlélés valószínűsége közel nulla.

A kabin hegyes-völgyes, dús erdőkben gazdag vidék fái közé csapódott a felvillanó villámok és eget rengető mennydörgések közepette. Szakadó eső és erős szél volt aznap este, s a lombok suhogása még kísértetiesebbé tette a környéket. Nem is mert senki és semmi a részben a talajba fúródott kabin roncsa közelébe menni – egészen másnap délelőttig.

A bolygó legfejlettebb lényeinek egyike fedezte fel a leszállóegység roncsát. A jóformán meztelen, zömök, izmos, dús szőrzettel borított testű, két lábon járó meztelen lénynek két karja volt, minden végtagján öt ujjal. A kezén az egyik ujj szembefordítható volt a többivel, így alkalmas volt kapaszkodásra, illetve arra, hogy marokra fogjon tárgyakat. Az adott pillanatban például egy vastag faágat szorongatott feje fölé emelt kezében, készen arra, hogy lesújtson bármire, ami a kabinból, a számára idegen valamiből előmászhat. Egyelőre azonban nem mozdult semmi. Ő sem. Egy közeli bokor levelei közül figyelte az égből lezuhant valamit, amit még nem látott sohasem. A levelek közül kikandikáló csapott álla felett széles orra volt, s fajtájára jellemző erős arccsontja és kiálló szemöldökeresze vonhatta volna magára a figyelmet hátrahajló, lapos homloka alatt. A Nagy Fényes rézsút világított be a vihar utáni csendben az erdő fái közé. Semmi sem mozdult a fák leveleinek álmos hullámzásán túl. A nap fényét sejtelmesen szűrte meg az erdő lombozata. Az idilli csendben hirtelen és hangosan hatalmasat kordult a lény gyomra. E hang, az éhségérzet és a valami felől áradó égett hús illata végleg meggyőzte a lényt arról, hogy közelebb kell mennie a különös valamihez.

A mentőkabin oldalában hatalmas lyuk éktelenkedett. A kirobbant fal körül megpörkölődött a növényzet – csak az éjszakai eső akadályozta meg az erdőtűz kialakulását. A lyuk szélén a kabin egyik szabaddá vált, felfelé meredő tartóelemén felnyársalt, összeégett test feküdt: az egyik utas maradványa. A faágat szorongató bolygólakó gyanakodva böködte meg a tetemet, majd meg is szaglászta. Aztán nagyot harapott bele...

Később a jóllakott bolygólakó bentebb merészkedett a mentőkabinba. Az összetört hibernáló-tartályokból szanaszét repült tetemek között lépkedve mérte fel a környezetet. Kint eleredt az eső, ami hangosan kopogott a kabin külsején. De... az eső nem esett be. A bolygólakó ködös tudatában megjelent a lakóbarlangjának képe. Oda sem esik be az eső. Mivel más kép nem ötlött fel benne, a kabint egyfajta barlangnak tekintette a továbbiakban.

Hirtelen halk nyöszörgésre lett figyelmes. A hang irányába kapta a fejét. Az egyik utas életben maradt, s éppen kezdett magához térni. Hason feküdt. Koszos volt, ruhájának maradványai cafatokban lógtak a testén. Fél melle előbukkant, miközben igyekezett felállni. A bolygólakó számára ez végre ismerős helyzet volt. Mell. Nőstény. Habozás nélkül vágta fejbe, s tette magáévá a magatehetetlen űrutazót. A továbbra is eszméletlen nőt később magával ráncigálta a közeli lakóbarlangjához. Ott egy sarokba dobta, s maga is leheveredett a barlang szájának közelébe. Onnan jól lehet látni a ragyogó pöttyöket az esti égen. Szeretett így elaludni. A ragyogó pontokat bámulva.

Az űrutasnő csak másnap este tért magához. Nem értette, mi történt vele. Nem tudta, hol van. Valójában alig emlékezett valamire. Agyrázkódása kísérő tüneteként amnézia jelentkezett nála.

– Valaki! – kiáltotta bátortalanul. Mivel nem érkezett válasz, hangosabban is megpróbálta. Feleslegesen.

Fázott. Összekuporodva, térdét átkarolva dőlt a barlang falának. Éhes volt. Félt. Vacogva járatta a szemét ide-oda a barlang belsejét vizslatva. Sokat nem látott. Sötét volt. Fény csak a barlang szája felől érkezett. Az viszont erős volt, vakító a benti sötétséghez képest. Amikor szeme kezdett hozzászokni a szemet bántóan intenzív fényhez, észrevette, hogy van valami a barlang nyílásánál. Mintha egy fekvő test lenne. „Mégsem vagyok egyedül!" – örült meg, mivel arra sem emlékezett, mi történt vele az elmúlt nap során. Azt tudta, hogy egyedül van és segítségre szorul. Szüksége van valakire. S mivel felállni nem volt ereje, négykézláb mászott az alakhoz. A fekvő test zömök volt, furcsán szőrös, s háttal feküdt neki. De emberszerű volt. A zilált lelkiállapotban lévő lány gondolkodás nélkül cselekedett: hátára fordította a testet. Amikor meglátta, hogy a holttest hasát szétmarcangolta valamilyen állat, s a kiálló szemöldökeresz alól üveges tekintet mered rá, akkor az összeomlás határán lévő túlélő sikítva ugrott fel. Nagy hangú madárraj reppent fel válaszul a közeli erdőből. Az önkontrollját vesztett nő hisztérikus sikoltozás közepette szaladt, bukdácsolt, gurult a hegyoldalban található barlangtól lefelé vezető lankás, csúszós domboldalon. Összetörve, összezúzva, de a vakrémülettől hajtva szaladt az erdő fái közé. Nem tudta, hova rohan, de azt igen, hogy attól a barlangtól minél messzebb akar kerülni.

– Hát életben vagy!? – kiáltott rá egyszer csak egy fa mögül kilépő vadidegen férfi.

A nő észre sem vette, hogy ámokfutása közben a barlangban fekvő tetem mellett lévő fabunkót szorongatja a kezében. Gondolkodás nélkül vágta fejbe vele a férfit, az pedig eszméletlenül rogyott össze. A nő nagyot sikoltott. Néhány pillanatig elszörnyedve nézte, majd eldobta a véres bunkót. Aztán hirtelen sarkon fordult, s elszaladt – volna. De nem sikerült. Teljes erőből szaladt neki egy vaskos faágnak, amitől hátraesett, feje egy kőnek csapódott. Elájult.

2. fejezet: Civilizáció:
A túlélés záloga

A nő először a hideget érezte meg. Didergett. Aztán érezte, hogy valaki a tarkója alá nyúlva felemeli a fejét, s vizet próbál a szájába önteni. Nem is volt hajlandó mást felfogni a világból, amíg mohó kortyokkal nem jutott némi folyadékhoz. Aztán megkordult a gyomra. Soha nem élt át még valódi éhezést. Fájdalmas és ijesztő volt számára ez az érzés.

– Éhes... vagyok... – suttogta, de a szemét még mindig nem tudta, s nem is akarta kinyitni.

– Adom már, adom – felelt egy ismerős férfihang. A nő a következő percekben csukott szemmel, élvezettel tűrte, hogy apró falatokban sült húst adogatnak a szájába. Élvezettel ízlelte, rágta, nyelte a falatokat. Aztán elaludt.

Hangos bődülésre riadt. Átható, az egész erdőt megremegtető vadállati hang volt. Az avarban fekve tért magához. Megfeszítette izmait, hogy felugorjon és elrohanjon, de valaki, egy mellette fekvő férfi visszatartotta, s azt suttogta:

– Ne mozogj! Maradj csendben!

A nő nem értette, mi történik. De nem mozdult. Várt. Félt az idegentől. Félt az állattól. Hangja alapján nagyméretű, vérszomjas ragadozó lehet. Ekkor meghallotta az állat lépteit. Ráérősen poroszkált az avarban. Végre a hang irányába merte fordítani a fejét, s tágra nyílt a pupillája ijedtében. Az állatnak barna bundája volt és hatalmas feje, brutális fogakkal. Az egész bestia rémisztően nagy volt. A nő nem habozott tovább, és a menekülést választotta. Amint felugrott, és rohanni kezdett, a nagydarab állat két lábra emelkedett, mancsait a magasba emelte és hatalmasat bömbölt. Ezután négy lábra zökkent, s üldözésbe kezdett volna, de erre már nem maradt ideje. Beledőlt egy lándzsába, mely a szívébe fúródott. A férfi tartotta alatta a lándzsa végét. Az állat hatalmas bődülés közben odacsapott mancsával a dárda nyelére. Az eltört, a férfi pedig hanyatt vágódott. Az állat egy utolsó hörgésbe torkolló ordítással a férfira esett, s kimúlt. A férfi nyöszörögve mászott ki alóla. Az állat szívéből kiálló törött lándzsavég a férfi hasába fúródott.

– Segíts! – kiáltott a férfi. – Vigyél a kabinhoz!

A nő egy fa mögül kukucskálva, zihálva nézte végig a jelenet végét. Megszégyenülve tapasztalta, hogy meleg folyadék csorog végig a combján. Bepisilt félelmében. Mit tegyen? Lassan rendeződött a légzése, s eszébe jutott, hogy az idegen megetette, megitatta, próbált vigyázni rá. Neki pedig segítőre van szüksége. Már futott is vissza a férfihoz.

– Vigyél… a kabinhoz… De fáj! …Arra… – mutatott egy irányba az idegen.

Keserves kínlódás, vonszolás, bukdácsolás következett. De hamarosan elérték a mentőkabint. „Ismerős, de nem tudom, mi ez" – gondolta a nő. Ennyi borzalom után már nem lepte meg, hogy holtak között kell lépdelnie. A férfi irányításával kinyitott egy dobozt, amiben nem tudta megnevezni, mik voltak, de ismerte a rendeltetésüket. Kitisztította és fertőtlenítette a férfi sebét, majd egy eszközt húzott végig a sérült részen, ami kék fényt bocsátott ki magából, s nyomában összeforrt a bőr. A férfi elaludt. A nő nézte egy ideig. „Barna haj, barna szem, szabályos arc, izmos test, kreol bőr" – vette leltárba a látottakat. „Jól néz ki" – gondolta. Aztán megborzongott. Kellemetlen érzéssel töltötte el az a gondolat, miszerint: „Lehet, hogy én vagyok az egyetlen nő, s ez az egyetlen férfi a bolygón, amelynek valószínűleg örök időkre foglyai leszünk? A férfi akarni fog engem, s nekem nem lesz választásom? Puszta kényszerűségből kell majd ölelkeznünk? Azt már nem! Soha! Senki sem kényszeríthet semmire!" – E gondolatoktól feszülten végül felállt, s undorodva ugyan, de elment megnyúzni a hatalmas állatot: az a szőrme még jól jöhet.

* * *

A mentőkabin túlságosan védtelen helyen volt, ezért úgy döntöttek, hogy a barlangba költöznek. A következő napokban minden hasznosítható eszközt felvittek a barlangba. A kabinban a nőn és a férfin kívül még tizennyolcan utaztak. Mind meghaltak. A férfi a hibernálókabinban tért magához, s annak falán keresztül nézte végig, amint az általa később elpusztított hatalmas szőrös ragadozó megöli három életben maradt, éledező társát. A nő ekkorra már nem volt a kabinban.

Amikor a férfi megértette, hogy a nő amnéziás, elmesélte neki, hogy kik ők, és mi történt velük:

– Téged Evanuovának hívnak, engem Adamunumnak. Férj és feleség vagyunk, a távoli Monx csillag Mira bolygójáról. A csillaghajónk lezuhant e bolygó holdjára, amelynek mindig csak az egyik felszíne látható a bolygóról, a csillaghajó pedig az onnan nem látható oldalra csapódott be. A sok ezer utas nagy része a hajón rekedt, kis részük mentőkabinokban hagyta

133

el. A kabinok közötti kommunikáció éppúgy megszakadt, mint a csillaghajóval való kommunikáció. Meglehet, mi vagyunk az expedíció egyedüli túlélői ezen a bolygón.

– Nem emlékszem. Semmire… – potyogtak Evanuova könnyei.

– Agyrázkódást kaptál. Amnéziád van. Az emlékezetkiesés olykor spontán módon elmúlik… Azt hiszem… Úgy hallottam. De ez nem biztos. Azért mondtam el mindezt, mert döntenünk kell: hogyan tovább?

– Milyen lehetőségeink vannak?

– Az egyik az, hogy itt éljük le az életünket, szívem.

– Kérlek… Evának hívj! Ne haragudj, nem emlékszem rád. Ez szörnyű! Biztos szerettelek. S talán újra szeretni foglak. De most: ismeretlen, idegen férfi vagy számomra. Érted?

– Igen. Értem, szíve… Eva. Értem. De tudod, mit? Biztos vagyok a dolgomban. Belém fogsz bolondulni. Egy jó dolog van ebben a bolygóban: nincsenek konkurenseim – vigyorgott a férfi. Eva elmosolyodott, megsimította a férfi karját, és megkérdezte, mi a másik lehetőségük.

– A másik lehetőségünk az, hogy visszajutunk a csillaghajóba, s megpróbálunk kapcsolatot teremteni a Monx-szal.

– A mentőkabinon keresztül ezt nem tehetjük meg?

– Nem, Eva. A mentőkabin mesterséges intelligenciája, vezérlése, hajtóműve, kommunikációs rendszere és életfenntartó rendszere menthetetlenül tönkrement.

– A többi mentőkabin?

– Nincs velük kapcsolatunk. Egy élet kevés ahhoz, hogy az egész bolygót bejárjuk. De így is dönthetünk. Ha engem kérdezel, nincs túlélő rajtunk kívül.

– És mi? Mi meddig maradhatunk életben…Adamunum?

– Adamnak hívtál régen. Ha meg tudjuk védeni magunkat a bolygó mikrobáitól, vadállataitól, félintelligens lényeitől s környezeti hatásaitól, köztük elsősorban a hidegtől, illetve ha gondoskodunk az élelemről és a folyadékpótlásról, akkor tisztes öregkort érhetünk meg.

– Félintelligens lények…?

– Legalább kétfajta él a bolygón. Láttam őket. Mindkettő alkata nagy vonalakban hasonlít a mi testfelépítésünkhöz, de még nagyon primitív szinten élnek. Eszközt használnak ugyan, de még alig emelkedtek ki az állati létből. Mindenesetre, ha ezen a bolygón valaha lesz intelligens faj alkotta civilizáció, akkor annak létrehozására ezek a primitívek az esélyesek.

– Miben különböznek egymástól?

– Az egyik típus zömök, lapos homlokú, csapott álcsúcsú. A másik nyúlánkabb, gömbölyűbb koponyával rendelkezik. Láttam őket. Harcoltak egymással, de egyikük sem tudta legyőzni a másikat.

– Beszéljünk velük!

– Eva, a beszéddel várjunk még néhány ezer évet... Egyrészt még éppen csak alakul a beszédkészségük, a nyelvük. Másrészt hogyan magyaráznál el nekik bármit is a Monx-szal, a csillagközi utazással vagy a mellékbolygóval kapcsolatban? Mit fognának fel ebből, mit gondolsz? Eva, erre a beszélgetésre még évezredekig várnod kell!

– Akkor induljunk el, s keressük meg a többi mentőkabint! Hátha találunk még túlélőket, és együtt többre megyünk.

– Sajnos nincs esélyünk. Nem ismert a mentőkabinok helyszíne. Sőt, azt sem tudjuk valójában, hogy a miénken kívül elindult vagy célba érkezett-e akár egy is. Itt viszonylag védve vagyunk. Ha elindulunk, akkor védtelenek leszünk egy idegen bolygón, egy kicsit sem barátságos környezetben.

– Én nem akarok itt élni, Adam. Utálom ezt a bolygót!

– Hááát... van még egy lehetőség. Ha el tudnánk jutni a mellékbolygó túloldalára, a csillaghajóhoz, akkor talán lenne esély annak megszerelésére és a hazajutásra. De legalábbis segítséget kérhetnénk a kommunikációs rendszerén keresztül... Már ha működne az...

– Adam. Én nem emlékszem semmire. Te értesz az űrhajókhoz? Meg tudod szerelni, ha odajutunk?

– Az akkor derül ki, ha odajutunk, drágá... Eva.

– A majdnem semmi is valami. Menjünk! Hogyan jutunk el a csillaghajóhoz? A mentőkabinnal...? Ja, az nem működik, azt mondtad... Akkor ez esélytelen?

– Figyelj, Eva! Kigondoltam valamit. Kicsit őrültségnek fog tűnni, de ne utasítsd el rögtön, rendben?

– Megijesztesz, de figyelek.

– Rövidtávon nem tudunk eljutni a mellékbolygóra, de hosszútávon igen.

– Milyen hosszútávon? – kérdezett közbe Eva.

– Néhány tízezer év távlatában...

Evanuova kérdőn nézett Adamunumra, de nem tett megjegyzést, nem kérdezett, hanem várt. A férfi folytatta:

– Tekintve, hogy én ugyanúgy nem tudok a mellékbolygót elérő űreszközt készíteni, mint te, találnunk kell valakit, aki megfelelő tudományos és technikai ismeretekkel rendelkezik, s képes erre. Ilyen személy, illetve tudóscsoport nem él a bolygón. Most legalábbis. De élhet. Az itt élő primitívek néhány tízezer év alatt kifejleszthetnek olyan civilizációt, amely képes lesz a bolygó és a mellékbolygó közötti űrutazásra. Nekünk „csak" ennek a civilizációnak a létrejöttét kell elősegítenünk s támogatnunk. S aztán nincs más dolgunk, mint várni.

– De mi legfeljebb néhány évtizedig, legfeljebb egy évszázadig élünk még, Adam. Miért jó nekünk egy néhány tízezer évvel későbbi civilizáció?

– Azért, mert élhetünk néhány tízezer évig, Eva. Amíg hibernálva vagyunk, gyakorlatilag nem öregszünk. Ha ezer, tízezer évenként csak egy hónapra aktivizáljuk magunkat, akkor tízezer év alatt egy-tíz hónapot öregszünk, míg a civilizáció tízezer évvel lesz érettebb. Százezer év alatt is csak legfeljebb egy-tíz évet öregszünk, míg a civilizáció százezer évvel lesz fejlettebb. Sőt, ha olykor egy-két nap alatt elérjük a kívánt civilizáció-módosító hatást, akkor még lassabban öregszünk. Persze amint a tömegkommunikációs eszközök szintjére fejlődnek a primitívek, lehet, hogy be fog gyorsulni a folyamat. Majd meglátjuk! A lényeg: az idő javarészében hibernálva leszünk, kisebb részt pedig újabb és újabb lökést adunk a fejlődő civilizációnak. Mit szólsz?

Eva már egy ideje nem gondolt semmit, csak érezte, hogy ennek így kell történnie. Néma, fürkésző pillantást vetett a számára még mindig ismeretlen férfire, s tudta, hogy el kell hinnie a szavait. Bólintott.

E pillanatban vette kezdetét a bolygó civilizációjának fejlesztése.

3. fejezet:
A civilizáció kezdetei

Az űrhajótöröttek rövid- és hosszútávú célokat tűztek ki maguk elé. Rövidtávon meg kellett oldaniuk elemi szükségleteik kielégítésének biztosítását. Elsősorban leltárba vették a rendelkezésükre álló tápanyag és folyadék mennyiségét:

– Minden mentőkabinban húsz fő számára van hely. Mind a húsz fő számára fejenként ezer évre elegendő élelmiszertartalék áll rendelkezésre, ami a hibernálás során a lelassult életfolyamatok melletti táplálást szolgálja. Ez azt jelenti, hogy összesen húszezer évre, fejenként pedig tízezer évre elegendő hiber-táplálékunk van. Ergo: tízezer év alatt meg kell oldanunk a hibernált állapotban lévő táplálkozás problémáját.

– Nos, ez biztatóan sok és aggasztóan kevés is egyben.

– Így igaz. Ezenkívül ki kell dolgoznunk az éber állapotban töltött időintervallumok alkalmával történő táplálkozásunk alapjait is. Egy-egy ébrenléti ciklus előreláthatóan egy-harminc napig fog tartani. Ezalatt nem azzal kellene foglalkoznunk, hogy mit eszünk, hanem egyéb feladatainkra kellene koncentrálnunk. Fel kell mérnünk az aktuális civilizációs állapotot, újabb lökést kell adnunk a fejlődésnek, s mindehhez hozzájön még a helyiek változó nyelve, cserélődő összetétele miatt a nyelvelsajátítással és a helyi kultúrával való ismerkedés problémája. Nem is tudom... Civilizálni lehet, hogy mi fogunk, de számos primitív kultúra lesz ránk hatással, az biztos.

– Gyűjtögetés? Halászat? Vagy vadászat szóba jöhet? – terelte vissza az eszmecserét Eva a megoldandó problémára.

– Mind szóba jöhet. Továbbá tenyésztés, háziasítás, és később kereskedelem révén is szert tehetünk táplálékra. Akár ételáldozatokat is fogadhatunk s fogyaszthatunk.

– Miről van szó? – lepődött meg a nő.

– Figyelj, Eva. Az ő szemükben mi istenek leszünk... legalábbis sokáig. Az isteneknek szokás ajándékot is vinni, nem?!

– Nem tetszik ez nekem. De belátom a szükségszerűségét. A folyadékkal különben hasonló a helyzet, Adam – váltott témát a nő. – Hibernált állapotban a folyadék utánpótlásunk fejenként tízezer évig biztos elegendő. Éber állapotban pedig igen nagy a folyadék-utánpótlási szükségletünk.

– Igazad van, Eva. Be kell szereznünk ivóvizet. Mondjuk, a közeli folyóból vezethetnénk ide egy csatornát, vízemelő berendezésekkel. Végső esetben újrahasznosítással is élhetünk.

– Rendben. Legyen így! Megcsináljuk! Más: alvás és biztonság?

– Aludni itt fogunk egyelőre a barlangban. Később változtathatunk ezen. Addig is ez a barlang megvéd a felhőszakadástól és a perzselő forróságtól. A barlangot fűteni is tudjuk szükség esetén. Találtam néhány hordozható mozgásérzékelő riasztót a hajón. Körberakjuk vele a barlang bejáratát, ami ezáltal mások számára megközelíthetetlen lesz. A riasztók áramkörét rákötöm a hibernálókabinra, és a riasztással egy időben dehibernálást fog végrehajtani a kabin. Hogy védve legyünk, a barlangot álcázzuk és védetté tesszük. Szent helyként fogjuk kezelni, a helyiekből pedig a későbbiekben majd toborozhatunk szentéj-őrséget, ha szükséges. Most én kérdezek. Ne sértődj meg, Eva, de jobb, ha tisztázzuk: szex?

– Kérlek, légy türelmes, Adam! Még mindig nem ismerlek fel. Tudom, mert megmondtad, hogy mi a neved, és hogy férj és feleség vagyunk stb. De nincs meg bennem a bizonyosság. Ez zavar engem, és addig nem akarok szeretkezni, amíg nem érzem és nem tudom a szívemmel és az agyammal is, hogy ki vagyok én, ki vagy te és mi köt össze bennünket.

– Akkor majd udvarolok! – vigyorodott el Adam. Számított erre a fordulatra, nem lepődött meg. Meg akarta simogatni a nő arcát, de az ösztönösen elhúzódott a kezétől.

– Jelen állás szerint erre több ezer év időd lesz. Kérlek, légy megértő! Másik kérdés: energiaellátás. Mennyi ideig tudjuk működtetni a hibernálókabinunkat? A riasztókat? Tudunk-e elektromosságot használni bármilyen eszközünkhöz?

– A kabinok áramforrásai jóformán végtelen ideig képesek az életfunkciókat hibernált állapotban fenntartani. Ettől függetlenül energiaforrást kell találnunk. Adott a szél-, víz-, napenergia alkalmazása. Ezen a bolygón már több millió éve fejlődik az élet, tehát fosszilis tüzelőanyagokat is hasznosíthatunk később.

– Rendben. Ne menjünk most bele a részletekbe. Most csak a főbb tennivalókat vegyük sorra. Mi kell még az életben maradásunkhoz?

– Lényegében ennyi. Ha az eddig felsoroltakat megvalósíthatjuk, akkor elvileg megvan a lehetősége annak, hogy néhány tízezer évig életben maradjunk és várjuk, hogy végre létrejöjjön az a civilizáció, amely képes bennünket a mellékbolygó túloldalán található csillaghajóhoz juttatni.

– Ez nagyon hosszú idő. Több tízezer év... Nincs más megoldás, Adam?

– Hmmm... Végigmehetünk ismét a lehetőségeinken. Kérdezek, és válaszolj! Te tudsz kommunikálni a csillaghajóval, vagy el tudsz jutni a mellékbolygón lévő hajóhoz?

– Nem.

– Én sem. Másik kérdés: van ezen a bolygón olyan civilizáció, amelyik képes eljuttatni bennünket a csillaghajóra?

– Valószínűleg nincs. Nem tudhatjuk...

– Tudjuk: nincs. Keveset tudunk a bolygóról, de azt tudjuk, hogy nincs fejlett műszaki civilizációja. Egy ilyen civilizációnak velejárója, hogy legalább minimális rádióforgalom jelei tapasztalhatók, hogy az éjszakai félteke települései ki vannak világítva, hogy űreszközök, műholdak, űrhajók, űrbázisok keringenek a közelében, hogy rádióüzenetben vagy fegyveresen keresi a kapcsolatot a rendszerébe tévedt idegen csillaghajókkal. Ráadásul kiterjedt cipőbolthálózattal rendelkezik... No meg fodrászokkal... Nos, semmi ilyet nem tapasztaltunk. Lássunk egy újabb kérdést! Valószínűsíthető, hogy lesz olyan civilizáció e bolygón, amely képes eljuttatni bennünket a csillaghajóra?

– Igen. A primitívek esélyesek ilyen civilizáció létrehozására.

– Akkor egy utolsó kérdés: várjuk ki türelmesen, amíg e civilizációt spontán módon létrehozzák, vagy gyorsítsuk meg lehetőségeink szerint a magas fokú technikai civilizáció létrejöttét saját önző érdekeink miatt?

– Gyorsítsuk.

– Következő kérdés: megoldható, hogy itt és most, ezekben a napokban, vagy akár ebben az emberöltőben a primitíveket a mi űrutazó kultúránk tudományos-technikai színvonalára emeljük, hogy máris olyan űrhajó, és annak alkatrészeinek előállítására legyenek képesek, amely a mellékbolygón lévő csillaghajóhoz szállít bennünket?

– Nem, ennek nulla a valószínűsége. Egyrészt mi magunk sem rendelkezünk a kellő tudással és technikai lehetőségekkel, másrészt a primitívek sem tudnak olyan ipari kultúrát teremteni egy emberöltőn belül, ami űreszközöket vagy űreszköz-alkatrészeket tudna előállítani.

– Akkor már csak egy lehetőségünk maradt: hosszú távra tervezünk, és lehetőségeinkhez mérten arra törekszünk, hogy minél gyorsabb ütemű legyen a magas fokú, űrtechnológiát alkalmazó tudományos-technikai civilizáció kialakulása.

A következő napokban gyorsan, igen fárasztó munkát kellett végezniük. A mentőkabin utasainak tetemeit levetkőztették, s minden hasznosítható eszközüket, ékszerüket, ruhájukat összegyűjtötték.

– Hullarablók vagyunk – utálkozott Eva, de választ sem várt. Tudta, hogy jelen helyzetben praktikusan kell gondolkodni.

A néhány napos tetemeket a mentőkabin által a földbe vájt árok közeli részébe hordták, és az árok széléről földet hordtak rájuk. A betemetett földre Adam egy sziklát görgetett, amire Eva frissen szedett virágot helyezett. Az interkulturális antropológia kutatói szerint a temetés és a holtak iránti kegyeletet kifejező virágáldozat minden értelmes faj kultúrájában megtalálható – legalábbis, ahol ásható a talaj, s van virág. Nagyon egyedül érezték magukat. Adam átkarolta Eva vállát, aki nem tiltakozott, hanem Adam vállára hajtotta fejét. Sírdogált.

Ezután a mentőkabin berendezését három nagy csoportba sorolták. Az első csoportba tartoztak a túlélést leginkább segítő, viszonylag könnyen mozgatható eszközök, élelmiszerek, italtartalékok, ruházatok, energiatelepek és szerszámok. Ezeket a következő napokban felszállították a barlangba. Adam rögtön beállította a barlang köré a mozgásérzékelős riasztókat.

A második csoportba tartoztak a nagyobb méretű, nehezen mozgatható eszközök. A mentőkabinban található húsz hibernálókabinból tizenöt teljesen hasznavehetetlen lett, csak alkatrészeket tudtak belőlük kimenteni. Egy kabin kisebb horpadásokkal megúszta, egy másikat pedig a négy összetört kabinból összeszedett alkatrészekkel helyre lehetett állítani. Az egyenként nyolcvan kilós kabinokat nehéz talajon, hegynek felfelé kellett mozgatniuk. Munkájukat segítette, hogy egy villanymotort üzembe tudtak helyezni, s ágakból összetákolt csigaszerkezet segítségével könnyíthették meg a kabinok mozgatását. Kimentették továbbá az összes létező áramforrást, lámpát, s találtak egy működőképes kommunikációs berendezést is. De a hívásukra senki sem válaszolt.

Egy hét múlva este kimerülten készülődtek a lefekvéshez, amikor felvisított a barlanghoz vezető lejtő aljára telepített egyik erdőszéli riasztókészülék. Ijedten ugrottak fel. A riasztókészülék hangjára sikoltozás, artikulátlan üvöltözés válaszolt az erdő széléről. Az erdőben öt-tíz árnyalak suhant tova. A riasztó recsegve elhallgatott. Valószínűleg összetörték.

– Megyek, kicserélem. A készülék nélkül védtelenek vagyunk – jelentette ki Adam, s már szaladt is le a domboldalon kezében egy másik riasztót markolva.

140

– Neee! – fogta volna vissza Eva, de már késő volt. Adam odarohant a készülékhez, s először kövek találták el az arcát, hátát, majd primitívek rontottak elő az erdőből, s ütötték, ahol érték. Aztán éktelen visítás hangzott a sötétből, s a domboldalról egy félelmetes nősténydémon rontott a csoportra. Rohanó alakját csak sejteni lehetett a sötétben, az arca furcsán fénylett (Eva zseblámpája alulról világította meg az arcát). Egyik kezével pedig akire rámutatott, az összeesett. Eva tíz másodperc alatt lőtte le a horda tagjait, majd megragadta Adamot, s a férfit támogatva már sietett is vissza a barlangba. A csetepaté helyszínén földön fetrengő, halálra rémült primitívek vonaglottak. Senki nem követte a barlangba tartókat.

Adam szerencsére nem sérült meg súlyosabban. Eltört az orra, felrepedt a szája, s szerzett néhány véraláfutást. Összevert, összerugdosott teste sajgott.

– Le... etett vo... na... losszabb isz... – nyögte a férfi. – Mi'el lőtté'? Talá...tál fegy...vert?

– Szögbelövőt találtam – felelte Eva, miközben fertőtlenítette s ellátta a férfi sebeit.

– Ak... Akkor... moszt... civi...liszátuk... őket? – ironizált Adam fájdalmában is.

– Nem. Hallgass már, te átkozott! Minek kellett odafutnod, mi? Minek?! Gyilkos lettem. Miattad! Légy átkozott!

Másnap reggel husángokkal és szögbelövőkkel felfegyverkezve lementek a domboldalon megnézni s eltemetni áldozataikat. Azok viszont nem voltak ott.

– Nem öltél meg senkit. Elmentek. Nézd a nyomaikat!

– Menjünk utánuk, Adam! Most védtelenebbek, mintha felgyógyulnak. Most kell hatással lenni rájuk!

– Menjünk. De ne üres kézzel! Kezdődjön a civilizálás...

4. fejezet: Civilizáció 1.0

Miután degeszre tömött hátizsákokkal, nagy málhával felszerelkeztek, a vadak után indultak. A nyomok egy másik völgybe vezettek, ahol egy patak partján primitívek mintegy húsz fős hordája táborozott. Öten-hatan a parton feküdtek, fájdalmasan nyöszörögve, láthatóan férfiak voltak. Az asszonyok, az öregek és a nagyobb gyerekek körülöttük guggoltak, etetni-itatni próbálták társaikat. Néhány kisebb gyerek a patakban játszadozott.

Adam és Eva a hatáskeltés kedvéért megvárták az alkonyatot. Különváltak. Eva lett a kapcsolatteremtő fél, Adam pedig a háttérből biztosította őt, illetve a csodákat.

A törzs tagjai összehúzódtak, hogy védve legyenek a hidegtől, bármitől. S ekkor megszólalt a hang! Éles, vérfagyasztó sikítás, amit a tisztás széli bokorban egy felvillanó fény követett (Eva zseblámpája). A törzs tagjai ijedten kapták fel a fejüket. Ekkor a másik oldalról is felvillant egy lámpa, miközben félelmetes mély üvöltés hallatszott (Adam időközben a hátuk mögé került). A primitívek odakapták a fejüket, Eva így egy másik, az előzőtől távolabb eső bokorcsoport közé futhatott, ahol ismét sikolthatott s villanthatott a lámpájával. A törzs dermedten bámulta a jelenetet, mozdulni sem mertek. S ekkor megjelent Eva.

Eva színpadiasan hosszú, lebegő köpönyeget terített a vállára, a haját felborzolta, arcát ijesztően kisminkelte. Nem szimpatikus akart lenni, hanem félelmetes. Lendületes léptekkel, fenyegetően tartott a döbbent törzs felé, s mielőtt még egyikőjük is mozdulhatott volna, rávilágított zseblámpájával egy közeli bokorra, ami lángra lobbant (Adam begyújtotta). A törzs tagjai ijedten húzódtak egymáshoz közelebb. Éva egy másik bokorra s egy harmadikra is rávilágított a zseblámpájával. Persze égett a bozót minden esetben. A halálra vált primitívek nyöszörögtek. Eva most a földre irányította a zseblámpa fényét, s a fénykört lassan, fenyegetően a törzs felé mozgatta, miközben feléjük lépdelt. Amikor elég közel ért, az egyik öreg rá akarta vetni magát, de Eva sikoltott egyet, s a férfi fájdalmasan terült el a földön. Adam lőtte titokban lábon a szögbelövővel. Eva a zseblámpája fényét a földön fetrengő támadója felé mozgatta. Az öreg tágra nyílt pupillával nézett rá, miközben a földön ült s a combját fájlalta. Eva odalépett hozzá, közel tolta az arcát az öreghez, s mélyen a szemébe nézett. Aztán megsimogatta az öreg arcát, és felállt.

A zseblámpájával a patak felé világított, mire mindenki odanézett. Adam közben a másik oldalról, a sötétből egy labdaszerűen összetekert málhát gurított Eva lábához. Eva a patak felől a málhára irányította a zseblámpát. A törzs nem értette, hogy került oda a szőrös valami. Eva kibontotta a málhát, s kiterítette a nagy barna ragadozó bundáját. A törzs láthatóan felismerte a vadat. Eva lett a nagy vad legyőzője. Ez még a tüzes fénynél is nagyobb hatalmat adott neki. A vad bőrére tett néhány, a törzs által is ismert gyümölcsöt. Majd elsétált az éjszakába.

A következő napokban az űrutasok visszatérő vendégek lettek a törzsnél. Ellátták a sebeket. Élelmiszert hoztak. S lassan kezdetét vette az oktatás is. Praktikus okokból elsősorban az életben maradást segítő, életszínvonalat emelő és a konkurens törzsekhez képest konkrét civilizációs előnyöket jelentő technikai fejlődésre koncentráltak. A következő tananyagokra fókuszáltak a törzs civilizálása során:

Alaki gyakorlatok, például sorban állás, ülés, jelentkezés vezényszavakra, mozdulatokra. Nem ezzel szerették volna kezdeni, de hamar kiderült, hogy sajnos erre is szükség van. Az alaki gyakorlatok célja az volt, hogy egyrészt időtakarékosan, hasznosan lehessen eltölteni az oktatásra rendelkezésre álló időt, másrészt hatékony védelmi erőt szerettek volna kifejleszteni – testőröket neveltek. Reményeik szerint a katonai kiképzés alapjait fektették le a törzsben.

Kötélszerű anyagok előállítására és felhasználásra is tanították a törzs tagjait. Megmutatták az alapanyag-beszerzés, feldolgozás, kötélkészítés, fonás (ruha, falvédő, takaró), csomók, kötélmászás, lengés, lajhármászás, kötéllétra készítése és használata, hálókészítés és háló felhasználási lehetőségeit. Többek között a textíliák előállítása és a halászat lett a legközvetlenebb eredménye az emberiség történetében a hasonló jellegű tudásnak.

Megmutatták néhány egyszerű, kőből készíthető eszköz előállítását és felhasználását is. A „tananyagban" szerepelt például a kaparókő, vágókő, ék, súly, lándzsahegy, kőedénykészítés kőbevájt mélyedéssel, kőhajítás, kőkerítés építése. Az egyszerű szerszámkészítéstől az építészetig terjedő kultúra kibontakozásának az alapjait jelentheti az ilyen tudás egy törzs fejlődésében. Mindez megteremtheti később a kőfalakkal és várakkal rendelkező városállamok, vagy akár katedrálisok létrejöttének lehetőségét is.

A törzsbeliek megismerkedtek a fából készíthető eszközök előállításával, használatával is. Műveik között szerepelt mankó, husáng, lándzsanyél, létra, palló (árkokon történő átkeléshez), cölöp, cölöpkerítés, cölöpfal, vályú, vályúkból összeállított vízvezetékrendszer, vályúból készített bölcső, görgőfa (nagy súlyok mozgatásához), kerék, eszközök nyele, ülő- és fekvőalkalmatosság, továbbá fatál is. Többek között az asztalos- és ácsmesterség, a favázas épületek, a kereket használó eszközök fejlődése indulhat el e tananyag kapcsán, gondolták Eváék.

Az elejtett állatok nem evés célú felhasználása kapcsán a szőrme, a bőr, a hús (csapdákban csaliként történő) hasznosítására, a csontok és szaruk, a belsőségek (íj idegként, tölthető anyagként) és a vér (festés célú) alkalmazására irányult a képzés. A vargáktól a csonttű és -csatkészítőkön át a festőkig ível azon mesterségek sora, melyek ebből a tananyagból nőhették ki magukat.

Komplex eszközök előállítását és felhasználását is elsajátíttatták a törzsbeliekkel. Az eredmény: fanyélre kötözött kőből készült lándzsahegy, csont-, kőkéspenge vagy éppen kőbalta fej. Fából, kőből és állati belsőségből készült íj vagy éppen szövőkeret. Kötélen lendülő kő- és farönkcsapdák. A lejtő, az ék és a kétkarú emelő, a kerék és a csigás emelő összetett alkalmazása. S végül: a súrlódáson alapuló tűzgyújtás eszközei és technikája (beleértve a tűz melegítésre, sütésre, világításra, vadállatok távoltartására és harcra történő felhasználását, s természetesen a homokkal és vízzel történő tűzoltás módszerét). A komplex eszközökkel kapcsolatos tudásra egy, a környezetéhez képest kirívóan magas rendű civilizációt lehet építeni.

Hosszútávon persze majd földművelés, növénytermesztés és állattenyésztés terén is fontos lesz tudást átadni, de arra még várni kell – így döntöttek. Mindenesetre valamikor majd ki kell találniuk, miként tudnak olyan jellegű tudást átadni, mint növények ültetése, gondozása, hasznosítása, nemesítése, illetve állatok befogása, háziasítása, gondozása, étkezési célú hasznosítása. Azért megpróbálták a növény- és állatgazdálkodás alapjait is lefektetni: élve fogtak el madarakat, tették azokat faketrecbe s használták fel tojásaikat. A vadászat alkalmával is törekedtek élve befogni állatokat s gondozni azokat.

De mindezek mellett a legfontosabb a nyelvi fejlődés volt. Ennek keretében Eva és Adam igyekezett megfejteni a törzs sajátos kommunikációs rendszerét. De azt elég esetlennek és megbízhatatlannak tartották. Elhatározták, hogy a törzs hangképzési lehetőségeit figyelembe véve hoznak létre számukra egy új nyelvet. A szókincs kialakításával kezdték. Az volt a cél, hogy a helyi környezetben lévő konkrét dolgokat meg tudják nevezni. A szókincs kialakításakor Eva és Adam a saját nyelvük szavaiból indultak ki – tekintve, hogy a primitíveknek így is, úgy is sok új kifejezést kell megtanulni, így számukra lényegében mindegy, hogy milyen már létező vagy nemlétező nyelvű szavakat sajátítanak el. Az űrhajótörötteknek pedig hosszútávon segíthet, ha a saját nyelvük szókincse, szintaxisa lesz az alapja e bolygó jövőbeli civilizációinak. A konkrét növényekre, állatokra, tárgyakra utaló kifejezésekkel nem volt gond. Kevés gyakorlás után megértették egymást. Ezek esetében még kisebb-nagyobb fogalmi kategóriákat, hierarchiákat is ki tudtak alakítani. A „gyümölcs" kategóriába be tudták sorolni a megmutatott gyümölcsöket, az „állat" kategóriába tudták sorolni az állatokat stb. Az elvont fogalmakkal azonban Adamék már egy idő után nem is kísérleteztek. Az „igen" és a „nem" jelentését sikerült elsajátítaniuk. Az igék esetében a jönni, menni, hozni, vinni, feküdni, ülni, állni, ugrani, letenni, felemelni, tartani, dobni, fordulni, harcolni, védeni, aludni, enni, inni, látni, hallani, szagolni és ízlelni fogalmakig jutottak el. A térbeli orientációra utaló kifejezések közül az itt, ott, előtt, mögött, mellett, felett, alatt, bent, kint szavakat tanulták. Az időre utaló szavakkal kudarcot vallottak – túl absztrakt gondolkodást igényelt az erről való gondolkodás, amire a törzs még nem állt készen. A személyes névmások közül az én és te megértése és használata sikerült csak, a többi névmás használata egyelőre kudarcba fulladt. A számfogalommal sem mentek semmire. Feltűnő volt „tanítványaik" verbális-numerikus és performációs intelligenciája közötti különbsége.

A szemléltetés kedvéért hol a homokba rajzoltak, hol kőre festettek vérrel vagy sárral, hol csontba karcoltak ábrákat. Ezáltal mintegy mellékesen megteremtették a vizuális kultúrát.

Esténként tábortűz köré ültek (amit immár a törzs tagjai is elő tudtak állítani), s néha énekeltek, szarvra kifeszített sodort ideget pengettek, kifeszített bőrön doboltak, csontsípot fújtak – a törzs döbbenetére, majd örömére. Az űrutasok közben már csak a példamutatás kedvéért is nyárson sütöttek, vagy éppen levélbe csomagoltak és hamuban vagy faszénen sütöttek húst, vékonyfalú kőedényben vizet forraltak és húst, tojást főztek benne.

Egy hetet terveztek a törzs között eltölteni – egy hónap lett belőle. Egy hónap múlva Eva így szólt a törzshöz:

– Én menni – mondta, és a barlang felé mutatott. – Én látni te – közölte, és a törzs minden tagjára rámutatott, s így folytatta: – Te nem menni. Te nem menni – és a barlang felé mutatott. – Te védeni te. Te védeni én. Te védeni ott – ismét a barlang felé mutatott. – Én védeni te – ismét a törzsre bökött.

Mindez szabadfordításban: „Távozom a barlanghoz. Figyellek benneteket. Ti maradjatok, ti ne menjetek a barlanghoz. Védjétek meg egymást. Védjetek meg engem, védjétek meg a barlangot. Én is megvédelek benneteket."

– Hú, Eva. Ez elég bonyolult volt. Gondolod, megértették?

– Az majd kiderül. A tetteikből... Gondolom. Búcsúzz el te is tőlük, aztán menjünk!

A férfi elmondta és mutogatta ugyanazt, mint a társa, majd hátat fordítottak, és otthagyták a törzset.

– Szerinted ennyi elég volt? Mi lesz itt ezer év múlva? Hova fejlődnek majd? Nem volt nekik túl intenzív ez az egy hónap?

– Nem tudom, Adam. Nem tudom. Semmit sem tudok. Elfáradtam. Szundiznék picit. Úgy ezer évet.

Már két órája aludták ezeréves álmukat hibernálókabinjukban, amikor a törzset megrohanta egy másik törzs. A támadók koponyája gömbölyűbb volt, szemöldökereszük kevésbé ugrott ki, testük nyúlánkabb volt, kevésbé voltak szőrösek, mint lapos homlokú áldozataik. A váratlan támadás, a támadók nagyobb létszáma (kétszer annyian voltak, mint a harcképes védők) legyűrte a parányi törzs védelmét – akiken még bomladozó civilizáltságuk sem segíthetett. A törzsnek írmagja sem maradt. A Civilizáció 1.0 jóformán létrejötte pillanatában meg is szűnt. De erről teremtői mit sem tudtak...

146

5. fejezet: Civilizáció 1.1

Ezer év múlva dehibernálódtak. A barlang belseje alig változott. Nem fogadta őket az általuk teremtett civilizáció képviselőinek üdvözlő rivalgása, de még csak nyoma sem volt annak, hogy az utóbbi években járt volna valaki a barlangban.

– Helló! – szólt Evához egy ismerős hang. Ismerős! Igen emlékszik a hangra, a férfira. De nem a múltból, hanem tegnapról, ezer év távlatából. Csak onnantól vannak emlékei, hogy e barlangban magához tért, s megtalálta annak a primitívnek a tetemét. „A primitívek! A civilizált törzsem! Mi lett velük?" – Kezdett magához térni.

– Helló! Kérsz rántottát? – szólította meg ismét a férfi. „Adam. A férjem... Azt mondja..." – fogalmazta meg magában Eva. Aztán felkapta a fejét: „Tojásrántotta? Az civilizációt jelent. Kiszolgálnak minket tojásrántottával? Idáig fejlődtek hát? Már étkeztető vállalkozásaik vannak?"

– Eva! Kincsem! Térj magadhoz! Tessék, rántotta.

A nő mohón kapott a felé nyújtott ételért. „Honnan van ez a tojás?"

– Honnan van? – kérdezte hangosan is.

– Egy közeli fészekből. Reggel loptam őket – mosolygott Adam. Kedvtelve nézte a nőt, miközben az falta az ételt. Evés közben Eva vállig érő hajának rakoncátlan fekete hajtincseit vissza-vissza dugta a füle mögé. Tetszett neki a nő, még kócosan is. Sosem látta még ilyen kócosnak, mégis kívánta. Hiába az ezeréves hibernáció ide vagy oda. Hiába mondják, hogy közben nincs álmodás. De ő egyszer akkor is úgy ébredt, hogy azt hiszi, ezeréves erotikus álma volt, és ez baj.

– Mióta vagy ébren? – hozta vissza a valóságba a nő.

– Három órával előtted ébredtem. Hogy biztosítsam a helyszínt... És hogy ágyba vihessem a reggelit... Emlékszel már, szívem?

– A becsapódás előtti időkre nem.

– Akkor még mindig nem vagy a feleségem?

– Adj időt, Adam! Engedd, hogy megszeresselek!

– No, ezt a dumát hagyjuk! Mindegy – mordult fel ingerülten a férfi, majd rideg hangon így folytatta: – A civilizációnk, a törzsünk nyomtalanul eltűnt. Nem tudom, mi lett velük. Sem a barlangban, sem a környékén, sem a parti táborukban nem találtam nyomukat. Nincsenek falak, házak, háziállatok. Mintha semmit sem ért volna a beavatkozásunk. Talán elvándoroltak. Talán elpusztultak. Ezer év ment el a semmire.

Eva hallgatott. Megijesztette a férfi. „Ezzel az alakkal kell leélnem az életem...?" – bizonytalanodott el. Egész nap egy szót sem szóltak egymáshoz. Este a férfi tüntetően a barlang távoli sarkába húzódott. Eva reggel csak egy cetlire vetett üzenetet talált: „Felderítő útra mentem. Három nap múlva jövök."

Adam nem jött három nap múlva. Eva a három nap alatt egyrészt a barlangot takarította, másrészt a civilizációs elképzelésük kudarcán tanakodott. Megértette, hol hibáztak: Egy tétre tettek fel mindent. A továbbiakban nem szabad csak egyetlen, kiválasztott törzsre koncentrálniuk.

A negyedik nap reggelén Eva arra ébredt, hogy valaki a hátához simul, hozzábújik, átöleli és megsimítja a mellét. Hirtelen ébredt öntudatra, lökte el a kezet, kiáltott fel és csapott hátra a könyökével. Adam az arcát fogta fájdalmában, Eva pedig megdöbbenve látta, hogy nincsenek egyedül. Egy meztelen nő volt a barlangban. Összekötözött lábbal és kézzel, kipeckelt szájjal kuporgott a barlang falának dőlve, őt bámulva. Különös, zöld színű szeme volt, elmerült benne az ember. Koszos volt, zilált, de szemlátomást nő. „Nem is túl csúnya, ha eltekintünk a rárakódott mocsoktól, és az ápolatlan, csimbókos hajtól. Egy nőstény a gömbölyű koponyájú, nyúlánk bolygólakók közül" – ismerte fel Eva, majd tovább gondolta a helyzetet: „Adam bekattant. Elrabolt egy primitívet, s ki akarja cserélni velem. A férfinek végül is mindegy, hogy kit hibernál évezredeken keresztül, ha számára csak az a lényeg, hogy kielégítse a szexuális vágyait. Engem pedig megöl vagy átad a vadaknak..." – Mindez egy pillanat alatt futott át az agyán, s pánikba esve cselekedett: Ütötte, rúgta a férfit, ahol érte. Gyilkos düh, az önvédelem és az élni akarás gyilkos dühe öntötte el az agyát. Tudta, hogy az élete múlik azon, hogy harcképtelenné tudja-e tenni a férfit. Nem tudta. Adam lendülő ökle állcsúcson találta Evát, aki aléltan terült el.

Eva arra tért magához, hogy hason fekszik és hideg vízbe lóg a keze. Kinyitotta a szemét, s rezignáltan állapította meg, hogy egy folyón sodródik egy uszadék fába kapaszkodva. Megértette: Adam vízbe dobta, s egy csodálatos véletlennek köszönhetően öntudatlanul is meg tudott kapaszkodni egy uszadék fában. Ezért maradhatott életben. Nem tudta, mióta sodródhatott. A környező part nem volt ismerős. Lehet, hogy napok óta fekszik a tutajon. Mindenesetre éhséget érzet. „Ki kell jutnom a partra!" – fogalmazódott meg benne a gondolat. Ivott néhány kortyot a markába vett vízből, majd kezeivel kievezett a partra.

„Étel és védelem" – ötlöttek fel benne a szavak, s maga is elcsodálkozott, hogy mire redukálódott nyelvi és gondolkodási készsége, amióta a fiziológiai és biztonság iránti szükséglete kielégítetlen. Adamra gondolt, s gondolatban ezt üzente neki: „Nem döglök meg, te szemét! Azért sem!"

A parton feküdt, vacogott, süttette az arcát a nappal. Hirtelen egy kép bukkant elő emlékezete mélyéről: egy díszegyenruhába öltözött öregember mosolyog le rá, s mond valamit. De hangot nem hallott, s nem tudta leolvasni az öreg szájáról, hogy mit mond. Egy emlék. „Na, végre! Jön majd több is!" – derült jó kedvre, s már tudta, mit kell tennie. Az öregen egyenruha volt, neki pedig hadseregre van szüksége. Lendületesen ugrott fel, hogy nekilásson primitívekből álló serege toborzásának. A felugrás lendületével rögtön öklendezni is kezdett, s egy fának támaszkodva elhányta magát.

A következő napokat fából, kőből, növényi rostokból készített fegyverek, csapdák készítésével töltötte. A reggeli rosszullétek mindennaposak lettek nála, amit az ismeretlen bogyókkal való táplálkozással magyarázott. Keveset evett. Az sem hús volt kezdetben.

Kezdetleges eszközeivel tutajt rögtönzött. Annyi élelmiszert halmozott fel, amennyit tudott – néhány napra elegendőt –, majd ellökte a tutajt a parttól. Arra gondolt, hogy a folyóparton több törzs is megfordul majd, hiszen inniuk kell. S abban bízott, hogy egy törzsnek nyomot kell ott hagyni, ahová inni jár. S így is lett.

Az elindulás után egy óra múlva egy kanyarulatba fordulva vette észre a parton táborozó törzset. Még időben el tudott kapni egy part menti ágat, s kikötötte a tutajt a partra úgy, hogy a vadak nem vették észre. Ezek a vademberek a nyúlánk, gömbölyű fejűek voltak. Eva megvárta az estét, s kezdetét vette a mutatvány:

Előkészített egy fáklyának való botot, tűzrakáshoz való gallyakat és ágakat, gyújtósnak használható száraz gazt, egy puhafa alapot s egy keményfából készült ujjnyi vastag rudat. A puhafát és a keményfarudat tűzgyaluként használta, a száraz gazt pedig gyújtósként. Sosem gondolta korábban, hogy a csillaghajó személyzetének tartott túlélőgyakorlatoknak valaha is hasznát veheti. Megörült: lehet, hogy nem emlékszik nevekre és a vele történt eseményekre, de úgy tűnik, hogy a begyakorolt mozdulatokat nem felejtette el. Ez jó! A puhafán súrlódó keményfarúd közben hamarosan annyira felmelegedett, hogy a száraz gaz begyulladt. Amikor már a száraz gazzal beborított fáklya is égett, Eva határozott léptekkel indult el a törzs felé. A közel harmincfős törzs tagjait meglepte a sötétben fellángoló tűz, s

149

megdöbbentette, hogy egy nő fogja a lángot, s hozzájuk közelít. Hárman kiváltak a törzsből, s üvöltözve, hadonászva próbálták a nőt elijeszteni. Az viszont nem ijedt meg tőlük. Egy kisebb, marokra fogható faágat vett a kezébe, aminek az egyik végére száraz gazt kötözött. Meggyújtotta a minifáklyát, s nyeles kézigránátként dobta a támadóan fellépő vadak felé. Amikor már láthatóan nem merték megtámadni, a maradék tűzifából csinos rakást épített, s leült a tűz mögé, szemben a törzsbeliekkel. Nézték egymást.

A törzzsel viszonylag gyorsan megtalálta a kapcsolatot. Tudtak hangot képezni – jobban, mint a lapos homlokú, zömök, szőrös faj képviselői. Ugyanazokat a témákat tanította nekik, mint az előző civilizációs kísérletben résztvevő törzsnek. De most megdöbbentően más volt az eredmény. Amíg a lapos homlokúak képesek voltak az utánzásra, de alig-alig voltak képesek absztrakt gondolkodásra és kreativitásra, addig a gömbölyű homlokúak törzsének tagjai hajlamosak voltak mindent továbbgondolni, kombinálni. Felfogásuk érezhetően gyorsabb volt, mint a lapos homlokúaké. Nagyon félték és tisztelték Evát.

Harmadik napja lehetett a törzsnél, amikor ismét reggeli émelygésre ébredt. „Hány napja vagyok a bolygón?" – ötlött fel benne az ijesztő gondolat. „Már a saját bioritmusom szerint. A hibernált állapotot nem számítva... Kettő hónapnál régebb óta... Azóta nincs vérzésem... Reggelente émelygek... Lehetséges lenne? Adamunum, az átkozott, amíg kábult voltam!" – Zokogva hányta el magát.

Másnap elhatározta, hogy meggyorsítja az eseményeket. Megtudta, hogy még három gömbölyű fejű törzs él a környéken. Azoknak is harminc-negyven fő közötti a létszámuk. Őket is „meghódította" a tűz varázslatával, így összesen százhúsz körüli nagytörzset vonhatott be civilizációs törekvéseibe. Mindegyik törzset megkérdezte (mutogatva, rajzolva), hogy láttak-e „égből pottyant barlang"-ot a környéken. Az egyik törzs tudott egy ilyenről! Ezer év távlatában fennmaradt az égből becsapódó mentőfülkék emléke! Megmutatták, hova zuhant a mentőkapszula. A hibernálókabinok közül csak tíz maradt sértetlen. A bennük lévő testek már nem éltek: a becsapódáskor eltörtek a csigolyáik. Tíz mentőkabin! A testőrségét is magával viheti az időn át! Persze ehhez kell testőrség is... és lett. Gondoskodott róla.

Mielőtt befeküdt volna hibernálókabinjába, gondoskodott róla, hogy kultusza kellő védettséget biztosítson számára. Arra is volt gondja, hogy az öt törzs tagjai felderítő útra menjenek, más törzseket felfedezni, s bevonni azokat is a civilizációs folyamatba. A tananyag mindig ugyanaz volt, mint a legelső alkalommal.

Reggeli émelygései szórványosan továbbra is előfordultak. Egyre biztosabb volt benne, hogy ez (is) a terhesség jele. Úgy döntött, megtartja a gyermeket – fogalma sem volt ugyanis, hogy miként veszthetné el. De azt is tudta, hogy nem ebben a korban fogja megszülni és felnevelni a csemetét. Ő és kilenc testőre végül hibernálókabinba szálltak.

Öntudatának elvesztése előtt Evában kavarogtak a kérdések. Vajon milyen világ várja őket újabb ezer év múlva? Vajon sikerült elindítani e bolygó lakóit a civilizáció felé vezető úton? Már használni fogják az elektromosságot? Lesznek repülőeszközeik? És a legfontosabb: meghódítják már a világűrt? El fogják juttatni őt a mellékbolygó túloldalára? Milyen állapotban lehet a csillaghajó...?

Eva sosem volt jóban a számokkal. Egy másik korban diszkalkuliásnak tekintették volna. Így történhetett, hogy akarata ellenére mégsem ezer évre állította be a hibernálókabinokat...

6. fejezet: Civilizáció 2.0

– Én még ilyen együgyű, bárgyú fajt nem pipáltam! Hogy a villám csapna abba a nehéz fejetekbe! – üvöltözött Eva magából kikelve, amikor százezer évvel később konstatálta, hogy egy lépést nem haladt előre a civilizáció fejlődése az adott területen. „Átaludt" százezer évet, s lényegében ugyanolyan civilizációba „érkezett", mint amit „otthagyott". Az egyetlen szembeötlő különbség az volt, hogy többen voltak, s általában véve kikerekedettebbek, egészségesebbek voltak a törzs tagjai, mint elődeik. Jólétben éltek. Megtanulták a leckét, a „civilizációs alaptananyagot". De ennyi. Egy mozdulattal nem tettek hozzá többet az Eva által mutatottakhoz. Reprodukáltak, apró dolgokat újítottak ugyan, de igazán produktív teljesítményt nem tudtak felmutatni. Eva sírva, dühöngve, morcosan ült egy számára emelt fa trónuson. „Ez jó" – gondolta –, „legalább a kultuszom fennmaradt".

Éppen azon töprengett, hogy mit tegyen, amikor valami megcsillant az égen. Izgatottan ugrott talpra. „Repülőgép?" – képedt el a gondolatra. A törzs tagjai is észlelték a csillanást, ami láthatóan nagy riadalmat keltett köreikben. Kezdetleges viskóikat gyorsan faágakkal fedték be: álcázni igyekezték azokat. „No, lám! Csak van itt fejlődés! De csiga lassú..." – fogalmazta meg magában Eva. A törzs tagjai mozgatható tárgyaikat magukhoz vették, s szétszéledtek a környező erdőben. Testőrei körbe vették Evát, s várták parancsait. Láthatóan jobban féltek úrnőjüknél, s inkább azért húzódtak a közelébe, hogy védelmet reméljenek tőle, s nem azért, hogy megvédjék őt bármitől. A repülőeszköz közben lassan közeledett. Két részből állt: Felül egy hatalmas, fekvő, elnyújtott tojás alakú része volt, ami alá egy kisebb, zömökebb tartály volt felszerelve. Egy mentőkabin... Evában dúltak az indulatok: „Adamunum az? Már ilyen magas fokú technikai civilizációt fejlesztett ki? Ellenségek vagyunk? Vagy...? Adamunum az életemre tört. Akaratom ellenére teherbe ejtett. De... Nem az lenne stratégiailag a legjobb döntés, ha összefognánk? Végül is bosszút állni ráérek később is. De hogyan fogadna engem Adam? És mi van, ha ez mégsem Adam?" – Elhatározásra jutott.

Látta, hogy egy közeli tisztásra igyekszik leszállni a léghajó. Amikor már csak öt-hat méterre lebegett a földtől, a mentőkabinból köteleket eresztettek le, s néhány meztelen felsőtestű, ám térdig érő lapszoknyaszerű ruhát viselő alak csúszott le rajtuk. Földet érésük után mindegyikük megragadta a kötelét, egy közeli fához futott, s lényegében kikötötte a léghajót. Aztán védőgyűrűt alkotva álltak a kabin alatt, amiből időközben lándzsaszerű fegyverek kötegét eresztették le a kör közepébe. A védőgyűrű tagjai gyorsan felkaptak egy-egy fegyvert, s visszaálltak a helyükre. A fegyver nem kőpengés lándzsa volt. Fanyélre szerelt fémnek tűnő, vastag bronzpengén csillant meg a nap fénye. Eva egyszerre borzadt el és ujjongott. Ujjongott, hiszen magas fejlettségi szinten álló, fémeszközöket előállítani, sőt repülni képes civilizációra utalt a látvány. Ugyanakkor félt is: ez nem az ő befolyása alatt álló civilizáció...

A mentőkabinból ekkor egy szépen díszített, falapokon álló, sárga fémből készült trónszéket eresztettek alá. A csillogó trónon az az űrutas ült, aki nemrég felötlött Eva emlékezetében. Igaz, akkor díszegyenruhában volt, most pedig fehér köntösben. Akkor mosolygott, most szigorúan nézett. Két oldalán testőrei ugyanolyan ruhát és fegyvert viseltek, mint társaik, ám fejükön állatfejeket utánzó álarcok voltak. Az öreg felemelte a kezét, s a mentőkabinból leereszkedő további harcosok hangosan ordítva rontottak a kezdetleges településre, előrángatták az ott elbújtakat, majd a léghajóhoz terelték foglyaikat. A léghajónál megkötözték, azután pedig egy földön elterülő, de a repülő eszközhöz kötözött hálóra terelték őket. A jelenet néhány perc alatt játszódott le – döbbenetesen jól szervezett rajtaütés volt.

– Mandamus! – kiáltott a nő az öregre, bár nem tudta, hogy az hallja-e. Azt sem tudta, hogy honnan tudja a nevét. Az öreg nem hallotta meg. Eva tehetetlenül nézte, amint testőreit játszi könnyedséggel futamítja meg a jól kiképzett, felfegyverzett haderő. Mielőtt egy szót is szólhatott volna, leütötték.

Egy alkar vastagságú, kötelekből font hálóban tért magához húsz törzsbélivel egyetemben, amint több száz méterrel a talaj felett repült. Fázott. Felette a mentőkabinból átalakított gondola alja. A törzsbéliek tágra nyílt szemmel, félelemtől reszketve, kérőn néztek rá. Nem tudta, miként segíthetne nekik. Úgy tett inkább, mintha aludna. Végül valóban elnyomta az álom. Rosszat álmodott. Felrobbanó bolygókat, foglyul ejtett őslakosokat és a díszegyenruhás öreget, Mandamust. Mandamus tábornokot, akinek a háta mögött kínozzák a foglyokat, s közben Eva fölé hajol és mosolyog. „Milyen gonosz lehet ez az ember!" – Hajnalban felriadt, s ismét öklendezett. Most már biztosra vette, hogy terhes.

Többórányi repülés után, este érkeztek meg céljukhoz. Eva elképedve figyelte a csillogó felszínű, hegyméretű gúlákat és a teljes, kiépült városokat. A léghajó pedig monumentális kövekből emelt magaslatra szállt le. Őt és társait az őrök durván sorba állították, s kezüknél fogva egymás után láncolva, libasorban leterelték a magaslat tövében gyülekező embertömegbe. Láthatóan ez volt a rabszolgapiac. A közeli folyón vitorlás hajók közlekedtek.

A rabszolgapiacon ismét megjelent Mandamus. Gyaloghintón közlekedett, fehér vászon lepel fedte a testét. Sugárzott róla a magabiztosság és a hatalom. „A tábornok! A véres kezű Landriita kutyája. A kegyetlen királynő hóhéra. Így rettegte a nép. Jobb lesz nem a szeme elé kerülnöm" – villant Eva agyába egy emlék. Ekkor Mandamus meghökkenve nézett rá, majd mindenki döbbenetére Evához szaladt, s hódolattal fejet hajtott, és féltérdre ereszkedett a nő előtt, miközben így szólt:

– Üdvözöllek, királynőm! Szolgád vagyok, nagy hatalmú Landriita! Bocsáss meg, hogy nem leltem rád korábban! – zokogta a férfi, miközben Landriita kézfejét csókolgatta hódolattal.

– Mandamus! Tábornok! Emlékszem rád… – rebegte Eva, s igyekezett feldolgozni a helyzetet. Ő? Királynő? És a léghajó nagyfőnöke a szolgája? Ő lenne Landriita a kegyetlen királynő? Az nem lehet. Összetévesztik valakivel. De lehetne rosszabb is… Úgy döntött, nem engedi elszaladni a lehetőséget, s beleáll a helyzetbe. Így szólt hát: Megfáradtam, Mandamus, gondoskodj a kényelmemről, kérlek!

Mandamus hitetlenkedve vonta fel a szemöldökét (nem hallotta még úrnőjétől a „kérlek" szót, s abban is biztos volt, hogy ott helyben elevenen nyúzatja meg őt a kegyetlen, aljas dög azért, hogy csak most talált rá), de intézkedett. Hamarosan gyaloghintón szállították Evát egy palotába. Ott fürdőt vett, vacsorát kapott, majd hívatta Mandamust, s kérte, hogy tájékoztassa őt a helyzetről. Mandamus beszámolója igencsak felkavarta Evát:

– Királynőm! Mint tudod, a csillaghajó a mellékbolygó tőlünk nem látható oldalán zuhant le. Feltételezésünk szerint még működőképes lehet, de nem tudunk eljutni hozzá. A csillaghajóról több ezer mentőkabint kellett volna elindítani a teljes evakuációhoz, de csak ötöt sikerült. Te jöttél az egyikkel, találtál egy másikat, mi két kabinnal érkeztünk meg, s mindössze huszonnyolcan éltük túl a katasztrófát eddig. Valószínűleg ugyanarra a meglátásra jutottunk, mint Te: űrhajózásra képes civilizációt kell kifejlesztenünk a bolygón, hogy visszajuthassunk a csillaghajóra. Közülünk huszonhárman hibernálva vannak, öt fő pedig felügyeli a civilizáció alakulását. Forgóajtószerűen váltogatjuk egymást ötezer évente néhány hónapra dehibernálódva. Ez alatt a néhány hét alatt ellenőrizzük a civilizáció alakulását, s újabb tudást adunk át papjainknak. Ők kultuszunk őrzői, s parancsaink közvetlen végrehajtói, akik a primitív törzseket mágikus

154

babonák által térítik jobb belátásra, ha szükséges. A papjaink által generált hit központi alakja az Istennő, aki te vagy. Téged félnek, téged rettegnek szolgáid.

– ...és a rabszolgák, Mandamus?

– E civilizáció gazdaságának kulcsát alkotják. Mint otthon, felség.

– A léghajó?

– Kezdeti civilizációs próbálkozásaink, amikor csak egy-egy helyi törzset próbáltunk nevelni, rendre kudarcot vallottak. Megértettük, hogy a bolygó több és egymástól kellően távoli pontján kell a civilizációt elősegíteni. A távolság fontos. Az akadályozza meg, hogy egymástól függetlenül fejlődhessenek, s ne irtsák ki egymást. Különösen önutáló fajta él e bolygón, mely vérszomjasan irtja saját magát. Imádni fogod őket, Rettegés Úrnője! A nagy távolságok áthidalásának eszközéül a léghajót tudtuk megépíteni. Gondolának az egyik mentőkabint használjuk, abban hibernált állapotban társaink egy részét is magunkkal vihetjük szükség esetére. A bolygó nagyobb földrészeinek mindegyikére eljutottunk már. Vittünk bolygólakókat, elindítottunk közösségeket a civilizáció útján. Korábban két bolygólakó típus is esélyes volt a technikai civilizáció létrehozására. Az egyik faj lapos homlokú, állatiasabb vonású mára részben kipusztult, részben beolvadt a másik, szőrtelenebb, gömbölyűbb koponyájú, nyúlánkabb típusba. Nekünk végül is mindegy, melyik típus alkotja meg a technikai civilizációt. Ennek folyamatában jelenleg ott tartunk, hogy minden földrészen vannak olyan közösségek, amelyek képesek kőből akár monumentális, évezredeken át fennmaradó építményeket emelni, letelepedett életmódot folytatni, a lehetőségekhez képest hatékony földművelést és állattenyésztést folytatni. A számfogalmuk egészen kiforrott. Csillagászati megfigyelések végzésére és általuk időjárás és folyamáradás előrejelzésére vezetjük rá őket. Írásuk még kezdetleges, fogalmak lerajzolásán alapuló.

– ...És a királyról mit tudtok?

– Bocsáss meg, nem értelek, úrnőm! Hogy érted, hogy mit tudunk a királyról? Atyádat saját kezeddel koncoltad fel még otthon, a Mirán. A férjedet, Geropeót pedig a csillaghajóról dobattad ki a világűrbe, mert nem köszöntött mosolyogva aznap reggel.

Eva remélte, hogy összetévesztik valakivel. De azt is tudta, hogy ezt nem árulhatja el. Ám valamit még tudnia kellett:

– Mondd, Mandamus, Adamunum neve mond neked valamit?

– Nem, felség. Sosem hallottam róla.

„No, ezen lesz mit töprengeni" – gondolta Eva. Úgy vélte, a napi sokk-adagját megkapta aznapra, s jelezte Mandamusnak, hogy nyugovóra térne. Mandamus azonban lábai elé vetette magát, és így szólt:

– Úrnőm, kérlek, kegyelmezz öreg szolgádnak, de ünnepséget rendeztünk megjelenésed tiszteletére. Mindenkit dehibernáltunk, s műsoros estet, orgiával egybekötött lakomát rendeztünk. Engedd, hogy imádjunk!

Eva nem mert nemet mondani. „Landriita, a kegyetlen királynő biztos sokkal erélyesebb lenne ebben a helyzetben" – gondolta. A sokaság egy fáklyákkal megvilágított, gyümölcsöktől és sült húsoktól roskadozó asztalokat tartalmazó teremben gyűlt össze. Űrutasok. Eva senkit sem ismert fel. Szemükben iszonyatot, rettegést, s azon túl gyűlöletet vélt felfedezni, amint rátekintettek. Evához hasonlóan már több ezer éve rekedtek e bolygón, s alig öregedtek többet néhány hónapnál. Őslakosok is voltak a teremben: ápoltak, az űrutasokhoz hasonlóan tiszta ruhát viseltek, sokan ékszereket is, s az űrutasok nyelvét beszélték. Láthatóan ez már nem az erdőt-mezőt járó, gyűjtögető-vadászó-halászó törzs volt. „Talán mégis sikerült beindítani a civilizációt?" – reménykedett Eva. Aztán kételyei támadtak ezzel kapcsolatban: a műsoros vacsora lényegében rabszolgák egymással vívott mindhalálig tartó küzdelmét jelentette. Amit a jelenlévők láthatóan élveztek, s izgalmuk orgiába csapott át. Az űrutasok értetlenül néztek össze, amikor a műsoros est elején királynőjük, az eleven bestia, a szívtelen dög, a csillagok elpusztítója öklendezve rohant ki a teremből. Egyik legkevésbé hű alattvalója utána lopakodott. A tőr, amit ruhájába rejtett, már egészen kifinomult, bronzból készült mestermunka volt.

Egy sötét, árnyékos részen rontott Evára, aki éppen zokogva kuporodott le egy épület falának tövébe. A gyilkos tőr felülről száguldott Eva nyakszirtje felé, amikor a támadót hirtelen hátra, a földre rántotta valaki, s szíven szúrta kardjával. Eva még fel sem ocsúdott, amikor leplekbe burkolózó, arcát is eltakaró ismeretlen megmentője talpra rántotta, kézen fogta, s futni kezdett vele a léghajók felé.

Három léghajó állt készen az indulásra. Eva, valamint ismeretlen társa, illetve annak bolygólakókból szervezett csapata pillanatok alatt harcképtelenné tették az őröket. Mindhárom léghajót elvitték, s velük a bestiális ceremónián résztvevő űrutasok hibernálókabinjait is. „Ezzel tehetjük a legtöbbet a civilizáció érdekében: a megszabadítjuk a bolygót ezektől az őrültektől" – gondolta Eva. De ki lehet a titokzatos idegen? Aki megszervezte az ő megmentését és a szökést? Hamarosan ez is kiderült:

– Adamunum? – képedt el Eva. Ekkor valaki tarkón vágta, s csak sok ezer évvel később ébredt fel ismét.

156

7. fejezet: Civilizáció 19.0

Evára erős fejfájással hatott a dehibernáció. Nehezen tért magához. Egy rossz álom kísértette, amiben rabszolgapiacon volt. Hegyméretű, a nap fényét vakítóan visszaverő, márvánnyal borított kőgúlákat látott s egy mosolygós öreg arcot, Mandamust, a kegyetlen királynő szívtelen tábornokát. Megborzongott. Lassan észlelte, hogy emberek vannak körülötte. Azt is kezdte felfogni, hogy körülötte hibernálókabinok vannak, amelyek „lakói" hozzá hasonlóan éppen kezdenek magukhoz térni. Egy hatalmas teremben voltak, amelynek falai fémből vagy műanyagból voltak, s lámpasor világított a helyiségben. De ez még nem tudatosult a nőben. A fejfájás ködén keresztül is eljutott hozzá egy sípszó-sorozat (beep-beep-beep stb.), majd egy lelkesen kiabáló női hang:

– Üdvözlet az űrkorszakban! Találkozó félóra múlva a nagyteremben. Odataláltok, ha követitek a talajon futó piros vonalat! – tette hozzá a hang, ami egy hangfalból jött. „Elektromosság? No, ez már valami!" – gondolta Eva, majd megint elővette a felkelés utáni émelygés. Félóra múlva felfrissülve tért be a nagyterembe. A teremben körülbelül száz fő ülhetett, s egy nő szólt hozzájuk:

– Legyetek üdvözölve! Aki nem ismerne: Trixnek hívnak. Ti most dehibernációból ébredtetek. A Föld bolygón vagyunk, ahol évnek nevezik a központi csillag, a Nap körüli keringési időt. Egy olyan civilizációban vagyunk, ahol ezerkilencszázötvenhét évvel ezelőtt kezdték el az időszámítást, így most az 1957-es évben vagyunk egy New York nevű nagyvárosban. Néhányan a piramisépítők, a hegynyi kőgúlaépítők civilizációja óta hibernált állapotban voltatok. Ez több ezer hibernációban töltött évet jelent. Elmondom, miért volt szükség dehibernálni benneteket. De előbb néhány szót kell szólnom a jelenlegi társadalmi viszonyokról és időszámítási rendszerről.

„Ismerős ez a Trix. Valahol már láttam. De vajon hol?" – morfondírozott magában Eva.

A következő tíz percben a közönség gyors és meglehetősen felületes tájékoztatást kapott az Amerikai Egyesült Államokról, a Szovjetunióról, az aktuális idő- és hosszmértékekről, majd így folytatta az előadó:

– Öt napja, 1957. október 5-én hajnali 1:22-kor a moszkvai rádió bejelentette, hogy a Földnek van egy új, szovjetek által készített holdja. A 83,6 kilogrammos és ötvennyolc centiméter átmérőjű mesterséges égitestet

Szputnyiknak, azaz „Útitársnak" nevezték el. Ez a felműszerezett aluminium gömb huszonkilencezer kilométer per óra sebességgel 96,1 perc alatt kerüli meg a Földet, vagyis naponta tizenötször kétszázhuszonnyolc és kilencszáznegyvenhét kilométer magasságban a földfelszíntől. A Földről is látható, s lelkes rádióamatőrök, kutatók és profi katonai szakértők világszerte foghatják beep-beep-beep stb. jellegű adását a húsz és a negyven megahertz frekvenciákon. A hírre a kabinokat aktuálisan felügyelő társunk azonnal az általános dehibernáció mellett döntött. Ezt mindannyiunknak tudnia kell. Ez fordulópont a Holdra-szállást, a csillaghajóhoz jutást célzó missziónkban.

– De ez még nem azt jelenti, hogy eljutunk a mellékbolygó túloldalára, ugye? – kérdezte egy hang a közönségből.

– Nem, sajnos ez még nem azt jelenti. A mellékbolygót különben most Holdnak hívják. Azonban mostanra a Földön olyan civilizáció alakult ki, amely egyrészt képes űreszközök előállítására, másrészt képes az atomenergiát fegyverként alkalmazni és önmagát megsemmisíteni. És mindez aggodalomra ad okot számunkra. Egy: a csillaghajót nekünk kell megtalálnunk, még a bolygólakók előtt... mármint, akik magukat embereknek nevezik. Kettő: ha atomháború tör ki, az bennünket közvetlenül is veszélyeztet, és közvetve is visszavetheti az emberi civilizációt és a Holdra-szállással kapcsolatos lehetőségeinket. Hogy mennyire komoly a helyzet, azt a politikai elemzőosztályunk vezetője mutatja be.

Eva nemigen értette a helyzetet. Kik ezek az emberek? Honnan ismerős ez a Trix nevű nő? Hogy kerül ő ide? Mit akarnak tőle? Mi ez az „elemzőosztály"? Ő inkább a városra, a civilizációra lett volna kíváncsi. Milyen régen volt igazi technikai civilizációban? „Végre már nem barlang, kunyhó, sár és mocsok!" – Az tudatosult benne, hogy amibe most csöppent, az még nyomában sincs a csillaghajó technikai színvonalának, de... Csillaghajó... Bevillant neki egy újabb emlék: csókolózik Adammal, valamilyen állatkertszerű parkban. Az emlék persze automatikusan hozta magával a kérdést: „Hol van Adam?" – Egy férfi közben már javában tartotta előadását:

– ...egy példa a New York Times 1957. október 5-i számából: „A szovjet teljesítmény sokkal több, mint amiről Amerika csak álmodott. (...) Az amerikai hivatalnokok nem hivatalosan az alapvető technológia hiányát okolják. (...) Egy admirális a Szputnyikot egy nagy vasdarabnak nevezte, amit mindenki fel tud lőni. Nem sokkal később a katonai személyzetet felszólították, hogy ne nyilvánítson véleményt a Szputnyikról". Az amerikai sajtóval szemben a Szovjetunió Kommunista Pártja Központi Bizottságának hivatalos lapja, a Pravda 1957. október 6-ai címlapja természetesen egészen büszkén kürtölte világgá, hogy: „A világon elsőként a Szovjetunió hozta létre a Föld mesterséges útitársát"; „A szovjet tudomány és technika diadala". A Szputnyik-1 bejelentésének harmadnapján, 1957. október 8-án a New York Times címlapja például bemutatta, hogy Hruscsov, a Szovjetunó Kommunista Pártjának első titkára, az akkori és ottani „nagy ember" miként reagálta le a világra szóló, forradalmi tudományos eredményt:

„Nyikita Hruscsov teljesen hétköznapi módon beszélt a műholdról, és elmondta, hogy amikor a vezető mérnök bejelentette neki, hogy fellőtték a műholdat, kölcsönösen gratuláltak egymásnak és lefeküdtek aludni"

– Hozzászólhatok? – szólt közbe Trix, majd így folytatta: – Csak, hogy értsétek, miről szólnak ezek a hírek, hadd tegyek hozzájuk valamit. Egy alig tizenkét éve véget ért, második világháborúnak nevezett, amerikai atombomba-robbantással is járó világégést követően két nagyhatalom jött létre: Az egyik az Amerikai Egyesült Államok, a másik a Szovjetunió. Köztük úgynevezett hidegháború, nyílt fegyveres összecsapás nélküli versengés zajlik napjainkban is a háború óta. Bármelyik pillanatban kirobbanhat azonban a harmadik világháború, ami atomháború lesz. Annyira súlyos a helyzet, hogy valójában csak az atomfegyverek bevetését megakadályozó Kölcsönösen Biztosított Megsemmisítés (ami az amerikai angolban Mutually Assured Destruction, azaz röviden: MAD) katonai-politikai ténye áll az atomháború útjában. A MAD lényege: az egyik fél által indított atomrakéta kivédhetetlenül be fog csapódni ugyan, de arra még lesz idő, hogy a másik fél is fellője – ugyancsak kivédhetetlen – atomrakétáit.

„Idegesít ez a nő. Nagyon okos. Nagyon képben van. Nagyon jól néz ki. Honnan ismerem?" – merengett továbbra is Eva.

– Tisztelettel köszönöm a kiegészítést, Trix! – vette vissza a szót a nő felé meghajolva az előbb szónokló férfi. – A feszültség azonban nagy, és feszült helyzetben rossz döntések is születhetnek. A műhold fellövése sokkolóan hatott Amerikára. A Szputnyik híre alapjaiban ingatja meg az USA hatalmi helyzetét. Az Egyesült Államok joggal tarthat attól, hogy kisebb államok megváltoztatják az USA-tól való függésüket és a hozzáfűződő szoros kapcsolatuk eddigi politikáját. A New York Journal American például hangoztatta, hogy mozgósítani kell az Egyesült Államok minden erőforrását, hogy utolérjék a Szovjetuniót. Az is nyilvánvaló, hogy az USA 1945-ben elért atomfölénye 1957-ben már nem létezik többé. A Szputnyik fellövésével pedig a Szovjetunió megmutatta a világnak, hogy a Föld bármely pontjára képes csapást mérni. A kérdés: mit tegyünk? Melyik hatalmat segítsük annak érdekében, hogy a csillaghajóhoz jussunk?

Ekkor valaki gyengéden megragadta Eva karját, s kihúzta az üres folyosóra. Eva még magához sem tért, amikor az ismeretlen valaki hátával a falnak támasztotta, s szenvedélyesen megcsókolta. Eva tiltakozott volna, de végül is... Ez volt a legkellemesebb dolog, ami az utóbbi néhány ezer évben történt vele. Lehunyta hát szemeit, átkarolta a férfi nyakát, és visszacsókolt. Ez jobban esett neki, mint nagyhatalmi kérdéseken gondolkodni. Amikor a férfi keze a melléhez kalandozott, már tudta is, hogy kivel hozta össze a sors újra. Elhúzta a fejét, a férfira mosolygott, miközben mélyen a szemébe nézett, aztán irgalmatlanul beletérdelt a férfi ágyékába. Az a fájdalomtól embriópózba görnyedve görcsölt a padlón, miközben azt nyöszörögte:

– Arrggh...De...mi...ért...?

8. fejezet: Az Ősanya

Eva nem hitt a fülének. A férfi fölé hajolva zihálta dühödten:

– Hogy miért? Nem emlékszel? Meg akartál ööölni!

– Mics...csoda...? Tudtom...mal neked van amné...ziád... Van még?

– Semmi közöd hozzá. Aljas fráter vagy! Meg akartál ölni, ne tagadd!

– Taga...dom... Honnan veszed...?

– Aznap reggel... Néhány hónapja... Sok ezer éve... Aludtam a barlangban. Te mellém bújtál és a helyzettel visszaélve simogattad a mellemet!

– Ez igaz... Bocsáss meg... Valamilyen gombá...val etetett... egy törzs... Valószínűleg... tudatmódosító... hatása volt... Aú, de fáj! ...Az rémlik, hogy hiányoztál... Fáradtan értem vissza a barlangba... Láttam, hogy alszol, nem akartalak felébreszteni. Melléd feküdtem. Elaludtam, mint akit fejbe vágtak... Álmomban valószínűleg hozzád bújtam, ahogy szoktuk. Amikor még a kedvesemnek gondoltad magad... Így szerettél elaludni: összebújva. Félálomban voltam, és valószínűleg átkaroltalak. Ahogy szoktuk. Te ezt rossz néven vetted. Kiütöttél!

– Az akaratom ellenére szeretkeztél velem.

– Éééén? Eva, mi... a csillaghajón szeretkeztünk utoljára. A nászéjszakánkon, amikor... Amikor lezuhant a csillaghajó... Húú, ez kegyetlenül fáj!

– Hazudsz! Erről még beszélünk! Volt ott egy összekötözött, meztelen, bennszülött nő is.

– Igen. Ő Trix... Ma találkoztatok – „Ez az! Innen ismerem. Már akkor is ilyen okos volt?" – gondolta Eva, de Adam folytatta: Két nappal előtte mentettem meg, mert fel akarták áldozni az isteneknek. Viszont hangoskodott, ezért betömtem, kipöcköltem a száját, nehogy odavonzzon nem kívánt élőlényeket. Összekötöztem kezét-lábát, hogy ne szaladjon el. Meg akarták enni a saját törzsbeliei. Megmentettem. Ha elengedem, elszaladt volna, és két nap múlva áldozattá vált volna. Így civilizáltam. És...

Eva kérdőn nézett a férfira, de nem szólt semmit. Kitalálta már úgyis, hogy mi következik. A férfi így folytatta:

– ...És asszonyommá tettem. Egy ideig egy pár voltunk, de ma már nem. Hmm... Kapcsolatunk nem állta ki az évezredek próbáját – tette hozzá Adam szarkasztikusan.

– Mennyi...? Mennyi idős?

– Születése óta több ezer év telt el számára is. Dehibernálva töltött biológiai kora most negyven év körül van.

– Gyermeketek van? – kérdezte Eva.

– Volt. Már nincs... De most én kérdezek! Honnan vetted, hogy az életedre török?

– A barlangban kiütöttél, és amikor magamhoz tértem, már egy folyón sodródtam valami fába kapaszkodva.

– Kiütöttelek? Hmm... Eva, azon a régi reggelen, amikor nekem estél, kénytelen voltam ártalmatlanná tenni téged. Mert teljesen elvesztetted az önuralmadat. Ütöttél, rugdostál. Eközben Trix kiszabadult, és elszaladt. A törzsbelijei viszont már a barlang lejtőjénél voltak, és visszakergették őt a barlangba. Ők is berontottak, és foglyul ejtettek mindhármunkat. A saját lakhelyükre igyekeztek cipelni bennünket. Ekkor Trix mentett meg mindannyiunkat. Egy folyó mentén haladtunk a magasban, amikor Trix ismét kiszabadult, és a törzsbeli fogva tartóinkat a folyóba lökte. Sajnos egyikük téged is magával rántott. Még ájult voltál a kiütéstől... Biztos voltam benne, hogy meghaltál. Jó, hogy nem. Szeretlek, Eva.

– Amikor Mandamus orgiájáról menekültem, megmentettél egy támadótól. Azt köszönöm. De utána leütöttél! Miért?

– Nem ütöttelek le, Eva! Minek nézel te engem? Felkelés tört ki, Mandamus ellen puccsot kíséreltek meg. Ezért támadt rád a merénylőd. Úgy gondolták, hogy te meg Mandamus... És nem ütöttelek le. A felkelők köveket dobáltak jóformán mindenkire, és egy kődarab véletlenül talált el téged.

– Landriita? Én vagyok... Landriita?

– A vérszomjas királynő? Neeeem. Nem. Nem. Az csak egy mirai rémtörténet szereplője. A csillaghajó színházában adtátok elő. Mandamus volt a tábornoka... Ááá! Értem! Mandamussal találkoztál Egyiptomban, és ő beszélte tele a fejedet, és hitette el veled, hogy te vagy Landriita! Ezek szerint az amnéziád nem javult. Nem, te Evanuova vagy. Landriita szerepét játszottad egy színdarabban, melyben Mandamus volt a tábornokod. Mandamus és társai is földet értek a mentőkabinjukkal, amikor mi. Mandamus a rémülettől megőrült. A többiek rettegtek tőle, de nem mertek ellene tenni semmit. Őrülete sajátos módon azzal járt, hogy a Nílus delta- és folyamvidékének jelentős részében olyan civilizációt hozott létre, melynek monumentális romjai még ma is állnak. Ja, a Nílus egy folyó azon a vidéken. Per-aa-nak, vagyis „nagy ház"-nak nevezték e szokása miatt, ez aztán az őt követő uralkodók megjelölése is lett, amit aztán az ókori görögök torzítottak fáraóvá. Tudod, az „ókor" az emberiség történetének egy korszaka, a

„görögök" meg egy népre utal. Amikor elloptuk a léghajóit, akkor Mandamus ott ragadt, és Hórpenabu néven az ókori Egyiptom legkorábbi uralkodója lett. Egyiptom néven emlegetjük ma azt a birodalmat. Az emberi civilizáció egyik bölcsőjét.

– Elég a kultúrtörténetből! Görög? Egyiptom? Fáraó? Nem tudom, mi az. Nem is érdekel! Ki vagyok én? Adam, ki vagyok én?! Semmire nem emlékszem a korábbi életemből. Ezer éveket töltöttem hibernálva. Nem ismerem e bolygónak a történelmét, a kultúráját... És tudod, mit? Nem is érdekel! Élni akarok! Élményeket akarok! Én csak... Én csak egy egyszerű lány vagyok. Élni akarok! – zokogva borult a férfi vállára, aki gyengéden ölelte magához. Így álltak csendben, összeölelkezve. Évezredek távlatába nyúló kapcsolatuknak tulajdonképpen a kezdetén. Ekkor szólalt meg a hangszóró:

– Az Ősatyát, az Ősanyát és vendégüket várják a díszteremben! Ismétlem: az Ősatyát és az Ősanyát, valamint vendégüket várják a díszteremben!

Adam eltolta magától Evát. Gyöngéden megpuszilta a nő homlokát, a szemébe nézett, s azt mondta:

– Ez nekünk szól. Mennünk kell. Gyere velem, kedvesem!

A díszteremben férfiak és nők tömege sorakozott fel. A teremben álló pódiumon a ceremónia vezetője patetikus hangnemben köszöntötte a jelenlévőket:

– Testvéreim az időben! Köszöntelek benneteket az Ősatya és az Ősanya nevében! Az ősök sok ezer éve munkálkodnak a földi civilizáció létrehozásán, fenntartásán. Az emberiség jótevői ők! Minden, ami jó, tőlük való. Minden, ami rossz a mi világunkban, magunknak köszönhető! Ezúton kérjük áldásos tanácsukat, mitévők legyünk, miként cselekedjünk! Felkérem az Ősatyát és az Ősanyát osszák meg áldásos tudásukat, vezessenek bennünket a magas rendű civilizáció útján a tökéletességbe! Ősatya, Ősanya! Kérlek, fáradjatok fel a pódiumra! Imáááádjáátok az őőőősőöökeeeet! – A hisztérikus üvöltésként elhangzó felszólításra hatalmas ováció, tapsorkán tört ki a teremben.

Evát meglepte és egyben kellemesen érintette a váratlan ünneplés. Civilizáció! Miért is ne? Ezek az emberek az idők távlatából is hálásak lehetnek az ő és Adam civilizációt teremtő munkájának. A meghatódottságtól egy kis könnycsepp gyűlt a szemében, s már azon volt, hogy elindul a pódium felé vezető piros szőnyeggel letakart úton, mikor valaki hirtelen elviharzott mellette, s határozottan visszatolta őt. Trix volt az, aki mélyen Eva szemébe nézve gyorsan odasúgta:

– Én vagyok az Ősanya. Te csak a vendég vagy.

Azzal Adam és Trix kézen fogva, dinamikus léptekkel ment fel a pódiumra, miközben a többezres közönség szakadatlan üdvrivalgással éltette őket. Eva leforrázottan állt, s a szeméből lassan, komótosan végiggördült arcán a korábban összegyűlt könnycsepp. De ez már a megbántottság könnye volt, nem a meghatódottságé. Végül Adam felemelt kézzel kérte az egybegyűlteket, hogy csendesedjenek el, s hallgassák meg:

– Gyermekeim az időben! Szeretett leszármazottaink! Ti gyermekeink gyermekeinek az ősi idők ködén átívelő korban született gyermekei vagytok! Ősatyátokként szólok most hozzátok. Sokan vagytok e teremben, a Föld népességéhez mérten mégis elenyészően kevesen, akik a legősibb időkre visszanyúló családfát, ősi vért magatokban hordozzátok. Ne feledjétek: az itteni sokaság csak látszat! Összefogásra, a családi kötelékek tiszteletben tartására, egymás kölcsönös megbecsülésére, szeretetére és segítésére van szükség ahhoz, hogy családunk ősi célját, a civilizációt szolgálhassuk! Őseitek, a mi gyermekeink és leszármazottaik évezredek óta tartó nagyszerű munkát végeztek eddig. Most büszkén és odaadással tegyétek, amit tennetek kell nektek magatoknak is!

A közönség ujjongott. Közönség? Eva megértette, hogy a teremben lévő sok-sok férfi és nő, mind-mind az Ősatya leszármazottja. Az Ősatyáé és az Ősanyáé – aki nem ő, hanem: Trix, az a sárból kisuvickolt primitív ősember, aki egykor összekötözött lábbal, betömött szájjal kuporgott egy ősi barlangban. Akinek az lett volna eredetileg a sorsa, hogy a huszonéves kort is csak kis eséllyel érje meg, alig-alig öntudatra ébredve, az állati sorból éppen csak egy hajszálnyit kiemelkedve. S mi történt? Elszerette a férjét… Férjét? Igen! Eva megingott egy pillanatra, amint hirtelen visszanyerte emlékezetét. Felemelő, ijesztő és megdöbbentő érzés volt visszakapni emlékei tömegét egy pillanat alatt. Ő Evanuova Troncanator Bi Vildulegran Akhlandon, a Távoli Misszió csillaghajó 2. fokozatú női fodrásza, manikűr-pedikűr felelőse, a távoli Mira bolygó szülötte. Aki a bolygón is, a csillaghajón is csak egy, az eseményekkel sodródó megtűrt, semmibe vett kisember volt. E bolygón pedig akár a civilizációt lefektető Ősanya is lehetett volna, de nem lett, mert újdonsült férje az első útjába akadó primitív szukával megcsalta őt. Sokasodtak, s benépesítették a világot. No, jó mások is sokasodtak, népesítettek, de Adam mégiscsak az ő férje volt! A lezuhanást megelőző éjszaka esküdtek örök hűséget egymásnak. Erre az átkozott nélküle, Eva nélkül alapította meg a saját nemzetségét, dinasztiáját. „Persze csak a civilizáció érdekében!" – dühöngött Eva. „Az okos, a felsőbbrendű Adam-gének örökítése jegyében! A képmutató! Apropó, mi is volt Adam

foglalkozása, mielőtt főállású Ősatya lett? No, neeem… Női cipőárus volt…
a csillaghajón!" – Eva önkéntelenül is elnevette magát a helyzet
képtelensége kapcsán: ennek az elátkozott bolygónak a civilizációja egy
fodrászon és egy cipőáruson múlt. „No meg egy félmajom nőn… S persze
ott volt még Mandamus, egy őrült! Egy őrült *portás*! Ó, te bolond világ!" –
Eva hasát fogva, hangosan nevetett. Hiába pisszegtek neki, nem bírta
abbahagyni. Sőt! Annál inkább rázta a nevetés. Kivezették.

Kintről hallotta, hogy most az Ősanya szól a porontyaihoz. Illetve: a
porontyai porontyainak porontyaihoz… Eva arra a szintre jutott, hogy már
ennek is tudott örülni. Hátát a falnak támasztva a földre csuklott, s nevetett,
nevetett és nevetett. Trix, az Ősanya pedig így szólt eközben több ezer
leszármazottjához:

– Kedveseim! Kicsinyeim! – kiáltotta Trix, s a közönség hisztérikusan
tombolt örömében. Eva pedig gondolatban hozzátette, mintha Trix
mondaná: „Akik picit sem vagytok kedvesek nekem, csak kihasznállak
benneteket, és biológiai korotok szerint akár nagyszüleim is lehetnétek."

– Büszkén tekintek rátok, az ötvenes évek modern civilizációjának
tagjaira – folytatta Trix, amit Eva így fordított: „Szánalmasan hülye, az
élettel alig összeegyeztethető civilizáció képviselői vagytok, akik bármikor
megsemmisíthetik a saját világukat. Büszke lehet, kedves Mama!"

– Ősanyaként mindig szívemen viseltem gyermekeim és azok
gyermekeinek sorsát – fűzte hozzá Trix, ami azonban Eva szerint ezt
jelentette: „Olyan odaadó, jó anya vagyok, hogy nem voltam hajlandó a
hibernálókabinokat a gyermekeimre áldozni, ezért nincsenek köreinkben
első szülötteim, sem azok közvetlen leszármazottai. És ti sem számíthattok
többre."

– Az elmúlt évezredek során erős családot hoztunk létre, nagy vagyont
halmoztunk fel – tette hozzá Trix. „Loptunk, csaltunk, hazudtunk,
műkincseket tulajdonítottunk el megalkotásuk pillanatában" – értelmezte az
elhangzottakat epésen Eva.

– Ha kellett, birodalmat teremtettünk, ha kellett, vallási közösséget
alapítottunk, vagy lovagrendeket működtettünk, és ha kellett, bankokat
hoztunk létre – szólt Trix, amihez Eva lassan lehiggadva, most már inkább
bosszúsan, mint vidáman gondolta hozzá: „Ez már volt: loptunk, csaltunk,
hazudtunk. No jó: gyilkoltunk is! Valami újat, bébi!"

– …Annak érdekében, hogy Ősatyát eljuttassuk a Hold túloldalára,
hogy megjavítsa űrbárkáját, eljöjjön értünk és elkísérhessük őt a
csillagokba! Utunkhoz ma azonban egy kedves vendég is csatlakozik! A régi

mesékből jól ismeritek mind, hogy Ősatyának volt egy társa: Eva. Örömmel jelentem be, hogy Eva itt van köztünk! Éljeeeen Eeeevaaaaa!

„Mi van?" – esett le Eva álla, s arra eszmélt, hogy időközben, feltessékelték a pódiumra, s most mindenki őt ünnepli. Mikor a taps elhalkult, ő csak állt ott csendben, értetlenül; egyre kínosabban érezte magát. Rá vártak... hogy megszólaljon. De mit mondhatna egy egyszerű fodrász az elhangzottak után? Aztán valaki a közönségből elkezdte, s a többiek folytatták az ősi mondókát:

– Én menni – zúgott a teremben, s mindenki felfelé mutatott. – Én látni te – Eva felismerte, hogy ezt mondta egykor, réges-régen egy törzsnek, akiket a civilizáció letéteményeseinek gondolt. Önkéntelenül kapcsolódott be ő is, és együtt kántálta a jelenlévőkkel, miközben a közönség minden tagjára rámutatott: – Te nem menni. Te védeni te. Te védeni én. Te védeni ott. Én védeni te. – Ismét a közönségre bökött. Elszabadult a teremben a káosz. Odarohantak hozzá, a magasba emelték, s hanyatt fekve adták kézről kézre, hogy mindenki megérinthesse. Az imádathoz nem kellettek szavak.

Adam és Eva később egy nagy híd korlátjának támaszkodva nézték a csillagokat. Evát zavarta valami, hát rákérdezett:

– Azt állítottad, hogy nincs közös gyermeketek. Mégis te vagy az Ősatya, és Trix az Ősanya, s az a rengeteg ember mind így tisztelt benneteket. Hazudtál!

– Nem hazudtam, Eva. Azt mondtam, hogy gyermekünk volt, de már nincs. Őket nem hibernáltuk, hanem megengedtük nekik, hogy az adott korban éljék le életüket. Persze a legjobb körülményeket igyekeztünk biztosítani nekik.

– Milyen szülők vagytok ti?! Végignéztétek gyermekeitek halálát? Miért nem hibernáltátok őket?

– Ne ítélkezz elhamarkodottan, Eva! Igenis jó szülők voltunk az adott helyzetben. Döntenünk kellett a gyermekeink sorsáról: a kiszámíthatatlan jövő, a kegyetlen idő számkivetett csavargói legyenek, vagy élhessék a saját életüket abban a civilizációban, amelybe születtek? Szülőként úgy döntöttünk, ahogy döntöttünk, s ebbe nincs jogod beleszólni. A gyermekeink halálát pedig nem néztük végig, mert addigra hibernálva voltunk. Ne gondolj szívtelen szörnyetegeknek bennünket. El nem tudod képzelni, mit jelent így is az elválás. Akik pedig a teremben téged is ünnepeltek, azok a gyermekeim elképzelhetetlenül sokadik gyermekei, és így az én távoli leszármazottaim.

Hallgattak egy sort. Eva végül feltette azt a kérdést, amitől mind a ketten féltek, s mind a ketten tudták, hogy valamelyiküknek fel kell tennie:

– Mi lesz ezután kettőnkkel?

– Szeretném, ha a feleségem lennél. Bármi történt is a múltban, szeretlek. Szerettelek. Szeretni foglak. Ha tudtam volna, hogy életben vagy, nem lett volna más asszonyom. Ezt tudnod kell! Megértesz engem?

Eva megértette. Csodálatos napok következtek. Egymásba gabalyodva, szenvedélyesen. Az egymásra találás hevének csillapulását követően pedig néhány hétig belevetették magukat a XX. század derekán létező Egyesült Államok civilizációjának élvezetébe. New York City lenyűgözte őket – noha meg se közelítette a Mira bolygó kontinensnyi városkomplexumainak kavalkádját. Mégis az elmúlt évezredekben/hónapokban – maguk sem tudták, mikor melyik időszámítást helyes alkalmazniuk – tapasztalt természeti, illetve legfeljebb középkori szintű kultúrákhoz képest már-már otthon érezték magukat ebben az új világban. És amit nem tudtak megunni, az a mozi volt. Adamnak a William Asher által rendezett „27. napon" című sci-fi lett a kedvence azokból az időkből, Evának pedig a „Funny Face" című vígjáték Stanley Donen rendezésében. S élvezték az '50-es évek amerikájának zenei világát is. Táncoltak Bill Haley and His Comets „Rock around the clock"-jára, s Little Richard, Elvis Presley, Buddy Holly, Frank Sinatra és Duke Elington számaira. Az egyik átmulatott éjszakán pedig Eva már eléggé bízott a férfiban ahhoz, hogy elárulja neki: valószínűleg terhes. Gyermekük lesz. Adam kitörő örömmel fogadta a hírt. Nem tudhatták, hogy közös életük legszebb napjait élik át azokban az időkben. Erre sajnos mindannyian mindig utólag döbbenünk rá. Amikor már késő.

9. fejezet: A Hold túloldala

Néhány hét után nyilvánvalóvá vált a több ezer éves, ám húszas éveiknek éppen csak végén járó fiatal házasok számára, hogy a Szputnyik révén az emberiség megtette ugyan az első lépéseket a világűr meghódítása felé, de a Holdra jutás, különösen a túloldalára jutás még váratni fog magára. Eva és Adam ismét hibernálta magát.

Úgy tűnik, hogy Verne holdutazással kapcsolatos felvetése nagy kihívást okozott a földi tudósok számára. Pedig Jules Gabriel Verne 1865-ben megjelent regénye, az Utazás a Holdba, sok generáció tudósát ihlette meg – még akkor is, ha a Verne-műben felvetett ágyúból történő űrhajó kilövésről kiderült, hogy megvalósíthatatlan. Mások azonban már megvalósítható ötletekkel álltak elő. Konsztantyin Eduardovics Ciolkovszkij 1903-ban megjelent „A világűr felfedezése reaktív eszközökkel" című művében vezette be, és 8 km/s értékre kalkulálta az első kozmikus sebesség fogalmát (a pontos érték: 7,92 km/s), amit szerinte a Newton-féle hatás-ellenhatás elvén működő rakétával lehet elérni. 1929-ben megjelent „Kozmikus vonat" című művében pedig felvetette a többlépcsős rakéta ötletét, amit később világszerte használtak a rakétamérnökök, így Werner von Braun is az USA-ban és Szergej Pavlovics Koroljov is a Szovjetunióban.

Verne hatással volt Hermann Oberth-re is, akinek Münchenben 1923-ban jelent meg (a heidelbergi egyetem bírálói által annak idején túl fantasztikusnak tartott és elutasított disszertációján alapuló) műve a rakéták bolygóközi utazásra történő felhasználásával kapcsolatban. Mellesleg Oberth nevéhez fűződik az első működőképes európai rakéta szabadalma is.

Verne felcsigázta továbbá Werner von Braun képzeletét is, akire saját bevallása szerint nagy hatással volt Oberth könyve. Von Braun vezette a második világháború alatt a német rakétakutatásokat Peenemündében, ahol kifejlesztették a híres-hírhedt V-2 rakétát, a Föld első igazi rakétáját. Ő a háborút követően 1945-től az USA rakétafejlesztő tevékenységébe kapcsolódott be, s vezetésével alkották meg az amerikai holdutazásokhoz használt Saturn-V rakétát.

Az amerikai és a szovjet rakétakutatás fő célja kezdetben az atombombák célba juttatására alkalmas interkontinentális rakéták kifejlesztése volt, és a háború után mindkét fél alkalmazott a német rakétaprogramban részt vett (elrabolt, önként felajánlkozó, meghívott?)

tudósokat. A szovjet rakétakutatás központi alakját azonban a legteljesebb titoktartás övezte – haláláig még a nevét sem tudhatta a világ, csak „Főkonstruktőr" néven említették a szovjet publikációk.

A szovjet főkonstruktőr Szergej Pavlovics Koroljov volt, akinek vezetésével nem egészen egy hónap alatt alkották meg az R-7 névre hallgató ballisztikus rakétából a Szputynik-1 műholdat, a világ első mesterséges égitestét világűrbe bocsátó rakétát. Ezt 1957. október 4-én indították el. Egy hónappal később, a Nagy Októberi Szocialista Forradalom évfordulójára már a Szputnyik-2 fellövésére is sor került, fedélzetén egy jóformán halálra ítélt, s Lajkának elnevezett ebbel. Koroljov ezek után a Holdat vette célba. Az 1959. január másodikán indított Luna-1 űreszköz két nap alatt ért a Hold közelébe, de mintegy hatezer kilométerrel elrepült mellette. Így a Luna-1 lett az első műbolygó. A kilenc hónap múlva, 1959. szeptember 12-én felbocsátott Luna-2 már elérte a Holdat: a terveknek megfelelően becsapódott annak felszínébe. Három hét múlva az 1959. október 4-én indított Luna-3 szonda tizenegyszer kerülte meg a Holdat, s október 7-én már huszonkilenc fényképet készített a Hold rejtett oldalának hetven százalékáról. A fényképek minősége nem tette lehetővé a csillaghajó felfedezését. Koroljov ezek után az ember Holdra-juttatását tűzte ki célul, ám halála miatt már nem volt lehetősége ezt a projektet befejezni.

Embert végül az amerikaiak juttattak először a Holdra. Neil Armstrong 1969. július 20-án, az Apollo-11 űrhajóval, illetve annak Eagle névre hallgató holdkompjával érte el a Holdat. 1969 és 1972 között pedig összesen tizenkét űrhajós járt a Hold Földről látható felszínén. A Hold túloldalán ezekben az években még nem hagyta ott lába nyomát az ember.

Ezt követően a Holdra irányuló, illetve a Hold körüli űrrepülések iránti érdeklődés megcsappant. Újabb lendületet 2018-tól az űrturizmus megjelenése jelentette, ami során magánszemélyek is részt vehettek űrutazáson. 2050-re a holdutazások már megfizethető luxuskategóriába tartoztak, Adamék azonban nem várhattak addig. Mindenképpen meg kellett akadályozniuk, hogy az emberek találják meg a Hold túloldalán lévő csillaghajót.

Utasításaiknak megfelelően az első holdkörüli űrturista útról szóló hírek után azonnal dehibernálta őket az automata, s az Ősatya leszármazottai által anyagilag és technikailag is előkészítve várta őket egy kétszemélyes, dilettáns pilótákra tervezett űrhajó. Trix nem tarthatott velük. Még 1964-ben beleszeretett egy hippibe, s azon keresztül a hippi kultúrába. A nomád életmód, és az, hogy a hippiközösségben nem számított, ki kinek a vérszerinti rokona – hiszen mindenki a „család" tagja volt –, no meg a kábítószerek használata fogta meg őt. Ősközösségi kultúrájának emlékét idézte fel benne mindez. Élvezte a modern-ősi közösségi élményeket s az azokat felfokozó tudatmódosító szereket. Az Ősanya 1965-ben kábítószer túladagolásban hunyt el. Sírjára a Progenetrix feliratot vésték imádói.

Eva és Adam azonban éltek, s az űrhajójuk ablakán át várakozásteljes izgalommal nézték a mellékbolygót: a Holdat, illetve annak Földről nem látható oldalát.

– Milyen kopár... – merengett el Eva.

– Az. Baj van. Nem fogom a csillaghajó jeleit – válaszolt Adam feszülten.

– Ne légy türelmetlen! Sok-sok ezer évet és egy zuhanást kellett túlélnie a hajónak.

– Igazad van, de akkor is...

– Adam, félek. Mi van, ha elmentek időközben? Ha maradtak túlélők, akik rendbe hozták a csillaghajót, s már ezer évekkel ezelőtt elmentek. Itt hagytak...

– Én is félek. Én is gondoltam már erre. Előfordulhat, hogy ez történt. De ha igen, akkor még a földi elektromosságon alapuló civilizáció megjelenése előtt kellett történnie. Nem hagynák ki egy ilyen fejlett civilizációval való kapcsolatfelvétel lehetőségét.

– De... mit csinálunk, ha nincs itt a csillaghajó, Adam? Milyen lehetőségeink vannak?

A férfi elmosolyodott, átélte már egyszer ezt a beszélgetést:

– Emlékszel, Eva? A Neander-völgyben, ahová a mentőkabinunk lezuhant egykor, már megbeszéltük ezt. Két lehetőséget találtunk akkor.

– Emlékszem. Akkor is a lehetőségeinket kérdeztem, s akkor azt mondtad, hogy: „Az egyik az, hogy itt éljük le az életünket, szívem."

– Több ezer évre/néhány hónapra visszaemlékező tehetséged most jobb, mint akkor volt, bébi. Ez a lehetőség különben most is áll. Dönthetünk úgy, hogy ebben a civilizációban éljük le az életünket. De van egy másik lehetőség is...

– Amit eddig is tettünk?

– Igen, kivárjuk egy csillaghajózásra kész civilizáció létrejöttét. A hibernálókabinok rendelkezésre állnak.

– Furcsa ez. Egy egész műszakilag magasan fejlett civilizáció jött létre a Földön, miközben mi ketten jóformán semmit sem fejlődtünk, Adam. Én az elmúlt évezredekben csak alig két-három hónapot töltöttem dehibernálva, de azalatt sem tanulással töltöttem az időt. És te sem. Lényegében a mirai civilizáció haszonélvezői voltunk/vagyunk, de a tudásunk majdnem a semmivel egyenlő még most is. És mivel mi annak idején képtelenek voltunk űrhajót létrehozni, hát inkább egy egész civilizációs folyamatot igyekeztünk elindítani, illetve kivárni. Most pedig, hogy végre eljutottunk a Hold túloldalára, lehet, hogy ismét ez fog történni velünk.

– Értem, mire gondolsz, kincsem. De némi különbség azért van az egykori és a mostani helyzetünk között. A neandervölgyiek között élve esélyünk sem volt arra, hogy dehibernált életünkben magas szintű műszaki civilizációt hozzunk létre, s mástól sem tudtunk műszaki ismereteket eltanulni, hogy űrszerkezeteket hozzunk létre. A mostani földi civilizációban azonban már van lehetőségünk tanulni. De valljuk be: kényelmesebb hibernált állapotban kivárni, amíg mások megoldják a csillagközi utazás műszaki problémáit, mint hogy mi magunk mélyedjünk bele a kutatásba. Nem gondolod?

– De. De akkor is... Szerintem...

– Várj! Találtam valamit! Megvan a csillaghajó, Eva! Nem mentek el! Nem mentek el! Eva, megmenekültünk! – Adam Evahoz ugrott, magához ölelve felemelte a nőt, s vidáman forgott vele körbe-körbe. A nő boldogan karolta át férje nyakát.

– Juhuhúúú! Megcsináltuk, Adam! Tegyél le! Elszédülök.

– Már hívom is őket! – jelentette be Adam, miközben a kommunikációs rendszer beállításait állítgatta.

– Adam! Tudja fogni a csillaghajó a földi technológia rádióadását?

– Ööö... Nem tudom. Nem értek hozzá. De próbáljuk meg a rádiót először. Ha egyik hullámhosszon sem sikerül kapcsolatot teremtenünk, akkor még mindig lesz esélyünk fényjelekkel kommunikálni.

– Vagy odamehetünk egyszerűen, s bedokkolunk a csillaghajó valamelyik fogadóaknájába.

– Sajnos ezt csak a legeslegvégső esetben tehetjük. Ha meggyőződtünk arról, hogy a csillaghajó, vagy legalábbis annak fegyverzete nem működik. Egyébként lehet, hogy támadásnak ítélik a közeledésünket, ha nem jelentkezünk be. Nem lenne jó, ha kilőnének bennünket.

Három napon keresztül történő folyamatos kapcsolatfelvételi kísérletek kudarcát követően végül bedokkoltak a csillaghajóba. Illetve annak maradványába. A csillaghajó lényegében egy hajtómű köré épített gigantikus, több száz kilométer külső kerületű abroncsvilág volt. Adamék az abroncs egy öt kilométer hosszú szeletét találták meg, ami teljesen halottnak tűnt. Űrruhát öltöttek és elindultak felkutatni a roncsot. Lassan hozzászoktak a földi gravitáció egyhatoda melletti mozgáshoz. A roncson belül minden sötét volt. Adam levert a könyökével egy falból kilógó áramkördarabot, ami a Földön megszokotthoz képest hatszor lassabban ért földet. Légkör nem volt, ezáltal hallani sem lehetett. Hiányzott a lehullást kísérő sebesség és a padlóhoz ütődés koppanó hangja.

– Kísérteties. Félek!

– Én is, Eva, én is. Várj meg a hajón.

– Nem. Kíváncsi vagyok. De maradjunk egymás közelében, jó?!

Két nap alatt járták be a roncs nagy részét, de nyilvánvalóvá vált, hogy senki sem él a roncson. Minden folyosószakaszt lezáró kapu nyitva állt. Levegő már régen nem volt a roncsban. Találtak hullákat. Egykori társaik tetemei jó állapotban maradtak meg a légkör-, csíra- és napfénymentes környezetben, ahol mínusz százhatvan Celsius-fokos hideg uralkodott az árnyékban. Azt is megértették, hogy ők ketten képtelenek lesznek belátható időn belül olyan javításokat végrehajtani, amik révén legalább az életfeltételeket biztosítani tudják maguknak. Tudományos ismereteknek s eszközöknek is híján vannak.

– Akkor…? Itt ragadtunk, Adam? Működhet a csillaghajó, ha egy ekkora rész leszakadt belőle?

– Nem tudom. Talán. De… – Adam elsápadt, miközben elharapta a mondatot.

– De? Mi a baj? Látom, hogy rájöttél valamire. Mondd el bátran!

– Bocsáss meg, Eva! Bocsáss meg, szerelmem! Ó, de ostoba vagyok!

– Mi az? Mondd már! Ne idegesíts! Mi történt?

– Eva! Több ezer éve illúziót kergetünk, s erre már kezdetben rájöhettünk volna. Nem számoltunk a hibernált és a dehibernált állapotban töltött idő különbségével! Mi biológiai értelemben néhány hónapot öregedtünk a dehibernációs periódusokban, ám a valós időben közben több ezer év telt el, amit mi jóformán öregedés nélkül, hibernált állapotban töltöttünk. Ez alatt a több ezer év alatt a földi civilizációk sora alakult ki, s bukott el, míg eljutottunk a jelenlegi civilizációhoz. De közben otthon, a Mirán is több tízezer év telt el.

– És a csillaghajón is – tette hozzá Eva.

– Senkit sem fogunk ismerni a csillaghajó esetleg életben maradt utasai és a szülőbolygónk lakói közül sem. Hacsak nem hibernálva töltötték az elmúlt évezredeket.

– Haza vágytunk, s kiderül, hogy nincs is otthonunk? Ezt akarod mondani, Adam?

– Ezt. A semmiért küzdöttünk eddig!

– Nem igaz. Nem a semmiért! Magunkért. Az életünkért. Egymásért. És nem adhatjuk fel, Adam, mert most már a gyermekünkért is küzdenünk

172

kell! Mindegy, hol élünk, mindegy, milyen civilizációban találjuk magunkat, mától mi magunk és a picink jelenti számunkra a világot.

10. fejezet:
Holdbéli civilizációk

Első kétségbeesésük leküzdése után úgy döntöttek, hogy megkeresik a csillaghajó további roncsait. Már másnap megtalálták egy újabb több kilométeres szeletét a csillaghajó abroncsának. Kommunikációt most sem tudtak létesíteni, így hát dokkoltak, űrruhát öltöttek, s elindultak átkutatni a roncsot.

Egy lezárt zsilipkapuhoz értek. A csillaghajó abroncsa eredetileg néhány száz méterenként egymástól hermetikusan lezárható szeletekből állt. Ahol volt ideje működésbe lépni az automatikának, ott a Holdba zuhanó csillaghajó szakaszai lezárásra kerültek egymástól, amin csak zsilipkapuszerű rendszerrel lehetett keresztülhaladni. A zsilip elektronikája nem működött. Manuálisan kellett működtetniük a kapukat. Az átzsilipelést követően már az első ötszáz méter után megdöbbentő felfedezést tettek:

– Odanézz, Eva! – Adam a lámpájával a falra világított. Lámpája a falra festett, ősi barlangrajzokhoz hasonló ábrákat világított meg. Stilizált emberalakok voltak láthatók. Sorban álltak egy nagyobb alak előtt. Lándzsaszerű eszközöket dobtak egymásra. Egy jelenetben mintha négyen egy ötödik társuk végtagjait szaggatnák le és ennék meg.

– Visszafejlődtek egy primitív civilizáció színvonalára. Életszínvonaluk olyan lehetett, mint a neandervölgyieknek. Emlékszel? Ők voltak a lapos homlokúak, akiket először próbáltunk civilizálni. Éheztek. Kannibálok lettek – suttogta döbbenten Adam a mikrofonjába.

A fal felső részén csillagszerű szimbólumok voltak láthatók. A falat uraló legnagyobb alakzat azonban egy óriási, macskatestű, nagy sörényű, kis jóindulattal emberarcúnak nevezhető lény volt. Az emberkék lándzsákat dobáltak rá.

– Ez egy szfinx – ámult el Eva. A szfinx egykori otthonuk, a Mira közkedvelt óriásvadja volt. Eva emlékezett, hogy Mandamus még egykori földi, egyiptomi civilizációjába is importálta a szfinxek alakját. A szfinxeket idéző szobrokkal lépten-nyomon lehetett találkozni akkoriban. – Ez a képrészlet szfinx-vadászatot ábrázol. Voltak életben maradt szfinxjeik. Az állatkertből.

Később a művészek maradványaira is rábukkantak. A padló néhány részen láthatóan fel volt szedve, s a szőnyeg alatti tárolókban emberszerű csontvázakat találtak, használati tárgyakkal együtt: csontokból készült csatokkal, műanyagnyelű fémlemezben végződő dárdákkal, drótokkal összekötött nyomtatott áramkörökből készült ágyékvédő szoknyákkal. Nyúlánkságuk volt a csontvázak érdekessége. Hosszú csöves csontjaik igencsak hosszúak voltak. Adam kommentálta a látottakat:

– Az idők során alkalmazkodtak az egyhatod gravitációhoz. A lezuhanás pillanatától távolodva elvileg egyre hosszabb csontokkal számolhatunk... egy bizonyos határig s fordítva: minél rövidebb, illetve a mi méreteinkhez képest minél átlagosabb hosszúságú csontok jellemzők egy csontvázra, annál régebben élő személyé lehetett.

Bárhogy is kutattak azonban, mindig csak a „hosszú csontú" csontvázakra bukkantak. Ismét Adam találta meg a választ:

– Az emberevést ábrázoló falfestmények és a régebbi csontok hiánya miatt feltételezem, hogy kannibálok voltak. Sőt, a nyersanyagokhoz történő hozzáférés nehézségei miatt a lehető legteljesebb mértékben újrahasznosították társaikat. Húsukat megehették, csontjaikból eszközöket készítettek, hajukból szőttek-fontak, zsigereiket vagy megették, vagy praktikus eszközöket készítettek belőle.

– Hagyd abba! Elhányom magam...

– Ne tedd! Szkafanderben nem jó hányni! Meg amúgy sem... De itt tényleg ez történt. Menjünk innen!

– Várj, Adam! Utoljára még nézzük meg ezt az ajtót! Ha jól emlékszem, ez vezet az ökoparkba, ahol az állatokat is tárolták... Tároltuk... Emlékszel?

– Itt láttalak meg először, Eva! Itt szerettem beléd rögtön!

– Nehezen nyílik. Segíts! Majd aztán nosztalgiázzunk!

Az ajtó nyikorogva tolódott a helyére. Bevilágítottak, és azonnal el is ámultak. Régen ez a terem volt a csillaghajó ökoparkja, ez adott otthont a hazai, mirai növény- és állatvilág számára, s a szerelmesek kedvelt randevúzó helye volt. Az emlékeikben élő jól megvilágított, zöldellő, vidám park helyett sötétség, rendetlenség fogadta őket. A földön csontvázak tömege hevert. Vastag kötelekből font kötélhídhálózat kötötte össze az óriási terem tartóoszlopait, kopasz fatörzseit – rajtuk csontvázak voltak. Eva és Adam a sötét teremben ide-oda mozgatták a lámpáikat. A mennyezetről lelógó fonatokon cseppszerű alvóhelyek csüngtek – bennük a hosszú csontúak csontvázaival. Az oszlopokon fonatból, fából, műanyagból eszkábált viskók voltak – csontvázakkal.

– Évezredekig lehetett még levegőjük. Amíg volt áram, volt fény is, levegő is, biztos víz is, fűtés és hűtés is. Aztán amikor az áram megszűnt... meghaltak mind.

A fonatok fagyott liánként csüngtek vagy íveltek át egyik viskótól a másikig. Eva rosszat sejtve vizsgálta meg közelebbről az egyik fonatot, majd elhányta magát. A szkafanderébe. Öklendezve nyögte:

– Ez... öaa.. haajj... ögrr... Megismerem... hrr... Fodrász vagyok...
– Közben csodálkozva gondolta magában, hogy az utóbbi időben elmúltak a reggeli rosszullétei. „Nem is voltam terhes? Vagy... elvetéltem? Mekkora lehet egy embrió? Észrevettem volna, ha...? Mit mondjak Adamnek?" – Nem mondott semmit. Várt.

Három nappal ezután megtalálták a csillaghajó abroncsának utolsó, monumentális félkörívét, amiben égtek a lámpák. Rádióhívásra, levelezésre nem reagáltak. Adam és Eva ismét űrruhát öltött, és a Hold gravitációja által engedett szökellő mozgással eljutottak a roncs zsilipjéhez. A zsilip elektronikája itt működött. A zsilipkamrába érve a külső zsilipkapu becsukódott, s az űrruhájuk műszere és a zsilipkamra kijelzői ugyanazt az értéket mutatták, miközben belélegezhető levegővel telt meg a kamra. Levehették, s övükre csatolhatták sisakjukat. Hamarosan kinyílt a belső zsilipkapu is. Először a sötétség tűnt fel nekik. Aztán az, hogy a folyosón jelzőfények égnek. Végül az, hogy senki sincs a folyosón.

– Menjünk?
– Menjünk!

A csillaghajónak ez a része sok keresztfolyosóból, a kereszteződésekben található nagy terekből állt, s lakóövezetként is szolgált egykor. Most sötét s elnéptelenedett volt. Aztán hirtelen zajt hallottak maguk mögül! Lépteket! S dúdolást... Egy nyúlánk, láthatóan részeg férfi tűnt fel az egyik kereszteződésben. Adam és Eva ujjongott, mikor észrevették ruházatán az őskorinál mindenképpen fejlettebb civilizáció nyomait. Cipőt viselt! És pantallót! Combközépig érő kopott vászonkabátot hordott, ugyanakkor koszos, ápolatlan benyomást keltett. Legalább kétszázhetven centi magas volt. Adam a maga százkilencven centis, és Eva a százhetven centiméteres magasságával valósággal eltörpült mellette. Amikor a férfi megpillantotta őket, meghökkent egy pillanatra, majd a térdét csapkodva nevetett, miközben a Mira köznyelvhez alig hasonló nyelven szólalt meg:

– Ejjj, mij á sodaa?! Mefile töprönycek áz mek tik vatytuk? Eztet jigrnagces hacukea mek hunanbul tik zerzitik, hö?!

– Te érted, mit karattyol? – súgta Eva Adamnek.

– Olyan mintha érteném, mintha mirai nyelvet használna, de mégsem. Szerintem letörpézett bennünket, és az űrruhánkon röhög.

– Beszélj vele!

– Miért én?

– Na! Csináld már! Ez idejön!

A langaléta idegen dülöngélő, részeges járással közelített feléjük. Egyre jobban érezték a borzasztó szagát, ahogy közeledett. Adam a Mira bolygó tradicionális, udvarias köszöntő formulájával próbálkozott:

– Békesség, vidámság és barátok övezzék napjaidat, testvérem!

– Tik tudloltok besléni? De mijktet karátyultök? Niem likhet irtyini tiktekt. Karıplı zulindi.

– Ez az utolsó mi volt?

– Nem tudom. Biztos vannak olyan kifejezéseik, amik nem voltak benne az általunk ismert, több ezer éves nyelvben.

– Mijktet tik besléntek? Shugódolóztik?! Shugódolóztik?! Tik teriviztek valmijt? Hmm?

– Adam, ez egyre agresszívabb. Menjünk innen!

– Szerintem sem vele akarunk beszélni.

– Mejigh tik shugódolóztik mejndig? Shugando hugli. Mekoskolászlok iny tiktekt besléni!

A fenyegetést tettek követték: az idegen nagy lendülettel akarta megütni Adamot, de elvesztette közben az egyensúlyát. Elesett. Elájult.

– Él? Adam! Él?

– Él. Nyugi. Hullarészeg, de csak alszik.

– Miért van itt sötét?

– Remélhetőleg működik az automatika, és fenntartja a mirai tizenhárom órás nappali és tizenhárom órás éjszakai ciklust. Ha így van, akkor most lehet éjszaka. Mit csináljunk, Eva?

– Jöjjünk vissza, amikor itt nappal van.

– Egyetértek. Ezzel mi legyen? – bökött Adam a fejével az ájult idegen felé.

– Elalszik itt reggelig. Mi menjünk! Most! Félek itt!

– Eva! Ők a saját fajtánk!

– Azt mondod? Mintha kisebbek lennénk egy méterrel, mint ők…

– Ez csak a kisebb gravitáció miatt alakult így az évezredek során. De ők akkor is a Miráról valók. A mieink. A véletlen egy részeges alakkal hozott össze, de ne ez alapján a fickó alapján akarjuk megítélni az ittenieket!

– Menjünk! Félek. Rossz előérzetem van.

Visszatértek a saját űrhajójukba, nyugovóra tértek maguk is. Másnap újra próbálkoztak a kapcsolatteremtéssel. Nagy meglepetés érte őket, amikor kinyílt a belső zsilipkapu. Egyrészt verőfényes (mű)napsütést tapasztaltak, másrészt nagy nyüzsgés volt a folyosón. Dolgaikat intéző, jövő-menő, nyúlánk testalkatú, nadrágban, szoknyában, tiszta(!) ruhában járó majd' három méter magas felnőttek között másfél méteres gyerekek fogócskáztak. A folyosón kirakodóvásár lehetett. Zöldségesek, szerszámosok, textilárusok árulták portékáikat egymást túlkiabálva. A nagy hangzavarban talicskát toló árufuvarozók próbáltak utat kérni maguknak. Két laxin (a Mirán őshonos – itt feltűnően nagyra nőtt! – lószerű patáson) egyenruhás férfiak poroszkáltak: láthatóan vigyázták a rendet. Egy újságárus kétméteres serdülő fiú kiáltotta ki a híreket, hogy vásárlókat kerítsen:

– Varriáslatyosh kesírletyek! Áz elhaltott kulvix cambja vonagoldikt, mijko' aramtot vezsletekt beljele! Áz aram finylest ish ádlik!

– Hopp! Eva, ezek most kezdik felfedezni... újra felfedezni az áramot! Még az ipari forradalom előtti szinten vannak!

– Iiigeeen. Nem ők fognak visszavinni bennünket a Mirára.

– Hát... – kezdte Adam, de nem tudta befejezni mondandóját.

Az utcanépnek most tűnt fel a két furcsa ruhás, kistermetű idegen. Mindenki abbahagyta, amit csinált. Az utca fokozatosan elhalkult, s mindenki feléjük fordult. Másfél méteres kisgyerekek bújtak szüleik mögé, s onnan kukucskáltak a fura felnőtt arcú, mégis gyerek méretű idegenekre. Értetlenkedtek, csodálkoztak a jelenlévők. A két egyenruhás férfi észlelte a zavart, s hátasukon feléjük léptettek. Adam megpróbálkozott a tiszteletadás hagyományos formulájával:

– Békesség, vidámság és barátok övezzék napjaitokat, testvéreim!

A nép hallgatott. A kisebb gyerekek elnevették magukat a fura beszéd, s a különös ruhákat viselő aprócska felnőttek láttán. Az egyik egyenruhás azonban, úgy tűnik, megértette, mit mondott, mert miután leszállt a hátasáról, így válaszolt:

– Bíkissg, vidumág ejs bratosk evzsik nyápidt tyistvírm!

– Őjk vótyak azuk! Őjk őjtekt mek Krupitítot! Lám áz zsemmemml! – rikoltozott Adamra és Evára mutatva egy idős asszony. Görnyedt hátával, kétszáz centiméteres testmagasságával töpörödött hatást keltett a többiek között.

Adamot és Evát letartóztatták, s börtönbe vetették. Tárgyalás nélkül. Elég volt egy önjelölt szemtanú, aki azt állította az egyenruhások előtt, hogy a korábban látott részeges langalétát, Krupit ők ölték meg. Valójában soha nem derült ki, hogy ki gyilkolta és fosztotta ki a földön fekvő férfit. Adam legvalószínűbb tippje az önkéntes szemtanú volt. De amikor ezt szóvá tette, mindig megverték, ezért egy idő után nem erőltette tovább a dolgot. Egy sivár, koszos helyiségbe zárták be őket, és senki nem volt hajlandó foglalkozni velük többet. Teltek a hónapok. Kiderült, hogy Eva mégis terhes, s gyermeke tovább fejlődött a hasában. Egy idő után már szépen gömbölyödött is a hasa. Adam sokat mesélt a pocakban lévő kicsinek. „Jó apa lesz" – gondolta Eva. Reggeli rosszullétei elmúltak, ennek külön örült. Kezdetben, egy-két napig rettegtek, hogy mi következik. Aztán hozzászoktak, hogy semmi. Egyik nap úgy telt, mint a másik: eseménytelenül. Itatták, etették őket, de ha nem feltűnősködtek, nem is foglalkoztak velük. Eva utánaszámolt, s azt mondta egyszer csak a férjének:

– Ha a csillaghajó lezuhanását megelőző nászéjszakánkon fogant a gyermekünk, akkor az utóbbi több ezer év alatt dehibernált állapotban leélt biológiai koromat tekintve most vagyok kilencedik hónapos terhes. Bármikor megszülethet a pici. Vigyél el innen, Adam!

– Kitalálom… Ígérem, kitalálom, hogy hogyan mehetünk el innen!

Teltek-múltak a napok, de a baba hiába rugdosott, mocorgott Eva hasában, csak nem született meg. Eva, saját számításai szerint, már tizedik hónapja volt terhes, de a baba még mindig nem született meg. A napok egyhangúan teltek tovább. A szülés még mindig nem indult be. Megkezdődött a terhesség tizenegyedik hónapja. Amikor fásultságukat néha sikerült levetkezni, emlékeikről beszélgettek:

– Emlékszem, öt év körüli kislány lehettem, amikor az ökoparkban felülhettem egy laxi hátára. Féltem, de büszke voltam. Laxiidomár szerettem volna lenni. A sörényüket fésülgetni… Aztán fodrász lettem. A legközelebb ez állt a sörényekhez.

– Szüleim engem asztrofizikusnak szántak, de nem vettek fel. Nem tanultam túl jól. A cipőárus lét meg csak úgy jött. Nem kellett teljesíteni hozzá. Fizetést is kaptam.

– Tudod, mire vágyom legjobban, Adam? Hogy életemben egyszer még ehessek sült gargut fagyival!

– Emlékszel, amikor az ökoparkban sétáltunk kézen fogva? Emlékszel az első csókra? Akkor is sült gargut ettünk.

– Annak utánanéztél, hogy mi volt az a nagy barna, szőrös vadállat, ami megtámadott bennünket a Földön, amikor ott találkoztunk?

– Igen. Barlangi medvének hívják. Utánaolvastam. Ahova a mentőkabinunk zuhant, azt a helyet Neander-völgynek nevezik. A földiek találtak ott ősembermaradványokat is: a lapos homlokúakat arról a helyről nevezték el, képzeld! Neandervölgyi ősemberekként emlegetik őket. Még az általuk a XX. században használt tudományos megnevezésüket is megjegyeztem: Homo Sapiens Neanderthalensis. A hozzánk hasonlókat pedig Homo Sapiens Sapiensnek, Bölcs Embereknek nevezik.

– 1957-ben már nem láttam az utcákon, meg sehol sem lapos homlokúakat. Mi történt velük?

– Az emberek nem tudják, s mi sem, mert hibernálva voltunk, s mire dehibernálódtunk, már eltűntek. Egyes elméletek szerint beltenyészet miatt kihaltak. Más elméletek szerint a Homo Sapiens Sapiensek kiirtották őket. Olyanok is vannak, akik szerint keveredett egymással a két emberfaj, és a neandervölgyiek beolvadtak a Homo Sapiens Sapiens-ek közé.

– Tudtak egymással szaporodni? Úgy értem, közös utódot létrehozni?

– Úgy tartják, hogy igen. Hiszen én is tudtam...

– Mondd csak ki! Már rég túl vagyok rajta. Megértettem az akkori helyzetedet. Neked is voltak közös utódaid egy földi nővel, Trix-szel. Pedig te a Miráról származol, Trix meg földi. Lehetséges ez egyáltalán? Lehetséges, hogy két bolygó lényei ennyire egyformák legyenek, hogy még közös utódot is nemzhessenek?

– Hááát... Erre még nem gondoltam. De tényleg hihetetlen. De nem vagyok tudós. Nem tudom, mi lehet, s mi nem.

– Adam, szerintem nulla a valószínűsége annak, hogy két bolygó értelmes lényei ugyanolyan genetikai alapokkal rendelkezzenek. Hopp! Tedd ide a kezed gyorsan! Itt mocorog a picur!

– Azt hiszem, igazad van. De akkor hogyan lehettek közös utódjaim Trix-szel? – morfondírozott Adam, miközben Eva hasára tette a kezét.

– Lehet, hogy nem te voltál az apa? Nem akarlak megbántani, de ez egy lehetséges magyarázat.

– A másik pedig az, hogy Trix nem a Földről származott, hanem a Miráról... De ezt nem hiszem. Trix mint ősembernek álcázott titkos ügynök? Nem. Ez összeesküvés-elmélet.

– A harmadik lehetőség pedig az, hogy az egész földi élet a Miráról származik, s aztán fejlődött a saját útján. Ez megmagyarázná a közös biológiai alapot.

– Látod, ez lehet! Húú, de okos vagy! Hiszen tudtuk, hogy a Föld élő bolygó. A mi civilizációnk kezdete a homályba vész. Talán volt egy korábbi expedíció, aminek utasai a Földön ragadtak... Belőlük lettek a Homo Sapiens Sapiensek. A neandervölgyiek pedig mutálódtak, korcsosultak. Bár az agyuk valójában nagyobb volt, mint az embereké. Akkor lehet, hogy tökéletesedtek?

– Tökéletesedtek? Még jó, hogy volt ízlésed, s nem egy neandervölgyi nővel álltál össze!

– Honnan tudod, hogy nem jönnek be nekem a neandervölgyi lányok? Mondjuk, kevesebb utódom lett volna, ha Trix neandervölgyi... Olvastam, hogy ők nem kilenc, hanem tizenegy hónapig voltak terhese...

Ijedten néztek egymásra, ám ekkor elfolyt a magzatvíz, s hamarosan beindult a szülés. Hosszú vajúdás után jött a világra a kicsi a börtönükben. Eva teljesen elfáradt szülés közben, szemét sem bírta kinyitni, csak pihegett. Adam döbbenten tartotta kezében a kicsit, majd Eva kérésére zavartan fektette a bébit az anya mellkasára. Eva még ki sem nyitotta szemét, amikor már a baba tapintása elárulta számára, hogy nem Adam a gyermek apja. A picinek hosszúkás koponyája és olyan arcberendezése volt, mint a neandervölgyieknek. Meghökkenve pityergett, miközben nézte a fura lényt, s közben azt motyogta:

– De hát hogy lehetséges ez? Én nem... Én esküszöm nem... Senkivel rajtad kívül, Adam! Neandervölgyivel pláne nem...

– Pedig a jelek szerint igen...

– Ne utálj! Kérlek, ne utálj! Én nem csaltalak meg senkivel!

– Szeretlek, Eva! Add ide a kicsit, és pihenj! – Azzal Adam idegenkedve, undorodva és lelkében a féltékenységből táplálkozó titkolt haraggal elvette az újszülöttet a feleségétől.

– Ne bántsd! Adam, kérlek, ne bántsd! – szólt bágyadtan Eva.

– Nem bántom. Vigyázok rá. Aludj! Pihend ki magad!

Eva elvesztette eszméletét. Csak másnap tért magához. Egy tökéletes világról álmodott. Potyogtak a könnyei, amikor rájött, hogy csak álmodott.

Epilógus

A fenti beszámolót a Naprendszer Védelmi Ügynökség Ad Hoc Bizottságán mutatták be. A történet alapját képező videoblogot a Hold túloldalán felfedezett idegen űrjármű roncsának egyik kamrájában találták meg a földi emberek 2050-ben. A felvételen egy férfi beszél, a háttérben pedig időnként feltűnik egy fiatal nő s egy lapos homlokú, feltűnően nagy szemöldökeresszel s csapott állal rendelkező, igen szőrös négy-öt éves kor körüli kisfiú. A tiszta, világos, rendezett, de mégis XIX. századi hangulatot idéző háttérben különlegesen magas emberek látszanak.

A roncsok közelében megtaláltak egy korábban eltűntnek nyilvánított, űrturisták által bérelhető űrhajót. A lajstromszáma alapján megállapították, hogy az SC-108-as járművet Mr. és Mrs. Mira bérelte ki néhány éve. A nyomozás kiderítette, hogy a bérléskor álnevet és hamis papírokat használhattak. A gyermek fiziológiai megjelenésének értékelésekor antropológusok arra a következtetésre jutottak, hogy egy, már harmincezer éve kihaltnak hitt embertípust képvisel.

Katonai megfigyelők az Ad Hoc Bizottság figyelmét felhívták arra is, hogy néhány évvel korábban azonosítatlan repülő objektum közeledett a Földhöz. Az objektum a Hold Földről nem látható oldala mögé került, majd eltűnt. Az esetre reagálva alapították meg a Földön a Naprendszer Védelmi Ügynökséget, s indítottak expedíciót a Hold túloldalára. Az expedíció roncsokat talált, de élőlényt egyet sem. A férfi, a nő és a gyermek ugyanúgy eltűntek, mint a hórihorgas emberek. Valószínű, hogy az idegen űrjármű vette fel őket.

A Bizottság tagjai ugyanakkor értetlenül álltak a tény előtt, hogy egy idegen civilizáció ekkora érdektelenséget mutat egy másik, földi iránt. Miért nem keresték a kapcsolatfelvétel lehetőségét? Civilizáció az ilyen?

Sacheverell Black

Silent Bells

"Mert élt egy író, és minden úgy történt, ahogy azt ő leírta vala…"

Luna

Szűnni nem akaró kopácsolás hallatszik a zárt ajtó mögül. Emlékszem, hogy az írógép zaja volt az, amire annak idején elaludtunk. Micsoda emlékek! Amikor apám még itt volt, és az anyám még élt. *Kipp-kopp. Kipp-kopp. Kopp-kopp-kopp. Kipp-kipp. Kipp-kopp-kipp. Apuci sosem jön ki a szobából, öcsike meg az én nyakamon lóg. Már nem azért, mert ne készítenék szívesen neki reggelit, ebédet meg vacsorát. De amikor azt mondja, hogy a müzli nem finom, adjak valami mást, sikítani, toporzékolni tudnék! De ugye ilyet egy nagy és erős nővér bizony már nem csinál. Olyankor hirtelen jön egy ötlet, hogy készítsek Leonak mogyoróvajas kenyeret, annak majd nagyon is fog örülni. S így is lesz, a sírásnak vége, a mosolya fültől fülig ér. Én is mosolygok, amikor ránézek. Az én öcsikém – igen, Leo a neve – és én annyira szeretem, meg ő is engem, annak ellenére, hogy néha sok a hiszti. Olyankor mindig mondom neki, hogy míg ő az eperre allergiás, addig én meg a hisztijére, és hagyja abba, mielőtt piros pöttyök borítanának be.*

Fogalmam sincs, hogy merre induljak. Tudtam én, hogy rossz vége lesz annak, hogy nem veszi észre, amint beleírja magát a történetbe. És annak, hogy ez elkezdődött, már tíz kerek éve. Egy-két hónapja talán még volt remény arra, hogy megmeneküljünk. Odaültem az írógép elé, s gondoltam, hogy egy jól irányzott mondattal helyre teszek majd mindent. De apa túl hamar jött vissza a mosdószünetről, én pedig még az első szó feléig sem jutottam. Gyötör a bűntudat, hogy talán miattam nincs most itt.

– Apa! Hiányzol… – Néha a nagy és erős nővér is szomorú lesz, de mivel ezt nem mutathatja az öcsikéje felé, így csak leül apuci ajtajába, és úgy sugdos. Sosem merek hangosan beszélni. Attól félek, hogy megint mérges lesz, mert megzavartam a munkájában. Pedig néha akarom is, hogy rám figyeljen! Hogy megfogja az én, meg a Leo kezét, és kimenjünk ismét a parkba, és együnk abból a finom hotdogból, amit a bácsi abban a bódéban csinál! Nekem mindig tett bele uborkát is, mert tudta, hogy én szeretem, nem úgy, mint az öcsikém. Ő mindig sajtot kért, és ő is megkapta. Mondta is tegnap, hogy úgy enne hotdogot, s mondtam, hogy én is, de apa most elfoglalt. Öcsike boldog, mert úgy gondolja, apa fontos ember, s ő még mindig felnéz rá. Persze én is, mert mégiscsak apucikám, de addig minden jobb volt, míg anya is élt. Anyuci is szerette apát nagyon, olvasta is, amiket írt. De anyuci azért sokszor rászólt, hogy menjünk el sétálni, és olykor apuci

184

azt mondta, hogy igen, menjünk, jól fog esni, valami olyasmit is mondott, hogy ,, inspirálni fog". Nem tudom a mai napig sem, hogy mit jelent, de olyan szép szó. In-spi-rál-ni. *Tudok már szótagolni. Igaz, hogy még csak másodikos vagyok, de én vagyok a legügyesebb az egész osztályban. Azaz voltam, mert most valamiért rendkívüli szünetet hirdettek, és nem tudni, meddig tart. Ez volt az, amit apa legutóbb mondott. De azért itthon is gyakorlok, hogy menjen majd, amikor újrakezdődik az iskola. Úgy hiányzik...*

Hiába olvasom naphosszat az apám sorait, ötletem sem támad, hogy hova mehetett, vagy épp kik vihették el magukkal. Már tudom, hogy ránk szabadította a világvégét, amely lassú gyilkos, és még mindig nem törölte el végérvényesen az otthonunkat, de a harangok csak szólnak és szólnak, még ha csendesen is, és én nem tudom, mivel hallgattathatnám el őket. De vajon milyen lenne az, ha némává válnának? Leonard mindig mondja, legyek óvatos. De magam sem tudom, mi lenne a jobb: a céltudatos törtetés, vagy valóban az óvatosság, amire az öcsém int szüntelen. – Nem akarlak téged is elveszíteni, Luna. – Mondja mindig. Erős nyomatékot ad minden egyes szótagnak, legalábbis én így hallom. Már ő is tisztában van azzal, hogy mekkora baj van.

– Elvesztettük az apánkat! És úgy érzem, bárhol is legyen, utána kell mennem.

– És akkor ki fog nekem mogyoróvajas kenyeret kenni? Csak te tudod olyan finoman csinálni!

– Ne viccelj, Leo! Tizenhat éves vagy, elég nagyfiú már ahhoz, hogy megkend azt a szerencsétlen kenyeret! – Dorgálni akarom, de ennek ellenére a hangom csupa szeretet, s azonnal könnyek szöknek a szemembe. Nem akarok előtte sírni, de a feltörni készülő zokogás összeszorítja a torkom és a szívem is. Mi lesz vele, ha én is eltűnök a semmiben? Igaz, hogy ő is felnőtt az évek során, s mindketten rákényszerültünk arra, hogy hamar megérjünk, s megtanuljuk, mi az a felelősség, de én még mindig a csintalan kölyköt láttam benne, a kisöcsit, aki kezdetben minden energiájával azon volt, hogy borsot törjön az orrom alá. Ám ez csak két-három évig tartott, míg teljesen rá nem döbbent arra, hogy egymásra vagyunk utalva. Hiába élt még az apánk, de árvának éreztem magam, minden szempontból, amióta csak az eszemet tudom.

– Tudom, hogy utána kell menned – sóhajt fel, de a tekintete már régen nem sugall mást, csak fájdalmat. Ám hiába kutatok az emlékezetemben, nem lelem meg azt a pillanatot, amikor az öcsém felnőtt. Hirtelen rossz nővérnek érzem magam. De aztán eszembe jutnak azok az órák, amikor megtanítottam számolni és írni, habár csak éppen annyi tudást voltam képes neki átadni, amit az iskolában kaptam az alatt a cirka másfél év alatt, amíg járhattam. Az óta a bizonyos rendkívüli tanszünet óta nem mehettünk utcára sem. Az étel is csak valahogy termett, tehát biztos voltam benne, hogy apám titkon hatalmas készleteket halmozott fel. Most viszont, mióta eltűnt, elkezdtük felélni a tartalékokat. Mindenképp ki kell merészkednem hát abba a világba, amit tíz éve csak az ablakon keresztül láttam. És meg kell, hogy mondjam, nem valami bizalomgerjesztő. Minden sejtemben reszketek már napok óta, de még mindig bennem van az a tartás, miszerint Leo előtt ezt nem mutathatom.

Apa azt mondta, hogy egyszer majd felnövök, nagy és erős leszek. Nem tudom, hogy most miért jött ki hozzám. Miért pont most? Mégis újra felnéztem rá. Nagy... és erős. APA. Nagy betűkkel, egyik sem kicsivel. Nem is tudok még szép kisbetűket írni, csak nagyokat, nyomtatottan, ahogy anya tanította, meg ahogy apa írógépén is láttam, amikor még bemehettünk a dolgozójába. Most pedig újra velem volt, átölelt. Én meg sírtam. – Annyira hiányzol, Apa! – bújtam hozzá olyan szorosan, amennyire csak tudtam.

– Ti is hiányoztok nekem, drága kislányom, de legyél kitartó. Tudnod kell, hogy ebben a világban minden okkal történik. Nem tudom megígérni neked, hogy könnyű lesz, de ha erősek vagyunk, akkor idővel ismét boldogabbak lehetünk egy szebb és jobb világban, ahol lesz jövőnk, nem úgy, mint most. Az ember tönkretette a saját otthonát, és ez a Föld már nem képes arra, hogy sokáig megtűrje a hátán az emberiséget. Változtatnunk kell ezen, levenni a terhet bolygónk gyenge vállairól. ... Jaj, édes kincsem! Látom az arcodon, hogy nem érted. De majd idővel letisztul a kép. Te csak maradj ilyen szorgalmas, tanulj itthon is a könyveidből, és tanítgasd erőd és tudásod szerint az öcsikédet is. Idővel szükségetek lesz minden megszerzett ismeretre. Szeretlek, Luna! Téged és a testvéredet, édesanyádat is. Mondd el nekik helyettem is.

Emlékszem, hogy akkor még mennyire érthetetlennek tűnt az, amiről apám beszélt. Szinte azt hittem, hogy valami idegen nyelven szól hozzám. A gyermeki tudatomnak még nem volt egészében megemészthető az elmélete, de mostanra már minden bizonyosságot nyert.

Nem emlékszem pontosan, hogy mikor jöttem rá arra, hogy mindent apa csinál, hogy az ő sorai nyomán elevenednek meg a történések a falakon túli világban. De az első nagy tragédia akkor történt, amikor anyámnak elege lett, kiment, és visszatérésekor már nem ugyanaz az ember volt. Ezt az is megerősítette, hogy elképesztő gyorsasággal romlani kezdett az állapota, és az a gyilkos kór – vagy legyen az bármi, ami belülről marcangolta – hamar felemésztette az idővel gyengévé vált testét. Hosszasan kellett jajveszékelnünk ahhoz, hogy apa felálljon az írógép mellől, és kijöjjön a szobájából, amit huzamosabb ideje már kulcsra zárt.

Különös volt az az este. Próbálta leplezni remegő hangja zaklatottságát, mesét olvasott nekünk, betakargatott. Hiába akartam ébren maradni, hogy tovább nyújtsam ezeket a szép perceket, hamar álomba szenderültem, hiszen olyan megnyugvást már akkor is rég éreztem, és előtte az a riadalom, hogy anya nem válaszolt semmire, s a tekintete is meredten figyelt valami nemlétező pontot a messzeségben, rendesen kimerített. Másnap pedig, amikor felébredtünk, anyának már a földi maradványai sem voltak sehol. Annyi lelkifurdalás még szorult apába, hogy elmondja: angyalként elköltözött egy szebb világba, ahova majd mi is követjük. Ma már tudom, hogy ez a „szebb világ" hazugság, hiszen ha béke is lesz végre a Földön, akkor sem találkozunk rögtön anyával. Mert ez a rút igazság: az édesanyánk azon a napon visszaadta testét a földnek, apa pedig elásta a hátsó kertben. Valami különleges oknál fogva ő akárhányszor merészkedett ki a szabad ég alá, nem esett semmi baja, és a gyilkos kórral sem fertőződött meg. Mintha valaki kiválasztotta volna arra, hogy előbb káoszt, s azután rendet teremtsen.

– Össze kell készítenünk neked a kaját! – jelent meg hirtelen ismét Leonard az egykor konyhának szánt helyiségben.

– Na, ne viccelj, öcsi! Inkább nekem kellene ennivalóval visszatérnem a kiküldetésről, nem pedig hazulról elvinnem. Meg egyébként is, vettem én el valaha falatot a te szádtól? – néztem rá ellentmondást nem tűrően, ő mégis tovább feleselt:

– A testvéri szeretet arról is szól, hogy én sem akarom, hogy éhezz, azt meg pláne nem, hogy valami mérgezett trutyit egyél odakint, és meghalj, mint anya! – Szíven ütött az a tény, hogy már az öcsém sem él abban a boldog tudatban, hogy anyának jó, mert belőle angyal lett, és így egy szebb világba távozott. – Nem tudhatjuk, hogy mi történhetett vele, mert a drága jó apánk nem mondott semmit, te meg most arra készülsz, hogy nulla információ birtokában utánamenj! Tisztelem apát, mert mégiscsak az apám, de dühös vagyok rá, és ha nem tudnám, ki ő, akkor legszívesebben nem is eresztenélek el. Soha nem foglalkozott velünk, nem is tudom már elhinni, hogy mindent miattunk tett!

– Nyugodj most meg, Leo. Hiába mindez. Megyek, és kész. Te is tudod, hogy nincs más választásom.

– Mindig van választásunk, Luna.

– Végig kell csinálnom a kiküldetést, nem csak apáért, hanem mindkettőnkért.

– Kiküldetés? Miért emlegeted így? Nem hőstett az, hogy a halál karjaiba veted magad!

– Állj le, Leo! Ezt most hagyd abba! – kiáltottam rá. Idegesített, hogy ennyire pesszimista, és az is, hogy már ő sem nézett fel apára, pedig négy évvel fiatalabb volt nálam. És ha nem is sok az a négy év, mégiscsak fiatalabb! Az ő szemében apánknak még mindig hősnek kellett volna lennie.

– Ha nem megyek ki, és elfogy az ételünk, akkor meg az éhhalál visz el.

– De legalább akkor az idők végeztéig együtt lennénk! Így meg te is úgy fogsz járni, mint anya! – Összeszorította a szívemet a fájdalom, és már majdnem meggondoltam magam, amikor eszembe jutott az a két évvel ezelőtti nap, amikor apa megmutatta, hova gyűjti összerendszerezve a kézirata elkészült oldalait.

– *Tegnap tizennyolc éves lettél! Bár igazi kis lázadó vagy, úgy érzem, most már megmutathatom neked az általam rejtegetett titkok egy részét.* – *Dühösen emeltem égnek a szemeim. Ha egyébként nem foglalkozik velünk, akkor miért vesz elő, amikor neki van szüksége segítségre? De mégis bólintottam, mutassa csak, amit akar. Sajnálni kell szegény bolondokat.*

Nagy meglepetésemre bebocsáttatást nyertem abba a híres-nevezetes dolgozószobába. Meglepődtem, amikor láttam, hogy majdnem olyan, mint egy szerzetes cellája. Nem volt bent sok minden, csak egy szekrény, egy majdnem üres könyvespolc, egy heverő meg egy szék asztallal, s rajta az írógép, meg rengeteg teleírt, s megannyi üres papír is. Az asztalt megkerülve láttam, hogy egyik oldalán tetemes méretű kulcsos szekrény terpeszkedik. Apám pedig előhúzta az inge alól a nyakában lógó kis kulcsot, ami tökéletesen illett a zárba. Az egy kattanással megadta magát, és megláthattam a számozott mappákat.

– *Mik ezek?* – *kérdeztem. Nem sikerült leplezni az ébredező kíváncsiságomat, amelyen magam is meglepődtem. Mióta anya meghalt, és Leoval egymásra voltunk utalva, már inkább éreztem magam egy házimunkára szakosodott robotnak, mint fiatal lánynak. Semmi sem érdekelt abból a világból, aminek jelen esetben, ha minden rendben van, foglalkoztatnia kellett volna.*

– *A múlt, a jelen és a jövő. Minden, ami történik, ami megtisztítja a gonoszságtól a bolygót. Lehet, hogy most még nem érted, de hamarosan szükséged lesz ezekre. Van is valahol még egy kulcs!* – *Elgondolkodva végigfuttatta a tekintetét az alig berendezett szobán, majd odalépett a heverőhöz, felemelte a tetejét, és kivette az ágyneműtartóból a bőrszalagon*

*függő kulcsot, ami szinte pontos mása volt az övének. – Tudom, hogy
őrültnek vélsz, de azt az egyet tedd meg, hogy viseled és vigyázol rá. Higgy
nekem, egyszer szükséged lesz rá, s akkor áldani fogod a nevem.*

Bár a nevét nem áldom, de abban tényleg igaza volt, hogy a kulcsra és
a kéziratainak ismeretére most mindennél nagyobb szükségem van. Két év
kellett ahhoz, hogy összetegyem a kirakós korábban még teljesen amorfnak
tűnő darabkáit, és rájöjjek, hogy apánk által én is éppen olyan kiválasztott
lettem, mint amilyen ő lett valakinek köszönhetően. Bár olyan ajándék ez,
amit nem kértem, de ha már megkaptam, a feladatom a legjobbak szerint
teljesítem.

– Hinned kell bennem – mondom az öcsémnek, de az igazat megvallva
én sem hiszek magamban. Az utóbbi pár percben teljesen elgyengültem, és
ebben a Leonarddal folytatott vitában meg is semmisültem.

– Ezt mondta nekem anya is azon a bizonyos éjszakán, mielőtt
meghalt, és már nincs velünk. Apám is mennyiszer mondta, aztán eltűnt,
mint a kámfor! És most te is azt kéred, hogy higgyek benned? – Ez volt az
utolsó csepp a pohárban. Most éppen annyira balhézott, mint annak idején a
sajtos hotdogért vagy a mogyoróvajas kenyérért, amikor csak gabonapelyhet
adtam neki. Habár annyiban igaza volt, hogy most az életemről volt szó.
Fogtam magam, berontottam a szobába, ahol apám dolgozott a kéziratán, és
újra az első köteg teleírt papírt vettem az ölembe. Ez volt a legelső mondat:
Az író alkot. Valószínűleg ez pecsételte meg a világ sorsát. Hogy ezzel a
három szóval megkért valamilyen felsőbb hatalmat, hogy amit a papírra
vetett, mind valóra váljon. Az elején a történet még cím nélkül futott, majd
egy ideig Silent Bells munkacímen, végül pedig az utolsó kötegeknél már
az *Ahogyan megírta vala...* cím szerepelt. Igaza volt apámnak, ez illett a
legjobban az egész szituációra. Igaz, hogy még mindig nem értem az olvasás
végére. Nem egyszerű keresztülvergődni tíz kerek év munkáján, most mégis
ismét elölről kezdtem el átbogarászni, hiszen nem azon volt most a
hangsúly, hogy egy jó olvasmányélményt szerezzek, hanem az, hogy
megleljem a kulcsot, a megoldást arra, hogy megmenekülhessünk.

– *Pijjangók, pijjangók!* – *Az öcsikém még nyolcévesen sem tudta
rendesen kimondani a* pil-lan-gók *szót. Persze én is azonnal odaszaladtam
az ablakhoz, hogy megnézzem, mit lát. Mindig is szerettem a* pillangókat.
*Olyan szép, színesek. De most feketék voltak, és a föld felé repültek. Fura
volt.*

Miközben olvastam apám kéziratát, eszembe jutott az a nap, amikor a
fura pernye elkezdett szállni a napból, és lehűlt az időjárás. Ezek a fura
lepkék még mindig jelen voltak az életünkben, de már Leonard is tudta,

hogy nem pillangókról van szó, hanem valami sokkal rosszabb. Bár már ezt a szót is ki tudja mondani…

Herbert

– Mi az ördögöt csináltál, Nikolov?!

– Magának Nikolov DOKTOR – jelentette ki a pasas eléggé higgadtan, mégis alaposan megnyomva a „doktor" szót. Igaz, hogy annak idején nagyra tartottam, de most, hogy a lányomat is bele akarja vonni ebbe az egészbe, minden csepp tiszteletem pillanatok alatt elpárolgott.

– Miért hozattál ide? Mindent a parancsaid szerint csináltam.

– Tudod, hogy nem elég az, ha te vagy az egyetlen kiválasztott, viszont valahogy nem találtam senkit, aki rajtad kívül még alkalmas lenne arra a feladatra, hogy segédkezzen a világ, a bolygó és az emberiség arra érdemes részének megmentésére. Ráadásul a drágalátos kislányod elrontotta a kézirat egyik részét. Bűnhődnie kell. – Nikolov tipikus orosz volt. A szigor és a kegyetlenség volt a védjegye, mindenki tisztelte, azzal a tisztelettel, amit valójában úgy hívtak: rettegés.

***

Ugyanolyan eseménytelen napnak mutatkozott a mai is, mint az összes többi. Én a jegyzetfüzet fölött gubbasztottam a nappaliban, valami világmegváltó ötlet után kutatva, miközben fél szemmel a járókában körbe-körbe lavírozó Lunára is odafigyeltem.

– Drágám, meddig csörögjön még a telefon? – kiabált ki a konyhából Sophie. – Te vagy közelebb, nehogy nekem kelljen kimennem! – Amíg a feleségem nem szólt, észre sem vettem, hogy kitartóan csörög a telefon. De így már oda is siettem, hogy felvegyem.

– Herbert MecKenzie? – szólt bele egy idegen férfihang köszönés nélkül a vonal túlsó végén.

– Én lennék. De kihez van szerencsém?

– Dimitrij Nikolov vagyok, személyesen a Monarch Könyvkiadótól. Jól értesültem, hogy ön már elég régóta írással foglalkozik? – kérdezte. Alig hittem a fülemnek.

– Így igaz, milyen ügyben keres? – érdeklődtem kicsit sem bizakodva.

– Lenne egy remek ajánlatom az ön számára. Mint feltörekvő kiadó, magát szeretnénk promotálni. Mikor beszélhetjük meg a részleteket?

– Bármikor! – vágtam rá nevetve, majd az egyeztetés után elköszöntünk egymástól. Biztos voltam benne, hogy fantasztikus lesz, amit közösen létrehozunk. Bíztam az eredményes együttműködésben.

– Sophia, drágám, gazdagok leszünk! – kiabáltam.

– Édesem, én is örvendek, csak ne kiabálj, mert ijedtemben megszülök. Meg ott van Luna is, mindjárt sír. – Korholt, de azért örömkönnyek áztatta arccal bújt el az ölelésemben. Két gyerek mellé már igencsak jól jött egy remek írói fizetés...

***

– Büntess inkább engem, én voltam óvatlan. – Láttam Nikolov tekintetén, hogy egy pillanatra elgondolkozik azon, amit mondtam, aztán újra megjelent a szemében az a pokoli rettenettel azonosítható csillogás, és tudtam, hogy ismét elvesztettem a harcot ellene. Hiába én voltam a megálmodója a régi világ végének és majdan az új kezdetének, Nikolov még mindig furfangosabb volt nálam.

– Igazad van, de ez nem késztet arra, hogy változtassak a tervemen. Hiszen éppen elég szenvedésben lesz részed, ha a lányod odaveszik. És ha mindez megtörtént, természetesen jó munkádért megjutalmazlak az örökléttel. Végig fogod nézni, ahogy mindenki, akit kicsit is megszeretsz, kimúlik mellőled. Szerintem ez éppen elég emlékeztető lesz arra, hogy egyszer, a nagy projekt során valamit majdnem teljesen elbaltáztál. – Nem tudtam válaszolni, könyörögni meg pláne nem. Olyan súlyosan függtek a szavai az alagút mennyezetéről, hogy a vállam is majd belészakadt. Gúnyos vicsorrá torzult az arca. – És gondoltam, tájékoztatlak, mielőtt még újra írni kezdenél, hogy órák kérdése, és a lányod elindul az otthon biztonságos melegéből. Fogytán van az élelmük, mert apuci főnöke már egy ideje nem szállít.

– Te rohadék!

– Vajon csak én vagyok az? Szerintem mielőtt ismét munkához látnál, tarts egy kis önvizsgálatot. Azt mondják, sosem árt. Bár hogy az igazat megvalljam, én még mindig nem hiszek benne. Viszont még egyszer figyelmeztetlek: azért vagy itt, mert valamit majdnem tönkretettél. Hogy is mondják a ti nyelveteken: végérvényesen? Milyen csodaszép szó... hm, sok minden benne van. Ne feledd: kaptál egy új lehetőséget. Pedig én nem szoktam osztogatni az esélyeket. Szóval, hajrá, tabula rasa! – mondta, majd magamra hagyott egy halom papír és egy új írógép társaságában. Nem tudtam, hogy mivel lehetnek átitatva ezek a lapok, de valamelyest már én is féltem a hatalmuktól. Pontosabban a hatalomtól, amelyet általuk nyertem.

Tudtam, hogy csak akkor cselekedhetek bármit is, ami megváltoztatja a jelenlegi helyzetet, de éppen azért, mert tudatában voltam: Luna és Leonard veszélyben vannak – egy gondolatot sem voltam képes kisajtolni az agyamból. Minden idegsejtem azon az információn dolgozott, hogy meg kell mentenem a lányomat, de ötletem sem volt, hogy miképp szabadulhatnék ki a pincerendszerből, amelynek egy-kettőre a foglya lettem.

Egyszerre volt kétségbeejtő és szívet melengetően szép érzés, hogy a lányom elindult a megmentésemre. Szégyenszemre nem is neveltem őket, egy meggondolatlan döntésem miatt meghalt a feleségem, és a gyermekeimnek is hamar leáldozott a napjuk, abba már bele sem merek gondolni, hogy hány ártatlan vesztette életét a nukleáris viharban, amit az előző pillanatban még teljesen békés világra szabadítottam. Ám nem tudom, hogy vajon lett volna-e más lehetőségem. Éppen akkor fedeztek fel, és simogatta az egómat a tény, hogy egy nagy kiadó, amit egy pszichológus alapított, felkér, írjak meg egy apokaliptikus tudatfolyam témában születő regénysorozatot. Mindent ígértek, teljesen ingyen, csak annyi volt a kikötésük, hogy ők adják az eszközöket. El sem olvastam a szerződést, csak aláfirkantottam a nevem, másnap már érkezett is a szállítmány, benne egy lenyűgöző, és csodák csodájára még működő, fehér írógép, s körülbelül ezerötszáz lap. Akkor még nem sejtettem semmit, ám később egy életre megtanultam, hogy ha még lesz lehetőségem egyszer szerződni valahová, akkor még az apróbetűket is olvassam el. Csak akkor néztem bele a szerződésbe, amikor elkezdtek történni a fura dolgok. Amikor már nem mertem kiengedni a gyermekeimet a lakásból. Először azt hittem, hogy valami biblikus baromságot olvasok, de visszalapoztam az elejére, aztán meg a végébe pillantottam bele, és kétségkívül a Nikolovval aláírt szerződést tartottam a kezemben. Naivan hittem abban, még a sok katasztrófa ellenére is, hogy a végeredmény tényleg az lesz, amivel hitegetnek: a világot teszem jobbá. A feleségem halála kellett ahhoz, hogy felnyíljon a szemem, de már késő volt. Nem tudtam leállni, beszippantott ez az egész játék. Mert nem más, csak egy nagyon veszélyes játék.

De most egyszerűen nem hagyhatom, hogy a lányom is ugyanarra a sorsra jusson, mint annak idején az én gyönyörű és mindig vidám feleségem, Sophia! Istenem, hogy én mennyire szerettem. Még az egyetemen ismertem meg, ő is fizikát tanult, mint én, a különbség csupán annyi, hogy engem elragadott az irodalom iránti rajongás, így már eleve gondolkodtam azon, hogy otthagyom az egészet, majd amikor teherbe esett, meg is volt a megfelelő indok. Nem akartam, hogy kettétörjenek az álmai, hiszen kettőnk közül mindig is ő volt az ambiciózus. Önként vállaltam, hogy otthon maradok Lunával, hiszen Sophie-nak is már csak egy éve volt hátra, s valóságos örömmel töltött el az, hogy a kislányunk első pillanatainál személyesen lehetek majd ott. Nem is tudom, miképp történhetett meg az, hogy ennyire elfordultam a családomtól. De hiába is sokkoló a tény, Leonard születése óta szinte már semmilyen testi kontaktus nem alakult ki köztem és Sophia között. Máig is csodálkozom, hogy sosem vált el tőlem. Rá kellett, hogy döbbenjek, ő volt a családunk összetartó ereje.

Amikor már egy teljes órán keresztül nem írtam semmi értelmeset, elkezdtem rettegni, hogy mi lesz, ha Nikolov visszatér, és az üres papírok felett talál. Kifejezetten vacak helyzet, amikor elér az alkotói válság, miközben a világot kellene megmentened a pusztulástól. Érdekes, hogy eddig semmi problémát nem okozott az, hogy a Földre bocsássak egy hatalmas pusztító erővel rendelkező nukleáris vihart, de most a lányom életét is meg akartam óvni. Valahogy ezt nevezik annak, hogy a család és a szeretet a tökéletes munkavégzés útjába áll? Talán. Pedig azt hittem, ilyen érzések kifejezésére már sosem leszek képes. És láss csodát, pont most mégis.

Legszívesebben levelet írtam volna a lányomnak, de nem tudtam volna eljuttatni hozzá, és abban sem voltam biztos, hogy mi történne, ha ezekre a mágiával átitatott lapokra írom le a gondolataim. Mágia – milyen furcsa szó ez az én számból. De egy ideje már bekövetkezett az a pillanat, amikortól nem tudok ésszerű magyarázatot találni a történtekre, amik már tíz éve töretlenül jelen vannak a világunkban.

Luna

Anyuci eltűnt. Legalább amíg itthon volt, addig segített nekem meg az öcsikémnek, de most, mióta azt a nagyon finom puszit adta az arcunkra, bármerre is keresem, nem találom sehol. Azt hittem, hogy fürdik, de nincs a fürdőszobában, sem az ágyban a hálóban, sem a konyhában, pedig éppen kérni akartunk finom kakaót, de belestem apa dolgozójába, amikor egy pár percre előmerészkedett, és ott sem találtam. Így este már Leo is sírdogál, mindig úgy alszik el, hogy anyuci öleli. Olyankor én is hozzábújok, egyik keze az enyém, a másik az öcsikémé. És most hiába ölelem én át a takaró alatt, ő csak sír és sír... és sír. Én is sírok.

Fájó szívvel lépek ki a házból, mert eszembe jut édesanyám. Most én hagyom itt Leonardot. Ugyanazt teszem, mint annak idején anyu, s nemrég apu. Az, amit nem bocsátottam meg nekik, most mégis felötlik bennem: de hiszen én is úgy érzem, hogy nincs más választásom! Lehet, hogy ők is pontosan ugyanezt tapasztalták valami oknál fogva?

– Apa, segíts! – suttogom magam elé, amikor kilépek, és becsukva az ajtót, végleg magam mögött hagyom a biztonságot. Minden, amit gyermeki emlékezetem ismert, és most a felszínre lök, a föld színével vált egyenlővé. Füstölgő romok, forrón pulzáló levegő, néhány perc alatt úgy érzem magam, mint aki egy komplett folyót ki tudna inni egy húzásra, a sejtjeimből egy-kettőre elpárolog a természetes víztartalom. Nagyokat kortyolok az egyik palack vízből, amit Leonard a hátizsákomba könyörgött. Legszívesebben mértéktelenül döntením magamba, de amíg nem lelek újabb készletekre, úgy érzem, óvatosan kell bánnom azzal, ami nálam van. Bár nehéz visszafognom magam, amikor úgy érzem, minden külső és belső szövetem porzik a szárazságtól.

És apa sem felel. Még csak az energiáit sem érzem. Bár nem lep meg. Sosem éreztem. Vagyis már nem emlékszem arra, amikor még érezhettem a szeretetét. Most is csak ezt a furcsa vibrálást érzem a levegőben, ami folyamatosan kiszárít. Legszívesebben összecsuklanék. Percről-percre egyre kevésbé érdekel, hogy perzsel az aszfalt irányából a forróság, és hogy az égből pillangóként hulló furcsa pernye néhány óra alatt hermetikusan lezáró takarót képezne a testem körül. Milyen könnyű lenne máris feladni a küzdelmet, s holtan zárni le a küldetést.

De ekkor eszembe jutott, miért is indultam el. Eszembe jutott anya, és hogy én nem akarok így járni, apa, akit meg kell mentenem, s legfőképp Leonard, akinek megígértem, hogy sosem hagyom magára. S azzal a tudattal jöttem el otthonról, hogy a készleteink erősen fogytán voltak. Pontosan tudatában voltam annak, hogy az ember legvégső esetben étel nélkül kibírja akár egy hónapig is, de folyadék nélkül alig néhány napig. Alig egy hónapra elegendő készletünk maradt, s így nélkülem talán egy kicsivel tovább kitart majd a folyadék Leonardnak, de tényleg csak kis ideig. Sietnem kell, és valódi eredményeket kell elérnem. Megmentenem apát, és ételt, italt szerezni, ami lehetőleg nem fertőzött. Belegondolni is rossz, hogy talán már most belém jutott az a gyilkos kór, ami anyát elragadta tőlünk. De ki kellett tisztítanom a tudatom ahhoz, hogy továbbmenjek.

– Nem megy, nem megy, nem megy. – Az ajtó takarásában állok, és figyelem anyucit, ahogy a kredenc szélének támaszkodik, mély levegőket vesz, s közben ezt a két rövid szócskát ismétli. Nem érzi jól magát. Leó is itt van mellettem, és kérdezi, hogy anyucinak mije bibis, de nem tudok válaszolni. Anyu is sír, én is, meg az öcsikém is könnyezik. Gyorsan átölelem, hogy ne tudjon hangoskodni, de érzem, ahogy remeg, és igyekszik

mélyeket lélegezni, még akkor is, ha a szoknyácskám már-már fojtogatóan ragad az arcocskájába.

Valaki közelít felém az utcán. Ráemelem a tekintetem, és nem tudom hirtelen, teljesen biztosan megállapítani, hogy ember-e vagy állat. De ha állat, akkor korábban nem ismertem ezt a fajt. Ahogy a nénike közelebb ér, hirtelen elszégyellem magam, hogy valami nem emberi lénynek gondoltam. – Segítsen, kisasszony, segítsen! – jajveszékeli. A tudatom teljesen leblokkol, nem tudom, mit tehetnék, igazából félek is a nénitől, meg szánom is. Háta meghajlott, bár lehet, hogy már az apokaliptikus rend felállása előtt is így volt, de ahogy rám néz, látom, hogy egykor kék szeme üvegesen mered előre, mintha engem próbálna nézni, de az egész világmindenséget és a poklot is látná maga előtt, szemfehérje pedig vérben forog. Ahogy látom, nincs támadó szándéka, talán nem is tudna már nagyobb erőt kifejteni, mégis félek, hogy elkaphatom tőle a gyilkos kórt, ami édesanyámat olyan rövid, mégis végtelennek tűnő ideig sanyargatta, majd teljesen váratlanul örökálomba ringatta el. S igaz, hogy van nálam még étel és némi folyadék is, de amilyen kietlen az állapot, amilyen forróság tombol idekint, nem tudom, hogy helyes lenne-e adni bármelyikből is az anyókának. Végül mégis úgy döntök, hogy a megkezdett vizespalackot és egy konzervet átnyújtok neki. Ahogy leveszem a hátizsákom, és matatni kezdek benne, látom a szemem sarkából, hogy vérrel befutott szemében megcsillan valami. Talán a remény, hogy nyert néhány órát. S amikor átnyújtom neki az adományt, próbálja összecsókolni a kezem. Szűkölök, miközben igyekszem kedvesen mosolyogni, és ismét útnak indulok. Ki tudja, hogy az újonnan létrejött nukleáris kórokozók milyen úton terjednek.

Miközben menetelek, s néha kortyolok a megmaradt vízből – habár igyekszem csökkenteni a fogyasztást, de ebben az elviselhetetlen hőségben nagyon nehéz –, arra gondolok, mivé lett az élet. Azzal az idős hölggyel tulajdonképpen az idővel üzleteltünk. Adtam neki enni, inni abból a kevésből, ami az enyém, s ezzel én vesztettem, ő pedig nyert, ha nem többet, hát egy-két napot. Ha nem járok sikerrel, akkor a jó szívem által megrövidítettem önnön életem. Mert egy ilyen világban, ahol most farkastörvények uralkodnak, igenis egy szűk nap is számít. Hiszen mennyi minden történhet egyetlen nap leforgása alatt. Most lehet, hogy idejekorán halok meg, és pont azon a plusz napon találtam volna meg a megoldást arra, hogy apámat megmentsem, vagy éppen akkor akadtam volna étel- és italkészletekre, amik újabb esélyt jelentettek volna a túlélésre.

Most még egy egészen békés világ játékszabályainak megfelelően cselekedtem, de amikor kétnapi gyaloglás után sem találtam ép épületet, és apám nyomára sem akadtam, be kellett látnom, hogy önzővé kell válnom, ha minél tovább életben akarok maradni. Már nem törődtem a kéregetőkkel, csőlátásra kapcsoltam, úgy mentem tovább, s nem aggasztott a kérdés, hogy ellenségeket szerzek, hiszen mást sem láttam magam körül, csak az ellenem felfegyverkezett világot.

Herbert

– Okos a lányod – lépett be váratlan hirtelenséggel Nikolov az alagsorba, ahol hagyott. – Nem gondoltam volna, hogy néhány óránál tovább túlél, de ezek szerint jót tett neki, hogy a pakolásnál hallgatott a fiadra.

Megnyugtatott, hogy ezek szerint Luna még életben van. De mégis aggasztó volt, hogy ezek szerint tényleg a nyomomba eredt. Annyira féltettem a gyerekeimet mindig is, annak ellenére, hogy belekeveredtem ebbe az egész nyomorult játszmába! – A szívbajt hozod rám.

– Örömömre szolgál – közölte fanyarul Nikolov, nekem pedig edzenem kellett az arcizmaim, hogy ne grimaszoljak. Olyan diktátornak ismertem az orosz dokit, aki bármikor képes lett volna lekeverni egyet annak érdekében, hogy „tudjam, hol a helyem". – Nem számítottál rá, hogy a te kis Lunád belesétál a csapdámba, igazam van? – folytatta tovább. Szinte éreztem, hogy csak próbára akar tenni, így nagyon vigyáznom kellett, hogy mit reagálok.

– Luna okos lány, végül győztes lesz – szűrtem a fogaim között.

– Még mindig ilyen naiv vagy, Herbert? Ezt mondtad akkor is, amikor váltig állítottad, hogy nem fog kilépni a négy fal közül, ha te rejtélyes körülmények között huzamosabb időre eltűnsz. – Sajnos igazat kellett adnom a dokinak, hiszen egészen eddig még abban reménykedtem, hogy a gyerekeimnek lesz annyi eszük, hogy nem sétálnak ki a veszélyekkel teli külvilágba, annak ellenére, hogy utolsó emlékeik szerint a Föld még egy teljesen biztonságos hely volt.

Nikolov kétségeim közt vergődve hagyott magamra, azzal az intéssel, hogy most már jó lenne, ha valami érdemlegessel továbbvinném a Föld sorsának alakulását. Érdekes, hogy a lányomnak megfogalmazott, de le nem írt levélre semmi reakciója nem volt, meg sem említette, úgy tett, mintha nem ismerné már réges-régen minden gondolatomat. Lehet, hogy valaminek a csírája még meg sem fogant a fejemben, ő már két lépéssel előttem jár, és pontosan tudja, hogy mit fogok gondolni vagy cselekedni.

Már nem akartam újabb nukleáris vihart a világra ereszteni, mert azzal csak nőtt volna a sugárzás mértéke. Először elmém erejével kitaláltam, aztán leírva valóra is váltottam egy korábban még csak fantazmagóriaként létező jelenséget: egy levegő útján terjedő és fertőző vírust, amely képes megélni még atomrobbanás utáni körülmények között is. Nemhogy nem árt neki a nukleáris sugárzás, de még életerővel is látja el az emberi szervezeten parazitaként élősködő borzalmat!

Egy ilyen szürreális nukleáris vírustámadás végzett a feleségemmel, Sophiával is, és nem akartam, hogy a lányom is egy ilyen katasztrófa áldozatául essen. Aztán mégiscsak írtam. De papírra vetettem a sorok között azokat az apró mozzanatokat is, hogy a világban szerencsétlenül vergődő lány, aki egyelőre a történetben még csak mellékszerepet tölt be, étel- és italtartalékokat talál, amik a csodával határos módon még nem fertőzöttek, és ezeket a hátizsákjába rejtve hazamegy a testvéréhez, és így ismét megmenekülnek, de ha mást nem is, időt nyernek. Aztán persze muszáj volt a vihart is ismét felkorbácsolnom a szavaimmal, csak reménykedni mertem abban, hogy Luna szót fogad a kézirat által előidézett belső késztetésnek, és amint rálel a tartalékokra, hazatér az öccséhez, Leonardhoz. Nincs olyan emberi lény, aki egy ilyen vihart túlélne.

Nem telt el sok idő onnantól számítva, hogy elkezdtem írni róla, még itt lent, az alagsor egyik rejtett zugában is hallottam, ahogy az általam teremtett szörnyeteg életre kel, és tombolni kezd odafent. Miközben engem a rettegés töltött el, hogy a szavaimnak ilyen mocskos súlyuk van, eszembe jutott, hogy milyen önelégült képet vághat most Nikolov, és annak ellenére, hogy ez a tudat elcsendesítette volna a tettvágyamat, csak még többet tettem azért, hogy erősebb és erősebb csapások elevenedjenek meg a kinti, amúgy is már sokat szenvedett, s majdnem kimúlt világban. Egyfajta ürességet éreztem, ahogy a vihar csitulni kezdett. Csak utólag jutott eszembe, hogy talán Luna nem ért haza időben. Összeszorult a szívem.

Amikor a köd leszállt az agyamról, egy teljesen más érzés kerített hatalmába. Megőrjített ez az ambivalencia, de abba akartam hagyni, meggyógyítani a Föld sebeit. S az is megfordult a fejemben, hogy mi van, ha a lányom bár túlélte a vihart, de jó adag nukleáris sugárzást kapott, ami hamarosan halált hoz majd rá?

Csak most fogtam fel igazán annak a súlyát, amit már hosszú évek óta műveltem. Hiszen létrehoztam egy gyilkos kórt, de annak ellenére, hogy ugyanolyan hatalmam lett volna az ellenszerét is létrehozni, mégsem tettem meg! Onnantól, hogy ez a gondolat megfogant a fejemben, nem tudtam tovább az írásra koncentrálni, hanem azon kattogott az agyam egész éjjel, hogy miként tudnék létrehozni, sőt mi több, megteremteni egy olyan vakcinát, amivel alkalomadtán megmenthetném Lunát. De bármennyit is törtem a fejem, csak arra jutottam, hogy az új betegség tökéletesen egyenlő a halállal, s annak ellenszere csak az élet lehet. Ezzel nem voltam sokkal előrébb.

Álmomban is meglátogatott a kéziratom. Pedig ennek utoljára akkor örültem csak, amikor az alkotásaim célja még a szórakozás és a szórakoztatás volt. Néha csak egy-egy szereplő arca villant fel, de volt, hogy teljes részeket megálmodtam. Azokat szerettem a legjobban. Képes voltam az éjszaka közepén is felkelni, hogy leírjam, amit álmomban láttam, s nem érdekelt, hogy reggel ébredéskor időnként nem tetszik az a rész, amit éjszaka gyorsan lekörmölök. Mégis mindig megérte felébredni emiatt, mert biztos voltam abban, hogy ébredés után már nem fogok emlékezni a szóban forgó álomra.

Most is ez történt. De most egy komplett jelenet született meg a fejemben.

Sötét volt minden, de tökéletesen felismerhető. A park volt az, ahova még délutánonként kivittem a gyerekeimet, amikor még Sophia is élt. A sötétség ellenére mindent ki tudtam hámozni, és ahogy felpillantottam a templom toronyórájára, nagyon meglepődtem:

„Még csak délután fél három van? De hiszen olyan sötét uralkodik, mintha legalább éjjel fél három lenne! Mi lehet ez? Lehet, hogy napfogyatkozás? Igen, ez lehet az ésszerű magyarázat. Egyértelműen belecsöppentem abba a világba, amiket ébrenléteim során teremtettem, pusztán a gondolat erejével."

S hiába nem volt összefüggés az álmom és a probléma között, ami olyan sokáig foglalkoztatott, rájöttem, hogy mi lesz, ami megmenti az én drága Lunám életét. Mindent össze kell gyűjtenem, ami segítheti az embereket az életben, és néhány milligrammos vakcinába sűrítenem. Még nem tudtam hinni abban, hogy mindez sikerülni fog, de amikor lelki szemeim előtt megjelent a két gyermekem angyali arca, tudtam, hogy küzdenem kell, míg csak bírom szusszal.

Leonard

– Édes Jézus, légy vendégünk, áldd meg, amit adtál nékünk!... – Néztem anyucit, ahogy mormolt valami imát. Pedig már nagyon éhes voltam, de mindig meg kellett várnunk, amíg anyuci az ima végére ér, és

198

mondanunk kellett vele együtt, hogy „Ámen", és csak utána ehettünk. Még akkor is mondta anyuci azt a néhány sort, amikor nagyon gyenge volt. A nővérkém segített neki mindenben, néha már felkelni is. De amit anyuci adott nekünk enni, az volt mindig a legfinomabb, akkor is, ha már sokadik este ugyanazt a paradicsomos akármit kellett ennünk.

Érdekes, hogy anya mindig eszembe jut, de apámról semmilyen emléket nem hordozok. Csak a külseje körvonalazódik előttem, meg az, hogy mindig írt vagy olvasott, aztán amikor beindultak az események, akkor már végérvényesen el is tűnt a dolgozószobájában. Hosszú fekete haját férfias kontyba csavarta a tarkóján, szakállat és szemüveget viselt. Ez megmaradt bennem, de csupán ennyi. Meg az, hogy mindig úriember volt, az én szememben mégsem vált sosem olyan dicső királyfivá, mint az apukák szoktak lányaik szemében. Pedig ahányszor a tükörbe nézek, őt látom viszont. Nekem is hosszú, fekete hajam van, és már az arcomon is megjelentek az első szőrszálak, pedig azt hittem, hogy velem már nem fog semmi olyan megesni, mint a fiúkkal az én koromban, hiszen minden másképp történik, mióta csak az eszemet tudom. És most még Luna is magamra hagyott, az egyetlen lány, akit ismerek, bár iránta semmit nem tudnék érezni, hiszen mégiscsak a nővérem. És a második anyám persze, mivel nagyon régóta egymásra vagyunk utalva. De ez nem változtat azon a tényen, hogy itt hagyott engem, egy olyan emberért, aki nem nagyon tett értünk semmit! Legalábbis én nem emlékszem olyasmire...

Hirtelen késztetést éreztem arra, hogy bemenjek apám egykori dolgozószobájába. Egy frissen nyomtatott papíron akadt meg a szemem. Nem sok szöveg szerepelt rajta, de biztos voltam benne, hogy Luna felejtette itthon. Olyan volt a szövegezése, mintha egy regényből meg egy tudósításból lett volna összeollózva. Rögtön sejtettem, hogy ez a valamelyest végleges szöveg már a nővérem keze nyoma:

„A sötét foltok pillangószárnyakként verdestek át a nap élénksárga, már-már aranyszínű sugarain.

Persze nem tűnt fel senkinek, vagyis az nem, hogy valami készül. Mindenki csak csodálta, bámult fel a napba tágra nyílt szemekkel, még az a kisgyermek is, akinek a szülei megtiltották, mert „a napfény vakít".

A fekete pettyek mindenkit megbabonáztak. A beteg azt hitte, érte jött az égi fény. A részeg meg arra eszmélt, hogy most valóban csillagokat lát, ilyen még nem történt vele. A tudósok nem tudták mire vélni – irány a kutatóközpont.

A fotósok ebben látták meg életük fő művének lehetőségét. A többiek meg szimplán csodálták. Nagyon kevesen voltak csak, akik féltek tőle. De ők aztán igazán rettegtek."

Emlékszem, hogy az égből hulló furcsa pernyére mi is nagyon sokáig azt mondtuk, hogy pillangók... Aztán a helyzet egyre rosszabb lett, és Luna meg is tiltotta, hogy kinézzünk az ablakon. Íratlan szabály volt, és a hosszú sötétítők ellentmondást nem tűrő módon őrt álltak az üveg előtt. Fura, hogy egy percig sem éreztem késztetést arra, hogy bármelyiket is félrehúzzam, és kitekintsek.

Egészen mostanáig... odaléptem apám ablakához, félrehúztam a súlyos, porral lepett drapériát, de abban a pillanatban, ahogy megláttam, mi van odakint, vissza is engedtem. Leroskadtam apám székébe, és arcomat a kezembe temettem. Nem tudtam, hogy miképp maradhatott a mi házunk épségben annak ellenére, hogy a környezetében minden az enyészeté lett. De a legfájdalmasabb mégis az volt, hogy nem éreztem, hogy a nővérem még mindig lélegezne valahol. A rokonszívem dobogása egy csapásra megszűnt létezni. Pedig nehéz lenne elhinni, hogy Luna pont abban a pillanatban halt volna meg, amikor én kinéztem. Talán csak a végtelen pesszimizmus hallgattatott el bennem mindent, mégsem voltam képes hosszú órákig megmozdulni sem.

– *Fekete lepkék vannak a napban, és mivel mondtad, hogy a nap meleg, fura volt, hogy ezek mégsem sülnek meg ott. Olyan érdekes volt, ahogy ezt figyeltük Lunával az ablakból, Luna még most is azt nézi. Hogy van ez?!* – Emlékszem, egyszer ezzel a felkiáltással futottam oda apához, amikor kijött végre a dolgozószobájából. És én még mindig emlékszem arra, hogy mit dünnyögött az orra alatt, ahelyett, hogy valami rövid, mégis a gyermeki elme számára valamelyest érthető választ adott volna a kérdésemre: *„Ver engem az Isten rendesen."* – Azóta is fájó késként forog a szívemben ez a mondat.

Elviselhetetlenül sok időn keresztül egyre csak zakatoltak a kérdések a fejemben, de a legfőbb az volt, hogy *mi történik?* Nem tudtam dűlőre jutni a látvány felett. Mi lett azzal a biztonságos világgal, amit még kiskölyökként láttam utoljára? Annak ellenére, hogy halottként könyveltem el a nővérem, és élve temettem el gondolatban, bárkinek bármit megtettem volna azért, hogy visszakapjam. Nem lehet az, hogy ugyanaz történjen vele, mint annak idején az anyukánkkal. Azt akartam, hogy Luna most azonnal lépjen be a bejárati ajtón, lépjen oda a frigóhoz, melegítsen valami paradicsomos kotyvalékot, hogy üljünk le egymással szemben a kis ebédlőasztalnál, hogy fogja meg a kezem, mint annak idején anya is, és mondja el azt a pár soros asztali áldást.

Luna

„Jöjjetek hozzánk mindnyájan, kik fáradoztok, és terhelve vagytok, és én megnyugtatlak titeket."[2]

Nem tudtam felmérni, hogy hány napja bolyongtam a kietlenségben apám után nyomozva, hiszen régen nem váltotta már egymást napszakszerűen a nappal világossága és az éjjel sötétsége. Talán csak anyám nevelése hozta úgy, hogy egy csodás, Istenhez közeli gondolat csillámlott fel a tudatomban. De már nem is Jézushoz imádkoztam, hanem az apámhoz. Hogy segítsen! Küldjön nekem valami halovány jelet, aminek segítségével célba érhetek. Itt voltam fiatal s mindenkinél gyengébb nőként, és az volt a küldetésem, hogy egyszerre két férfi életét is megmentsem. Hiszen nem is létezett már más a számomra, csak az apám és Leonard. S most eljött az a pillanat, amikor mindkettejüket egy csapásra elveszíthetem.

Egy ideje már fohászkodtam magamban azért, hogy egy elesettet se sodorjon utamba az ég, mert megint kétségeim támadtak afelől, hogy meg tudom-e majd állni, hogy segítsek, annak ellenére, hogy nekem is nagyon kevés tartalék élelmiszerem van. De most már az is kezdett aggasztani, hogy hosszú ideje egy teremtett lélekkel sem találkoztam. Egyre inkább eldobtam a reményt, hogy a kiküldetésem bármely része egyfajta sikerrel járhat.

Amikor megláttam, magam sem hittem a szememnek, azt hittem, csupán tünékeny jelenés. Egy hátizsák hevert az út szélén magára hagyva, hasonlóan termetes, mint az enyém, s az is közös volt bennük, hogy egyikük sem volt igazán tele. Óvatosan közelítettem felé, de mégis mentem előre, zsákmány reményében. Van az a pont, amikor az ember már nem gondolkodik, pedig joggal hihettem volna azt, hogy abban a pillanatban, ahogy kicsatolom a táskán a rögzítő öveket, majd megfertőződöm, ne adj Isten, valami rám veti magát belőle, mert megzavartam utolsó perceinek nyugalmát. Egy olyan kiüresedett világ, mint amilyen most a miénk volt, ezernyi veszélyt rejthet, én mégis elhivatott voltam. Bíztam abban, hogy apám fél szeme valahonnan most is engem figyel, és biztonságban vagyok, már amennyire a körülményekhez képest ez lehetséges. Végül bebizonyosodott, hogy jól döntöttem, amikor elhatároztam, hogy kiveszem a hátizsák tartalmát, bármi legyen is az. Tizenkét palack ivóvízre, továbbá tizenöt paradicsomleves- és három babkonzervre bukkantam. Sikongatni tudtam volna örömömben, ha nem száradt volna ki addigra a torkom a sivatagi forróságtól. Egy hangot sem voltam képes kiadni, így hát némán,

---

[2] Francois Mauriac: Jézus élete (részlet)

örömkönnyek nélkül vigadtam, s megfáradt tagjaimra újabb terhet róva pakoltam át saját hátizsákomba a zsákmányt, mert két táskát cipelni nem lett volna igazán energiatakarékos dolog. De mindez édes teherré vált, amikor eszembe jutott, mennyire boldog is lesz az öcsém, amikor közlöm vele: ma este különlegeset eszünk! Babot, és sonka is van benne! Ezt láttam az egyik doboz ütött-kopott címkéjén. Nagy luxusnak számít, és mi most ennek az előnyeit bizony élvezni fogjuk.

Annak idején csak faltuk az ételt, olykor nem is figyeltünk az ízekre, de mióta éhínség volt, megtanultunk élvezettel enni. Lassan, kimérten, megízlelve minden falatot, még akkor is, ha a paradicsom ízét és illatát már bekötött szemmel, legmélyebb álmunkból felriasztva is képesek lettünk volna beazonosítani.

Hazafelé vettem az irányt. Bár minekutána az összes általam ismert ház és nevezetesség a föld színével lett egyenlő, és a városunk csak tizedét őrizte meg a jellegzetességeinek, nagyon nehéz volt megtalálni a mégis épen maradt házunkat, pedig apró kislány koromban már betéve tudtam az utat az iskolától hazafelé. Most hiába nézelődtem, az iskolánknak hűlt helyét találtam. Vajon merre állhatott egykor? – Körbekémleltem, ám nem a keresett objektumra, hanem valami készülődő szörnyűségre lettem figyelmes. Elektromos kisülések jelentek meg az égbolt különböző pontjain, egyszerre jeges és forró szél támadt, mintha elemi erővel fújt volna egyszerre dél és észak felől. Mintha egy sivatagbolygót eredményező tűzvész és a jégkorszak egymásnak feszülve tombolt volna körülöttem, hogy vajon melyikük az erősebb, ki kerül majd ki győztesen? Porfelhő kavargott, így a pulóveremet felhúztam az arcom elé, hogy ne jusson ez a légzőszerveimbe. Nem akartam homokviharban vesztemet lelni, pláne miután félig sikeresnek mondhattam a magam mögött tudott kiküldetést. *„Most légy erős és okos, Luna!"* – mantráztam magamnak, miközben az idő szorításának köszönhetően s a kialakuló vészhelyzetre való tekintettel elindultam előre. Apám mondta még akkor, amikor szót váltott velünk, és még kilátásban sem volt ez a borzalom: „Csemetéim, nincs más hátra, mint előre!"

Lehunytam a szemem, és apró fohászkodások közepette elindultam. Csak néha nyitottam ki, de akkor is hatalmas adag törmeléket és homokot vágott belé a szél, így inkább erősen könnyezve, hunyorogva haladtam tovább. Megnyugvással töltött el a tény, amikor épebb házak következtek, vagy éppen csak beomlott – mégis lakatlanok. Hiszen ez azt jelentette, hogy… igen, hazatértem! Elemi erővel feszültem neki az ajtónknak, s ekkor értettem meg igazán anyát. Hogy amikor valaki olyanért cselekszünk, aki nagyon fontos nekünk, akkor a nemlétező energiáinkat is latba tudjuk vetni. Engem pedig most odabent várt Leonard, aki lehet, hogy mostanra már éhezett. Nálam pedig volt némi étel és ital, amivel kihúzhatjuk még valameddig. Talán éppen addig, míg össze nem szedem magam, és újabb felfedezőútra tudok indulni. De most erre képtelen lettem volna, mert rettegtem attól, ami kint egyre vadabb tombolásba kezdett. Csattogás, zúgás hangja, égett szag, fullasztó füst. De a védelmező négy fal közé nem jutott be.

Leonard ölelése volt a következő, amit tapasztaltam a bejárati ajtó csapódása után. Mikor a sokk véget ért, és a látásom is kezdett visszatérni, én is köré fontam a karjaim. Reszketett, akárcsak én. S annak ellenére, hogy megfogadtam: nem gyengülök el előtte, most akaratlanul is előtörtek a könnyeim. Ő sem szégyellte előttem a sírást, nem azt a világot éltük, amikor mondván, hogy ő már nagyfiú, nem fog előttem sírni, mert az a gyengeség jele, s ő bizony nem gyenge. Nem is voltunk azok. Hiszen, amin keresztül kellett mennünk, sziklaszilárd akaraterőt igényelt. Olyan dolgok történtek, ami azelőtt még a rémálmainkba sem furakodott be. Most pedig valóságként éltük meg.

– Azt hittem, már sosem érsz haza! – vetette a szememre Leonard, miután kibontakozott az ölelésemből. Leültünk a rongyos kanapéra, ő pedig letépett a huzatból egy tisztább darabot, és annak ellenére, hogy ez pazarlásnak minősült, kiöntött rá néhány kortynyi vizet, és elkezdte törölgetni vele az arcomat, s amennyire tudta, a szemem környékét is kitisztogatta. Fájt ugyan minden mozdulata, mégis jólesett a törődése. – Mi van apánkkal? – kérdezte aztán meg mégis, annak ellenére, hogy a pokolba kívánta.

Mély levegőt vettem, és mindent elmeséltem, az öregasszonytól kezdve a viharig. A táska megtalálását hagytam a végére: – ...tehát nem jutottam el hozzá, de van egy jó hírem!

– Igen? Micsoda? – nézett rám érdeklődve. – Nehéz elhinni, hogy ebben a kénköves pokolban bármi jó történhet. – A kénköves pokol, mint megnevezés, nagyon közel állt a valósághoz, de nem akartam ezzel elrontani a pillanatot. Eszembe jutottak a zsákban pihenő sonkás babkonzervek, és hosszú idő után először végre ismét elégedett vigyor terült el az arcomon.

– Nem paradicsomot eszünk ma, öcsikém!

Meglepetten nézett rám: – Hát akkor mit? – Felpattantam a kanapéról, hogy előszedjem a konzerveket. Bár fájt minden hirtelen mozdulat, Leonard örömét látva éreztem, hogy minden, amivel az elmúlt néhány napban sanyargattam magam, tökéletesen megérte. Hiszen mosolygott! Nem is emlékszem, hogy láttam-e valaha mosolyogni az öcsémet. – Nem mondod! – futott oda hozzám, és szorosan átölelt, bár a szorítása közel sem állt ahhoz az erőhöz, amit az ember egy korabeli fiúcskától elvárna.

– Ha gondolod, már tálalom is – mondtam, és elővettem a két töredezett tányérunkat. A célnak megfeleltek. Igaz, hogy hideg volt az étel, és a lejáratának időpontja már szaga miatt érezhetően közelgett, de ilyennel már régen nem törődtünk. Csak faltuk az ételt, és teli szájjal nevettünk minden alkalommal, amikor egy kisebb húsdarabra leltünk. Igaz az, hogy az ember ínség idején tanulja meg megbecsülni azt, amije van, ami jut neki. Ezt mi tudhattuk a legjobban. Meg persze a többi szerencsétlen, akik rajtunk kívül még túlélték a csapásokat. Vajon hányan lehetnek?

Nem sokat ettünk, Leonard mégis egészen hamar hátradőlt, hasára téve a kezét.

– Atyaég, de jóllaktam! Istennő vagy, Luna! – mormolta, majd hozzátette, hogy ne pazaroljunk, jó lesz későbbre is, ami megmaradt a tányérjában. Megsajnáltam szegényt, tényleg éhezhetett, ha a mindig is feneketlen gyomra mostanra ennyire összeszűkült. Régi papírtörlővel tisztogattam meg a tányérokat, mert nem volt vezetékes vizünk, az ivóvízzel ezért csínján kellett bánni. Nagy kincs volt, pláne azután, hogy megtudtam, milyen állapotok uralkodnak odakint. A nap hátralévő részében is csak apránként mertem kortyolgatni, hogy megnyugtassam porzó, fájóan égő torkomat, de ne is emésszem fel a kicsiny készletünk tetemes részét.

– Mondasz nekem esti mesét? – kérdezte hirtelen Leó. Nem örültem neki, mert a torkom még kegyetlenül száraz volt, és nem esett jól a beszéd, de ezt nem akartam neki mondani. Most engedélyeztem magamnak egy egész pohárra való vizet, aztán leültem a kamasz öcsém mellé, és mesélni kezdtem neki. Egy fiatal, tudósnak készülő férfiról, aki beleszeretett egy gyönyörű festőművész nőbe. A lány kegyeiért a fiú még arra is képes volt, hogy több napon át és hosszú órákon keresztül modellt üljön neki. Ez a kép ott lóg még ma is apa dolgozószobájában. Ezáltal kicsit ő maga is művésszé vált. Leonard már azelőtt elaludt, hogy a történetben odáig érhettem volna, hogy anya meg apa összeházasodtak, és született két gyerekük, egy kislány, aztán egy kisfiú. Puszit adtam Leó homlokára, aztán lefeküdtem a szomszédos kanapéra. A kint tomboló vihar ellenére hamar elnyomott az álom.

Herbert

Hosszú idők óta most történt meg először, hogy álomtalan álomba szenderültem, annak ellenére, hogy egykor Nikolov felajánlotta azt a lehetőséget, hogy kellő energiát kapok tőle, ha vállalom, hogy éjt nappallá téve írom a regényt. Tulajdonképpen szükségem sem volt alvásra, most mégis jól esett kikapcsolni az agyamat. No, meg a tény is megnyugtató volt, hogy az alvás-ébrenlét központom még mindig képes átváltani a két állapot között, ha szépen kérem rá. Ez is egy plusz bizonyíték volt arra, hogy ember vagyok. Sokszor gondoltam ugyanis, hogy már csak egy antropomorf lény, semmi több.

Persze most sem volt sok lehetőségem a pihenésre, hiszen döngő léptek csapta lárma riasztott fel. Nikolov közeledett.

– Hát te meg mit csinálsz? – kérdezte. – Már nemcsak a gyerekeid renitensek, hanem te is? – húzta fel a szemöldökét, én meg álomittasan néztem rá. Most bizonyára még jobban megbetegszem majd, mert egy régi kultúra szerint, akit álmából hirtelen ébresztenek fel, annak a lelke ott marad az álomvilágban, és ez képes az egyénnel végezni. Mondjuk, jobban belegondolva, lehet, hogy az én lelkem már rég a távolban bolyong, és nem is fog soha visszatérni hozzám. Csak azt nem tudom, hogy akkor meg minek élek.

– Hogy érted azt, hogy a gyerekeim…? – kérdeztem reménykedve, hiszen az előbbi gúnytól fröcsögő megszólalásában az a lehetőség is ott lappangott, hogy a tegnapi balhét Luna nem úszta meg élve.

– Ahogy te is. A drágalátos lányod épségben, még éppen időben hazaért. Nem tudom, hogyan csináltad vagy csináltatok, de ezúttal sikerült túljárnotok az eszemen. Fájó beismerés, de biztosítlak afelől, hogy többször nem fog sikerülni – fújtatott fel-alá járkálva. Tisztán láttam az alakját, hiszen a lent töltött megszámlálhatatlanul egybefolyt időegység alatt már hozzászokott a szemem az alagsor sötétjéhez. – Csak azért nem végezlek ki, mert te vagy a legképzettebb az összes csatlósom közül. Olyan kéziratot tudsz létrehozni vakon is, hogy a következő világban egy csapásra milliárdos leszel.

– Van jövő, Nikolov?

– DOKTOR! – köszörülte meg a torkát, de most nem ugrott nekem. Ám a kérdésemre sem válaszolt, csak szó nélkül távozott. Egyetlen kijelentésével ezernyi újabb kérdőjelet képezett az elmémben, a hallgatásával pedig még inkább.

Nem is tudom, hogy annak idején mivel tudott annyira megvezetni, hogy tényleg elhittem neki, amit mondott. Miszerint egy jól menő kiadó vezetője, és csupán csak azért nem hallottam még eddig felőlük, mert nemrég kezdték, és most vannak feltörekvőben. Én meg ott voltam kezdő, de világmegváltó ötletekkel teli íróként. Hát persze, hogy nem gondolkodtam! Még ha egyértelmű lett volna már akkor is, hogy kivel állok szemben, szerintem akkor is vakon hittem volna neki. Végig sem olvastam, úgy írtam alá a szerződést. Az az ígéret persze bejött, hogy száznyolcvan fokot fordul majd velem az életem. De nem úgy, ahogy én azt előtte elképzeltem.

Ó, *Sophia*! Vajon merre járhat most? Megbocsátott nekem? Vagy haragszik, és ő intézte így, hogy én is éppolyan rabja legyek ennek a pincehelyiségnek, mint amennyire ő a teste fogságában vergődött, mialatt a gyilkos kór lassan elemésztette? Néha bátorkodom kijelenteni, hogy a feleségem, még ha élne és hatalma lenne rá, akkor sem tenne ilyet. Máskor meg arra ébredek rá, hogy több mint egy évtizeden át elfordultam tőle, mert önmagamat helyeztem előtérbe a családommal szemben, és a végén már nem is tudtam, ki is az én feleségem. Aztán rá kellett döbbennem, hogy elkéstem. Borzalmas érzés volt a holttestét hibernálni. Mert ezt tettem, hiszen úgy gondoltam, hogy ha majd jól dolgozom, akkor megkérhetem a főnököm – akiről addigra már tudtam, mekkora hatalma van –, hogy hozza vissza nekem. De azóta elpusztult az az épület, ahol az eljárást végezték, Sophia teste végül mégis az enyészeté lett, s ráébredtem arra, hogy mindez Nikolov műve, és hogy ő mindig csak elvett tőlem. Miért is adta volna akkor vissza életem értelmét?

Most pedig azzal fenyegetőzik, hogy többször sem nekem, sem a gyerekeimnek nem sikerül ellene győzedelmeskednünk, és csak azért őrzi meg épségben a házat, amelyikben – az ő szavaival élve – a *kölykeim* tanyáznak, mert szeretné, ha az új világban is oda térnék majd vissza. Pontosan tudja, hogy büntetés lenne leélni az életemet egy olyan helyen, ami a szörnyűségekre és a veszteségeimre emlékeztet. Mégis fúrta az oldalamat, hogy miért emleget mostanában olyan sűrűn egyfajta új világot. Tényleg lenne esély arra, hogy egyszer visszaálljon a régi világrend?

Leonard még aludt, amikor kipattantak a szemeim.

Besettenkedtem apa dolgozószobájába, és rántottam egyet a régi, poros drapérián. Karnisostul zuhant a földre, akkora zajt csapva, hogy csodálkoztam rajta, hogy az öcsém nem ébredt föl rá. Olyan érzés kerített hatalmába, mintha a világra nyitottam volna az ablakot. Vagy lehetőséget adtam volna valakinek, hogy ezentúl figyelemmel kísérhesse szenvedéstől, kínoktól terhes kicsiny életünket.

Csalókán tiszta volt az ég. Én pedig elkezdtem álmodozni, mert eszembe jutott egy film, amit még anyu nézett. A fiatal lány gyereket várt. Tudtam, hogy ez zajlik a képeken, mert egyszer kilestem anyut meg aput, ahogy ölelkeznek, aztán láttam, ahogy öcsi napról napra növekszik a pocakjában. Lehet, hogy még akkor csak ábrándokat kergettem erről az egészről, de később, amikor eléggé érett lettem, unalmamban elkezdtem olvasgatni anya régi női magazinjait, a babanaplóinkat, és minden egyebet, amit találtam. Egyedül az anya által írt naplókat nem nyitottam ki, de volt már, hogy alig tudtam megállni, annyira hiányzott. Most pedig én is vágyni kezdtem arra, hogy édesanyává válhassak. Mert olyan érzés szállta meg a szívemet, hogy akkor talán mindennél közelebb érezhetném magamhoz anyát, mert belém költözhetne, hogy az általa érzett, finomhangolt szeretettel dédelgethessem a saját gyermekem.

De persze titkon tudtam, hogy erre semmi esélyem. Hiszen ki lehetne az édesapa, aki mindebben partnerséget vállal? A lakásunk oltalmában valahogy sosem tudtam elképzelni azt, hogy van a világon még rajtunk kívül más ember is. Az égről a földre vetettem tekintetem, és akkor újra a keserűség lett a mérvadó. Amit magam körül láttam, az egyenlő volt a nagy semmivel. Valahogy ilyen érzése lehetett Évának is, amikor elveszítették a Paradicsomot, és kikerültek a kietlenségbe, ahol maguknak kellett megteremteniük az életet. S az, amibe beleszülettem, bizonyíték volt ezáltal arra, hogy milyen csodákat képes kreálni a puszta emberi kéz. Most pedig annak lehettem tanúja, hogy amit az egyik ember felépített, a másik pillanatok alatt képes a föld színével egyenlővé tenni.

De még mindig képtelen voltam levetkezni a naivitásom. Mert újra meg újra eszembe jutott, hogy az a marék ember, akik túlélik ezt a tragédiát – amikor egyszer vége lesz –, vajon a nulláról kezdve mit teremt majd? Szükségét látjuk majd annak, hogy emlékezetünk nyomán újra felhőkarcolókat emeljünk, amikről mellesleg egészen az összeomlásukig azt hittük, hogy megsemmisíthetetlenek? Vagy szétnézünk, és látjuk majd, hogy semmi értelme, hiszen lehet, hogy annyian sem maradunk, hogy egy falut benépesítsünk, nemhogy az egész bolygót... Egyszerre csírázott bennem az optimizmus és a pesszimizmus magva is.

És vajon mi lesz a nyelvekkel? Hiszen lehet, hogy nem is leszünk sokan ugyanarról a nyelvterületről. Újra kialakul majd egy ősnyelv, felülírva a bábeli zűrzavart? Mert össze kell fésülni azt a sok idegen hangzást, amin érdeklődni fog egymástól az összeszaladt, kétségbeesett maroknyi emberfia?

Ilyen gondolatok közepette szoktam azt érezni, hogy jobb lett volna, ha nem vetem bele magam a szüleim olvasmányaiba, és nem erőszakoskodom azért is, hogy Leonard is megtanuljon írni, olvasni, számolni, s ezáltal képes legyen alapvető ismeretekre szert tenni.

– Nővérkém... – rezzenek össze a hangjára, aztán megnyugszom, ahogy átkarolja a vállam. Hiába fiatalabb, már egy-két centivel magasabb nálam. Mosolygok is rajta olykor, amiért ő nem így látja. Mivel rég nem látott hozzá hasonló ifjú embercsemetét, nem méri fel, hogy mivé vált. Nincs összehasonlítási alapja. Én mégis biztonságot érzek, amikor belém karol, hogy baba módjára a vállgödrömbe temesse az arcát. Mindig ő vár tőlem védelmet, s kimondatlanul, de egy ideje már én is vágyom a közelségét. Abban sem vagyok már biztos, hogy akarom, hogy helyreálljon a rend. Tuti jönne egy lány, ő meg menne, mert felfedezné vele a testiséget, amiről én már olyan sokat olvastam. Ezeket az olvasmányokat persze gondosan elrejtettem, hogy neki még eszébe se juthasson.

– Nem tudtam aludni. De te meg mit keresel itt? – Azelőtt soha be nem tette a lábát apa szobájába. Mintha valami fertő lenne, egy valóságos lepratelep. Most mégis itt állt, átkarolt, együtt bámultunk ki a vastag üvegfalon. A fura pernye pedig ismét szitálni kezdett az égből, a nap felől, amiről már egyáltalán nem tudtam eldönteni, hogy megfagyott, vagy túlfűtött állapotban tengődik-e éppen.

– Gondolkodtál már azon, mi lesz velünk? – kérdezte. Az én kérdésemet persze eleresztette a füle mellett. Egy pillanatra halvány mosoly ült ki az arcomra, mielőtt ismét a kifejezéstelenségé lett volna a főszerep. Persze azt is tudtam, hogy a tükröződésben folyamatosan az arcomat fixírozza. Önmagát ismét képtelen figyelembe venni. Mintha gyűlölné a szépen, lassan a testén bekövetkező változásokat. De engem ennek ellenére mindig érdeklődő figyelemmel kísért. Megjegyezte már az arcom összes rezdülését, úgy olvasott bennem, mint egy nyitott könyvben. Pedig a leírt szavaknak való hangot adás neki mindig is nehezebben ment.

– Máson sem gondolkozom – feleltem csendesen.

– Azt hiszed, nem tudom, hogy folyamatosan azon jár az agyad, hogy mikor szabadulhatsz már meg végre? – rúgta be a rozsdától nyikorgó ajtót Nikolov. Még mindig összerezzentem az érkezésére.

– Szerintem mindegy, mit válaszolok – vetettem oda neki. Néha mégis olyan voltam, mintha felvágták volna a nyelvemet. Pedig tudtam, hogy a dokival szemben nem éppen ez a legjobb stratégia. Dehát mit áltatom magam? Olyan nem is létezik. Nagy tudós létére olyannyira hangulatember, hogy leginkább egy rossz térképhez tudnám hasonlítani: csak úgy lehet elmenni rajta, ha leteszed a földre.

– Jaj, jaj, jaj! Ne menj át te is nőbe, kedves Herbert. – Járkált körbe az alagsorban Nikolov. – Nem akartam semmi kedveskedésbe belebonyolódni, de megmondom: már nincs sok hátra, csak maradj férfi, légy oly szíves!

Hirtelen köpni-nyelni nem tudtam, nemhogy megszólalni. Az agyam már annyira hozzászokott ahhoz, hogy csak a kreatív funkciókat működtesse, hogy azonnal elkezdtem vizionálni, milyen lesz majd a gyerekeimet újra látni, és végre magamhoz ölelni őket. Nagyon sok elfecsérelt időt kell majd velük bepótolnom, ha egyszer végre visszakapjuk a normális életünket. – Meg sem szólalsz? Pedig az előbb még nagyon tudtál szájalni! – húzta a száját a doki.

– Nem mindennapi híreket közöltél.

– Igazad van, már kezdem megbánni – sóhajtott föl színpadiasan Nikolov. – De nehogy azt hidd, hogy ezentúl akkor már nincs is semmi dolgod, és mint a fegyencek, átmehetsz egy félutas szobába, ahol már a saját használati tárgyaiddal töltheted az idődet, és visszamehetsz a régi életedbe.

– Persze, hiszen ez az egész valósággal rosszabb, mint egy börtön – dünnyögtem az orrom alatt, de nem azért, mert elhittem, hogy nem fogja meghallani, csak éppen természetes emberi reakció, hogy ami negatív, azt halkabban közöljük. Örültem is olykor, hogy ilyen dolgok még előjöttek, annak ellenére, hogy Nikolov egyáltalán nem tartozott az emberi lények közé, és már én is csak félig éreztem magam annak.

– Javíthatatlan vagy. Nem véletlenül téged választottalak a sok önjelölt firkász közül! – Furának találtam a feleletét, de nem bántam, hogy most nem az örökösen büntetéssel fenyegető énjét vette elő.

– Tényleg annak idején, az előző világban egy kiadót vezettél? – kérdeztem, de persze erre már nem kaptam teljes értékű feleletet.

– Mint mondtam, nem fogok nekiállni veled lelkizni annak ellenére, hogy jó hírrel érkeztem! Egyébként is, eredetileg azt akartam mondani, hogy még egy vihart kellene kavarnod. Értve vagyok? Vetted az instrukciót? – Valamelyik gyerekem megint vándorútra indult? – Hirtelen nagyon ideges lettem. Bár lehet, hogy pont a legrosszabbkor kezdett el fölbukkanni bennem az aggódó apa, de úgy éreztem, megfojt ez a kérdés, ha nem teszem föl a dokinak.

– Történetesen nem. Csak szeretném, ha az emberek örökre az emlékezetükbe vésnék ezeket az éveket. Már ha túléli valaki. Egyébként van miért aggódnod, annak ellenére, hogy mindkét kölköd a négy fal között van. – Időnként megnyugtatott, máskor pedig az őrületbe kergetett. Mindig is tudta, hogyan csináljon belőlem idegbeteget. – Csak annyit mondhatok, hogy a lányoddal kapcsolatos. Mindig is tudtam, hogy azzal a gyönyörűséggel sok bajod lesz. Persze nekem ez okoz örömet.

Mielőtt még bármit is szólhattam volna, kiviharzott az alagsorból, és a rozsdás, nyekergő ajtót izomból bevágta maga mögött. Biztos voltam benne, hogy egy pillanatra kihagyott a szívverésem.

Vajon mi lehet az én drága Lunámmal? Az én gyönyörű, drága kislányom, aki mindig is apa szeme fénye volt, s az is marad. Ha lesz még alkalmam rá, mindenképp éreztetni fogom vele, hogy milyen fontos volt számomra mindig is. Belegondolni is rossz volt, hogy egyáltalán megfogant a fejemben a gondolat: talán elkések, és nem lesz már lehetőségem átölelni azt a kislányt, aki egykor a mindenséget jelentette számomra. Lelki szemeim előtt körvonalazódni kezdett a lány képe, aki szakasztott mása volt az édesanyjának, az én gyönyörű feleségemnek. S lehet, hogy mára már tökéletesen Sophia mása lett, hiszen felnőtt. Édes Istenem, a gyermekeimnek anya és apa nélkül kellett felnőniük... Nem lehet, hogy elveszítsem őket! Egyiküket sem. Ki kell, hogy tartsanak...

Leonard

Különös percek voltak, ahogy ott álltunk Lunával, és bámultuk a semmit a nagy üvegfalon keresztül. Azelőtt nem nagyon éreztem indíttatást arra, hogy bemenjek apa dolgozószobájába, most viszont felkeltette az érdeklődésemet, hogy mit csinál bent olyan sokszor a nővérem. Látván a kinti tájat, nagyon le tudtam volna teremteni azért, mert ablakot nyitott arra a borzalomra, ami odakint zajlik. Eddig is nehéz volt feldolgozni azt, hogy nem mehettem ki, most pedig még nehezebb megküzdeni azzal az érzéssel, hogy tulajdonképpen nem is nagyon szeretnék.

– Miért kell látnunk mindezt? – kérdeztem idegesen, miután kiszakadtam abból a kis enyelgős hangulatból, amelybe egy pillanatra mind a ketten belesodródtunk.

– Mert felnőttünk, Leó – nézett rám ijesztően komolyan.

– És azért kell szemtanúnak lennünk? Hiszen elpusztul a világunk, viharok dúlnak, villámok kergetik egymást, és az emberek kilencven százaléka meghal. Mi meg itt vagyunk egy védett helyen. Még a fekete pernyepillangókkal sem kell érintkeznünk. Legalábbis fizikálisan nem, de...

– Transzcendentálisan már gyerekkorunk óta az életünk részei – fejezte be a mondatom. Habár én nem olvastam soha annyit, mint ő, így tuti, hogy nem fogalmaztam volna ilyen szakmaian, de igazat kellett adnom neki.

A tévesen lepkerajnak titulált valami volt az első, amit először megtapasztaltunk a változásokból. – Ne feledd, hogy én jártam odakint – tette még hozzá, és erre teljesen magamba szálltam. Nem mondta ki, nem oktatott most rendre, de szinte kihallottam ebből a megjegyzéséből, „hogy jaj, Leó, ne legyél önző...". Az én „nagy és okos" nővérkém sosem volt rest rendreutasítani, ha valami banális nagy hülyeséget mondtam, vagy éppen nem úgy viselkedtem, ahogy kellett volna.

Ám, ennek ellenére a testemen bekövetkező változásokra sosem adott igazán magyarázatot, pedig az aggasztott leginkább, hogy ezekre a kérdésekre nem találtam választ. Rengeteg miért volt a fejemben, aminek köszönhetően utáltam magam, és nem akartam a tükörbe nézni, nem volt anyám és apám sem, akivel megbeszélhettem volna ezeket a dolgokat. Tulajdonképpen senki sem oszlatta el a kételyeimet.

– Megvárlak a nappaliban – mondtam, és kibontakoztam az öleléséből, amelynek idő közben a foglya lettem. Most kicsit sem éreztem megnyugtatónak vagy kellemesnek, esetleg szeretetteljesnek. Szabadulni akartam, így otthagytam az ablak előtt, hadd bámulja a rombolást, ameddig kedve tartja.

Kimentem, lefeküdtem a kanapéra, és magamra húztam a takarót. Nem szándékoztam ezt tenni, mégis olyannak tűntem, mint egy durcás kisgyerek. Körülbelül egy óra telt el, mire újra hallani lehetett azt a csattogást, amely kíséretében általában a durva viharok érkeztek. Luna lélekszakadva futott ki apa dolgozójából, és rémülten becsapta maga mögött az ajtót. Megdöbbenve néztem a nővéremre, eddig sosem voltak fóbiái. Ez is egy újdonság volt, mióta visszatért odakintről. Megváltozott, már nem volt a régi.

Kimerülten csuklott össze a kanapém tövében, és csak a kezemet vonta maga mellé, s úgy szorította, mintha az élete múlna rajta. Minden izma ernyedten, elgyengülten pihent, minden maradék ereje két kicsiny, mostanra meggyötört kezében összpontosult. Nem tudtam, hogy mit kezdhetnék a helyzettel. Luna pedig csak szorította a kezem és sírt. Minden egyes csattanásra összerezzent, ahogy én is, de nem tűnhettem gyengének.

Mielőtt kiment volna felderíteni, addig ő vigyázott rám, ám mióta visszatért, egyre gyengébbnek és törékenyebbnek tűnt. Éppen annyira fel kellett vennem az apa szerepét, amennyire eddig ő az anyuka-szerepben tetszelgett.

Luna

Amikor megláttam, hogy újra lecsap a vihar, ami elől nemrég én magam is menekültem, sírva rohantam ki az öcsémhez a nappaliba. Egyébként sem értettem, hogy miért hagyott magamra apa szobájában, igaz előtte azt sem, hogy miért jött be utánam.

Most pedig csak hagyta, hogy fogjam a kezét. Nem reagált semmit, egyenletesen lélegzett, bár éreztem, hogy ez a nyugalom csak erőltetett. Valójában nagyon rosszul érezhette magát, mert ha nem így lett volna, akkor átölel, magához von, vigasztal. Szükségem is lett volna rá, hiszen egyre inkább gyengének éreztem magam, mintha a kint dúló nukleáris vihar aktivált volna bennem valamit, ami elszívta az életenergiám és leépített. Hiába nyitottam ki könnytől elázott szemeim, nem láttam már semmit, mintha szürke hályog húzódott volna rá mindkét szemlencsémre. Hirtelen elengedtem a kezét, és bármennyire is bántotta a fülemet a vihar, félig mászva, félig felemelkedve eliramodtam a mosdó felé, már amennyire erőmből tellett.

Nem akartam ott, Leó előtt hányni, nem akartam, hogy tudatában legyen: bármelyik percben elszakíthat minket egymástól valami. És eddig még nem is éreztem magam ennyire rosszul, nem is tudom, hogy mi történhetett. Csak egy gondolat motoszkált a fejemben szüntelen, ami nem hagyott nyugodni: a vihar lehet az oka a gyengeségemnek, és annak, hogy az értékes gyomortartalmam végül a mosdó előtti padlón végezte. Nem tudtam tovább visszatartani, és nem értem el a wc-csészéig. Hosszú perceknek tűnt az az idő, míg egyedül öklendeztem, de nagy valószínűséggel Leó meghallhatta, mert utánam jött, és már csak azt vettem észre, hogy a mellkasom alá nyúl, összefogja a hajam és megnyugtató szavakat suttog a fülembe, míg a hányás alább nem hagy. Ez persze csak akkor történt meg, amikor már teljesen kiürült a gyomrom, és nem volt többé mit a felszínre löknie.

– Mi van veled, tesó? – kérdezte szomorúan Leó, amikor már kezdtem megnyugodni. Tudtam, hogy mostanában egyre inkább kerülte a testi kontaktust, most mégis hátrahanyatlottam, és a karjaiban pihentem meg. Visszavonhatatlanul szükségem volt, hogy valaki támogasson, és nem volt más a környezetemben, aki ezt megtehette volna. Árvák voltunk. Egymásra utalva. – Nem akarlak elveszíteni – motyogta elkeseredetten. Akármennyire fáradtnak éreztem magam és kimerültnek, könnyekben törtem ki. Meglepett, hogy még mindig voltak könnyeim.

– Nem fogsz – suttogtam, és a következő emlékem már az, hogy az öcsém karjaiban ébredek, közös takaró alatt, a kanapén. A kopottas, finom pehelypaplan a gyermekkorunkra s édesanya mosolyára emlékeztetett.

Időközben a vihar is elcsitult.

Herbert

Tudtam, hogy az utolsó olyan vihar dúl most, amely általam ébredt fel. Még ha az életemmel kell is fizetnem, akkor sem leszek hajlandó még egyszer egy ilyen szörnyeteget rászabadítani a világra. Hiszen mostanra már pontosan tudtam a dolgok mechanikáját. Először jöttek az elektromos kisülések, ennek hatására feltámadt a tornádó, ami tört, zúzott, rombolt, gyilkolt, ameddig csak a szem ellát, majd amikor már mindenki azt hitte, hogy véget ért az őrület, abbamaradt a tombolás, és az a maroknyi túlélő kimerészkedett a rejtekéből, kiváltak a láthatatlan, mégis végzetes nukleáris paraziták, és teljesen észrevétlenül beették magukat a szervezetekbe. Ott aztán körülbelül ugyanolyan pusztításba kezdtek, mint a világban a viharok. Ennek hatására az áldozat gyengének érezte magát, hányni kezdett. Szépen lassan felemésztődtek a belső szervei, és holtan esett össze, vagy ha szerencséje volt, akkor amolyan vihar előtti csend állapotban, békésen elaludt. És én nem akartam, hogy még több ártatlan ember kiontott vére tapadjon a kezemhez, még ha csak képletesen is. Addig legalábbis nem, amíg rá nem jövök, mi lehet ennek a nyavalyának az ellenszere. Lehet, hogy egészen a Genesisig kellene visszaásnom, arra pedig sem időm, sem lehetőségem nincs jelenleg.

Miközben a viharral viaskodtam a papíron, eszembe jutott Luna és Leonard. Az én két gyönyörű gyermekem, akiknek nincs egy támasza sem, csak egymásra számíthatnak. Amikor éppen nem írtam, akkor gyakran eszembe jutott, hogy vajon felfedezték-e Sophia házi könyvtárát. Volt igényük arra, hogy különféle ismereteket sajátítsanak el?

Én magam annak idején olyan vásott kölyök voltam, hogy amikor Sophia teherbe esett, csak imádkoztunk, hogy ne rám hasonlítsanak. El sem tudom képzelni még utólag sem, hogy mi lett volna, ha a négy fal közé zárva kellett volna leélnem az életem nagy részét. Ők pedig így tengődnek lassan majdnem tizenegy éve. Mindezt miattam. Vagyis az átkozott Nikolov miatt! Hogy az ördög vinné el... bár lehet, hogy már el is vitte, csak aztán visszajött valahogy ... azért ilyen kegyetlen a figura.

Luna

Megvártam, amíg Leonard megnyugszik. Végül annyira kimerült ő is, hogy visszaaludt. Helyesnek is találtam így, szüksége volt a szervezetének arra, hogy kipihenje magát. Hiszen mostanában mintha őt is rémképek gyötörték volna, s ezek miatt nem éppen a legjobb éjszakákat élte át. Összeszorult a szívem, amikor belegondoltam, hogy lehet: mindez miattam történik így.

Amikor az éléskamrában kotorásztam, nagy szerencsémre találtam még két adagot a múltkori jól vizsgázott sonkás babkonzervből. Már akkor elkezdett illatozni, amikor felbontottam, és amikor kiadagoltam őket tányérokba, az egész lakást betöltötte a mennyei illat. Leóra sem kellett sokat várni, hamarjában megjelent a konyhában, és mosolyogva ölelt át, miközben éppen azon ügyködtem, hogy megszüntessem az ebédünk darabosságát egy kis kevergetéssel.

– Te vagy a legjobb, Luna! – mondta, majd egy puszit nyomott a fejem búbjára.

– Ha te mondod... – mosolyodtam el. Nem tudtam visszafogni magam, hiszen olyan háttértudásnak voltam a birtokában, amelynek ő még nem, de az már csak idő kérdése volt, hogy ő is megtudja.

Miközben ebédeltünk, és igazából egészen semmitmondó dolgokról beszélgettünk.

Ebéd után gyorsan elmosogattam, és bevonultam apa szobájába. Nekem is volt elég feladatom, nekiálltam ismét elejétől a végéig elolvasni apa félbehagyott kéziratát. Nem sokra jutottam az olvasgatásban, mert a rengeteg szövegre bámulva újra felkavarodott a gyomrom, legszívesebben egyből elhánytam volna magam, de nem akartam összemocskolni a kéziratot. Szerencsére sikerült valamelyest megnyugtatnom mély lélegzetvételekkel a gyomromat, de olyan gyengeség lett úrrá rajtam, hogy ott helyben, apa székében magával ragadott az ájulás. Szerencse, hogy nem voltam talpon, mert akkor egészen biztosan összetörtem volna magam. Így csak előrebuktam az asztalra, és nem tudom, mennyi idő elteltével, de Leó kedves szólongatására riadtam fel. Ahogy felnéztem rá, fájdalmat láttam a két szemében. S elszántságot arra, hogy magához öleljen, és valahogyan ő könnyítsen most a szenvedéseimen. Régen ez mindig fordítva volt. Nekem kellett valamit kieszelnem arra, hogy jobb kedvre derítsem. Először átölelt, majd mintha hirtelen ötlete támadt volna, letelepedett a régi, kikopott muszlim imaszőnyegre, ami valami különös oknál fogva a kezdetektől gyarapította apa dolgozószobájának eklektikáját. Én is követtem a példáját, s mivel minden erő elszállt a tagjaimból, valósággal lehanyatlottam az ölébe. Cirógatni kezdte a hajam és a vállam, s közben halkan, kellemes, szinte már altatgató ritmusban belekezdett egy történetbe. A mese egy lányról szólt, aki bár valami oknál fogva súlyos betegséget kapott, mégis sikerült neki felgyógyulnia. Azonnal tudtam, hogy rólam mesél, s beleszövi azt is, amit szeretne. Csak az fájt, hogy nem tudtam neki ígérni semmit, mert magam sem tudtam, hogy mi történik velem. – Szeretlek nővérkém, és nem akarlak elveszíteni! – nyögte ki, majd lehajolt hozzám, s éreztem, ahogy sűrűn záporozni kezdenek a könnyei.

Herbert

Nikolov beadott valami injekciót, mielőtt az utamra engedett volna. Gondolhattam volna azt is, hogy kegyelemdöfésként éppen ezzel végez ki, de nem volt veszítenivalóm. Ötven-ötven százalék volt az arány aközött, hogy segít, és aközött, hogy kiiktat. Ha pedig az első eshetőség áll fenn, akkor igenis szükségem volt arra a vakcinára, hogy életben maradjak, míg hazaérek a gyerekeimhez. A doki azt mondta, hogy négy napon keresztül még egészen biztosan áldozatokra lesnek a legutóbbi viharban elszabadult paraziták, és közölte, hogy ha egy férfi fertőződik meg, akkor annak semmi esélye arra, hogy felépüljön. Ezt hallva reménykedtem, hogy a fiam egy pillanatra sem tette ki a lábát a négy fal közül, s amint hazaérek, óva fogom inteni, hogy egy ideig még ne is tegye. Ha már ennyi időt kibírtunk úgy, hogy rommá tört világunkat szemléltük, akkor azt a pár napot már féllábon is kiálljuk majd.

Magam sem gondoltam volna, de az, hogy hazajussak, valódi kihívás volt. Az állítólagos védőoltástól bódulttá váltam, szerintem lázas lettem tőle, mint annak idején, gyerekkoromban minden ilyesmitől. Néhányszor megráztam a fejem, hátha tisztábbá válik a látásom, de ez sem segített sokat. Aztán eszembe jutott, hogy megnézhetném a hátizsákot, amit Nikolov a hátamra aggatott. Nem tudom, miért éreztem, hogy abban fogok találni valami megoldást. De nagy meglepetésemre volt benne egy palack víz, két zsömle és egy darab sajt. Már visszaemlékezni sem voltam képes, hogy mikor ettem utoljára zsemlét vagy sajtot. Mióta belevágtunk a projektbe, ezek szépen lassan eltűntek, már-már luxuscikknek számítottak. Az újonnan született és cseperedő gyermekek már nem is tudták, mi az a sajt. Igyekeztem lassan enni, hogy ne terheljem le a teljesen üres gyomromat, de olyan falásroham tört rám, amit még később meg fogok bánni, ebben egészen biztos voltam. De képtelen voltam fékezni magam. A végére már nem is éreztem az ízeket, csak ettem, ettem és ettem. Utána megváltás volt tiszta ásványvízzel leöblíteni.

Leonard

Ott volt előttem, bágyadtan nézett rám, minden vonásomat alaposan végigmérte. Gyenge volt megint, s tudtam, most neki van szüksége arra, hogy meséljek neki. Pedig ebben aztán egyáltalán nem volt gyakorlatom, mindig nekem volt segítségre szükségem eddig, nem pedig Lunának. A nővérem az én szememben olyan volt, mint egy mindenható. Csupa erő és szent akarat.

Elsőre úgy tűnt, hogy nem fog sikerülni összeszedni a gondolataimat. Hogy semmi épkézláb dolgot nem fogok tudni majd kinyögni. Hirtelen ötlettől vezérelve letelepedtem a földre, s Luna, mintha olvasott volna a gondolataimban, óvatosan lemászott a székből – bár úgy tűnt, mintha inkább félig akarata ellenére lehanyatlott volna –, én pedig gyorsan a karjaimba zártam. Amikor a helyzethez képest kényelmesen elhelyezkedett, az egyik kezemmel elkezdtem cirógatni. Előbb a haját, aztán a hátát, s a lábát is, ameddig elértem. – Volt egyszer egy lány, egy csodálatos, gyönyörű, lelkiismeretes, segítőkész… – Kezdtem bele a történetbe, s azonnal tudtam, hogy most róla fogok mesélni. Mint, ahogy egykor ő mesélt nekem, a szüleinkről.

Beleszőttem erről a „lányról" szóló mesémbe azt is, hogy beteg lett, s bár sokat szenvedett, de gyorsan meggyógyult. S persze még ma is boldogan él…

216

Amikor egy pillanatra kibontakozott az ölelésemből, elöntött a csalódottság érzése, hogy talán mégsem sikerült a küldetésem, hiábavaló volt minden kiötlött gondolat, de aztán erőt vett magán, megragadta a karom, és anyu meg apu régi hálószobája felé kezdett vonszolni. Ez is egy olyan helyiség volt, ahol egy ideje mindig eltűnt nyomtalanul, de én nem követtem. Be sem tettem a lábamat, hiszen amíg apuék együtt voltak és normálisan éltek, addig ez a szoba mindkettőnk számára tiltott terület volt. Meglepődve konstatáltam, hogy az ágy tökéletesen tiszta, puha ágynemű van rá felhúzva. Mintha várna valamire, mintha ránk várna… s mintha Luna csak erre várt volna. Most engem töltött el a tudat félelemmel, hogy talán valami nagy titkot készül elárulni, vagy pedig rossz hírekkel szolgál majd. Valahogy most egyik sem volt vonzó gondolat a számomra.

Mély sóhaj szakadt föl a mellkasomból, vagy még annál is mélyebbről a finom ágyneműben elmerülve. A gyerekkorom egyik jellemző illata ölelt körbe. Olyan kellemes volt, mint amikor még anya élt, és piros bogyókból főzött isteni teát. Mindig ez az illat környékezte őt, ahogy este vitte magával a gőzölgő csészét, s végül elnyelte a hálószoba ajtaja. Erre a gondolatra persze, ahogy anyut egy villanásnyira talán még meg is láttam magam előtt, eltűntek a fejemből a negatív gondolatok, s azt akartam, hogy álljon meg az idő, és végtelenségig létezhessek ebben a pillanatban a nővéremmel. Hiszen most éreztem életemben először azt, hogy nem vagyok teljesen *árva*.

Itt voltam, anya szobájában. S vártam, hogy a nővérem mondjon valamit. Már azt sem bántam volna, ha azzal a hírrel jön, hogy apa meghalt. Tudom, hogy ezt kegyetlenség kijelenteni, de már egyáltalán nem éreztem kötődést iránta. Csak azt akartam, hogy maradjunk ketten. Nem vágytam már arra sem, hogy a világ újra felépüljön, és visszakerüljünk valami tökéletes létbe, ami csupán mondvacsinált lenne.

Egy kívánságom persze volt még: Lunát nem elveszíteni. Csak arra kértem az Istent, ha Luna nem hazudott, és ez a fogalom valahol még mindig testet ölthet, hogy mentse meg az én drága nővéremet, és ha már mindenkit el is ragadott tőlem, hát őt hagyja meg nekem. Engedje meg neki, hogy meggyógyuljon. S amikor egészen bátran mertem kérni, akkor fohászomba foglaltam, hogy gyógyítsa meg. Ha tényleg létezik, és nem csak kitalálták, akkor ennyit csak megtehet értem… Ha anyát magához vette, apát meg elkergette itthonról. Akkor legalább Lunát hagyja meg nekem. – Mit szerettél volna mondani? – kérdeztem tőle csendesen, amikor úgy gondoltam, hogy már gátat tudok szabni az elmém szakadozásának, és szavakká tudom formálni a fejemben cikázó információk tömkelegének egy-egy szeletkéjét.

– Csak szerettem volna, hogy te is érezd: a szüleink még mindig vigyáznak ránk. – Könnyek gyűltek a szemembe, de most az egyszer nem akartam azt, hogy lássa a gyengeségemet, így szorosan magamhoz öleltem, betakartam magunkat anya takarójával. Nem tudom, mikor nyomhatott el mindkettőnket a jótékony álom.

Luna

Amikor úgy éreztem, hogy visszatér valamelyest a tagjaimba az erő, feltápászkodtam a földről, megragadtam Leó kezét, és finoman jeleztem, hogy jöjjön velem. Úgy éreztem, mindenképp adnom kell neki valamit. Úgy kapcsolt ez be bennem, mint valami jelzőfény. Mivel kaptam tőle szeretetet, én is azonnal adni akartam.

Először csalódottságot, félelmet láttam felvillanni az arcán, de amikor bátorító mosolyt küldtem felé, már csak kíváncsiság uralta a vonásait. Apu és anyu hálószobája felé tartottunk, ahol még délelőtt új ágyneműhuzatokkal öltöztettem fel a hatalmas takarót és a két nagy párnát. Mivel a szekrény levendulával meg egyéb szárított növényekkel volt tele, így a holmik még mindig azt az illatot őrizték, amiket anyu kölcsönözhetett nekik egykoron.

– Miért? – Csak ennyit mondott. Aztán szélesre tártam előtte a szüleink hálószobájának ajtaját.

– Te már jártál itt ezelőtt is? – kérdezte elhűlve. Jó érzés volt beavatni, olyan volt, mintha most hirtelen cinkostársra leltem volna. Aprót bólintottam. Eddig csak egyedül jártam ide, nem volt társaságom, csak a szívszaggató magány, hogy az ágyban senki sem fekszik. Aztán meg a rosszullétek után jártam be, hogy vigaszra leljek. Itt valahogy elnyugodott az a féreg, ami rágott belülről, és tudtam pihenni valamennyit. Mindig csak éppen annyit voltam itt bent, hogy Leó ne kezdjen el keresni.

– Itt minden anyára emlékeztet – suttogtam. – Gyere, dőlj le ide – húztam magammal a takaró ölelésébe. – Olyan, mintha anya ölelne.

Újabb könnycsepp jelent meg Leó szeme sarkában, s én sem bírtam tovább, kitört belőlem a sírás. Az én drága öcsém magához húzott, átölelt és ütemesen ringatni kezdett. Megnyugtató szavakat sugdosva a fülembe. Már nem is voltam biztos benne, hogy ki vigasztal kit. Egyszer csak megszűnt létezni körülöttem a külvilág, csendessé vált minden, s átléptem a valóság és az álom között húzódó határvonalat. Ismét kislány voltam. S Leó még inkább egy apró kisfiú.

218

Mostanában egyre többször álmodtam a gyermekkori énemmel, de még nem sikerült fényt derítenem arra, hogy mi oka lehet.

– *Luna, biztos vagy benne, hogy apuék szerettek minket?* – kérdezte egyik nap Leó. *Nem gondoltam volna, hogy a kis kölyökben ilyen érett elme lakik. Hogy érzelmileg is annyira intelligens, hogy ilyeneken gondolkodik. Másrészről fájt is, hogy oka van a szüleink szeretetét megkérdőjelezni. Hiszen egy normális családban a modell annyi lenne: anyuka, apuka, gyerekek. De tulajdonképpen ez nálunk már régen félresiklott. Azzal, hogy apa annyit dolgozott, meg azzal, hogy anya az angyalok közé költözött. Elveszítettük a lehetőséget arra, hogy valaha is rendes családunk legyen. Én mégis próbáltam hinni, és tartani a hitet az öcsikémben.*

– *Biztos lehetsz benne, hogy anya nem azért hagyott is minket, mert így akarta.*

– *És apa?* – *faggatózott tovább. Belesajdult a szívem.*

– *Apa is értünk teszi, amit tesz. És egyszer visszakapjuk majd. Higgy benne!*

Herbert

Hiába vártam már évek óta erre a pillanatra, amikor is végre békében elérhetem ismét a saját házam ajtaját, most mégis ólomnehéz szívvel álltam ott, és nem éreztem magamban elég erőt arra, hogy lenyomjam a kilincset, és besétáljak. Olyan negatív érzések rohanták meg a lelkemet, s facsarták össze egyszerre, hogy igazából nem is ismerem azokat, akik odabent vannak, és isten tudja, mit csinálnak éppen, hiszen Luna és Leonard már nem azok a gyerekek, akik egykor voltak, még csak nem is a kamaszkor küszöbén álló kölykök, hanem felnőtt, felelős emberek. Azaz azok lennének, ha lett volna lehetőségük hol megtanulni a nagybetűs élet örökérvényű játékszabályait. Amik tulajdonképpen lehet, hogy semmivé foszlottak, amikor bekövetkezett az apokalipszis. És ráadásként ott lebegett, hogy mindez az én hibám, ha én nem megyek bele annak idején Nikolov ajánlatába, miszerint sikeres szerző lehetek, csak néhány szabályt kell betartanom, akkor mindez most nincs így, s nem hever romokban az életem. De azzal, hogy akkor aláírtam a papírokat, egyben aláírtam a feleségem halálos ítéletét is. Lehet, hogy Sophia még ma is élne... Csak azzal tudtam nyugtatni magam, hogy ha én nem vállalom el, hát más egészen biztosan megtette volna. Annyi a különbség, hogy akkor ez a hatalmas pusztítás nem az én lelkemen száradna.

219

Ismételten megborzongtam erre a gondolatra, hiszen eszembe jutott, hogy egyetlen emberrel sem találkoztam hazafelé jövet. De még legyet vagy szúnyogot sem láttam, minden bizonnyal azok is elrejtőztek a föld alá, hogy ott vészeljék át a sorozatokban támadó nukleáris katasztrófát.

Végül úgy határoztam, hogy a lehető legcsendesebben nyitok be a házba, ami egykoron az enyém és Sophiáé volt. Tele reménnyel és jövőképpel. Ma pedig már gazdátlan volt, hosszú időre átkeresztelkedett atombunkerré, s mindezt úgy, hogy konkrétan talán sosem nevezték így. Gyorsan bebizonyosodott, hogy hiába voltam csendes, azonnal felém fordult két arc. A lány tekintetében az én drága Sophiámat véltem felfedezni, s ez a felismerés azonnal könnyeket csalt a szemembe, s amikor a fiúra pillantottam, olyan volt, mintha az élet egy tükröt tartott volna elém, amelyből a fiatalkori énem néz vissza rám. Csupán ennek a két apró ténynek köszönhettem azt, hogy nem idegeneket találtam a régi otthonunkban.

Szinte minden érzés végigfutott azon a két arcon, amelyek engem figyeltek, ahogy leblokkoltam az ajtóban állva. (Gyorsan behúzva azt magam mögött, nehogy megfertőződjön a fiam. Mert hiába volt számomra ismeretlen az asztalnál ülő félmeztelen fiatalember, az eszemmel tudtam, hogy ő Leonard, a fiam.) – Apa? – kérdezték egymás után. A lányom felpattant, és a nyakamba vetette magát, a fiam pedig lassan állt fel, robotszerű volt minden mozdulata, mintha maga sem hinné el, hogy hazatértem. Vagy soha nem is akart újra látni? Ebbe inkább nem is gondoltam bele. De aztán ő is odaért hozzám, s bekapcsolódott az ölelésbe, bár az feltűnt, hogy a nővérét öleli inkább, mintsem engem.

Lunának még a hangja is olyan volt, mint Sophiának. Az érintésében is a feleségem visszhangzott. Mióta csak hazaértem, újabb meg újabb érzések rohantak meg. Újraéltem a múltat, annak ellenére, hogy azelőtt mindenki azt szajkózta: ilyenre nincs lehetőség. Mert ami volt, az elmúlt.

***

Sophia fájdalmas sikoltására rohantam ki az előszobába. Korábban még sosem hallottam ilyen kétségbeesettnek, s szerintem ennek tudhattam be azt, hogy gyorsabban száguldottam ki a dolgozószobámból, mint a gondolat. A feleségem a konyhapult mellett állt, fél kézzel jobb híján abba kapaszkodott, másikkal pedig gömbölyödő pocakját fogta. – Azt hiszem, mennünk kell! A hölgyemény előbb akar megszületni. – Próbált magabiztos hangot megütni, de az őt gyötrő fájásoktól a hangja itt-ott elakadt.

– Persze, megyünk azonnal! – termettem ott mellette, és belékaroltam.

– Áhh, ácsi, Herbert! Még össze sem pakoltam – nyögte, miközben eltámogattam a hintaszékig, amit eredetileg a gyerekszobába szántam neki

meglepetésnek, de amikor meglátta, kapva kapott az alkalmon, és áthelyeztette a nappaliba, hogy abban ringatózva tudja kötögetni a lányunknak a kiscipőket. Annak ellenére, hogy Sophie arca egyre sűrűbben torzult fájdalmas grimaszokba, tökéletesen el tudta sorolni, hogy miket dobáljak be a sporttáskába neki és a babának egyaránt. Csodáltam, amiért ilyen helyzetben is volt lélekjelenléte, miközben mindketten tudtuk nagyon jól, hogy mindkettejük élete forog kockán. Nem tűnt jó jelnek, hogy a kislányunk, Luna kereken hat héttel előbb gondolta azt, hogy meglátogat minket. Persze azzal egyetértettem, hogy jó érzés a mami pihe-puha karjaiban pihenni, de még igazán várhatott volna egy kicsit.

✳✳✳

Eszembe jutott az a nap is, amikor a lányom született. Mennyire rémültek voltunk, meg persze fiatalok, s még annál is inkább tapasztalatlanok. De az ég kedves volt, Lunát itt ölelhetem, s akkor még Sophia is túlélt. És ez a gyönyörű kislány volt akkor a legszebb ajándék, amit csak el tudtunk képzelni. – Szeretlek titeket – suttogtam. Végre elhagyhatták a számat ezek a szavak. Viszonzásul nem kaptam meg ugyanezt, de éreztem, hogy Luna testét elkezdi rázni a néma zokogás. S ahogy a fiam rám emelte átható, komoly tekintetét, megláttam, hogy az ő szemének sarkában is ott ül egy legördülni szándékozó könnycsepp. Tényleg *hazatértem*.

Luna

Ugyanolyan vacsorának ígérkezett a mai is, mint az eddigi összes többi. Nem éreztem magam valami jól, az öcsém kedvéért mégis leültem, és elkezdtem magamba erőltetni azt a jellegtelen paradicsomszószt, amit a hideg konzervből kitálaltam. Nem akartam, hogy Leó aggódjon értem, így minden erőmet latba vetettem, hogy néhány falatot leerőltessek a torkomon. – Annyira jó, hogy vagy – mosolygott rám a testvérem, s ettől csak még nagyobb bizonyosságot nyertem a lelkem mélyén, hogy jó az, amit éppen csinálok. Teljesen egymásra voltunk utalva.

– Én sem tudom, hogy mit kezdhetnék nélküled – feleltem.

Még alig ettünk valamicskét, amikor furcsa zajra lettünk figyelmesek az ajtó felől. Még valamikor régen, egy másik univerzumban ez azt jelentette volna, hogy látogatónk érkezett, most viszont nem értettem, hogy mégis mi történik. Erősebben szorítottam az öcsém kezét, úgy vártam a végkifejletet.

Az ajtó valóban kinyílt, így hát hátranéztem. Nem lehettem gyáva. Mégiscsak én voltam az idősebb, nekem kellett megvédenem Leót. De arra, ami azután következett, egyáltalán nem számítottam. Egy férfi lépett be a házba. Szakadtas, kopottas öltözékben, haját egy ideje már biztosan nem mosta, igaz, nekünk sem volt már lehetőségünk olyan beható tisztálkodásra... Aztán hirtelen valamiért villant a tekintetem Leó és a jövevény között, s ekkor szakadt rám a felismerés, hogy... – APA! – kiáltottam fel, és azon nyomban felugrottam az asztaltól, a szék is felborult mögöttem. Rohantam, és a nyakába vetettem magam. Leó csak később kapcsolt, de aztán hallottam, ahogy lassú léptei ropognak a szúette parkettán, majd megéreztem a karjait magunk körül. Összeforrtunk, ismét. És én csendben fogadalmat tettem: soha többé nem engedem el magam mellől ezt a két embert, akik közrefogtak. Mert tudtam, hogy a szíve mélyén Leó is szereti aput, annak ellenére, hogy az ölelése most inkább szólt nekem, mint apának.

– Elő kell vennünk még egy terítéket! – lelkesültem fel, amikor kibontakoztunk egymás karjaiból, és kellőképpen magamhoz tértem. Leó, bár azonnal visszaült az asztalhoz, de én odavittem még egy harmadik tányért is, felbontottam egy konzervet, és egy pohárnyi vizet is mellé helyeztem. Majd odacincáltam a nappali másik feléből egy széket, hogy apa is helyet tudjon foglalni köreinkben.

– Édes Jézus, légy vendégünk... – kezdtem bele az asztali áldásba, amit még anya tanított nekünk kicsiként. Édesapa szemei megteltek könnyel, s ő fejezte be a kétsoros mondókát:

– ...áldd meg, amit adtál nékünk. – S azt, hogy „ámen", már közösen mondtuk ki. Apa szeretetteljes pillantást küldött felénk, s azután láttam, hogy erősen küzd az alapvető ösztönök ellen, hogy ne kezdjen el falni. Pedig bizonyára régen nem evett már rendesen. Vagy ha evett is valamit, az mégsem ugyanolyan, mintha az ember a családja körében költene el egy vacsorát.

Hiába most láttuk újra egymást sok-sok idő elteltével, a régen megkövesedett szabályok – miszerint például egy szó nélkül eszünk az asztalnál – ismét visszatértek. Apa feltehetett volna ezernyi kérdést, s mi is neki, ez mégsem történt meg. Mivel ő sem szólt, mi is tiszteletben tartottuk, és nem kérdeztünk.

Nem állt szándékomban megbecsteleníteni a közös étkezést, de olyan rosszullét tört rám, hogy el kellett rohannom a mosdó irányába. Most szerencsére nem történt olyan baleset, mint a múltkor – gusztustalan is lett volna, nem messze az étkezőtől –, ám öklendezésemre felfigyelve Leó ismét mozdult, s pár másodperccel később már magamon éreztem támogató ölelését. Amikor úgy tűnt, hogy végeztem, segített nekitámaszkodni a kellemesen hűsítő csempének, majd elrohant az étkező irányába. Egy éppenhogy csak megnedvesített, még egészen tisztának mondható rongydarabbal tért vissza. Óvatosan megtörölgette egyik oldalával a számat és az orromat, majd a másik felét hideg borogatásként a homlokomra tapasztotta. Valahol már mindketten éreztük, hogy lassan elmúlik az az idő, amikor a víz ilyesmi célra történő felhasználása már nem fog pazarlásnak számítani. Hálás voltam a gondoskodásért, mert utáltam a gyötrő rosszulléteket. Reméltem, hogy hamarosan eltűnnek az életemből.

Apa jelent meg a fürdőszoba ajtónyílásában. – Gyerekek, gyertek lefeküdni – mondta. Mély lélegzetet vettem, de nem volt annyi energiám, hogy lendületet nyerjek belőle, és feltápászkodjak a fürdőszoba kövezetéről. Szerencsére apa és Leó azonnal kapcsoltak, megfogták a két kezem, s óvatosan felhúztak, egészen a hálóig támogatva.

– Azt szeretném, ha velem aludnátok ma – kérte apa, s ebben a néhány szóban benne volt minden. Hogy mennyi, mennyi évet kell még bepótolnunk, s erre talán egy élet is kevés. S bár úgy láttam, hogy habár Leó még nem volt erre képes, de én már megbocsátottam neki, hogy elhagyott minket. És annak ellenére, hogy millió kérdés volt a fejemben, én még mindig tartózkodtam, hogy feltegyem neki őket.

Leó tekintetében számonkérés villant, s én megértettem ebből, hogy arra célzott: apa miatt vagyok ilyen beteg. De nem akartam most ezt figyelembe venni, inkább igyekeztem megragadni a pillanatot. Apa karjaiba vackoltuk magunkat, úgy aludtunk el. Hosszú évek eltelte után ez volt az egyik legédesebb álmom, még akkor is, ha tudtam, nagy valószínűséggel reggel rosszullétre ébredek majd.

Kicsi vagyok és törékeny, de attól még visszakérhetem aput. Ha másért nem is, akkor az öcsikémért. Persze én is nagyon szeretem apucit, és abban is biztos vagyok, hogy ő is engem szeret a legjobban ezen a világon.

A tervem pedig sikerült is: vártam a dolgozója előtt, és amikor kiment pisilni, és nyitva hagyta az ajtót, én odaszaladtam, és rajzoltam a papírra, amire éppen ő valami hosszú szöveget írt. Nem tudtam olyan gyorsan rajzolni, amilyen gyorsan ő visszajött, így csak egy csúnya napocska, meg egy virág sikerült, de az is csak félig. – Luna, az Istenit, mit csinálsz?! – Dörrent apu hangja, én meg sírni kezdtem. Ilyen hangosan még sosem szólt rám, nekem meg ez nagyon fájt. Talán már nem is szeret?

*Legszívesebben anya karjaiba rohantam volna, de éppen őt sem
találtam. Így aztán megfogtam a kedvenc macimat, és a kanapé mögé
vonultam sírni. Jelen pillanatban el nem tudtam volna képzelni, hogy
valakinek nálam rosszabb lehet a kedve. Hiszen apa nem szeret, nem
szerethet hát anya se, öcsike meg kicsike, és rajta nekem kell segítenem.
Milyen dolog ez?! De a maci talán szeret. És én úgy öleltem a macikámat,
mintha az életem múlt volna rajta.*

Kegyetlen álmomból émelygő gyomorral ébredtem. Újra kisgyermek
voltam, akit apukája, anyukája eltaszított. Eszembe jutott a maci. Biztosan
megvan még valahol, és amikor jobban leszek, meg is keresem majd. Vajon
még mindig támaszt nyújtana?

Egyetlen megnyugtató gondolat volt csupán: hogy apa már hazaért, s
itt volt, húsvér emberként, és csak reménykedni mertem benne, hogy már
nem fog minket itt hagyni.

Már csak nekem kell meggyógyulnom, hogy teljes legyen a kép, és
újult erővel tudjunk nekivágni családunk újraalakításához.

Viszont most ismét rohannom kellett, nehogy az ágyat lepjem meg a
gyomortartalmammal. Csakhogy rá kellett jönnöm, már nincs mit
kihánynom. Szárazon öklendeztem, és csak az epém küldött a felszínre
valamit, ami olyan keserű volt, hogy majd' megszakasztotta a torkomat.
Keserűen törődtem bele a ténybe, hogy ez talán már sosem múlik el. Mégis
sokkal nyugodtabb voltam most, hogy apa hazaért, mint eddig bármikor is.
Már tudtam, hogy semmiképp sem marad Leó egyedül, ha én valami oknál
fogva – s ez az ok a betegségem volt – előbb halnék meg. Már csak azon
kell ügyködnöm, hogy minden rendben legyen, és az öcsém újra
megszeresse apát.

Herbert

Először aggódni kezdtem, amikor láttam, hogy a lányom rosszul van.
Szinte azonnal tudtam, hogy minden bizonnyal megtámadta egy nukleáris
parazita. Félelem költözött a szívembe, hogy őt is elveszítem, mint annak
idején Sophiát. Ha tudtam volna, hogy hol rejtőzik, s biztos lettem volna
abban, hogy érdemes a keresésére indulni, akkor azonnal indulok, hogy
kivégezzem Nikolovot. De még időben tért vissza a józan eszem. Hiszen mit
kezdene nélkülem a fiam, ha én is meghalok, meg a nővére is a halál szélén
áll? Egyszer már magukra hagytam őket, még egyszer nincs jogom hozzá.
Tehát bármennyire is erős volt bennem a bosszúvágy, már tudtam, hogy egy

darabig nem fogom átlépni a lakásunk küszöbét, egyedül meg pláne nem. Hiszen már csak annyi volt hátra, hogy türelmesen kivárjuk a kritikus időszakot, és aztán majd nyugodtan elinduljunk felfedezni. Bizony ez volt a terv. De most igazi apai érzések éledtek bennem. Egyértelműen a gyerekeim mellett volt a helyem.

Amikor a gyerekek után mentem a mosdóba, összeszorult a szívem a látványra. Ahogy Leó átkarolja a nővérét, hátrafogja a haját, majd egy apró, nedves gézdarabbal törölgeti az ajkait. Tudtam, hogy Luna még mindig beteg, és azt is, hogy miattam. Én hoztam létre teremtő erejű szavaimmal azt a kórt, ami a kint tartózkodása idején megtámadta, és most elemi erővel ostromolja a szervezetét. Hány és gyenge.

Amikor már úgy tűnt, hogy az öklendezése abbamaradt, megpróbált feltápászkodni a padlóról, de nem sikerült neki. Akármennyire is törékeny, vékonyka volt a teste, ketten kellettünk hozzá Leonarddal, hogy felsegítsük, és eltámogassuk a szobáig, ahol lepihenhetett az ágyra.

Gyenge volt nagyon. Ahogy elértük az ágy peremét, erőtlenül rogyott le rá, a levegőt szaporán kapkodta, annak ellenére, hogy ilyenkor az tette volna a legjobbat, ha takarékosan bánik az oxigénnel. De nem akartam megszidni pont ezért. S nem is lett volna jogom hozzá, *pont nekem.* Csak feltelepedtem mellé az ágyra, és addig cirógattam, amíg el nem aludt. Leót is odahívtam magamhoz. Végre egy éjszaka, amikor együtt pihentünk.

Még megérkezésem előtt elemi erővel tört rám a gondolat, hogy nem kis feladat áll előttem: újjá kell szerveznem a családomat. Vagyis egyáltalán egy olyan konstrukciót kell létrehoznom, amelyben én és a két gyerek egy családképbe vagyunk beilleszthetők. Bár Leo és Luna ebben a formációban tökéletesen működtek, s míg a lányom fogékony volt arra, hogy befogadjanak, a fiam a legtöbbször azt éreztette velem, hogy betolakodó vagyok. Valamiért az az érzésem támadt, hogy ünnepnapnak fogom nyilvánítani azt a napot, amikor végre ő is apának szólít majd.

Leonard

Luna megint rosszul volt, mégis mosolygott rám. Valamiféle megnyugtatás volt a tekintetében, és ennek a különleges kisugárzásnak köszönhetően én sem féltem annyira. Tudtam, hogy nem fog meghalni, nem halhat meg! Apa hazatért, és bár a tüske még mindig a szívemben van, ha rá gondolok, én biztos vagyok benne, hogy anya odafentről figyel, és ő küldte nekünk haza. És anya azt sem fogja megengedni, hogy Luna most meghaljon, amikor már minden helyreállni látszik.

Apa kérte, hogy aludjunk együtt, és most hirtelen nekem sem volt ellenvetésem. Mentem vele, s hagytam, hogy engem és az időközben kicsit jobb színben pompázó Lunát is magához ölelje. Könnyen elért bennünket az álom, s hosszú évek óta most először nem törtek rám a kínzó rémálmok. Teljesen nyugodt éjszakám volt.

De annak ellenére is, hogy finom illatok szállingóztak a konyha felől, Luna ahelyett, hogy a konyha felé szimatolt volna, falfehérré vált, és kibontakozott az ölelésemből. – Megint hányni fogok. – Ennyit tudott kinyögni, majd kezét a szája elé szorítva elfutott a mosdó felé. Első gondolatom valami olyasmi volt, hogy „mostantól mindig ez lesz?", aztán nagy nehezen kikeltem az ágyból, és elindultam Luna után. – Jobban vagy? – kérdeztem, amikor láttam, hogy már a földön piheg. Szerencsére elég hamar alábbhagyott az öklendezése.

– Az azért erős túlzás – motyogta. – De hogy nem tudok most enni, az is biztos! Pedig apu valami finomságot szerezhetett, mert egy hete még azt mondtam volna, hogy nagyon jó illatokat érzek. De most inkább hármat fordul a gyomrom, mintsem leüljek az ebédlőasztalhoz.

– Megint rosszul van az én gyönyörű szép kislányom? – jelent meg apu is a fürdő ajtajában. Luna csak mordult egyet, így nekem kellett válaszolnom:

– Nem sok vidám percünk volt ébredés után – húztam a szám. – Remélem, nem fog sokáig tartani ez az állapot.

– Nem örökké – mosolygott apa. – Jöttök enni? Nem akarok még sok mindent mondani arról, hogy honnan jöttem, mit csináltam, de még maradt abból a sajtból, amit ott kaptam.

– Tegyél-félre-nekeem! – sírta Luna. – Most nem tudnék enni, az ezer. De később szívesen.

– Helyre fogsz jönni, hidd el – mondta apu a nővéremnek, majd segített eltámogatni őt az ágyig. – Te jössz, Leó? – kérdezte, mire bólintottam. A gyomrom hangos korgással jelezte, hogy éhes.

Miközben az apu által készített reggelit kóstolgattam, s mivel éhes voltam, jó adagot meg is ettem belőle, eszembe jutott, milyen volt az, amikor még anyu állt a konyhapultnál, s kérhettünk Lunával bármit, ő elkészítette nekünk. Később, amikor a nővérem a történeteivel kiegészítette az anyaképemet, csak még jobban felnéztem rá. Hiszen Luna elmesélte, hogy anya még akkor is képes volt nekiállni palacsintát sütni, amikor a betegség miatt már alig állt a lábán. Egy igazi hős volt! Anyatigris...

Jaj, Uram, csak Lunát ne vedd el tőlünk!

– Ízlik? – kérdezte apa, amikor már egy ideje feszülten figyelte, ahogy falom a reggelit.

– Nagyon jó lett, tényleg – feleltem, de szemtől szemben még mindig nem voltam képes *apá*nak szólítani.

Mintha a dicséretem lett volna arra a végszó, hogy feloldódjon benne az izgalom okozta görcs, ő maga is szedett a tányérjára, és leült az asztalhoz. Amikor befejezte az evést, a maradékot kiszedte Lunának, hogyha jobban lesz, tudjon majd enni. Látszott rajta, mennyire igyekszik, s ekkor fogadtam meg magamban, hogy minden bizonnyal meg fogok bocsátani neki. Csak Luna megbetegedése volt még mindig a rovásán, és a lelépése okozta szálka is nehezen akart kiesni a sebből. Megkeményedett és szúrós volt a szívem, ha apánk alakját idéztem lelki szemeim elé. Túl sok nyomorúság jutott ki nekünk azért, mert nem volt mögöttünk biztos támaszként.

***

Anyuci az én hercegnőm. És most beteg. Nem akarom zavarni, de nem tudom magamban tartani a kérést. – Anuszii! Palacintát szejetnék – kérem, ő pedig mosolyog rám. Tudom, hogy szeret.

– Azonnal, én egyetlen kicsi fiam. – Még egy puszit is ad a homlokomra, és nem sokkal később már a konyhában csinálja a tésztát, s már érzem is a palacsinta nagyon finom illatát.

Luna

Süt a nap, és apuci végre megígérte, hogy sétálni visz minket. – Hotdog, hotdog, hotdogot akarunk enni! – Olyan jól esett apa kezét fogva ugrálni, ahogy mentünk a bódé felé. Csak arra tudtam gondolni, hogy milyen boldog vagyok, és hogy én, apuci meg az öcsikém olyan finomat fogunk megint enni. Nagyon hiányzott már apuci, és most végre megcsinálja azt, amit ígért: megint apus napot tartunk. Azt hiszem, nem is tudnék apu nélkül lenni. Apu az én hercegem, az én hősöm.

Elérkezett az új időszámítás szerinti első nap. Azt mondta apa, hogy már minden bizonnyal elmúlt a baj, és kimerészkedhetünk a szabadba. Reménykedtem benne, hogy majd a friss levegő segít a rosszulléteimen. Ám apa azt mondta, hogy erős vagyok, és egészen biztosan meg fogok gyógyulni. Ez hajtott.

No, meg az is a motivációim közé tartozott, hogy nyugodtan, békességben is végig akartam szemlélni, hogy az apokalipszis – amit néhányan túléltünk – milyen pusztítást végzett a világunkon. És már korábban eldöntöttem, hogy szeretnék a kevéske élő embernek őrangyala lenni: segíteni mindenben. Amikor ezt elújságoltam apának és Leónak, nagyon boldogok voltak, és büszkék rám.

– Menjünk ki a térre! – mondta hirtelen Leó.

– A térre… – ismételte keserűen apa. – Hol van már az a tér, hacsak nem vélsz térnek mindent, ami üres és kietlen! De ne keseregjetek, gyerekek. Mindent újjáépítünk majd. Csak keresnünk kell olyan embereket, akik ebben segítségünkre lesznek, s akik szintén optimistán állnak hozzá a dolgokhoz.

– Nincs elég időnk arra, hogy mindent újra felfedezzünk és megteremtsünk. És még mindig félek, hogy legyőz a kór. Túl hosszúra nyúlik – roskadt le apu egy félig összetört padra. Ez az egy elem mutatta, hogy a régi park a játszótérrel itt állhatott valahol.

– Most én mondom, hogy nem szabad elveszíteni a hitünk – guggoltam le mellé. – Lehet, hogy pont azért volt szükség arra, hogy eltöröljük az összes eddig felépített dolgot, mert mindent rosszul csináltunk. Nem kell kórház, nem kellenek a műszerek. Régen is életben maradtak valahogy ezek nélkül az emberek.

– Ebben igazad van, kislányom, de nem mehetnek így a dolgok a végtelenségig. Ti még egy más korban születtetek, a táplálék is más volt, és aggódom érted! Nem akarlak téged is elveszíteni. Mihez kezdenénk Leonarddal nélküled? – Rossz volt így látni apát. Mégis hinni akartam abban, hogy minden rendben lesz. Hiszen elkezdődött egy új világ, egy másik élet időszámítása.

– Biztos vagyok benne, hogy Istennek célja van velünk – mondtam apát átölelve, s éreztem, hogy Leó is mellém guggol, és átkarol. Teljesen új családként álltunk a semmi kapujában. De bíztam benne, hogy annak ellenére, hogy egy ajtó végleg bezárult, valahol kinyílt egy ablak, amin majd idővel betör az első napsugár. Apropó nap! Már nem szállt az égből az a fura pernye, annak ellenére, hogy egy-egy kráter még füstölgött. Mégis valami azt ígérte, hogy amikor behegednek a Föld sebei, újra virág nyílik majd.

A szeretet némaságából boldogságos örömhír szakított ki minket: a távolban, abban az irányban, ahol egykor a hotdogos bódé állt, egy emberalakot pillantottunk meg. Egy darabig csak a sziluettje körvonalazódott, aztán ahogy egyre közelebb ért, már ki tudtuk venni, hogy egy férfi az. Egy egészséges férfi. – Dicsértessék a Jézus Krisztus! – Erősen kellett koncentrálnom, mire felfedeztem, hogy ütött-kopott ministránsruhát visel, annak ellenére, hogy a vonásai szerint már igencsak a férfikorba lépett.

– Dicsértessék – feleltük szinte egyszerre.

– Napok óta vándorlok, már azt hittem, sosem találok egy teremtett lelket sem! – folytatta, hangjából sütött az a boldog ragyogás, mellyel minket üdvözölt. Csodáltam, hogy a sok borzalom ellenére is még képes volt az Urat szolgálni.

– Hasonlóképp vagyunk mi is, atyám – mondta apu.

– Ugyan, még nem szenteltek fel papnak! Úgy lett volna hamarosan, mielőtt Jézus Földre szállt, s ítéletet nem osztott. De minden bizonnyal önök jó emberek, ha életben maradtak. Egy szebb holnap reménységei! Áldja meg magukat az Úr! – Összenéztünk apával meg Leóval, s hallgatólagosan megegyeztünk, hogy nem térítjük ki a hitéből, nem áruljuk el a világvége mechanizmusát.

– Tudna áldást hinteni a lányomra? – szólalt meg apu hirtelen. – Betegség gyötri, s nagyon aggódom érte, hogy nem fogja megkapni a megfelelő ellátást.

– Az atya, a fiú és a szentlélek nevében megáldalak, hogy ne érhessen baj sem téged, sem a családodat. Nem fogsz elveszni, leányom, hidd el – mondta a ministránsfiú, miközben keresztet vetett rám, s az egyik zsebéből előbányászott, kopott Bibliáját és keresztjét is megcsókolta.

– Hadd szólítsalak atyának, azaz a papunknak – kérte apa. – S nem felejtem el a jóságod: első dolgunk lesz, ha sikerült egy maroknyi embert összeszednünk, hogy templomot építünk, ahol misézhetsz.

Herbert

Az elkövetkezendő néhány hétben harminc bajtársra akadtunk egy nagyobb hatósugarú körben, s csak úgy terjedt a hír, hogy egy közösség van kiépülőben. Sokan jelentkeztek hozzánk, és az elhunytak otthonaiból nyert tégla és faalapanyagokból elkezdtünk egy teljesen új falut emelni. Elsőként otthonokat, s amikor már lassan minden fej fölé tető került, a templomot is felépítettük. Elhagyatott pincékben találtunk tartósélelmiszereket is, s mivel megérkeztek az első esők, melyek a vége felé már cseppnyi savat sem tartalmaztak, megkíséreltük elvetni a régi magokat. Már jelentős sikernek könyveltük el, ha a fele szárba szökkent.

Majdnem fél év eltelt, mire megjelentek az első növények, Luna pedig – talán bátran kijelenthetem – velük együtt lett egyre erősebb. Már mertem reménykedni abban, hogy minden rendben lesz, s hamarosan teljesen gyógyulttá nyilváníthatjuk majd. Ebből a csodálatos álomképből riasztott fel néha az, ahogy felpattant az ebédlőasztal mellől, és egy az egyben kiadta magából azt, amit táplálékként magához vett. Ilyenkor nagyon aggódtam.

De erős lány volt, és sosem adta fel. Talán ennek köszönhető az, hogy még mindig küzdhetett a benne élő parazita ellen, s volt remény arra, hogy egyszer majd ő győzedelmeskedik, nem pedig a szervezetén élősködő nukleáris kórokozó.

– Jól vagy, kicsim? – léptem oda hozzá egyik nap, amikor láttam, hogy az egyetlen kis utcán sétálgat, amit a túlélőtársak által emelt bódélakások kereteztek.

– Persze, apa.

– Féltelek. Jobban tennéd, ha pihennél – mondtam, és belekaroltam, hogy egy pillanatra megkönnyíthessem lépteit.

– Nem vagyok már annyira beteg, apa.

– Áldom is az eget érte, de minden energiádra szükséged lesz, ha azt akarod, hogy ez így is maradjon.

– Szerencsére van egy bácsi a faluban, aki egykoron orvos volt, és ő azt mondta, hogy nincs semmi baj! – mosolygott rám Luna boldogan.

– Már amennyire meg tudta állapítani műszerek nélkül. De a csudába is, olyan elbűvölő a mosolyod, hogy nem tudok neked ellenállni!

– Nem is érdemlem meg, hogy szidalmazzatok Leóval. – Muszáj volt égnek emelnem a szemeim. Miután megválasztottuk az egykori ministránsfiút atyává, túlzottan a kezébe ragadta a hatalmat, Lunában pedig a tanításaival merőben ellentétes büszke gondolatokat ültetett el. Ha nem tudtam volna, hogy egyházi ember, akkor azt gondoltam volna, hogy imponálni akar a lányomnak.

Most is éppen a templom felé tartottunk. Az épület ott állt az egyetlen utcácska végében, így hát könnyen elértünk odáig. – Menjünk be, ha már itt vagyunk – mondta Luna, s válaszra sem várva belökte a rozoga ajtót. A kicsit kontármunkával elkészített oltár elé ballagott, maga mögött hagyva engem, és annak ellenére, hogy maga is tudatában volt annak, hogy nehezen fog majd tudni felállni, gondolkodás nélkül letérdelt. Ajkai némán formálhatták az ima szavait, mert semmit sem hallottam a kicsiny építmény hátuljában állva. Én a leghátsó padban térdeltem le, s motyogtam el a saját imámat.

– Kelj fel, lányom – hallottam meg az atya szavait, s mikor kinyitottam a szemem, láttam, hogy a papunk ott áll Luna mellett.

– Ha az olyan könnyű lenne, atyám! Attól tartok, nem gondoltam át, mielőtt letérdeltem ide.

– Isten látja igyekezeted.

Idő közben én is odaértem hozzájuk. – Dicsértessék, atyám.

– Dicsértessék a Jézus Krisztus! Jól szolgál az egészségük?

– Köszönjük, atyám – feleltem. – És az öné?

– Önöknek köszönhetően, jól. Szépen épül a parókia, és a kertet is tudom már gondozni. Áldott szerencse, ahogy ez a közösség összefogott – mondta, majd ismét Lunához fordult. – Kérlek, leányom, pihenj sokat. Meg kell erősödnöd, hogy közösségünk teljes értékű tagja lehess.

– Hiába mondom neki, hogy pihenjen – csóváltam a fejem, de annak nagyon örültem, hogy számíthattunk az atyára mindenben. Ő fogadta magához az orvost is, mert míg mindenki építkezett, ő a betegeket meg az apróbb sérülésekkel hozzá járulókat látta el, nem maradt arra ideje, hogy saját otthont teremtsen.

– Menj haza hát, leányom! Isten lát és szeret téged! – mondta az atya, majd apró keresztet rajzolt Luna és az én homlokomra is. Áldásával tértünk haza, ahol Leó már várt minket. Azonnal elénk jött, s belekarolt Lunába.

– Merre voltál, te csavargó? – üdvözölte a nővérét.

– Templomot látogattunk apuval.

Luna

Két hónappal később

Az utóbbi két hónapban hol jobban, hol rosszabbul lettem, de a ház mögötti kis kertbe gyakran kilátogattam. Leó készített nekem egy hintaszéket, amelyben ringatózva naphosszat sütkéreztem a meggyógyult nap fényében – igyekeztem erőt gyűjteni sugaraiból a parazita legyőzéséhez, ami még mindig bennem tombolt. Szívesen figyeltem az elültetett haszonnövényeket. S persze beszéltem hozzájuk, hogy minél gazdagabb terményt hozzanak.

Különösen szépnek ígérkezett a mai nap, mert megpillantottam az egyik birizgét[3], ahogy már olyan fejletten virított, hogy az ehető, piros gyökere kiragyogott a földből. Már el is felejtettem, hogy milyen állapotban

---

[3] A mai sárgarépa genetikai utódja, majdnem ugyanúgy néz ki, csak sokkal nagyobb, és piros. A nyomokban nukleáris sejteket tartalmazó termőföld miatt néz ki így.

vagyok, szinte úgy pattantam föl a hintaszékből, mintha teljesen gyógyult lennék. Odaszökdécseltem a birizge-ágyáshoz, és lehajoltam, hogy kirántsam a fejlett növényt a földből. Abban a pillanatban erős fájdalom hasított a gyomromba. Mintha a kórokozó ki akarta volna rágni magát belőlem. Pánikba estem, mert a fájdalom egy percig sem hagyott nekem békét. A szédülés is rám tört, mint ahogy a korábbi rosszulléteimnél történt, csak most sokkal erősebb volt.

– Apa! Leó! – kiabáltam, amennyire csak erőmből futotta. Persze életem két legfontosabb férfija azonnal kint termett a kertben.

– Mi a baj?! – rohantak oda hozzám. Időközben sikerült kiegyenesednem, de a tanácstalanságom nem párolgott el.

– Azt hiszem, most tényleg nagy a baj! De ha nem támogattok el az ágyig, akkor itt, a birizge-földön fogok összeesni.

– Leó, az istenért, fuss az orvosért! Szólj neki, én meg viszem utánad Lunát – mondta apa a halálra vált arccal figyelő öcsémnek, aki abban a pillanatban nekiiramodott, apu meg a karjaiba kapott.

– Az úristenit neki, apa, óvatosabban, mert meghalok! – kiabáltam, mert nem számítottam rá, hogy ilyen fájdalmat fog okozni a hirtelen helyzetváltoztatás.

Mire odaértünk a templomhoz, az orvos meg az atya már kint álltak.

– Nem tudom, mi történik, de tényleg borzalmas lett az állapota. Egyik pillanatról a másikra – hallottam meg Leót, ahogy most már bizonyítani tudta, hogy amit beszél, az igaz. De már nem sokat fogtam fel a körülöttem lévő világból. Csak annyit még, hogy az orvos azt mondta, fektessenek le, apa meg lerakott a templom lépcsőjére. – Így is jó – mondta a doki, de már nem lehettem többnek tanúja, mert elsötétült előttem a világ.

Sophia

Isten lássa lelkem, nem akartam, hogy ilyen gyorsan megérkezzen hozzám az egyik drága gyermekem, most mégsem tudok csodásabb emléket mondani annál, hogy a kislányom itt van, és én ismét a karjaimba zárhatom. Izzadt, véres, meggyötört, de azért mégiscsak az enyém. A karjaimba zárom, fáradt tagjai megrogynak. Leülök, az ölembe vonom, simogatom a fejét. De odalent, a felhők alatt, a nap melengető fényében, egy rozoga templom tövében fájdalmas jelenetet látok. Luna mintha nem is szeretne odanézni. Ott van az én drága férjem, Herbert, és a kisfiam, Leó, két idegen társaságában, akik kétségbeesetten igyekeznek valakit visszahozni az életbe,

232

aki már az én ölemben pihen, és az örök boldogságra készül fel. Otthagyta őket, mert a szervezete nem bírta végigcsinálni azt a folyamatot, amelynek eredményeként teljes mértékben kidolgozta volna magából a gyilkos parazitákat. Túl nagy feladatnak bizonyult. Pedig ő lett volna az egyetlen, akinek ez sikerülhetett volna. – Menj vissza lányom. Tudom, hogy nehéz, de menj! Rád még szükség van odalent. – Luna könnyes szemekkel néz rám, sós könnyei ízesítik azokat a csókokat, amelyeket az arcomra lehel. De távozik, s még futólag megpillanthatom, ahogy odalent fáradt tagjaiba visszatér az élet.

Már elképzelni sem tudom, egy percig is hogyan lehettem olyan önző, hogy eltűrjem, ahogy a családját magára hagyja, mint egykor én is tettem. De szerencsére még időben beláttam, hogy neki még sok dolga van az életben. – Egyszer majd találkozunk, édesem! – suttogom, mielőtt még teljesen visszatérne illékony valóm az új helyére: az angyalok közé. De még mielőtt teljesen visszatérnék, újabbat taszítanak rajtam, azzal az üzenettel, hogy mostantól én fogom majd a lányom kezét. Újra édesanya lehetek.

Mea Misko

Terraformáló telepesek

1. fejezet: Az EP 71-es bolygó

A csillagok világa már időszámításunk előtt is érdekelte az embereket. Elnevezték a szabad szemmel látható égitesteket, áldozatokat mutattak be nekik. Az ókori tudósok feljegyezték a bolygók mozgását, előre jelezték a hold- és napfogyatkozásokat. Az évszázadok múlásával egyre nagyobb csillagvizsgáló központok épültek, műholdakat és szondákat küldtünk a világűrbe. Az ember eljutott a Holdra, űrállomásokat hozott létre, a modern teleszkópokkal és űrhajókkal átlépte saját naprendszerének határát. Világunk megismerése során rájöttünk, hogy miközben az eget kutattuk, addig saját lakhelyünk, a Föld folyamatosan pusztult. A levegő és a vízkészlet egyre nagyobb mértékű szennyezettsége miatt az emberiség egészségi állapota kritikussá vált. Az élelmiszerek minősége és mennyisége is csökkent. Az átlagéletkor negyvennyolc évre esett, az öregkort megérni hatalmas szerencse volt. A tudósok megállapították, hogy a Földet megmenteni már nem tudjuk, de az emberiséget még igen. A csillagok vizsgálatának fő célja az emberi faj túlélése lett, vagyis egy olyan bolygó megtalálása, ahol új életet kezdhetünk.

Kislánykoromtól fogva arra készültem, hogy egyszer majd eljutok egy másik bolygóra. Ez elsőre nevetségesnek tűnhet, de számomra sosem volt az. A nevem Marlene McKenzie, egyike vagyok az első terraformáló telepeseknek.

Még csak hatéves voltam, de tisztán emlékszem arra a pillanatra, amikor az esti híradó arról számolt be, hogy vizet találtak egy távoli bolygón. A nagy hír hallatán családom izgatottan gyűlt össze a TV előtt.

– Kedves nézőink! Tegnap óta tart minket lázban a felfedezés, amely szerint a Hipparkhos űrszonda vizet talált az EP 71 nevű kisbolygón. Mai vendégeink a Vega űrprojekt két vezetője: dr. Irina Stojanovic és dr. Charles Wild. Nem is húzom tovább az időt, kérem, meséljenek nekünk a kutatásuk céljáról és a döbbenetes eredményéről – hangzott el a műsorvezetőnő felkonferálása.

– Üdvözöljük a kedves nézőket! – köszönt Irina, aki bájos mosolyával a fáradtság jeleit igyekezett leplezni. – A Vega űrprojekt a 21. század végén megsokszorozódott természeti katasztrófák idején vette kezdetét azzal a céllal, hogy lakható bolygót találjunk a Naprendszeren kívül. Már több évtizede tervezgették a tudósok, hogy a Föld levegő- és vízszennyezettsége miatt egy új bolygón telepedjen le az emberiség. Ennek eredményeként különféle űrteleszkópok régóta kutatnak megfelelő planéta után. Később számos űrszondával együtt a Hipparkhos útnak indult azzal a céllal, hogy az égitestek légköri alkotórészeit vizsgálva pontosabb információt nyújtsanak a bolygók összetételéről és klímájáról. A Hipparkhos egy olyan bolygórendszert vizsgált, amely csillagászati értelemben közelinek nevezhető, mintegy nyolc-tíz évnyi utazásra van Földünktől. A bolygórendszer központi eleme egy olyan kistömegű vörös törpecsillag, amely viszonylag alacsony ultraviola-sugárzást bocsát ki, továbbá fényessége csupán ezrede a Napunkénak. Hét bolygó kering körülötte, amelyből a három belső túl forró, a két legtávolabbi pedig túl hideg ahhoz, hogy folyékony víz legyen rajta. A Hipparkhos az ötödik planétán mutatta ki folyékony víz jelenlétét, a kőzetbolygó az EP 71 nevet kapta. Éppen megfelelő távolságra kering a központi csillagja körül, az úgynevezett lakható zónában. Az égitesten lévő víz húsz százalékban folyékony halmazállapotban, nyolcvan százalékban pedig jég formájában található meg. A víz jelenléte önmagában még nem teszi lakhatóvá a bolygót, szükséges bizonyos mértékű terraformálás is.

– Ha van víz a bolygón, akkor élet is lehet az EP 71-en? – kérdezte a műsorvezetőnő izgatottan.

– Jogos a kérdés – válaszolt Charles, miközben jobb mutatóujjával a levegőben hadonászott, mintha jelezni akarná a nézőknek, hogy most kell figyelni. – Hiszen itt a Földön az élet víz- és szénalapú. Nálunk az élet a vízből indult útnak. Elképzelhető, hogy egy másik bolygón eltérő módon szerveződik az élet, de a víz megléte növeli a kialakulásának valószínűségét. A szonda egyelőre túl messze van a bolygótól ahhoz, hogy az ottani élet nyomait kutassa. Az mindenesetre megállapítható, hogy az űrből készült felvételeken nem látni fejlett civilizáció nyomait. Azonban kutatóink bizakodnak, mert a víz jelenléte mellett a vörös törpe alacsony sugárzási szintje is kedvez az élet kialakulásának.

– Akkor E.T. nem vár minket ott – humorizált a műsorvezetőnő. – Sebaj, így több hely marad az embereknek. Régóta vártuk már, hogy találjunk egy bolygót, amely új otthonunk lehet. Mi a következő lépés? Hogyan tovább?

– Várunk, hogy a Hipparkhos közelebb kerüljön a bolygóhoz, és pontosabb eredményeket kapjunk. Csak azok birtokában tudjuk megmondani, hogy valóban átköltözhetünk-e egyszer az EP 71-re, vagy sem. Egyébként a teljes áttelepítés több ciklusban valósítható meg. Először a legfontosabb terraformáló technológiát és robotokat juttatjuk a bolygóra, majd az első telepesekkel elküldjük azokat a gépeket, informatikai és egyéb eszközöket, amelyek a helyszíni kutatáshoz szükségesek, továbbá azokat a felszereléseket, amelyek kellemesen lakhatóvá teszik az új otthonunkat. A későbbi ciklusokban már nagyobb számú embercsoportokkal indulhatnak el az űrhajóink.

– Addig sem ülünk tétlenül, amíg a szonda újabb eredményeire várunk – vette át a szót kollégájától Irina. – A nyári szünet végével minden iskolában kezdetét veszi a Planeta oktatási és toborzási program.

– Óh, a Planeta program! Emlékszem, kisgyerekként hallottam róla először, hogy megreformálják az oktatást, amint sikerül egy ígéretes bolygót találni. Irina, miről is szól pontosan ez a program?

– Tudósaink évtizedekkel ezelőtt azt javasolták, hogy az emberiség túlélését jelentő bolygó első telepeseit a tizenhat és húsz év közötti fiatalokból kell kiválasztani. Ők lesznek az úgynevezett „terraformáló telepesek", akik kialakítják az élhető környezetet a később áttelepültek és az ott születendő gyermekek számára. Az útjuk csak oda szól, a Földre nem térnek vissza. Első telepesnek lenni nagy megtiszteltetés és még nagyobb élmény. A tudósok számos érvet felhoztak amellett, hogy miért fiatalok legyenek az első lakók. Például az ő szervezetük jobban tud alkalmazkodni a változásokhoz, gyorsabb reakcióidővel és nagyobb kreativitással kezelik az esetlegesen felmerülő problémákat. Esetükben kisebb egészségügyi kockázatokról beszélhetünk, jobbak az utódnemzési esélyeik, kisebb a honvágy keltette pszichés sérülés veszélye stb. Természetesen ott vannak a tinédzser korból adódó nehézségek, mint az engedetlenség vagy lázadás, éppen ezért van szükség egy szigorú képzési programra. A Planeta fő célja, hogy felkészítsék a tanulókat egy másik bolygón való letelepedésre, annak sokrétű vizsgálatára és lakhatóvá tételére. A gyerekek mentális, fizikai és pszichés felkészítést is kapnak, hogy minél könnyebben tudjanak új életet kezdeni a Földön kívül.

– Tehát a következő tanévtől már a Planeta elvei szerint oktatják a diákokat. Hány gyerekből fogják összeállítani azt a csapatot, amely először léphet az idegen bolygóra? Hogyan fogják kiválasztani őket? – kérdezte a műsorvezető, miközben Charlesra nézett.

– A jelenlegi tervek szerint a húsz legjobban teljesítő diákból áll össze az első telepesek csoportja: tíz fiú és tíz lány fogja alkotni a terraformálókat. Alapvető követelményként kötöttük ki, hogy rokoni kapcsolatok nem állhatnak fenn közöttük, azért, hogy megelőzzük a negatív erkölcsi és biológiai következményeket, még akkor is, ha az utóbbi géntechnikával könnyen orvosolható lenne. A gyerekeknek számtalan tanulmányi, fizikai és pszichológia teszten kell átesniük. Ezek a tesztek mind szűrűfunkciót látnak el. Többféle szempont alapján történik a kiválasztás. Elemezzük a velük született adottságokat, mint például az erős immunrendszer vagy találékony, gyors észjárás, ugyanakkor fokozottan számít a tanulásban elért teljesítmény és pszichés felkészültség is. Vizsgáljuk például, hogy ki milyen területen tudná a leghatékonyabban hasznossá tenni magát az új környezetben, ki mennyire csapatjátékos és kinek vannak vezetői képességei. A diákokkal két mentor és egy android is utazni fog. A mentorok szakmai tudásukkal fogják a telepesek munkáját elősegíteni egyfajta tanácsadói szerepben. Az android számos funkciót tölt majd be az űrhajón és az EP 71-en is. Fő feladatai közé tartozik az emberek egészségének felügyelete, testi épségük biztosítása, vagy szükség esetén orvosi kezelés nyújtása.

Ez a műsor volt az, ami alapján először megfogalmazódott bennem, hogy saját szememmel akarom látni az idegen bolygót. Kisgyerekként még nem sok tapasztalatom volt a Földdel kapcsolatban sem, de ott legbelül éreztem, hogy el akarok jutni az EP 71-re.

Apukám a nagy felfedezéstől kezdve minden este az EP 71-ről tartott kiselőadást a bátyámnak és nekem. Úgy tekintett arra a bolygóra, mintha az emberiség túlélésének egyetlen esélye lenne, pedig akkor még be sem bizonyosodott róla, hogy valóban alkalmas a benépesítésre. Azon a véleményen volt, hogy ekkora lehetőségből nem maradhatnak ki a gyerekei. Mivel az első telepesek között csak négy év korkülönbség lehetett, a bátyám és én köztem pedig öt év volt, így tudta, hogy csak egyikünkből lehet terraformáló, de a későbbi áttelepítéssel a másikunk is eljuthat majd az idegen bolygóra. Mindennap arról beszélt esti mese helyett, hogy milyen szerencsések lesznek azok a fiatalok, akiket elküldenek az EP 71-re, és hogy mennyire szeretné, ha a bátyám és én is ott élnénk.

2. fejezet: A Planeta program

A bátyám, Jason szerint ez a nyár nem szólt semmi másról, csak az EP 71-ről. Mindenki bizakodott, minden arc mosolygósabb lett, mert az emberek hinni kezdték, hogy elhagyhatják a Földet, és nem kell többé a poros levegőtől szenvednünk. Azt mesélik, hogy jó pár évtizeddel ezelőtt még olyan tiszta volt a levegő, hogy ha az ember kiment a házból, nem kellett maszkot felvennie, nagyokat sétálhatott a természetben, és ha jó idő volt, akkor akár napozhatott is. Én ezt csak a régi filmekben láttam. A napozás szinte lehetetlenné vált, sőt több réteg ruhával védtük magunkat, hogy a napsugarak minél kisebb felületen érjék a bőrünket. Az UV sugárzás rendkívül magas értékre rúgott, a bőrrák népbetegséggé vált.

Elkezdődött az iskola, és vele együtt a Planeta program. Csupán az első néhány hétig tartott számomra az önfeledt gyermeki időszak. Az első három hónap alatt nemcsak megtanultunk írni, folyékonyan olvasni és számolni, ahogyan azt a normál képzésben egy év alatt volt szokás, hanem komoly ismereteket szereztünk természettudományból, továbbá komplex matematikai egyenletek megoldásába és kémiai kísérletezésekbe kezdtünk. Feszített tempóban tanultunk, hogy mire elkezdődik az első telepesek kiválasztása, minél több tudásra tegyünk szert.

Barátságok nem nagyon szövődtek az iskolában. Minden gyerek tudta, hogy egymás ellenfelei vagyunk, az a cél lebegett a szemünk előtt, hogy bekerüljünk a terraformálók közé. Új barátokat szerezni szinte lehetetlen volt, csak azok a barátságok tudtak fennmaradni, amelyek a Hipparkhos felfedezése előtt alakultak ki. A velem egykorú gyerekek úgy kezdték az iskolát, hogy mindenkiben riválist láttak. Az iskolában pszichológiai tesztek és vizsgálatok is zajlottak, amelyek kimutatták, hogy ez a versenyszellem ugyan nagyobb teljesítményre ösztönöz minket, de az érzelmi stabilitásunk gyakran nem megfelelő. Az emberi kapcsolatok fontossága miatt különféle csoportos foglalkozásokat vezettek be, ahol egymást kellett erősítenünk, társunk fizikai, mentális és egyéb értékeit kellett észrevennünk. Voltak olyan gyerekek, akik pont a csoportos feladatok miatt estek ki a programból, mert vagy még nagyobb elvárásként élték meg a csoportban való együttműködést, és nem bírták a stresszt, vagy egyszerűen nem feleltek meg csapatjátékosként. A pszichológiai képzés és tréning mindennapos kötelező elemmé vált. A Föld milliós számú gyerekutánpótlása egyre szűkült.

Hozzáteszem, hogy a folyamatos lemorzsolódás még inkább növelte a ránk nehezedő nyomást.

A bátyám öt évvel volt idősebb nálam. Azok közé a gyerekek közé tartozott, akik a Hippakhos felfedezése előtt normál tempóban tanultak, barátokat is szereztek, majd a nagy hír után teljesen átformált képzésre kerültek. Az első hónapok elteltével Jason úgy érezte, hogy az iskolai oktatás egyfajta laza katonai kiképzéssé alakult. A fegyelem, a rend és a szabályok be nem tartása súlyos következményeket vont maga után. A legjobb barátja, Philip Scott azért esett ki a programból, mert egy nap az iskolai menzán kajacsatába kezdett. Ez két okból is kizáró tényező volt: Egyrészt nem tartotta be az iskolai szabályokat, amely szerint tilos az egyébként is egyre kevesebb és folyamatosan dráguló étellel dobálózni, másrészt az iskolai pszichológusok többsége szerint túl agresszív viselkedést tanúsított. Azok a tanulók, akik a Planeta program elindulásakor estek ki a képzésből, többé nem jöhettek az iskolába. Philip számára is csak két hónaposra sikeredett ez a tanév. A Planeta program eleinte nem tartalmazott semmit arról, hogy mi lesz azokkal a gyerekekkel, akik kiesnek. A tanárokat pedig túlságosan lefoglalta az a szűrési rendszer, amit a program előírt nekik. Philip kizárása érzelmileg nagyon megviselte a bátyámat. Kiskoruktól kezdve közel álltak egymáshoz. Philip egy energikus, eleven, vidám és mellesleg okos kissrác volt, aki imádta a csapatjátékokat. Jason nagyon szeretett vele egy csapatban lenni. Azt mesélte, hogy Philip különféle beceneveket adott csapattársainak a játék közben, magát „Zombi Kapitánynak" nevezte, a bátyámat pedig „Szöcskének", azt hiszem, Jason vékonyka testalkata és hosszú lábai miatt. Philip állandóan úgy helyezkedett a játékokban, hogy kapitányi pozícióba kerüljön, és imádott parancsokat osztogatni, ám utasításai mindig meghozták a várt sikert. Aki vele egy csapatba került, az nyert. Amikor Philip kiesett a Planeta programból, Jason magába zuhant, és romlani kezdett a teljesítménye. Még soha nem láttam olyan szomorúnak a bátyámat, mint amilyen akkor volt. Nem beszélt róla, hogy mennyire bántja ez, de nem is kellett, látszott rajta.

Közben a Hipparkhosz űrszonda újabb jelentéseket küldött a Földre. Az eredmények ismertetése karácsony másnapjára esett. Az EP 71-ről szóló információk megváltoztatták a meghitt, meleg, családias légkört. Enyhe ridegség férkőzött a karácsonyba. A család izgatottan ült le újra a TV elé.

– Üdvözlöm a kedves nézőinket! Engedjék meg, hogy kellemes karácsonyt kívánjak önöknek. Stábunk óriási ajándékkal készült. Mai vendégeink ismét a Vega űrprojekt két vezetője: dr. Irina Stojanovic és dr. Charles Wild, akik a Hipparkhos legújabb eredményeit fogják ismertetni.

– Boldog karácsonyt kívánunk mindenkinek! – vette át a szót Irina. – Jó hírekkel érkeztünk.

– Azt hiszem, ezt le sem tagadhatnánk. Irina, az arcod sugárzik a boldogságtól. Hát az enyém? – kérdezte Charles, majd vigyorogni kezdett.

– Igen, azt hiszem, egyértelmű, hogy mindketten kicsattanunk az örömtől. A Hipparkhos folyamatosan küldte az információkat, amelyek alapos vizsgálata után kijelenthetjük, hogy az EP 71 alkalmas az emberiség befogadására. Mindannyian már hosszú ideje erre a hírre vártunk. Megmenekülhetünk!

– Akkor most kellene pezsgőt bontani! Na persze, ha lenne pezsgő, de a régóta tartó aszályok miatt a szőlőt már nem pazaroljuk bor és pezsgő készítésére – szakította félbe Irina mondandóját Charles örömtől bódult állapotában. – De jöjjenek végre a részletek: Az űrszonda szerint a bolygón egy év kilencven nap alatt telik el, és mivel meglehetősen lassan forog saját tengelye körül, ezért egyik oldala szinte mindig fényes, miközben a másik gyakorlatilag állandóan árnyékban van. Az EP 71 felszíni hőmérséklete plusz hatvan és mínusz ötven Celsius-fok között mozog, de a fényben pompázó oldal úgynevezett pirkadati zónáiban ideális körülmények mutatkoznak az élet fenntartására. A légkörben találtunk oxigént és széndioxidot is. Az utóbbi szintjének enyhe csökkentésével elérhető, hogy vastagodjon az a bolygó körüli védőréteg, amelynek molekulái képesek elnyelni a bolygót érő halálos sugárzást. Egyelőre a jelenlegi érték éppen csak eléri a minimális szintet. A gravitáció mértéke a földi gravitáció nyolcvanöt százaléka, ez igazán kellemesnek számít.

– Nagyszerű hírek. Azt hiszem, ez a legszebb karácsonyi ajándék, amit a nézőknek adhattunk! – ujjongott a műsorvezetőnő.

– A biztató eredmények hatására most annak a vizsgálata következik, hogy milyen módszerekkel tudjuk még inkább alkalmasabbá tenni az EP 71-et az emberiség számára – folytatta Irina. – Ezt a terraformálás első szakaszának nevezzük. Elméletben többféle megoldás létezik, de jelenleg még egyik sem végleges. Tudósaink nagyobb fokozatra kapcsoltak, ha szabad így fogalmaznom, hogy minél hamarabb képesek legyünk olyan technológia vívmányok megalkotására, amelyek lakhatóvá teszik a bolygót.

Ez az adás egyszerre volt fantasztikus és émelyítő számomra. Egy részem nagyon örült a hírnek, hogy az EP 71 lehet az új otthonunk. A másik énem viszont hatalmas nyomást érzett, tudtam: most még keményebben kell tanulnom és küzdenem, hogy bekerüljek az első telepesek közé. Ezt a kettős érzést a bátyámon is láttam. A műsor alatt zavartan néztünk hol egymásra, hol apánkra, aki olyan elkerekedett szemekkel nézte Irinát és Charlest, mint aki még életében nem látott embert.

3. fejezet: A barátság

A suliban a diákok továbbra is egymás ellen versenyeztek, mindenki csak arra koncentrált, hogy beválasszák a terraformálók közé. Hiába voltak a csapaterősítő tréningek, sokan csak megjátszották magukat, hogy jobb színben tűnjenek fel. A valóságban ott tettek keresztbe a másiknak, ahol csak tudtak. A bátyámmal kezdtük úgy érezni, hogy csak egymásban bízhatunk. Mi soha nem tekintettünk ellenfélként a másikra, tudtuk, hogy a köztünk lévő korkülönbség miatt csak egyikünkből lehet terraformáló, de a későbbi kitelepítési ciklusokkal akár mindketten eljuthatunk az EP 71-re.

A túlzott szigort egyre nehezebben viselték a diákok. Folyamatosan nőtt azok száma, akik dühkitörés, vagy más néven agresszív feszültséglevezetés miatt estek ki. Ilyen volt például, hogy valaki szemeteskukákat borított fel, összefirkálta a falakat vagy olyan kajacsatákat kezdeményezett, mint korábban Jason barátja. Philip szülei nem nyugodtak bele, hogy fiuk elesett az új élet lehetőségétől. Szerencséjükre akadtak olyan pszichológusok, akik azon a véleményen voltak, hogy ezek a dühkitörések kezelhetők, és csupán kontrollhiányra utalnak. Egyre többen egyetértettek azzal, hogy vannak olyan gyerekek, akik az oktatási rendszerben hirtelen bekövetkezett nagy változás miatti feszültséget nem mindig a megfelelő módon vezetik le, de helyesen megválasztott technikákkal a kontroll visszaszerezhető. Philip szülei jómódúak voltak, minden kapcsolatukat bevetették, hogy gyerekük visszakerüljön a programba. Számos nagyhírű pszichológust maguk mellé állítottak az előbb említett érv alapján. Sikerült elérniük, hogy legyen egy visszakerülési lehetőség a Planeta programba. Létrehoztak egy stresszkezelő alapítványt olyan gyerekek számára, akiket a Philipéhez hasonló úgynevezett kontrollhiányos dühkitörés miatt zártak ki a képzésből. Az alapítvány minimum fél évig szigorított fegyelmi oktatásban részesítette a gyerekeket. Felnőtteknek kialakított kemény kiképzést kaptak mentális és fizikai szinten, katonai tábort idéző körülmények között. Ha úgy ítélték meg, hogy a fél év leteltét követően valaki sikeresen képes kezelni a benne felgyülemlett feszültséget, akkor visszakerülhetett a Planeta programba azzal a feltétellel, hogy hetente különféle intenzív testedzéseken kell részt vennie egy mentor irányítása alatt. Philip is bekerült ebbe a szigorított fegyelmű oktatásba. Néha a táboron kívül tartottak edzéseket azokban az iskolákban, ahova vissza akarták integrálni a gyerekeket. Ez nem csak fizikai kiképzés volt. Pszichológiai szempontból is teljesíteniük kellett, azok között a diákok között, ahova ők is tartozni akartak. A szigorított oktatás tanulói nem kommunikálhattak a programban maradt gyerekekkel, nem kerülhettek velük semmilyen kapcsolatba. Vizsgálták, hogy a kiesettek hogyan kezelik ezt az elszigeteltséget.

Egy kora nyári napon Philipék a mi iskolánkba jöttek edzeni. Jason teljesen ki volt cserélve. Abban bízott, hogy hátha összefut Philippel. Már hónapok óta nem beszéltek egymással. Philipék katonás sorban meneteltek a tornateremig, mialatt tekintetüket előre kellett szegezniük. Senkire sem néztek. Az edzés után megebédeltek a menzán, de az is ugyanilyen szigorral telt. Csendben és fapofával ették a mi szörnyű iskolai kosztunkat. Jason többször is elsétált az asztaluk előtt, hátha Philip legalább biccent neki a fejével, hogy így üdvözölje, de nem történt semmi. Philip csak evett és unottan nézett maga elé. Jason lassan letett arról, hogy beszélni tud barátjával, aki jelenleg levegőnek nézte őt. Leült egy asztalhoz és enni kezdett. Késésben volt, mert elég sok időt töltött el az ebédszünetben azzal, hogy barátja előtt sétafikált fel-alá. Philipék ebédideje is szabályozva volt. Pontban 12:30-kor felálltak az asztaltól, és ugyanolyan katonás rendben távoztak, ahogy jöttek, figyelmen kívül hagyva az iskolai gyerekeket. Láttam, ahogy Jason az orra alatt pusmog valamit csalódottságában. Lassan kiürült a menza, kezdődtek az órák. Jason lehajtott fejjel kullogott fizikaórára. Hirtelen valaki megkopogtatta a vállát:

– Szia! Ugye te vagy Jason Mckenzie?

Jason megfordult, és egy vékony lánnyal találta magát szemben.

– Azt mondták, te vagy Jason Mckenzie. Ezt a tornaterem öltözőjében találtam – mondta a lány, és Jason kezébe nyomott egy gondosan összehajtogatott papírt. – Gondoltam, érdekelhet. A te neved van rajta. Szerintem valamelyik szigorított képzéses diák hagyta itt.

Jason villámgyorsan széthajtotta a papírt, amelyben ez állt:

„Hello, Szöcske!

Ma tudtam meg, hogy a régi sulimban lesz a külsős edzésünk. Teljesen feldobott, hogy hátha találkozhatok végre a barátaimmal! Rájöttem, hogy a levelemen kívül esélyem sincs kommunikálni veletek. Elég ósdi módszer ez a levélírás, de jobb nem jutott eszembe. Tiltott mindenféle érintkezés más diákokkal. Ezért ne vedd zokon, ha rád sem nézek! Muszáj jól teljesítenem, hogy visszakerülhessek hozzátok. Az a kajacsata, ami miatt kizártak, akkor vicces volt, ma már nagyon bánom. Kész rémálom, ahogy itt a diákokkal bánnak. Bármit is hallottál erről az egészről, ez még annál is rosszabb. Vigyázz, Szöcske, nehogy ide kerülj!

244

Sokszor eszembe jut, hogy milyen jókat lézercsatáztunk. Hátha lesz még ilyen! Bár fogalmam sincs, hogy téged is, mint sok gyereket, kifordított-e önmagadból ez a Planeta program, vagy sem. Lehet, hogy el sem olvasod ezt a levelet, hanem egyből kidobod a kukába, de remélem, nem így lesz.

Tudod, a szüleim nagyon akarják, hogy a terraformálókkal kikerüljek az EP 71-re. Nagy álmuk, hogy egyetlen gyermekük első telepes legyen. Én is szeretném a saját szemmel látni azt a bolygót, de úgy döntöttem, hogy nem gázolok át emiatt a barátaimon. Itt a szigorított képzésben rájöttem, hogy a barátság nekem többet ér, mint hogy az elsők közé küzdjem be magam.

Remélem, eljut hozzád a levelem, és amint letelik a félévem, elmegyünk lézercsatázni, ahogy régen is tettük!

Üdv, Zombi Kapitány"

Jason arcán hatalmas mosoly jelent meg. Legszívesebben azonnal válaszolt volna Philip üzenetére, de eszébe jutott, hogy sose adnák át neki a levelét. Összehajtotta hát a titkos üzenetet, és zsebre tette. Jobban örült ennek a levélnek, mint bármi másnak. Később a barátainak is megmutatta Zombi Kapitány üzenetét, többször is elgondolkodtak Philip barátságról írt mondatán. Jason minél gyakrabban olvasta a pár soros levelet, annál inkább egyetértett Zombi Kapitánnyal. Elhatározta, hogy bármi történjen, Philip mindig a barátja marad.

4. fejezet:
A terraformálási stratégia

Eljött a nyár. Egy éve már, hogy a Hipparkhos vizet talált egy idegen bolygón, azóta készülünk az új világ meghódítására. Sajnos a Planeta program elindulásával a nyári szünet megszűnt. A képzés során annyi mindent kell megtanulniuk a diákoknak, amennyit csak tudnak. A program megalkotói úgy vélték, hogy az iskolai szünetek elvesztegetik a drága időt, így eltörölték azokat. Mi, gyerekek kezdtük úgy érezni, hogy a felnőttek már nem gyerekeknek látnak minket, hanem a megmentőiknek. Apukám egy éve minden este mesélt a bátyámnak és nekem az EP 71-ről, és arról, hogy milyen nagy dolog terraformálónak lenni. Jason és én úgy éreztük, apa a megszállottja lett ennek a témának, de nem ellenkeztünk, hagytuk, hadd folytassa elalvás előtti kiselőadásait. Mikor bejelentették, hogy a Vega űrprojekt fordulóponthoz érkezett, amelyről a TV-ben fognak bővebb információt szolgáltatni, apa napokig szinte semmit sem aludt. Úgy várta az újabb híreket, mint a gyerekek a karácsonyt.

– Újra itt vagyunk, kedves nézőink! Ma ismét ellátogatott stúdiónkba a Vega űrprojekt két vezetője, dr. Irina Stojanovic és dr. Charles Wild. Rendkívül fontos hírekkel jöttek ma hozzánk. Kérem, ne is csigázzák tovább a nézőket, hanem árulják el, mik a legújabb fejlemények az EP 71 bolygóval kapcsolatban – jelentkezett be izgatottan a műsorvezetőnő.

– Köszöntjük a nézőket! Valóban jelentős információkkal érkeztünk. Korábban számos jó hírt hoztunk az EP 71 lakhatóságát illetően, azonban mint említettük, szükséges bizonyos mértékű terraformálás az élhetőbb környezet kialakítása miatt. Tudósaink hosszas töprengés után megegyeztek a bolygó terraformálási stratégiájáról. Charles, kérlek, avasd be a nézőket a legfontosabb tudnivalókba.

– Rendben, Irina. Mint ismeretes, az EP 71 egyik oldala csaknem állandóan fényben látszik, a másik pedig szinte egyfolytában árnyékban van. Tudósaink kidolgoztak egy olyan elektromos tükör- és árnyékolórendszert, amely a központi vörös törpe fényét továbbítaná az úgynevezett éjszakai oldal egy részének, és leárnyékolná a nappali oldal egy részét. Ezzel a technikával növelni tudjuk azt a zónát, ahol első telepeinket tudjuk kialakítani. Mivel a tükör fényt juttat az árnyékos oldalra, így az ottani hőmérséklet tíz Celsius-fokra fog megemelkedni, ez jóval kellemesebben hangzik, mint az eredeti mínusz ötven fok. Ezen a területen felolvad a felszíni jég, így növelni tudjuk a folyékony víz mennyiségét, ami igencsak megkönnyíti az emberi életet. Ezután következne a légkör oxigénszintjének emelése. Ezt első körben egyszerű felépítésű, illetve génmódosított algákkal, zuzmókkal, valamint baktériumokkal oldanánk meg. Az említett növények betelepítése először robottechnológia által történne meg, majd a fejlettebb növények meghonosítása az első telepesek feladata lenne.

– Az eddigi terveknek megfelelően a terraformálási folyamat két fő részből tevődik össze – folytatta Irina a nézők tájékoztatását. – Először olyan gépeket indítunk útjukra, amelyek megteremtik az EP 71-en azokat az alapokat, amelyek létszükségesek. Ilyen például a tükörrendszert kiépítő technológia, vagy azok a robotok, amelyek az első lakóövezeteket és házakat építik. A lakóhelyiségeket illetően követelmény, hogy épületszerkezetük könnyen felállítható legyen, kevés mennyiségű energiát igényeljen, védelmet biztosítson a telepeseknek, de a legfontosabb, hogy az első emberek megérkezése előtt már állniuk kell. Évekkel később pedig a terraformálás második szakasza veszi kezdetét az első telepesekkel. Főbb feladataik: a bolygó alaposabb vizsgálata, az élet jeleinek keresése mellett fotoszintetizáló növények segítségével a levegő oxigénszintjének javítása és a térség botanikai alakítása, valamint a lakóövezetek kiszélesítése, illetve élhetőbbé tétele.

– Ha az első telepesek úgy érkeznek az EP 71-re, hogy a bolygó csak minimális mértékben lakható, akkor nem lesz ennek negatív hatásuk rájuk nézve? – aggodalmaskodott a műsorvezetőnő.

– Valóban számolunk bizonyos fokú káros következményekkel – válaszolt Charles. – Ezért is küldünk egy komplett orvosi programmal ellátott androidot az első telepesekkel. Állandóan ellenőrizni fogja az embereink egészségi állapotát, továbbá szükség esetén komoly orvosi műtétekre is képes lesz. Szem előtt tartjuk például, hogy az alacsonyabb gravitáció és az eltérő levegő-összetétel változásokat eredményezhet a szervezetben, hiszen már a mostani rövidebb űrutazások is jelentős hatást fejtenek ki az emberekre. Úgy véljük, hogy a fiatal szervezet könnyebben tud alkalmazkodni az EP 71 körülményeihez, mint egy idősebb test, ezért is küldünk első körben fiatalokat az új otthonunkba.

– Mikor indul útjára a terraformálás első hulláma?

– A gépállomány kivitelezésére egyéves határidőt szabtunk meg. A Föld legjobb kutatói, mérnökei fognak össze, hogy minél hatékonyabb technológiát alkossunk meg, és hogy minél hamarabb elindítsuk azt – válaszolt Irina.

Ezek után úgy éreztem, hogy az emberiség egy lépéssel közelebb került a túlélést jelentő bolygóhoz.

A nyáron még egy fontos dolog történt a Planeta programban. Meghatározásra került, hogy a képzésből kiesett gyerekek továbbra is a suliban maradhattak, csökkentett követelményszinten tanulhattak tovább. Egyre több osztály állt össze ilyen tanulókból. Ők lesznek azok, akik az EP 71-re érkező fiatalok közül utoljára lépnek az új világba. Tudták, hogy afféle selejtként kezelik őket, de ahogy a hatalmas teljesítmény-nyomás lekerült róluk, sokkal mosolygósabbak lettek, mint mi. Néha már irigyeltem őket, ám nem hagytam magam eltántorítani. Bíztam benne, hogy ennek a kemény tanulásnak meg kell, hogy legyen az eredménye. Célul tűztem ki, hogy terraformáló leszek. Az volt az álmom, hogy ne egyszerű lakóként kerüljek az új világba, hanem részt tudjak venni a bolygó lakhatóvá tételében is.

5. fejezet: Philip

Philip számára letelt a féléves szigorított képzés. Az utolsó két hónapot szinte teljes elzártságban töltötte, a tábori embereken kívül nem kommunikálhatott senkivel. Nem kapott híreket sem a családja hogylétéről, sem arról, hogy mi történik a nagyvilágban. Kilencévesként meglehetősen nehezen viselte, hogy teljesen elzárták családjától. Így vizsgálták, hogy Philip miként kezelte a számára fontos emberek hiányát, mennyire tudta feldolgozni az elszigeteltség okozta feszültséget. Ezzel párhuzamosan számos csoportos feladatban kellett megmutatnia az eddig megszerzett tudását. Volt, hogy tőle idősebbekkel, és volt, hogy fiatalabbakkal került egy csoportba. Philip itt is, mint korábban az iskolai csoportfeladatokban, szinte mindig kapitányi szerepbe tudta magát juttatni. Jó érzéke volt ahhoz, hogy észrevegye, melyik gyerek miben erős, és miben gyenge. Tudta, hogy ki hogyan járulhat hozzá a csapat sikeréhez. A szigorított képzés nagy hangsúlyt fektetett a diákok fizikai állapotának erősítésére, amely Philip esetében tökéletesen működött. Fél év alatt megtanulta, hogy hogyan kezelje rendszeres testedzéssel a stresszhelyzeteket. Nemcsak saját indulatait tudta kordában tartani, hanem képes lett idejében felismerni, hogy társai mikor szorulnak segítségre a stressz feloldásában. Ez számos esetben előnyhöz segítette a csoportos foglalkozásokon. A gyerekek közötti rivalizálásban Philip képes lett megőrizni higgadtságát. Utálta a szigorított képzést, de sok értékes tapasztalatra és tudásra tett szert a hat hónap alatt. Hebrencs gyerekként került be, és úgy távozott, mint egy gyerektestbe bújtatott, higgadt felnőtt.

Pár nappal később Philip végre ismét régi iskolájába mehetett. Alig aludt valamit, mert már nagyon várta, hogy találkozhasson barátaival. Az iskola kapujához érve örömmel töltötte el, hogy minden olyan volt, mint hónapokkal ezelőtt. A barátai ott álltak a suli aulájában a régi törzshelyükön, a cserepes nagy fenyőfa mellett. Hátulról mögéjük osont, majd hangosan így szólt:

– Hogy van az én szöcskelábú haverom?! Mondd csak, miből maradtam ki, amíg én katonának álltam?

– Philip, hát végre itt vagy! Tudtam, hogy egyszer visszatér közénk a Zombi Kapitány! – örvendezett Jason, miközben jobb kezével Philip vállát paskolgatta.

– Hát, nem volt egy könnyű időszak. Soha ennyire nem vágytam még erre az iskolára, mint ott a táborban. Szerencsétek van, hogy itt lehettek. Szuper, hogy semmit sem változtatok. De hol van Matt és Patrick?

– Ők már nem barátkoznak velünk. Tudod, a Planeta program teljesen megváltoztatta őket. Miután elmentél, Matt teljesen elfordult tőlünk és mindenki mástól. Senkivel sem barátkozik. Egy valódi könyvmoly lett. A szünetekben csak a tankönyveket bújja. Az anyja teljesen rászállt, mindennap előre felkészülnek a következő iskolai anyagból, hogy Matt minél jobban teljesíthessen az órákon és a teszteken. Próbáltunk vele barátkozni, de már szóba sem áll velünk. Csak az EP 71-re koncentrál – válaszolta Jason.

– És Patrick? Nem hiszem, hogy ő is egy tanulógép lett.

– Patrick kiesett a Planeta programból. Nem olyan dühkitörés miatt, mint te, hanem több vizsgán is túl gyengén teljesített. Amíg a Planeta programot nem módosították a programból kiesettek további tanításával, addig ő sem járt suliba. Pár hete jelent meg újra itt, de mintha szégyellné magát előttünk. Ha meglátja bármelyikünket, egyből elsiet. Már a programból kiesettekkel próbál barátkozni. Múltkor Zack és ő véletlenül összeütköztek a folyosón. Zack elkezdett viccelődni vele, hogy az embernek össze kell magát törnie ahhoz, hogy találkozhasson vele, de Patrick csak elnézését kért, majd otthagyta Zacket, mint egy kivert kutyát. És most te mesélj, Zombi Kapitány!

– Oké, hol is kezdjem? Ja persze, megkaptad a levelem?

– Igen, volt is öröm, mikor megmutattam a többieknek. Mindenfélét kitaláltunk, hogy mit csinálhattak veletek a táborban. Zack szerint egy sötét cellában tartottak, és titkos géntechnológiai kísérleteket végeztek rajtatok.

– Várj, várj, várj! – vágott Jason szavába Philip. – Álljunk csak meg! Azt hiszem, túl sok kreativitást fejlesztő feladatot kaptatok már. Az ellátás és a szállás nagyon egyszerű volt, de sosem kínoztak meg vagy kísérleteztek rajtunk, legalábbis nem tudok róla. Alapvetően ugyanazt tanultuk mi is, mint ti itt, hiszen a tananyaggal nem maradhattunk le, csak sokkal több fizikai edzésben volt részünk. Itt a suliban óvnak minket attól, hogy a természetben sportoljunk a légszennyezés és a káros napsugárzás miatt. A szigorított képzésben viszont elláttak minket megfelelő védelmet biztosító high-tech ruhákkal és maszkokkal, így jó pár edzést a szabadban töltöttünk. Sokszor szándékosan idegesítő és veszélyes helyzeteket szimuláltak, hogy lássák, miként kezeljük a félelmeinket, hogyan teljesítünk nyomás alatt. Nem mondom, hogy néha nem tojtam tele a gatyám. Na de nagyon vágytam már ide vissza.

– Örülünk, hogy újra itt vagy – mondta Jason, és belecsapott Philip tenyerébe, majd üdvözlésképp megveregette a vállát.

Ekkor megszólalt a tanítás kezdetét jelző hang. A baráti kör feloszlott, és ment mindenki a maga tanszobájába úgy, mint a régi szép időkben.

6. fejezet: A kor igenis számít

Ez a tanév még gyorsabban telt, mint az előző. Jason és Philip mindketten gőzerővel tanultak, de mindig találtak időt arra, hogy közös programokat csináljanak. Néha engem is magukkal vittek imádott lézercsatájukra. Rajtuk kívül nem igazán voltak barátaim. A velem egykorúak nagyon nehezen ismerkedtek, mindannyian ellenfelet láttunk a másikban. Talán, ha az én évfolyamom is a normális iskolarendszerbe került volna, ahogy Jason és Philip is annak idején, akkor nekem is lett volna barátom. Ennek ellenére nem utáltam az iskolát. Apukám mindennapos meséi az EP 71-ről és az új életről jelentős hatással voltak rám. Úgy gondoltam, hogy az a csoda, ami ott vár rám, megéri a jelen nehézségeit. Elhittem, hogy ott boldogságra találok, és hozzájárulhatok az emberiség megmentéséhez. Az iskolában folyamatosan csökkent a Planeta program tanulóinak száma. Jason nem sokkal a tizenharmadik születésnapja előtt már komoly csillagászati könyveket forgatott, én pedig nyolcévesen a botanika alapjait kezdtem elsajátítani.

A nyár közepén a TV újabb fejleményekről számolt be:
– Üdvözlöm nézőinket ezen a csodás napon! Vendégeim dr. Irina Stojanovic és dr. Charles Wild a Vega űrprojekt két vezetője. Ma milyen hírekkel érkeztek hozzánk? – érdeklődött a műsorvezetőnő.
– Üdvözlünk ma is minden kedves nézőt! – köszönt Irina a tőle megszokott kedves mosoly kíséretében. – Egy jelentős bejelentést szeretnénk tenni. Sikerült tartani a kitűzött egyéves határidőt az EP 71 terraformálásának első szakaszát tekintve. Szakembereink fáradságot nem ismerve, éjt nappallá téve dolgoztak azokon a technikai és technológiai vívmányokon, amelyek beindítják az EP 71 lakhatóvá tételét. Számos nehézséget kellett leküzdenünk, de a neves szakembergárda túljutott az akadályokon, büszkén mondhatom, hogy készen állunk a terraformálásra.
– Bizony az egész emberiség méltán lehet büszke tudósaink, mérnökeink és informatikusaink munkájára – folytatta Charles. – Ilyen technológiát még elméletben is nehéz összehozni, nemhogy kézzelfoghatóvá tenni.
– Nagyszerű hír! Mikor startol a Földről az első fázis?
– Egy hónap múlva, augusztus 18-án indul útjára a terraformáló gépállomány. Mindezt egy olyan újfajta technológia rendszerekkel ellátott

űrhajóba kell bezsúfolni, amely képes megjavítani magát az esetleges meghibásodások esetén. Nem vesztegethetünk időt arra, hogy javítórobotokat küldünk az űrhajó után. A legmodernebb hajtóművekkel is nyolc évig tart, míg az űrhajó eléri a szóban forgó bolygót. Amint pontos helyzetéhez ér, úgy a fedélzeten lévő robotok elkezdik a szükséges összeszerelési munkálatokat, majd kezdődhet a tükör- és árnyékolórendszer kiépítése, a lakóövezetek kialakítása az úgynevezett alkonyati zónákban, a helyi vízkészlet egy részének fogyaszthatóvá tétele, vagy a génmódosított algák és zuzmók felszínre juttatása – mondta Irina.

– Charles, ez nagyon izgalmasan hangzik! Van már esetleg időpont arra vonatkozóan is, hogy mikor indulhat a húsztős telepes csoport?

– Most csak megközelítőleges dátumot tudunk mondani. Tehát nyolc évbe telik, amíg a terraformálás első szakasza egyáltalán megkezdheti feladatát. Az alkalmazott szupertechnológia által is körülbelül egy év, mire olyan adatokat láthatunk, amelyekből megállapíthatjuk, hogy a bolygón az emberiség számára pozitív változások következtek-e be, vagy sem. Ha az eredmények biztatók, akkor sor kerülhet az első telepesek kiválasztására és véglegesítésére. Mivel a diákok képzése folyamatosan zajlik a Planeta programban, így a tervek szerint kilenc év alatt már összeállítható egy megfelelő tudással és képesítéssel rendelkező csapat.

– Irina, ha jól értem, ez azt jelenti, hogy a ma tizenegy évesnél idősebb gyerekek nem kerülhetnek be a terraformálók közé?

– Valóban, a legidősebb korosztályt, akikből még lehet első telepes, a tizenegy évesek alkotják. A túlkorosak automatikusan kiesnek a Planeta programból teljesítményüktől függetlenül. A Vega űrprojekt véglegesítette, hogy tizenhat és húsz év közötti fiatalokat kell a terraformálók közé beválogatni. De azért nagyon ne keseredjenek el az idősebbek sem, mert később még eljuthatnak az EP 71-re, amikor az átköltöztetés folyamata fog zajlani.

Ezek a szavak sokkolták apámat és Jasont is. Hiszen ő már huszonkét éves lesz, mire legkorábban elkezdődhet az első telepesek összeválogatása. Jason titkon nagyon is szeretett volna az elsők között lenni. Láttam a csalódottságot az arcán. Tudtuk, hogy csak egyikünkből lehet első lakos, mert már a Planeta program elején bejelentették, hogy erkölcsi és biológiai okok miatt testvérek és egyéb rokonok nem utazhatnak egy turnusban. Eddig valahogy nem foglalkoztunk ezzel, olyan távolinak tűnt a telepesek indulása. Most viszont mellbevágó élmény volt ez az egész családnak. Csak én maradtam, aki terraformáló lehet. Jason nagyon magába zuhant. Napokig csak egyedül akart lenni a szobájában. Az iskolába sem ment el, azt mondta, beteg, hagyják őt békén. A korábban kíváncsiságot tükröző tekintete szomorú lett. Egyre kevesebbet beszélgetett velem és a szüleinkkel. Philip is többször kereste, de Jason elzárkózott előle is. Apa úgy érezte, hogy ő tehet róla, hogy fia így elkeseredett. Egy nap hallottam, ahogy apa a szobában beszélget vele:

– Jason, kisfiam, tisztában vagyok vele, hogy én sem könnyítettem meg a dolgodat, mert minden nap az új világról beszéltem nektek. Hidd el, nagyon szeretném, hogy te és a húgod is eljussatok az EP 71-re, de rájöttem, nem rakhatok egy kisfiúra ekkora terhet. Az egész Föld felnőttként bánik veletek, gyerekekkel, pedig tudjuk, hogy még nem vagytok azok. Többet tudtok már most, mint sok felnőtt, de még keveset tapasztaltatok. Az iskola mellett alig van időtök megismerni az életet. Még sosem mondtam, hogy anyukáddal milyen büszkék vagyunk rád, amiért meg tudtad tartani a barátaidat. Látod, a húgodnak nincs is igazi barátja. Olyan világba született, ahol nem hagyják gyereknek lenni. Te szerencsésebb vagy, mert volt időd arra, hogy barátkozz, és nemcsak barátokat szereztél, hanem meg is tartottad őket. Ebből is tudjuk, hogy jó ember vagy, fiam. Fontos, hogy kikerülj az EP 71-re, de nem mindegy, hogy milyen emberi értékekkel jutsz ki oda.

– Apa, nem érted, hogy én nem leszek első telepes? – kérdezte Jason indulatosan.

– Értem, elfogadtam, de nem adom fel a reményt, hogy elmész arra a bolygóra. Te se add fel, kérlek. Megmondták, hogy az átköltöztetés során még te is kijuthatsz. Anyukád és én már öregek leszünk, nem mehetünk veletek. Rajtatok, fiatalokon fog múlni, hogy milyen értékekre tanítjátok meg az ottani nemzedékeket. Ezért tölt el minket örömmel, hogy te fontosnak tartod a barátaidat. És igen, nem első telepesként repülsz el az EP 71-re, de kikerülhetsz később bármilyen foglalkozású emberként. Nem csak terraformálóként lehetsz sikeres. Olyan munkát választhatsz magadnak, amivel majd az ottani emberek életét segítheted. Ha nem adod fel a tanulást, akkor nagy ember válhat belőled, példaként állhatsz sok más ember előtt. – Apa sóhajtott egyet. – Tudod mit? Akár te lehetsz a bolygó elnöke is – próbálta felvidítani Jasont. – Kérlek, kisfiam, higgy most apádnak! Büszkék vagyunk arra, amit eddig elértél.

Csönd lett, Jason szipogott még kettőt-hármat, ezután már nem hallottam semmit. Apa eddig soha nem beszélt ilyenekről. Ennek hallatán alig tudtam mozdulni az ajtó elől. A meglepetéstől megdermedtem, mint aki kővé vált.

Apukám szavai jó hatással voltak Jasonra. Pár nappal később a bátyám végre hajlandó volt előjönni a szobájából. Lézercsatázni készült Philippel és többi barátjával. A játszóház bejáratánál Philip széles mosollyal futott Jason elé:

– Szöcske, mi volt veled? Napokra eltűntél!

– Biztos hallottad, hogy én már nem lehetek első telepes – szomorkodott Jason, miközben tekintete a földre szegeződött, mintha a szégyentől nem merne barátja szemébe nézni.

– Igen, tudom, de később még te is kikerülhetsz az EP 71-re. Lehet, hogy én se leszek az elsők között, és akkor majd együtt utazhatunk ki, együtt fedezzük fel a bolygót.

Erre a mondatra Jason szemei már nem a földet nézték tovább, hanem Philip arcát kezdték óvatosan kémlelni.

– Én eddig erre nem is gondoltam. Pedig akár így is történhet. De tudod, mit? Jobb lenne, ha legalább te bekerülnél a terraformálók közé. Akkor már lenne ott egy barátom, aki vár engem, és te majd megmutatod nekem a legjobb helyeket – kezdett lelkesedni Jason.

– Hát persze, Szöcske. Elvinnélek kirándulni a legtutibb helyekre. Na, kezdjük a játékot, már ott jönnek a többiek!

Jason életkedve kezdett visszatérni. Barátai, még ha csak pár órára is, de elfeledtették vele bánatát. Ahogy telt az idő, próbálta magát jókedvűnek mutatni, de már nem volt az az önfeledt fiú, aki korábban.

7. fejezet: Telnek az évek

Hat éve már, hogy az Alpha űrhajó sikeresen startolt el a terraformáló technológiával. Én tizennégy éves lettem, de az igazat megvallva, az életem nem sokat változott, továbbra is csak a tanulásból álltak a napjaim. Barátaim még mindig nem voltak, de Jason rendkívül sokat segített abban, hogy ne érezzem magam egyedül. Ő még mindig összejárt barátaival. A kedvenc lézercsatás játékukat lecserélték szerepjátékos hologram-mozira. Engem is gyakran hívtak magukkal, hogy ne csak a könyveket bújjam otthon. Jason lassacskán elfogadta, hogy nem lehet első telepes. Nehéz volt neki azokkal a diákokkal együtt lenni, akik a Planeta programból kiestek. Ez mindig szégyenérzetet keltett benne. Tanulmányi eredményei szerencsére továbbra is nagyon jók voltak. Tizenkilenc évesen felkérték a Planeta programban tanársegédnek, ami rendkívüli büszkeséggel töltötte el. Azt hiszem, ekkor kezdett önbecsülése helyreállni. Pár hét múlva új kolléganőt kapott maga mellé, Rebeccát, akinek a története nagyon hasonlított a bátyáméhoz. Ő is a kora miatt esett ki a Planeta programból, de kiváló tanulmányi eredményei miatt szintén tanársegédként dolgozhatott. Nagyon csinos fiatal nő volt, és mindig mosolygott. Jasont elbűvölte Rebecca esze és szépsége. Egy nap erőt vett magán, és randira hívta. Egyik randit követte a másik, Jason fülig szerelmes lett. Olyan jó volt őt ilyen boldognak látni! Rebecca velem is nagyon kedves volt, összebarátkozunk. Sokszor szerveztünk csajos programokat, és mindent elmondhattam neki. Eddig csak a filmekből sejtettem, hogy milyen, ha valakinek barátnője van, de most ez végre valósággá vált számomra is.

Két év múlva az Alfa űrhajó elérte végre az EP 71-es bolygót. Nyolcéves útja alatt semmilyen komplikáció nem lépett fel, így elkezdődhetett a terraformálás első szakasza. A szerelőrobotok kevesebb, mint egy hónap alatt összeállították a tükör- és árnyékolórendszert. Kezdetét vette a lakóövezet kialakítása, továbbá a telep víz- és energiaellátásáról gondoskodó komplex csőhálózatok kiépítése.

Miközben zajlott a bolygó lakhatóvá tétele, én közeledtem a tizenhatodik évemhez, ami azzal járt, hogy átkerülök egy bentlakásos iskolába. A Planeta program szerint, aki tizenhat éves koráig a képzésben tud maradni, az automatikusan egy olyan iskolába nyer felvételt, ahol magasabb színvonalon tanítják a terraformálás módszereit. Az oktatás része volt az űrhajós kiképzés is, bár az út kilencven százalékát hibernált állapotban teszik meg a telepesek. Jason tanársegédként kikutatta, hogy pont abban az iskolában fogok továbbtanulni, ahova Philip is bekerült tizenhat évesen. Később tudtam csak meg, hogy Jason a születésnapom előtt meglátogatta Philipet azért, hogy megkérje, vigyázzon rám.

– Hát itt vagy, Szöcske! Ugye nem bánod, ha még mindig így hívlak? Olyan jó végre ismerős arcokat látni! – üdvözölte Philip a régi barátját.

– Á, dehogy! Te meg úgy is csak Zombi Kapitány maradsz nekem, bárhova is kerülj. Mehetsz te a világ végére is, ott is csak Zombi Kapitány leszel.

Összeborult a két jó barát. Miután elmerengtek kicsit a legkedvesebb emlékeiken, Jason rátért utazásának céljára:

– Philip, nagy szívességet szeretnék tőled kérni. Marlene két hét múlva betölti a tizenhatodik életévét, mint megtudtam, ő is ebben az intézményben fog továbbtanulni. Eddig is olyan magányos volt szegényke, tartok tőle, hogy mi lesz vele egy idegen helyen. Lehet, hogy túlaggódom, de mégiscsak az én kishúgom. Megkérnélek, hogy ha tudsz, figyelj rá és segíts neki, legalább egy kicsit, ha időd engedi.

– Ugyan, Szöcske, ezt kérned sem kellett volna! Marlene afféle kis barátom volt mindig is. Vigyázok rá, ahogy tudok. Nekem is sokszor magányosnak tűnt, de amikor velünk játszott, akkor virult ki igazán.

– Tudod, ha jobban belegondolok, akkor Rebecca mellett eléggé megnyílt. Néha már rá sem ismerek a húgomra, amikor órákig képesek egymással csacsogni. Sok közös programot csinálnak Rebeccával, de más emberekkel továbbra is óvatos és félénk. Ezért is tartok ettől a helytől, mert itt, ezen az idegen helyen minden a versenyről fog szólni. Mi lesz vele, ha nem szólhat senkihez?

– Ne viccelj már, hozzám szólhat. Majd én felvidítom!

– Na, most már ezért félek! Egy őrült Zombi Kapitányt kérek meg arra, hogy vigyázzon a kis tesómra.

– Nyugi, viccet félretéve, megbízhatsz bennem, nem hagyom magára a testvérkéd. Mi újság veled és Rebeccával?

– Jól megvagyunk. Álmomban sem hittem volna, hogy én egyszer szerelmes leszek, de az lettem.

– Egyszer szeretnék találkozni ezzel a szívtipró Rebeccával. Tudod, Szöcske, itt esélyünk sincs ismerkedni az ellenkező nemmel, annyira betáblázzák az időnket. Ha lenne időnk, akkor is ott vannak azok a „bizonyos" egészségügyi előírások és követelmények. Na meg itt mindenki csak a célra koncentrál, emberi robotok lettünk. Szóval Marlene sem itt fog bepasizni, erről biztosíthatlak.

– El is felejtettem azokat a „bizonyos" egészségügyi követelményeket. Ebben az a vicc, hogy most elvárják tőletek, hogy érintetlenül, vagyis szűzen menjetek az űrbe, az EP 71-en meg azt várják, hogy családot alapítsatok. Morbid humor, de ti lesztek a jövő nemzedékének szülei!

– Kész röhej! Próbáld ezt egy tinédzserrel megértetni, mikor fűtik a hormonok.

– Visszatérve a húgomra: köszi, hogy számíthatok rád. Jövök neked eggyel.

– Rendben, majd az EP 71-en behajtom – mondta Philip, közben nagy vigyorral az arcán barátjára kacsintott.

Beszélgettek még egy kicsit, aztán Philip körbevezette Jasont a suliban. Megbeszélték, hogy továbbra is tartani fogják a kapcsolatot.

Megtörtént, tizenhat éves lettem. Örültem is neki, meg nem is. El kellett hagynom a szülői házat. Vegyes érzelmek kavarogtak bennem. Nagy álmom volt, hogy első telepesként mehessek az EP 71-re, de ahogy egyre közelebb kerültem a célomhoz, úgy gyűltek fel bennem a kételyek, hogy meg fogok-e felelni az elvárásoknak, és hogy tényleg ezt akarom-e. Azt hiszem, kezdtem megijedni. Ahogy a diákokkal zsúfolásig teli busz az új iskolámhoz közeledett, egyre jobban görcsbe rándult a gyomrom. A megérkezés után pár percig csak csodáltam azt a hatalmas üvegablakokból álló épületet, amit mostantól otthonomnak nevezhetek. Bámultam ezt a lenyűgöző, kissé hátborzongató létesítményt, majd hirtelen egy ismerős hang mögülem a nevemen szólított.

– Marlene McKenzie? Marlene? Te vagy az?

Megfordultam, Philip vigyorgott mögöttem. Tudtam, hogy ő is itt tanul már két éve, de amióta ide került, azóta nem találkoztunk.

– Philip? Akarom mondani Zombi Kapitány?

– Igen, én vagyok. Hát még emlékszel a becenevemre?

– Azt sosem felejtem el. Jason rengetegszer emlegetett ezen a néven. A szüleim mindig furcsán néztek ránk, amikor Zombi Kapitányról beszéltünk. Fogalmuk sem volt, hogy ki is az valójában, ezt csak a bátyám és én tudtuk, a mi titkunk volt. És te emlékszel még arra, hogy nekem milyen nevet adtál, amikor néha elmentem veletek lézercsatázni?

– Várj… Pöttöm Lady? Jól emlékszem?

– Igen, jól. Bár nem bántam volna, ha elfelejted.

– Remélem, nem vetted zokon.

– Nem, nem zavart. Jobban hangzott, mint például a Szöcske, Cincogi vagy Dömper, ahogyan a többieket hívtad.

– Ez az én hóbortom! – Philip nagyot nevetett. – A szobatársaimat, Pablot és Dimitrit szintén elneveztem. Ők a Tequila és Vodka nevet kapták, de szerencsére ők is csak röhögnek ezen. Őszintén, itt nem sokat lehet nevetni, így igazi felüdülés volt nekik, amikor meghallották, hogy milyen néven szólítom őket.

– Mondd csak, Pablo mexikói, mint a tequila, Dimitri pedig orosz, mint a vodka?

– Eltaláltad! Gondolom, nem volt nehéz rájönni – jót kacagtunk Philip kreatív névválasztásán. – Egyébként ez az iskola olyan, mint a nemzetek olvasztótégelye. Ne lepődj meg a származásokon és a fura kulturális sajátosságokon, ez amolyan színes iskola, talán ez a legjobb az egész suliban. A Föld minden tájáról jönnek ide a diákok, persze csak a legjobbak. – Philip az iskola udvarára mutatott, ahol valóban sok külföldit véltem felfedezni. – Mesélj magadról valamit, Marlene. Olyan rég láttalak, alig ismertelek meg. Kész nő vagy már.

– Óh, mostanában sokan mondják, hogy mennyire megváltoztam. Kicsit izgulok a környezetváltás miatt, de jó egy ismerős arcot látni itt. Így már kevésbé tűnik idegennek ez a suli.

– Szöcske... bocsi, Jason mondta, hogy ide fogsz kerülni, gondoltam, kijövök üdvözölni téged. Emlékszem, hogy amikor ide érkeztem, én is percekig csak bámultam ezt a hatalmas üvegablakokkal teli épületet. Azonnal fel akartam fedezni minden zegzugát. Mit szólnál, Pöttöm Lady, ha körbevezetnélek új rezidenciádban? – kérdezte Philip, miközben karját nyújtotta, ahogy régi filmekben volt szokás.

Belekaroltam, és elindultunk, bejártuk az egész épületet. Ha Philip nem navigál, akkor a szobámig sem találtam volna el egyedül. Nem is tudtam, hogy ilyen gáláns is tud lenni, kezdte eloszlatni a kételyeimet.

8. fejezet: A pizzás doboz

Egy év telt el az EP 71-es bolygó terraformálásának kezdete óta. Amióta bentlakásos suliban élek, szinte reggeltől estig csak tanulok, itt semmi másra nincs idő, így még inkább csorbultak az emberi kapcsolataim. A sok tanulás között nem igazán volt időm kommunikálni senkivel. Ebben az iskolában szinte minden percre pontosan be volt osztva, szabadidőnk nem nagyon akadt. A két szobatársnőmről se tudtam meg a nevén és származásán kívül semmit. Katsumi Japánból jött, Francesca pedig Olaszországból. Mivel ők is egyfolytában csak készültek a nagy kiválasztásra, így feleslegesnek tartottuk drága időnket trécselésre pazarolni. Philip volt az egyetlen, akivel hébe-hóba váltottam néhány szót, de őt is eléggé lefoglalták a tanulnivalói. Akkor beszélgettünk a legtöbbet, amikor idekerültem. Nagyon rendes volt velem már az első naptól kezdve, bármiben számíthattam rá. Ha nem tanult, akkor éppen edzett. A Planeta programba való visszakerülésének egyik feltétele volt, hogy minden héten intenzív edzéseken kellett részt vennie mentori felügyelet alatt. Így vezette le a stresszt, mellesleg egészen izmossá is vált közben a teste.

A Vega űrprojekt újabb bejelentést tett közzé, amely szerint a terraformálás jelenlegi eredményei ígéretesek. Az adatok alapján hat-hét év múlva sikerül elérni az ideális célállapotot. A pozitív prognózisok miatt az űrprojekt arra az elhatározásra jutott, hogy három hónap múlva útjára indítja az első telepeseket. Mivel az EP 71 elérése nyolc évig tart, így az űrutazás alatt az idegen bolygón megfelelő életfeltételek tudnak kialakulni az első emberek megérkezéséig. Amint meghallottam a híreket, libabőrös lettem. Ezzel kezdetét vette a végső kiválasztás.

A műsor után pár órával később valaki hangosan kopogtatott az ajtónkon, igazából inkább dörömbölt. Katsumi mérgesen nyitott ajtót:

– Marlene, ez az ajtóromboló terminátor téged keres – mondta fanyar humorral, majd sietett vissza tanulni.

Az ajtóhoz mentem, Philip állt ott ziláltan.

– Marlene, tudnánk beszélni egy kicsit?

– Persze. Gyere, menjünk le a társalgóba.

A társalgóról tudni kell, hogy általában senki sem társalgás céljából megy oda, hanem tanulni. Ahogy a beléptünk a terembe, láttuk, hogy mindenki csöndben biflázza a tananyagot. Találtunk egy sarkot, ahol senkit nem zavartunk a beszélgetéssel.

– Mondd, Philip, mitől vagy ennyire izgatott?

– Gondolom, már tudod, hogy hamarosan elkezdődik a kiválasztás. Három hónap, és indulnak az első telepesek.

– Igen, tudom. Ettől vagy ilyen fura állapotban?

– Fura? – kérdezett vissza Philip. Ahogy rám nézett, szemei elkerekedtek, kezeit pedig széttárta maga előtt. – Figyelj, a lényeg, hogy megtudtam valamit. Hol is kezdjem? Fél órával ezelőtt egy pizzafutár kereste Vodkát. Tequila és én eléggé meglepődtünk ezen, mert Vodka eddig egyszer sem evett pizzát. A pizzafutár jelenléte nem is volt annyira különös, de amikor Vodka felnyitotta a pizzás dobozt, és megcsapta a pizza illata, fintorogni kezdett. Elvonult vele az íróasztalához, és áttette a pizzát egy tálra. Hozzá sem nyúlt, csak félretolta, és bámult maga elé, miközben a fejét fogta. Miért rendel valaki pizzát, aki sosem evett eddig? És miért nem eszi meg, ha megrendelte? Eszembe jutott az a pletyka, hogy Vodka nagybátyja a Vega projektnél dolgozik asszisztensként, és néha elejt neki egy-két megjegyzést titkos információkról. Eddig semmi nem utalt erre, de ez a félretolt pizza kezdett gyanús lenni. Ahogy ott ült a doboz felett, hirtelen megszólalt a mobilja, ezért kiment a folyosóra telefonálni. Tequila és én egymásra néztünk, és futottunk a pizzás dobozhoz, mindketten úgy gondoltuk, hogy valami nincs rendben. A doboz belsejében pedig ott állt egy üzenet:

„Az Alphán növekvő számú és mértékű energiaingadozások vannak. Nincs folyamatos jeltovábbítás az űrhajóról, a kimaradások oka ismeretlen."

– Csupán ennyi volt. Tequila és én megállapítottuk, hogy a pletyka igaz, Vodkát titkos információkkal látják el. Valami nincs rendben azon az űrhajón. Tequilával gondolkodtunk, és arra jutottunk, hogy ha valóban energiakiesések és szakadozó kapcsolat áll fenn, akkor az nem fogható a távolság miatti jelzavarra. Az Alphát több olyan kamerarendszerrel szerelték fel, amely állandó jelzést továbbít az irányítóközpontnak. A rendszer úgy van kitalálva, hogy ha egy-egy kamera meghibásodna, attól még a működő kamerák folyamatos kapcsolatban maradnak a központtal. Ha pedig az összes kamera egyszerre mondaná fel a szolgálatot, akkor helyzetjelzők továbbítják az adatokat a Földre. Az űrhajó négyóránként önvizsgálatot futtat le a legfontosabb rendszerein, és képes helyreállítani számos meghibásodást, köztük a kamerarendszerekét is. Ezeken kívül a szerelőrobotokat saját kamerarendszerrel és helyzetjelzővel látták el, amelyek szintén folytonos jelzést sugároznak a Földre. Szóval valamilyen módon mindig kell állandó adattovábbításnak lennie az űrhajó és az irányítóközpont között, hacsak nem valamilyen külső tényező okozza az energiakimaradást. A Hipparkhos űrszonda azonban semmilyen energiatorzulást nem mutatott ki az EP 71-es bolygón. Tequilával arra a következtésre jutottunk, hogy vagy hanyag munkát végeztek az űrhajóval, és az nem képes helyes önkorrekciókra, vagy ami rosszabb, hogy a Hipparkhos eredményei óta valami megváltozott az EP 71-en.

– Philip, ez valami rossz vicc? – kérdeztem értetlen arckifejezéssel. – Tudod te, miről beszélsz?

– Persze, hogy tudom! Hát ettől vagyok olyan „fura".

– Mi van, ha csak Vodka akart titeket megtréfálni?

– Te nem ismered Vodkát. Nagyon okos, de egyáltalán nincs humorérzéke. Kizárt, hogy ez valamilyen poén lenne.

– Az nem lehet, hogy mégis a több fényévnyi távolság okozza jelzavart?

– Figyelj, a csillapor és távolság valóban képes kimaradásokat okozni az adatfolyamban, de ezzel az Alpha és a terraformáló eszközök megépítésénél is számoltak a tudósok és a mérnökök is. Mondhatni totál biztosra akartak menni azzal, hogy az űrhajón minden kamerára és robotra, valamint a helyzetjelzőkre plusz jelerősítőket szereltek fel, hogy mindig legyen kapcsolat a bolygó és a Föld között.

– Akkor azt mondod, hogy valami baj van…

– Ezt próbálom elmagyarázni neked, Pöttöm Lady – mondta Philip lágyabb hangvételben egy kis mosollyal a szájzugában.

– Miért nem számoltak be erről a műsorban? Mi van, ha tényleg csak egy jelentéktelen dolog ez az egész energiaingadozás, és semmi komoly probléma nem áll mögötte?

– Alaposan átgondoltuk Tequilával. Nem hisszük, hogy egy lényegtelen tényezővel állunk szemben.

– Szerintetek eltitkolnának egy ilyen információt az emberek elől?

– Meglehet. Csak nem értjük, hogy miért. Nem csináltak elég ellenőrzőtesztet a gépeken? Vagy ha az eszközökkel minden rendben volt, akkor mi okozza a jelkiesést?

Teljesen meglepett Philip információja. Csak ültem mellette, és néztem magam elé értetlenül.

– Szóljunk valakinek erről? Nem kellene egy tanárral beszélni? – kérdeztem.

– Kinevetnének. Mit gondolsz, ha elmondjuk, hogy egy pizzás dobozban olvastuk ezt az infót, akkor nem néznek majd idiótáknak?

– De, igazad van. Akkor mit csináljunk?

– Nem tudom. Ne beszéljünk senkinek erről, a diákoknak se, ne keltsünk pánikot. Neked is csak azért mondtam el, mert nem akartam előled eltitkolni, és mert bízom benned. A bátyád a legjobb barátom, úgy éreztem, neked tudnod kell erről. Szerintem járjunk figyelmesen mostantól. Hátha észreveszünk vagy hallunk valamit, ami kapcsolatba hozható az energiakiesésekkel.

Ennyiben maradtunk. Philip információja kissé megtörte az eddigi lelkesedésem az EP 71 iránt. Azzal nyugtattam magam, hogy rémeket lát a nagy izgatottságtól, hiszen három hónap, és indulnak az első telepesek. Ki ne lenne ettől izgatott?

9. fejezet: A közös szimuláció

Ahogy teltek a hetek, úgy csökkent a Planeta programban maradtak száma. A tanulmányi követelmények egyre szigorodtak. Egy hónap telt el abból a bizonyos háromból, és már csak kétezer-ötszáz tanuló számított esélyesnek. Egyre több olyan szimulációs tesztet kaptunk, ahol az EP 71 körülményeit jelenítették meg. A szimulációk kezdetben a bolygó felderítésével, az ottani minták vételével és azok vizsgálataival voltak kapcsolatosak. Később különféle vészhelyzeteket vázoltak fel, amelyek vagy az űrhajón, vagy az EP 71-en zajlottak le. Rengeteg szituációban kellett helytállni egyénileg és csoportokban is. Ezekben a szimulációkban mindenféle matematikai, fizikai, kémiai, biológia, informatikai és egyéb tudományos rejtélyeket kellett megoldani, észre kellett vennünk a különféle összefüggéseket, és meg kellett oldanunk a felmerülő problémákat. A Planeta program így vizsgálta a tudásunkat, a koncentrációnkat, az elemző, döntéshozó és problémamegoldó képességünket, a kreativitásunkat, a rendszerszemléletünket, a motivációs hátterünket, az irányítói ambícióinkat, az engedelmességünket, a túlélési ösztöneinket, a csoporton belüli hierarchia kialakulását stb. A diákokat tanulmányi és érdeklődési körüknek megfelelően osztották be bizonyos munkaterületekre. Nekem általában biológusként, botanikusként, zoológusként vagy egyéb biológiához köthető szakemberként kellett szerepelnem a tesztekben. Azok a tanulók, akik jól tanultak, mindig teljesítették az elvárt tanulmányi követelményeket, emellett főként vezetői, irányítói képességükkel tűntek ki a többiek közül, jellemzően kapitányi pozícióban vehettek részt a csoportos feladatokban. Philip számtalanszor bizonyította már vezetői képességeit a Planeta programban. A tanárok és pszichológusok is felfigyeltek erre, így Philipet tizennyolc éves korától a legtöbb szimulációban kapitányi szerepre osztották be.

Az egyik szimulációnál Philippel kerültem egy csoportba. Nagyon örültem ennek, mert már több mint egy éve voltam a bentlakásos iskolában, mégsem sikerült eddig vele egy csoportba kerülnöm. Az első közös tesztünk a következőképpen nézett ki: a húsz fős legénység túl van a hibernáláson, az űrhajójuk közeledik az EP 71-hez, feladatuk specifikus szondákkal vizsgálni a bolygót. A legénység kapitánya Philip volt, én pedig szokás szerint biológiai kutatóként vettem részt a szimulációban.

– Irányt tartani, szondákat kibocsátani! – hangzott el a kapitányi parancs.

A szondák elérték a bolygót, majd megkezdődött a begyűjtött adatok elemzése. Az én feladatom volt a terraformálás biológiai eredményeinek vizsgálata és az élet nyomainak kutatása. Bevallom, a szimuláció során sokszor eszembe jutott, amikor Philip Zombi Kapitányként irányította azokat a lézercsatákat, amelyekben kisgyerekként játszottunk. Magamban mosolyogtam, hiszen a helyzet nem sokat változott. Philip továbbra is parancsolgat, és én végrehajtom az utasításait. Ott is egy holojátékban voltunk, és itt is. Igaz, most pár évvel idősebbek vagyunk, és a tét sokkal nagyobb, mint a legjobb lézerharcosnak lenni.

– Kapitány, az űrhajó bolygó körüli pályára állt a célnak megfelelően. Az üzemanyagfogyasztás némileg túllépte a tervezett értéket. A hajtóművek, az életfenntartórendszerek és szondák adattovábbítása zavartalanul működik – jelentette gépészmérnökünk, Zahid.

– Rendben. Indulhat a bolygó teljes körű letapogatása. Folytassuk a beérkezett adatok elemzését.

Philip alapos munkát végzett kapitányként, rendszeres jelentést kért a főbb rendszerek működéséről. Azt hiszem, ezt azért tette, mert nem tudta kiverni a fejéből a pizzás doboz szerinti energiaingadozásokat. Huszonöt perccel később a legénység egyik tagja aggasztó hírt közölt:

– Kapitány, szakadozik a kapcsolat az 4-es légköri szondával – állapította meg a meteorológiai éghajlatkutató, Lucia.

– Kérem a szonda pontos helyzetét és hologramos kivetítését. Futtassunk le egy rendszerelemzést a szondán. Mióta nincs állandó kapcsolat? – kérdezte a kapitány, miközben a hibát jelentő kutatóra nézett.

– Csaknem tíz perce.

– A rendszervizsgálat nem talált hibát a 4-es szondában – jelentette Zahid.

– Milyen éghajlati adatokat küldött a szonda a jelkiesés előtt és alatt? – érdeklődött Philip.

– A szonda által vizsgált zónát eleinte nyugodt légkör jellemezte, majd hirtelen felhalmozódtak az ellentétes elektromos töltések, amit kisebb elektromos kisülések követtek.

– A kisebb kisülések nem zavarhatják a szonda jeltovábbítását. Felépítése ellenáll intenzív légköri viharoknak is – vágott Lucia szavába Zahid.

– A szakadozó kapcsolat alatt több mint négyezer fokkal növekedett a kisülések hőmérséklete.

– Na, ez már érdekes, Lucia, pár perc alatt nőtt meg a villámlások hőmérséklete. Viszont a szonda burkolatának ezt ki kell bírnia, és nem zavarhatja meg az adatközlést sem – állapította meg a kapitány.

– Az EP 71-en korábban is mértek a Földhöz képest extrém elektromos kisülésekkel járó viharokat.

– Igen, Lucia, jól mondod – nyugtázta Philip. – Itt előfordulnak ilyen mértékű elektromos kisülések. A kérdés sokkal inkább arra irányul, hogy miért nincs állandó kapcsolatunk a szondával. Hiszen tudjuk, hogy ez a légköri jelenség nem befolyásolhatja ennyire az adatközlést. Ötleteket várok.

Philip körülnézett a teremben, majd tekintete rám szegeződött. A régi játékokból ismertem ezt a nézését. Tudtam, hogy van egy ötlete, de arra várt, hogy más is észrevegye azt, amit ő már sejtett.

– Milyen a légkör porkoncentrációja? Az nem akadályozhatja a jelküldést? – vetette fel Sushil, aki a geológusi posztot kapta.

Mielőtt valaki megválaszolhatta volna kérdéseit, hangos sípolással megszólalt a füstérzékelő. A központi számítógép tüzet jelzett a hármas raktérben.

– Mit tartunk a hármas raktérben? – kérdezte izgatottan Philip.

Ránéztem a monitoromra.

– Termőmagokat és palántákat – válaszoltam kétségbeesettem. – Kapitány, ez a készlet alkotja élelmiszerünk kétharmadát!

– Az automata tűzoltórendszer nem reagál – jelentette Zahid.

– Indítsd újra a rendszert! Az oxigént kivonni a hármas raktérből! – adta parancsba Philip.

– Oxigénkivonás folyamatban. A tűzoltórendszer újraindítása megtörtént, a rendszer nem fogadja el a parancsot. – Zahid kezdett feszült lenni.

– Ha kívülről nem tudjuk eloltani a tüzet, akkor csak a légzsilipek kinyitása marad, de előtte ki kell hoznunk a magvakat. Zahid, a raktér ajtaja is tűz alatt áll? – kérdezte a kapitány.

– Az ajtó egyelőre használható, de a tűz rohamosan terjed.

– Küldd oda az összes robotot arról a fedélzetről. Ki felügyelte a raktér bepakolását?

– Én – válaszoltam remegő hangon Philip kérdésére.

– Marlene, neked kell irányítanod a robotokat, menj Zahid mellé a vezérlőpulthoz – hangzott a kapitányi parancs. – A lehető legtöbb termőmagot ki kell hoznunk. Zahid, hány robot van a hármas fedélzeten?

– Tizenöt, mind úton a raktárhoz. Tíz robot másfél percen belül eléri a raktárt, a maradék öt csak nyolc perc múlva.

– Értem. Hat robot fogja kihozni a konténereket, négy a tüzet oltja.

Klaus, gyors számítást kérek a lehető legnagyobb mértékű magkimentésre – utasította Philip Klaust, aki matematikusként volt jelen a csapatban.

– Készítem. Legjobb opció kiszámítva, azonnal küldöm a vezérlőpulthoz.

– Adatok átjöttek, indítjuk a robotokat – jelentettem. – Robotok a hármas raktérben. Négy elkezdte a tűzoltást. Három robot feloldotta az ötös és hatos konténerek stabilitását, a többi a hetes és nyolcas konténerekét.

Mialatt a robotok fékezték a tűz terjedését, és mentették a rakományt, Lucia újabb jelentést tett a szondáról:

– Kapitány, a 4-es szonda már csak percenként továbbít adatokat.

– Akkor hozzuk vissza azt a szondát. Hátha a belső vizsgálatokból kiderítjük a jelkimaradások okát.

– Értettem, 4-es szonda visszatér az űrhajóra. – Lucia új iránykódot küldött a szondának.

– Kapitány, a tűz gyorsabban terjed, mint feltételeztük, tönkretette három robotunkat. A raktér több mint kétharmada tűz alatt van – sorolta a károkat Zahid. – A maradék öt robot három perc múlva éri el a rakteret.

– Oxigént elvonni a hármas raktér előtti folyosóról! Marlene, hogy állunk a magvakkal? – tette fel a kérdést Philip.

– A mentési terv szerint a készlet nyolcvan százalékát sikerült kihozni a tűzből. Két robot a kettes konténer stabilitását oldja fel.

– Kapitány, nincs több időnk, az ajtót be kell zárni. A tűz átterjedhet a folyosóra – aggodalmaskodott Zahid.

– A két robot elindult a konténerrel. Másfél perc, és az ajtóhoz érnek.

– Nincs több időnk. A folyosó már füstködben van – jelentett utánam Zahid.

– Azt utolsó tűzoltórobotot a konténermentéshez küldeni azonnal! – Ebből a parancsból tudtam, hogy Philip egyetért velem abban, hogy minél több magot kell megmentenünk, különben éhínség vár ránk és a következő telepesekre is.

– Tűzoltó robot a konténernél. A robotok teljesítménye hetvenegy százalékos. A lángcsóvák elérték a hármas raktér ajtaját.

– Harminc másodperc, és a konténer kijut a raktérből – adtam gyors helyzetjelentést Zahidot követően.

– Újabb robot ment tönkre.

– Zahid, mikor ér a raktérhez az az öt robot?

– Tíz másodperc múlva.

– Az elég nekünk – bizakodott Philip.

– Az öt robot a raktérben van.

– Azonnal lökjék ki a folyosóra a konténert! – ordította a kapitány. – Raktérajtót bezárni öt másodperc múlva! Légzsilipek nyitását megkezdeni!

Végül sikerült a tüzet megfékezni és a tervezett magkészlet száz százalékát megmenteni, ez a teljes mennyiség hatvan százaléka volt. Mind a tizenöt robotot elvesztettük, tízet a tűz tett tönkre, a többi a légzsilipek kinyitásakor az űrbe veszett. A 4-es szonda visszatért az űrhajóra. Az akadozó jeltovábbítás okára nem derült fény, mivel a szimulációt befejezték a 4-es szonda visszatérésekor, így további vizsgálatokra nem volt lehetőségünk. A teszten sikeresen átmentünk. Külön öröm volt számomra, hogy Philippel lehettem egy csoportban. Eszembe juttatta a gyerekkorunkat, de ez valahogy nagyon más volt. Még mindig láttam a gyermeki lelkesedést a szemében, viszont most komoly férfiként osztogatta a parancsokat, büszke voltam rá.

10. fejezet: A naplemente

A következő hónapra már csak nyolcszáz tanuló maradt a Planeta programban. Kezdett egyértelművé válni, hogy kinek milyen pozíciót szánnak a küldetésen. Az egyik nap éppen a mikrobiológiai vizsgámra tanultam, mikor Francesca dühösen berohant a szobánkba, ledőlt az ágyára, és sírni kezdett. Nem egyszerűen csak sírt, hanem ordítva zokogott, mintha élete tizennyolc évének minden fájdalmát és csalódását egyszerre adta volna ki magából. Rémisztő volt. Látta, hogy Katsumi és én is ott vagyunk a szobában, de nem érdekelte, úgy bőgött, hogy egész teste rángatózott a keserűségtől. Katsumival egymásra néztünk, és szavak nélkül is tudtuk, hogy Francesca miért szenved: kiesett a programból. Minél közelebb került valaki a beválogatáshoz, annál nagyobb szívfájdalommal vette tudomásul, hogy elbúcsúzhat a terraformáló álmától. Se Katsumi, se én nem tudtuk, hogy mit is mondjunk Francescának, így hát hagytuk, hadd bőgje ki magát.

Fél óra múlva Francesca még mindig úgy zokogott, hogy már nem bírtam tovább hallgatni, úgyhogy kimentem a folyosóra. Pár perc múlva Katsumi is követett.

– Nem bírtad elviselni ezt a nagy sírás-rívást? El sem hiszem, hogy még mindig úgy bömböl, mint egy taknyos kisgyerek, akinek elvették a játékát.

– Ugyan Katsumi, biztos szörnyen fáj neki. Ő is annyira az első telepesek közé akart kerülni, mint te vagy én.

– Engem nem hat meg ez a bőgőmasina. Eggyel kevesebb ellenfelem van – mondta Katsumi fejét fölényesen magasba emelve.

Katsumi mindig is kevés jelét adta a jóindulatnak, talán nem volt már neki olyanja. Szinte elvakította a vágy, hogy terraformáló legyen. Olyan embertelennek látszott. Ekkor tudatosult bennem, hogy a Planeta program néhány gyerekből szívtelen gépezetet csinált. Törtető monstrumok lettünk. Úgy éreztem, szükségem van valakire, aki érti, hogy milyen érzés ebben a bentlakásos kiképző őrületben lenni, aki mellett embernek érezhetem magam. Egyetlen személy volt az iskolában, akihez fordulhattam: Philiphez. Elindultam hát az épület másik végébe, ahol a fiúk szobái voltak, hogy beszélhessek vele. Hallkan kopogni kezdtem a 110-es szoba ajtaján. A szobatársa Tequila, azaz Pablo nyitott ajtót.

– Szia, Philipet keresem. Itt van?

– Igen, gyere be szerény hajlékunkba – invitált be barátságosan Tequila. – Philip, vendéged jött!

– Marlene, mi újság? Minden rendben? Eddig még egyszer sem látogattál meg – fejezte ki meglepettségét Philip.

– Szia, nem zavarlak? Úgy látom, éppen az űrhajó informatikai felépítését tanulmányozod.

– Igen, azt, de van egy kis időm. Sőt, úgy ennék valamit! Gyere, menjünk el a büféhez, hagyjuk a srácokat tanulni, holnap nehéz vizsgájuk lesz.

Ahogy a büfé felé mentünk, a folyosó üvegablakain áthatoltak a lenyugvó nap sugarai. Közelebb mentem az egyik ablakhoz, és elmerengtem a csodás látványban.

– Philip, ugye milyen szép?

– A naplementére gondolsz? Igen, az. De ugye tudod, hogy ha kiválasztanak első telepesnek, akkor többé nem élvezheted a nap látványát. A vöröstörpe csillag más fényjátékkal világítja meg az EP 71-et. Szóval élvezd a napsugarakat, Pöttöm Lady, amíg lehet – mondta, majd leült mellém az ablak előtti padra. Én közben úgy bámultam kifelé az ablakon, mintha magamba akartam volna gyűjteni az összes napsugarat. Nagyokat sóhajtottam.

– Óh, Philip, azt hiszem, nekem hiányozna ez a gyönyörű naplemente, meg annyi minden és mindenki innen a Földről.

– Nem láttalak még ilyen szomorúnak. Történt veled valami?

– A szobatársnőm, Francesca nemrég tudta meg, hogy kiesett a Planeta programból. Azóta szünet nélkül sír. Nem egyszerűen sír, hanem fájdalmasan zokog. Nem bírtam már ottmaradni a szobánkban, úgy éreztem, megfulladok attól a kíntól, ami árad belőle. Megrémültem. Szerinted megéri küzdeni a terraformáló posztért? Eszembe jutott, hogy Jason is annyira maga alá került, amikor kiderült, hogy nem juthat ki az első emberekkel az EP 71-re. Mi van, ha nekem sem sikerül? Olyan régóta tanulok már erre, semmi másról nem szólt eddigi életem, csak a felkészülésről. Mi van, ha semmit sem érek vele, mert kiesek?

– Ne ess kétségbe! Nehogy most kezdj kételkedni, amikor már olyan közel a cél. Annyira már ismerlek, hogy tudjam, te egy kíváncsi lány vagy. Láttam a csillogást a szemedben, amikor a múltkor az EP 71 lehetséges botanikai megoldásaiból vizsgáztál. Egyértelmű volt, hogy szíved mélyén oda vágysz. Az a lány, akit akkor láttam, csak úgy ragyogott, mikor az EP 71-ről beszélt.

Nagyon jólestek Philip lelkesítő szavai. Úgy öntötte belém a hitet, mint ahogyan a régi korok hadvezérei lelkesítették seregüket a csata előtt. Tudtam, hogy Philip tökéletes kapitány lesz. Ahogy ott ültünk a padon, egyszer csak azt vettem észre, hogy már nem naplementét csodáltam, hanem Philip sötétbarna szemeiben vesztem el. Mondókája közben váratlanul megfogta a kezem, és csak annyit mondott:

– Én hiszek benned, Pöttöm Lady!

A kezem izzadni kezdett, arcomat forróság öntötte el. Zavaromban hirtelen felpattantam a padról.

– Most már mennem kell – hebegtem halkan.

Philip visszakísért a szobámba. Mintha meg akart volna győződni arról, hogy tényleg jobban vagyok-e. Mielőtt visszaindult, mélyen a szemembe nézett, és rám kacsintott. Nem tudom, miért, de most olyan más volt. Ahogy beléptem a szobánkba, Francesca még mindig sírt, de már szinte semmit nem hallottam belőle, mert Philip szavai csengtek a fülemben egészen addig, amíg el nem aludtam.

11. fejezet: Az első telepesek

Elérkezett a nagy nap, az első telepesek kiválasztása. Száz fiú és száz lány várta izgatottan, hogy végre kiderüljön, lehet-e terraformáló, vagy sem. Az iskola dísztermében ünnepélyes eredményhirdetést szerveztek. Én úgy döntöttem, hogy inkább Philip és a szobatársai közelében hallgatom a nagy hírt, mintsem az egyre önteltebb és elviselhetetlenebb Katsumival. Amint beléptem a terembe, szemeimmel keresni kezdtem Philipet. Egy másik bejáratnál állt a fiúkkal. Vodka nem tűnt valami izgatottnak, ki tudja, talán titkos információt kapott arról is, hogy kiket választottak ki. Ahogy közeledtem feléjük, Philip mindkét kezével integetni kezdett nekem, elég viccesen nézett ki, ahogyan a hatalmas tenyereivel köröket ír le a levegőben.

– Gyere, Pöttöm Lady! Eljött az ítélet napja – fokozta izgatottságomat Philip. – Reméltem, hogy veled lehetek a kiválasztáskor. Jason letépné a fejem, ha ilyen fontos pillanatban magadra hagynálak.

A kiválasztottak megnevezése előtt az igazgató hosszasan magyarázta, hogy milyen nagy szerepünk van abban, hogy az emberiség egy új világot hódítson meg magának, hogy mi vagyunk fajunk megmentői, hogy nélkülünk az emberi civilizáció elveszne, hogy milyen szerencsések vagyunk, hogy közülünk kerülhetnek ki azok, akik először képviselhetik az embereket egy másik bolygón, és így tovább. Az igazgató nagyon értett ahhoz, hogy szavaival súrolja a türelmünk határát. Egy hatalmas képernyő ereszkedett le az igazgató mellé, hogy ezen mutassák be az első telepesek fényképeit. A torkom egyre jobban kiszáradt az izgalomtól. Óriási feszültség uralkodott el rajtam és a terem összes diákján. Nemcsak a kiválasztott tanulók nevét ismertették, hanem az EP 71 terraformálásában betöltendő munkaterületet is. Nagy izgalmamban hirtelen megszorítottam Philip kezét. Meglepetten figyelte, ahogy kezemmel egyre erősebben kapaszkodtam az övébe, majd a szemembe nézett, és rám kacsintott. Amikor a számomra esélyes biológusi munkakörhöz ért a felolvasás, egész testemben remegni kezdtem, mire Philip gyors és erős mozdulattal markolt a kezembe. Azt hiszem, így akart megnyugtatni. Feszülten hallgattam az igazgató szavait:

– Az EP 71-en végzendő biológiai vonatkozású mintagyűjtésekért, laboratóriumi, illetve helyszíni kísérletek és tesztek kidolgozásáért, valamint végrehajtásáért felelős megbízott biológiai koordinátor posztra választott: Marlene McKenzie.

Első hallásra fel sem fogtam, hogy az én nevemet mondták, csak meredten néztem magam elé. Amikor megjelent a fényképem a kivetítőn, végre elhittem, hogy sikerült. Az a sok évnyi tanulás és küzdelem végre meghozta gyümölcsét. Hatalmas vigyorral az arcomon és óriási tehertől megkönnyebbülten ugrottam Philip nyakába. Az izgatottságtól még mindig remegő karokkal öleltem magamhoz. Éreztem, ahogy egy könnycsepp gördül le arcomon, az öröm könnye volt ez.

– Sikerült, Pöttöm Lady! Gratulálok! Terraformáló vagy – suttogta Philip halkan a fülembe, miközben egyre közelebb húzta magához reszkető testemet.

Félpercnyi öröm után ráeszméltem, hogy Philip neve még nem hangzott el. A kapitányi tisztség a legnagyobb megtiszteltetés a terraformálás során, így azt legutoljára jelentették be. Lefejtettem hát Philip nyaka köré font karjaimat, és újra megfogtam a kezét, most már érte izgultam. Megtöröltem örömtől könnybe lábadt szemeimet, nagy levegőt vettem, és drukkoltam, hogy Philip is terraformáló lehessen. Közben az energetikai gépészmérnöki posztra Tequilát, azaz Pablot nevezték ki, aki óvatos lábdobogásba kezdett örömében. Ahogy vártuk, hogy végre a kapitányi poszthoz érjen a felolvasás, mintha órák teltek volna el, pedig a valóságban csak pár perc volt a tizenkilenc első telepes nevének felsorolása. Philip bizakodóan nézte a képernyőt. Nem nagyon látszott az arcán, hogy mi zajlott benne. Pislogás nélkül szuggerálta a monitort, mintha valami varázsló lenne. A tizenkilencedik név után ismét egy gyors és erős mozdulattal szorította meg a kezem. Ebből tudtam, hogy bár nem mutatta, de ugyanúgy izgult, mint bármelyik diák a teremben. Az igazgató bejelentését a kapitányi posztról mindenki néma csöndben várta.

– Az első telepesek kapitánya, aki a terraformálás második szakaszának irányításáért és végrehajtásáért, az EP 71 és a Föld közötti kapcsolattartásért továbbá a legénység épségért és egységéért teljeskörű felelősséggel tartozik, nem más, mint Philip Scott.

A neve hallatán Philip továbbra is szigorú arccal bámulta a kivetítőt, mintha nem is hallotta volna, hogy az ő nevét mondták. Megszorítottam a kezét, erre, mint akit kisebb áramütés ért, összerezdült, majd gyorsan pislogó szemekkel bámult a képernyőre. Philip is csak a fényképe láttán hitte el, hogy valóban az ő nevét olvasták fel. Ő lett a kapitányunk. Az eddigi kifejezéstelen arcán most a boldogság jelei tűntek fel, széles mosolyából szinte valamennyi foga elővillant. Tequila hirtelen megbökte a könyökével:

– Zombi Kapitááány! Velünk jössz te is! – suttogta, majd kézfogással gratulált Philipnek.

– Úgy reméltem, hogy te leszel a kapitány! Annyira örülök! Gratul...
– fejeztem volna ki elismerésem én is Philipnek, de most ő volt az, aki hirtelen magához szorított, olyan erővel, hogy nem volt több levegőm befejezni a gratulációmat.

Két hét volt az űrhajó fellövéséig, ebből négy napot családi környezeteben tölthettünk. Nagyon jó volt újra találkozni a családommal. Ritkán látogattak meg a bentlakásos iskolában töltött másfél év alatt. Jason és Rebecca is otthon várt rám a szüleimmel együtt. Hatalmas ölelkezésbe kezdett a család. Órákon át csak faggattak az iskoláról, a vizsgákról és tesztekről, a többi diákról. Úgy figyelték minden szavam, mintha ezer éve nem beszéltünk volna. Kezdtem berekedni a sok beszédtől, de élveztem minden percet, amit velük tölthettem. Tudtam, hogy ilyen családi együttlét talán sosem lesz többé az életemben.

Az otthon töltött utolsó napon Philip a bátyámat is meglátogatta. Azt mondta, nem mehet el egy másik bolygóra úgy, hogy nem köszön el a legjobb barátjától. Viccelődött is, hogy azért jött búcsúzkodni, mert attól tartott, hogy ha nem jön el, akkor Jason sértődöttségében utána küld egy rakétát az űrbe.

12. fejezet: A mentorok

A négynapos otthoni idill után a Johnson Felkészítő Állomásra vittek minket, leendő terraformálókat. Épphogy csak kiraktak minket a szállásunk előtt, már közölték is, hogy este TV-műsort készítenek velünk. Furcsa volt elképzelni, hogy abban a műsorba fogok szerepelni, amit mindig olyan lelkesen és kíváncsian figyeltem. Az űrhajó fellövéséig a francia Marion lett a szobatársam, ő lényegében vegyészi munkakörben fog feladatokat teljesíteni az EP 71-en. Többször is volt már közös szimulációs gyakorlatunk, de akkor sosem beszéltünk két szónál többet egymással. Mindig olyan csendes és magának való lánynak tűnt, de most csak úgy csacsogta mondanivalóját órákon át.

Kicsivel később mindenkit behívtak az állomás dísztermébe, ahol megismerkedtünk dr. Irina Stojanoviccsal és dr. Charles Wilddal. Különleges élmény volt a Vega űrprojekt két vezetőjével találkozni, kedvesek és nagyon közvetlenek voltak. Bemutatták nekünk Jeremyt is, az android társunkat. Jeremy azt a feladatot kapta, hogy segítsen minket és vigyázzon ránk az út alatt, illetve a bolygón is. Roppant élethű emberi külsővel bírt, száznyolcvanöt centiméter magas volt, sportos testalkatú, fémvázát bársonyos tapintású bőrszövettel vonták be, határozott, mégis könnyed léptek jellemezték, csupán természetellenesen élénk kék szemei árulták el, hogy valójában nem egy húsvér ember.

Lassan elkezdődött a TV-felvétel.
– Üdvözöljük kedves nézőinket innen a Johnson Állomásról, ahol az első telepesek utolsó földi napjaikat töltik. Megkérem dr. Irina Stojanovicot és dr. Charles Wildot, hogy mutassák be nekünk a terraformálókat! – konferált fel minket a műsorvezetőnő.
– Üdvözöljük a nézőket! Mi is ugyanolyan izgatottan vártuk már, hogy megismerjük ezt a húsz kiváló diákot, mint önök otthon. Kérem, engedjék meg, hogy ezek a rendkívüli fiatalok pár szóban meséljenek magukról, és az EP 71-en betöltendő feladatukról – vette át a szót a bájos Irina.
A rövid ismertetőnk után így szólt a műsorvezetőnő:
– Úgy látom, hogy az informatikus Anke a csapatban a legfiatalabb az ő tizenhat évével, és a kapitány, a csaknem húszéves Philip a legidősebb. Voltatok már valaha ilyen összetételben iskolai szimulációban?

– Mindannyian dolgoztunk már együtt, de ilyen felállásban soha sem kerültünk egy csoportba. Sokat nem beszélgettünk, viszont már látásból ismertük egymást. Most végre nem kell rivalizálnunk, ez eléggé megnehezítette a barátkozást. A kiválasztást követően mindannyian sokkal felszabadultabbak és nyitottabbak lettünk – válaszolt Philip.

Negyven percen keresztül zajlott a beszélgetés. Egész jó kis hangulat alakult ki.

– Charles, mikor tudunk már meg valamit a két mentorról, akik elkísérik ezt a lelkes csapatot? – tette fel azt a kérdést a műsorvezetőnő, ami minket is nagyon érdekelt.

– Nos, most jött el a nagy pillanat, hogy lerántsam a leplet a mentorokat övező titkolózásról. Nagyon sok vita zajlott arról, hogy kik lennének a legalkalmasabbak a mentori szerepre. Az egyik nézőpont azokat a diákokat javasolta, akik tökéletesen teljesítettek a Planeta programban, de túlkorosak lettek, azaz elmúltak húszévesek. A másik nézőpont a Vega űrprojekt szakembereit helyezte előtérbe, mivel ők évek óta az EP 71 lakhatóvá tételéért dolgoztak. A túlkoros diákok mellett két fő érv szólt: az egyik a széleskörű tudásuk, amit a képzés alatt szereztek, a másik a fiatalságuk. Húsz évnél idősebbek, de még mindig fiatalabbak, mint a Vega projekt alkalmazottai, szervezetük jobban tud alkalmazkodni az új körülményekhez. A Vega projektben dolgozók többéves szakmai és emberi tapasztalata azonban korántsem elhanyagolható tényező. Jogszerű szavazás mellett végül a Vega űrprojekt szakembereiből került ki a két mentor. És hát, itt láthatják őket Irina és jómagam személyében.

A hír hallatán mindenki meglepődött, a teremben pár másodpercre kínos csend lett, amit Irina tört meg az android társunk bemutatásával. Jeremy udvariasan köszöntötte a nézőket, majd helyet foglalt a stúdióban. A műsorvezetőnő nem bírta róla levenni szemét, nem csodálom, hiszen igen vonzó külsőt kapott az androidunk.

13. fejezet: Az elindulás

Eljött a nagy nap, a Föld elhagyásának napja. Kaptunk egy kis időt, hogy elbúcsúzzunk a szeretteinktől. A családom számos tagja jött el, hogy személyesen is láthassák az űrhajó fellövését. Hosszú percekig öleltem magamhoz a családom minden jelenlévő tagját. Sok sikert kívántak nekem, majd könnyes szemmel hátat fordítottam nekik, és elindultam az űrhajó felé. Úgy éreztem, mintha az életükből sétáltam volna ki. Tudtam, hogy a szívem egy része itt marad velük a Földön, de feladatom volt, és csábított egy új világ.

A technikusok rám segítették az űrszimulációkból már jól ismert szkafandert, majd teljes izgalomban foglaltam el a helyem az Armstrong űrhajón. Philippel szemben ültettek le, aki egyfolytában csak mosolygott, már nagyon várta ezt az utazást. Néha összetalálkozott a tekintetünk, rám kacsintott párszor, mintha így jelezte volna, hogy ne izguljak, minden rendben lesz. Elhangzott a visszaszámlás. A raketák hatalmas erővel röpítettek az űrbe, pontosabban a Galilei űrállomáshoz. Itt egy sokkal nagyobb űrhajó várt ránk, az Odüsszeusz, amelyben már összekészítették az utazáshoz, a letelepedéshez, a kutatáshoz és a terraformálás második fázisához szükséges felszereléseinket, valamint az élelmiszerkészletünket. Annyiszor láttam már kivetítve a csillagokat, mégis személyesen megfigyelni őket fenomenális látvány volt. Néhány óra múlva elértük az űrállomást. Gyors átszállást követően már ott is találtam magam az Odüsszeuszon, ahol nyolcévnyi utazás várt rám. A Galilei személyzete körbevezetett minket ezen a hatalmas űrhajón. Az Odüsszeuszt az első telepesek számára alkották meg; óriási volt, de csak huszonkét ember fért el benne. Az űrhajó jelentős részében a felszerelésünk volt elhelyezve.

Elbúcsúztunk az űrállomás embereitől, majd elfoglaltuk a posztunkat az Odüsszeuszon. Az űrhajónkat egy előre beprogramozott robotpilóta irányította, ennek fő oka a hibernálásunk volt. A hibernáció mellett két fő érv szólt. Az egyik, hogy a legénység fizikailag és pszichológiailag is sokkal nagyobb biztonságban van egy zárt dobozban. Egyszerűbb egy kis helyen mesterséges gravitációt fenntartani, és oxigénnel ellátni, valamint az öntudatlan állapot miatt nem alakul ki érzelmi probléma a többéves bezártságunk miatt. Másrészt sok pénzt, helyet és energiát spórolt így az emberiség, hogy utunk nagy részét öntudatlanul, mély alvásban tettük meg.

Mindannyian kaptunk bizonyos fokú kiképzést az űrhajózásból. Képesek lettünk volna elnavigálni a csillagok között és irányítani ezt a hatalmas űrhajót, de mivel csaknem egy évtizedig tartó alvás várt ránk, így mindenképpen szükség volt a robotpilótára.

Pár órás űrutazás után eljött a hibernálás ideje. Philip gondos kapitányként ismertette a hibernálás alatti útitervet és az ébredés utáni teendőinket. Ezután Jeremy gyors egészségügyi átvilágítást hajtott végre mindenkinél, hogy az alvófülkéket személyre szabottan tudja beállítani. Míg az android a többieket vizsgálta, Philip mellém ült az egyik vizsgálóasztalra.

– Mi újság, Pöttöm Lady? Hogy tetszik a világűr és az Odüsszeusz?

– Jelentem, minden rendben. A csillagok ezerszer gyönyörűbbek, mint bármelyik szimulációban voltak. Az űrhajó pedig sokkal nagyobb, mint gondoltam. Bár nekünk nem sok hely jut benne, de kényelmesen elférünk így is. Neked mi a véleményed?

– Én is hasonlókat gondolok, az űr és a csillagok látványa magáért beszél. Olyan szívesen tennék egy űrsétát, de nem kaptam rá engedélyt, mert nincs a tervben. Megpróbáltam körbejárni az Odüsszeuszt, de nem volt időm eljutni minden fedélzeti szintjére. Ha felébredtünk, majd folytatom tovább a felderítést, akár el is kísérhetnél. Egyébként jól felszerelt űrhajó. Nem lesz itt semmi gond. Sima utunk lesz, teljesen kipihenten érkezünk meg az EP 71-re – mondta Philip, miközben nagyot nyújtózott.

– Kicsit azért izgulok, hogy mi történik majd ez alatt a nyolc év alatt.

– Nagynéni leszel! – vágta rá Philip vidám kuncogás kíséretében. – Szöcske minimum négy gyerek büszke apukája lesz.

– Marlene, te következel – szakította félbe beszélgetésünket az android. – Gyere, kérlek, az alvófülkédhez, és aktiváljuk a hibernálást.

– Rendben Jeremy, egy percet kérek még, hadd búcsúzzak el a kapitánytól.

Jeremy magunkra hagyott minket.

– Hát, mennem kell. Egy valamit mindig is meg akartam kérdezni, és úgy érzem most, hogy nyolc évig nem találkozunk, nem halogathatom tovább.

– Mondd csak, ki vele.

– Miért éppen Zombi Kapitány? Miért így nevezed magad?

Philip hangos nevetésben tört ki.

– Ez a nagy kérdés? Oké, elárulom. Nehogy emiatt ne tudj aludni. Mikor kicsi voltam, láttam egy filmet, telis-tele zombikkal. Ezek nem öntudatlan zombiként viselkedtek, hanem teljesen maguknál voltak. Nem gyilkolták az élőket, és a testük sem bomlott. Úgy néztek ki, mint bármelyik ember, és ugyanúgy tették a dolgukat, mint te vagy én, azzal a különbséggel, hogy egyszer már meghaltak. Volt egy zombikból álló csapat, amely az emberek életerejére vadászó néhány zombit üldözte. Ennek a csapatnak a kapitánya volt a kedvenc figurám. Bátor zombi volt, aki félelmet nem ismerve egy szebb jövőért és a békért harcolt. Sokáig a példaképemnek tekintettem. – Itt újra elnevette magát. – Röviden ezért lettem Zombi Kapitány.

– Óh, hát ennyi? – kérdeztem meglepődve. – El nem tudtam képzelni, hogy miért zombi? Már azt hittem, hogy titkokban a hullákhoz vonzódsz, és embereket akarsz ölni, csak a megfelelő alkalomra vársz. Mi tagadás, egy űrhajó, ahol huszonkét ember van összezárva, egész jó svédasztal lenne egy zombinak. – Nagyokat kacagtunk a képzelgéseimen. – Most már megyek, búcsúzom. Aludj jól, Zombi Kapitány!

Leugrottam a vizsgálóasztalról, elindultam a fülkém felé, de két lépés után megtorpantam. Philip megfogta a kezem, és visszatartott.

– Szép álmokat, Pöttöm Lady! – suttogta hallkan miközben magához húzott, és megölelt.

Jeremy már várt rám az üvegkoporsóra emlékeztető hibernációs fülkémnél. Belefeküdtem, és hagytam, hogy rám zárja fedelet. Az elalvás előtt mélyeket lélegeztem, szemeim lassan lecsukódtak, de még észrevették a háttérben álló Philipet, aki aggódva felügyelte, hogy rendben álomba szenderüljek.

14. fejezet: Az ébredés

– Marlene! Marlene! Ébredezz! Közeledünk az EP 71-hez. Az egészségügyi értékeid megfelelőek. Jó reggelt kívánok!

Hallottam, ahogy Jeremy ébresztget engem. Ott ült az üvegkoporsóm mellett, mégis olyan távolinak tűnt a hangja. Próbáltam kinyitni a szemem, de a szemhéjaim olyan nehezek voltak, mintha apró súlyok húzták volna vissza őket. Az űrhajón lévő éles fények bántották a szemem, mégis egy elmosódott szürke alakot véltem felfedezni a hibernációs kabinom mellett. Tudtam, hogy nem Jeremy az, mert hallottam, hogy Marion nevét mondogatja, éppen őt keltette fel. Próbáltam megkérdezni, hogy ki lehet ez az alak, de nem bírtam szavakat formálni az ajkaimmal, csupán nyöszörgő hangok kiadására voltam képes. Az egész testem olyan nehéz volt, mozogni akartam, de az ujjaimon kívül egyik testrészemet sem tudtam megmozdítani. A mellettem lévő alak köszörülni kezdte a torkát... többször krákogott, de nem mondott semmit. Váratlanul valami a kézfejemre zuhant. Próbáltam megnézni, mi lehet az, de csak homályosan láttam. Ez a valami egyszer csak apró, lágy mozdulatokkal simogatni kezdte az ujjaimat, a szürke alak keze volt az. Végre halk suttogó szavak jöttek a titokzatos alak felől.

– Szia, Pöttöm...Pöttöm Lady.

Philip volt az. Ő ült ott mellettem. Úgy éreztem magam, mint egy groteszk Csipkerózsika, akit mély álmából ébreszt hercege. Csakhogy ez a herceg is mély álomból ébredezett éppen. Meglehetősen magatehetetlenek voltunk mindketten. Én is üdvözölni akartam őt, de újra csak nyöszörgésre voltam képes.

– Philip kapitány, még néhány percig jobb, ha te is fekszel, amíg a szervezeted visszanyeri erejét. Marlene és a legénység többi tagja is kielégítő egészségügyi adatokat mutat nyolcévnyi hibernálást követően. Nemsokára mindenki szolgálatkész állapotba kerül – jelentett Jeremy a kapitánynak, majd visszakísérte a fülkéjéhez.

Két óra múlva Jeremy beszámolót tartott arról, hogy mi történt a hibernálásunk alatt. A Föld levegőszennyezettsége sajnos súlyosan tovább romlott, a légúti megbetegedések száma gyarapodott, az alapvető élelmiszerek csak további génmódosítással termelhetők a Földön, még mindig kevés az élelem, emiatt egy gyermekre szigorították a születésszabályzást. A Vega űrprojekt eredményei ígéretesek az EP 71 kezdeti fázisát illetően. Négy évvel az Odüsszeusz elindulása után az emberiség újabb csoportja vett irányt a bolygó felé, őket a telepesek első hullámának nevezik, hamarosan pedig még egy csoportot küldenek, ezzel mindegy száznegyvenezer ember kapott lehetőséget egy új életre.

Az android prezentációja után megkaptuk személyes üzeneteinket. Jól sejtettük Philippel, a bátyám megnősült és apuka lett. Még a születésszabályzás előtt megszülettek a gyerekei, egy lánya lett, Rose, és egy fia, Justin. Boldog házasságban élt Rebeccával, örömüket csak az árnyékolta be, hogy Rose sokat betegeskedett, a légköri por súlyos köhögési rohamokat okozott nála. Legnagyobb örömömre bekerültek a telepesek második hullámába, így esélyt kaptunk a találkozásra. A szüleim a körülményekhez képest jól voltak. Apa időnként gyengélkedett, de anya gondját viselte. Sokat öregedtek a nyolc év alatt. Apukám teljesen megőszült, anyukám pedig látványosan sokat fogyott, pedig korábban sem volt egy telt asszony. A Vega projekt engedélyezte, hogy egy rövid videóban mi is reagálhassunk a kapott üzenetekre. Boldog voltam, hogy láthattam a családom, és nagyon büszke voltam Jasonre.

Alig vártam, hogy Philipnek is elújságoljam a híreket, vigyorogva kerestem fel a kabinjában. Szomorú látvány fogadott, Philip lehajtott fejjel gubbasztott az ágya szélén.

– Philip, mi történt? – kérdeztem ijedten.

– A szüleim… a szüleim meghaltak – válaszolta, arcát a két tenyerébe fúrva.

– Óh, szörnyen sajnálom! Fogadd őszinte részvétem.

Lehajoltam hozzá, és megöleltem, ő nem ölelt vissza, de el sem húzódott tőlem. Éreztem, ahogy izmos teste elgyengült a karjaimban. Egyre szaporábban kezdett levegőt venni, mintha a belül érzett fájdalom fojtogatásából keresett volna kiutat minden lélegzetével. Csak ültem mellette és öleltem, együttéreztem vele. Pár perccel ezelőtt még ujjongtam örömömben, most meg a szívem hasadt meg Philip szenvedését látva. Lassan erőt vett magán, kibújt a karjaimból, és mesélni kezdett.

– Apám hat évvel ezelőtt tüdőrákot kapott. Az a sok por a levegőben tönkretette a tüdejét. Minden levegővétel egyre fájdalmasabb volt neki. Próbálták kezelni, de a daganat súlyos szövődményeket okozott, a tüdeje vérrel telt meg. Három évvel ezelőtt belehalt a betegségbe.

– Jaj, Philip, annyira sajnálom!

– Anyám lelkileg belerokkant apám betegségébe. Tudod, nekem nincs testvérem, amióta eljöttünk, csak apám maradt neki. Nagyon rosszul viselte, hogy apa beteg lett. Vele kínlódott ő is. Magányosan élte tovább napjait apám nélkül. Fél évvel ezelőtt agyvérzésben hunyt el. Iszonyatos, hogy nem lehettem ott mellette, vagy legalább küldhettem volna neki innen üzeneteket, hogy tudja, nincs egyedül. Amíg én édesdeden aludtam, ők szenvedtek, és elhagyták az élők sorát. Soha nem gondoltam, hogy erre kelek majd fel.

– Ez borzalmas. Nagyon sajnálom. Nem ismertem a szüleidet, de annyira sajnálom! Tudok valahogyan segíteni neked?

– Nem, nem hiszem. Hagyj, kérlek, magamra egy kicsit.

– Rendben, de ne felejtsd, hogy nem vagy egyedül! Itt vagyok neked, ha szükséged van rám.

Felálltam mellőle, majd magára hagytam. Nagyon rossz érzés volt így látni és egyedül hagyni. Philip aznap már nem jött ki közénk. Két napig nagyon szótlan volt, és kerülte az embereket. A harmadik napon elárulta, hogy Jason neki is több üzenetet küldött, és örült, hogy a bátyám két gyerkőc apja lett. Úgy vettem észre, hogy Jason videói jó hatással voltak rá. Igaz, csak halvány mása volt a régi, lelkes önmagának, de láttam rajta, hogy kezd helyrejönni.

15. fejezet:
Az energiaingadozások

Ébredésünk után két hetet kaptunk arra, hogy utazásunk alatt az EP 71-ről összegyűlt információkat tanulmányozzuk és elemezzük. A Vega projekt tudósai készséggel osztottak meg velünk nyolcévnyi adatot. A terraformálás valóban nagyszerűen zajlott le a bolygón. A felállított tükörrendszer eredményesen működött, a növényzet kezdett kialakulni, a levegő oxigéntartalma növekedett. A helyi robotok létrehoztak a telepen egy alapszintű vízhálózati rendszert és elektromos hálózatot, felépültek a lakóházak és vizsgálati helyiségek. Ahogy közeledtünk az EP 71-hez, kiküldtünk néhány szondát, hogy pontosabb adatokkal tudjunk dolgozni. A beérkezett információk biológiai elemzése az én feladatom volt. Egyik nap, a munkám után, Philip elhívott felfedezni az Odüsszeusz labirintusra emlékeztető belsejét. Boldogan tartottam vele egy kis sétára. Philip még nem nyerte vissza régi formáját, keveset beszélt, de végre egy-egy kisebb mosolyt már láttam az arcán. A mesterséges gravitáció nem volt minden fedélzeti szinten kialakítva, így nem tudtuk bejárni a teljes űrhajót, de ennek ellenére is érdekfeszítő volt a kirándulásunk.

Már csak négy nap volt hátra, hogy elérjük végre az EP 71-et. A bolygó már látótávolságba került. Mindenki egyre izgatottabb lett, kivéve Jeremyt, hiszen egy android nem tud lelkesedni semmiért. A terveknek megfelelően elkezdtük a magunkkal hozott informatikai és egyéb kutatási gépek tesztelését. Nyolc éve nem kapcsolta be azokat senki, ezért egy rendszerelemzést futtatunk le valamennyi eszközön, hogy mire új otthonunkhoz érünk, már minden gép tökéletesen működjön. Azt hiszem, ekkor kezdtek egyre jellemzőbbek lenni az energiaingadozások, ahogy az EP 71-hez közeledtünk. Philip ettől tartott. Nem tudta kiverni fejéből a Vodkának szóló üzenetet, amit a pizzás dobozban talált. Folyamatosan szemel tartotta az energiaellátottság szintjét. Megkérte Tequilát, hogy vizsgálja meg azokat a körülményeket, amelyek során az energiaszint hirtelen módosulni kezdett. Tequila is emlékezett a titkos üzenetre, és furdalta a kíváncsiság, hogy mitől lehet mindez, így nem esett nehézére az energiakimaradások okának vizsgálata. Philip jelezte a Földön lévő irányítóközpontnak az űrhajón észlelt rendellenes energiahullámzásokat, de a központ szerint ezek nem jelentettek semmilyen veszélyt a küldetésünkre nézve. Minden haladt tovább a terveknek megfelelően.

A landolás előtti második napon Anke, az informatikusunk elég nyugtalanná vált.

– Kapitány, a vezérlőpult teljesítménye reggel óta folyamatosan csökken, jelenleg nyolcvanhat százalékos. Egy ekkora űrhajó esetén a robotpilótának legalább nyolcan százalékos teljesítményszintre van szüksége ahhoz, hogy hibátlanul tudja végrehajtani a landolást. Órák óta keresem a hiba okát, de az energiakiesések miatt egyfolytában félbeszakad a munkám.

– Értem, Anke, köszönöm az információkat. Pablo, kérlek, futtass le egy rendszervizsgálatot, hogy lássuk vezérlőpult mellett, milyen más egységekre hat ki az energiaingadozás.

Fél perccel később Tequila beszámolt az eredményekről.

– Kapitány, az adatok szerint a vezérlőpult energiaellátása mellett főként a létfenntartó rendszert, a kommunikációs rendszert és az Odüsszeusz bizonyos fedélzeti szintjein lévő vészjelzőrendszereket érinti az energiahullámzás.

– Pontosíts, Pablo! Mely egységek a legkritikusabbak? – kért konkrétabb adatokat Philip.

– A létfenntartáson belül az oxigénellátás, a nagyhatótávolságú kommunikációs adattovábbítók, a 7-es, 8-as és a 9-es fedélzeti szint vészjelzői.

– Akkor csoportosítsuk át az űrhajó energiáit. Több energiát az említett területeknek. Szüntessük meg a mesterséges gravitációt azokon a szinteken, amelyeket már leteszteltünk, és mindent rendben találtunk. Csökkentsük a sebességünket is. Lássuk, ki tudjuk-e küszöbölni az energiakiesések negatív hatásait. Pablo, ha kész vagy a beállításokkal, akkor várlak egy megbeszélésre a kommunikációs helyiségben – adta ki utasításait Philip, majd elviharzott.

Tequila végrehajtotta a kapitány instrukcióit, majd felkereste őt. Philip éppen a fő kommunikációs egység paneljeit vizsgálta néhány hibaelhárító robot társaságában.

– Tequila, gyere be! Sikerült átcsoportosítani az energiát?

– Igen, minden rendben, most már csak egy újabb energiahullámra várunk, hogy lássuk, beválik-e az elképzelésed.

– Mondd csak, mire jutottál az energiaingadozások okainak vizsgálatával? – érdeklődött Philip.

– Az űrhajón alapvetően minden rendben, mármint nem találtam hibás alkatrészeket, vagy bármi olyan tényezőt, ami arra utalna, hogy az Odüsszeusszal lenne gond. Egyelőre csak azt látom, hogy minél több elektromos eszközön futtatjuk le a kötelező rendszervizsgálatot, annál nagyobb arányban fordulnak elő a kiesések. Mivel vannak gépek, amelyek tesztelése csaknem fél napot is igénybe vesz, és közben újabb gépek rendszeranalízisét kezdjük meg, így egyre több energiát használunk fel. Ez alapvetően nem kellene, hogy problémát okozzon az energiahálózatunkban, mégis ezt teszi.

– Oké, akkor nem az űrhajón találjuk az okot. Az egyértelmű, hogy a gépek beüzemelésével párhuzamosan nő az energiaingadozások száma és mértéke – nyugtázta Philip. – Szerintem van még itt valami. Az EP 71. Pár napja már vizsgálom a kommunikációs panelek működését. Minél közelebb kerülünk a bolygóhoz, annál több áramkör hibásodik meg a robotok javítási munkanaplója szerint. Ahogy te is jelentetted, főleg a távolsági, azaz a Földdel való kommunikációs egységekben jelentkezik a hiba, ez nagyon nem jó jel. Aggódom, hogy előbb-utóbb megszakadhat velük a kapcsolat.

– De mégis mire gondolsz, mi okozhatja mindezt? Az EP 71? A jelentések szerint minden rendben van azon a bolygón.

– Figyelj, ez csak egy felvetés, de mi van, ha a mi elektromos rendszereink és a bolygó valahogy nem kompatibilis egymással? A terraformálás első szakaszában telepített gépek, főleg a tükörrendszer még most is folyamatos és intenzív energiahullámokat bocsátanak ki. Mi van, ha ez nem várt következményeket okozott a bolygón? Ha valamit figyelmen kívül hagytak a Vega projektnél? Ha az EP 71-en valamilyen elektromos hatást váltott ki a rásugárzott energia? Volt egy szimuláció a képzésben, ahol az energiakiesések a bolygó légköri viharjaival állhattak összefüggésben. Sajnos nem tudtam pontosan utánajárni a két dolog közötti kapcsolatnak, mert a szimulációt korábban lekapcsolták, de mindenesetre kísértetiesen hasonlít a mostani helyzetünkre. Megnéztem az EP 71 légköri helyzetét. Fokozatosan egyre több vihar alakult ki a bolygón a terraformálás kezdete óta, de a Vega projektesek szerint ez nem jelent semmit.

– Arra akarsz kilyukadni, hogy a terraformálás eszközei elektromos kisüléseket okoznak a bolygón? És ez zavarja a mi energiaellátásunkat?

– Igen, valami ilyenre gondolok. Nem tudom, pontosan mi és hogyan válthat ki efféle reakciókat, de ez a feltevésem. Mivel egyre több energiát használunk fel érkezésünkig, egyre nagyobb károkra számítok a bolygóhoz közeledve.

– Beszéltél erről valakinek? Irinának vagy Charlesnak?

– Próbáltam rátérni erre a témára, de annyira vakon hiszik, hogy az EP 71 a megoldás az emberiség túlélésére, hogy nem foglalkoznak holmi növekvő számú elektromos kisülésekkel. Szerintük ezek egyszerű viharok, és semmilyen kölcsönhatásban nem állnak a mi eszközeinkkel.

Tequila nem zárkózott el Philip feltevésétől, de mivel nem tudták bizonyítani az elméleti kapcsolatot, így meggyőzte a kapitányt, hogy ne fesse az ördögöt a falra. Az energiaingadozások száma és mértéke ugyan valóban növekedett, de egyelőre komoly károkat nem okozott egyik rendszerben sem. Tequilát sem nyugtatta meg az, hogy az energiakimaradások még az elfogadható értéken belül vannak, de nem akart megalapozatlan feltevésekbe bocsátkozni. Abban maradtak, hogy nem szólnak erről senkinek.

16. fejezet: Az érkezés

Másnapra az energiakimaradások mintha mérséklődtek volna, úgy látszott, hogy a kapitány energia-átcsoportosítása bevált. Tequila kezdett megnyugodni, de Philip még nem. Az EP 71 egyre közelebb volt, és vele együtt az új életünk is. Az időterv szerint csupán egy nap volt hátra, hogy az űrhajó leszálljon új otthonunkba. A szokásos napi rutin szerint zajlott a beérkező adatok tanulmányozása, mindenki tette a dolgát. Philip reggel óta kissé feszült és szótlan volt. Dél körül az éghajlatkutatóhoz fordult.

– Ahmet, holnap landolunk, kérnék egy időjárás-előrejelzést a kijelölt helyszínre.

– Igen is! – válaszolta, majd pár másodperc múlva jelentett: – A szondák adatai szerint intenzív vihar várható légelektromos jelenségekkel.

– Az utóbbi három hétben volt hasonló erősségű vihar a bolygón? – kérdezte Philip.

– Egy pillanat, máris nézem. Nem volt. Sokkal enyhébb légköri zavarokat észleltem.

– Értem. Pontosan mikor és milyen mértékben fejlődik ki a vihar? – A kapitány részletesebb információkat szeretett volna tudni.

– Ma 17:00 körül zivatarfelhők kezdenek összpontosulni a térség felett. Három órával később már elektromos kisüléseket is tapasztalhatunk. A ciklonközpont körülbelül a tervezett landolás előtt két órával éri el a leszállási területet.

– Köszönöm, Ahmet. Jelentsd, kérlek, ha bármi szokatlant tapasztalsz a beérkező adatokban vagy a szondák működésében.

Philip és Tequila egymásra néztek. Tequila nagyot sóhajtott, majd folytatta munkáját. Philip továbbra is ideges volt.

Később ismét erősödni kezdtek az elektromos hullámzások. A kapitány egyre idegesebbnek tűnt, fel-alá járkált a vezérlőpult előtt.

– Pablo, jelentést kérek az energiaingadozások hatásairól. Nem tetszik ez nekem.

– Az értékek szerint a fő rendszerek hibátlanul működnek.

A válasz azonban nem nyugtatta meg Philipet. Újabb kérdéssel fordult Tequilához:

– Mi a helyzet a korábban veszélyeztetett egységekkel?

– A vezérlőpult működése nyolcvankilenc százalékos. A távolsági kommunikáció kissé szakadozik, de az adattovábbítást nem zavarja. Az oxigénellátó rendszer, valamint a korábban kritikus szintek vészjelzőrendszerei nem jeleznek hibát.

– Rendben. Adjunk a biztonság kedvéért még több energiát ezekre a területekre. Három újabb szinten szüntessük meg a mesterséges gravitációt. Küldjünk szerelőrobotokat a kritikus 7-es, 8-as és 9-es szintekre, minden szintre négyet. Kérek még két robotot a kommunikációs tápegységek felügyeletére, és kettőt az oxigénellátó rendszer paneljeihez. Álljanak készenlétben. Anke, folyamatosan ellenőrizd a vezérlőpult teljesítményét. Azonnal jelezd, ha nyolcvanöt százalék alá esik. Pablo, félóránként helyzetjelentést kérek az energiaingadozásokról.

Úgy tűnt, a kapitányunkon elhatalmasodnak a paranoia jelei, de végrehajtottuk utasításait.

Philip viselkedését nem tudtam kiverni a fejemből. Vajon tud valamit, csak nem akar pánikhangulatot kelteni? Vagy egyszerűen kezd megbolondulni? Az agyára ment a pizzás doboz üzenete? Hirtelen eszembe jutott a közös szimulációnk. Ott is volt villámlás és energiakiesések is. Nagyon hasonlított erre a helyzetre. Philip azt hiszi, hogy összefüggés lehet a két dolog között? És volt ott tűz is... te jó ég, a vészjelzőrendszerek! A szimulációs rendszer késéssel jelezte a tüzet. Pár nappal ezelőtt szintén a vészjelzőrendszereket zavarta meg az energiahullámzás. Akkor ezért kérhetett Philip folyamatos jelentést? És ezért irányított át ennyi robotot? Ahogy ezeken gondolkodtam, hirtelen hangos sípolással megszólalt a vészjelző.

– Mindenki jöjjön a vezérlőterembe most azonnal! – rendelte el a kapitány. – A 8-as szinten füstöt jelez a rendszer. Kezdjük meg az oxigén kiszívását a 8-as és a szomszédos fedélzeti szintekről. További öt robotot kérek a füsthöz. Pablo, mit találtak a robotok? Mitől van füst?

– A 11-es robot az egyik nagy felbontású teleszkóp elektromos kisülését érzékelte. Ez okozhatta a tüzet. Már zajlik a lángok oltása.

– Kapitány, a vezérlőpult teljesítménye 84,8%-on áll, az energiaellátás folyamatosan csökken – jelentette Anke.

– Energiaátcsoportosítást! Minden felesleges szinten kikapcsolni a mesterséges gravitációt. Létfenntartást csak a legfontosabb szintekben megtartani, a többiben kikapcsolni.

Miközben Philip a parancsait osztogatta, egy pillanatra elment az űrhajó világítása.

– Kapitány, az áramkimaradás miatt elveszett a kapcsolat a Földi központtal – közölte a rossz hírt Tequila. – Elkezdem a rendszer újraindítását.

– Mi a helyzet a tűzzel? Sikerült megfékezni? – kérdezte Philip.

– Igen, a tűz megszűnt. A 11-es robot meghibásodott az oltási munkában.

– Kapitány! A vezérlőpult teljesítménye rohamosan esik, már csak nyolcvanegy százalék – vágott Tequila szavába Anke. – A robotpilóta hamarosan ki fog kapcsolni, ha nincs folyamatos energiaellátás.

– Mindenki azonnal mentse a vizsgálati eredményeit! Fél perc múlva lekapcsoljuk az összes vizsgálati konzolt. Plusz energiára van szükségünk. Vészhelyzeti pozíciókat elfoglalni harminc másodperc múlva!

Philip utasításai egyértelműek voltak. A vészhelyzeti pozícióm a vezérlőpultnál volt kijelölve. Az előírás szerint ilyen esetben elsősorban az űrhajón szállított élelmiszerért, növényekért, gyógyszerekért voltam felelős. Ez az egész helyzet úgy emlékeztetett arra a bizonyos szimulációra. Újabb rövid áramkimaradás következett, majd ismét megszólalt a vészjelző.

– Kapitány! A robotpilóta kikapcsolt!! – ordította Anke, hangja reszketett a félelemtől.

– Felkészülünk kézi kormányzásra! – mondta Philip, miközben rohant az űrhajó irányítóegységéhez.

Az Odüsszeusz manuális irányítása két embert igényelt. Vészhelyzet esetén ez a kapitány és Szergej, a geológus feladata volt. Elfoglalták helyüket a kormánynál. Mögéjük Matthias, Benjamin, Eva, Ming és Leona sorakozott fel, ők a mind a másodpilóta szerepét töltötték be. Amikor Philip és Szergej átvette a kormányzást, az űrhajó enyhe rázkódásba kezdett. A vészjelző újra megszólalt.

– Kapitány! Ismét füst alakult ki, most a 12-es fedélzeten – jelentette Tequila. – Megkezdem az oxigén elszívását. Várjunk... az automata tűzoltórendszer meghibásodott.

– A legközelebbi robotokat irányítsd oda azonnal! Kezdjék meg a tűzoltást! – adta ki a feladatot Philip, miközben kormányozni próbálta az óriási űrhajót. – Mi is van a 12-es szinten?

– A gyógyszereink! – válaszoltam hangosan.

Philip erre rám nézett, szemei elkerekedtek. Azt hiszem, mind a ketten arra a bizonyos szimulációra gondoltunk. A hasonlóság egyértelmű volt.

– Hány robotunk van azon a szinten?

– Jelentem, négy – reagált Tequila a kapitány kérdésére.

– Az túl kevés. Még többet tereljetek oda. El kell kezdeni a gyógyszerkészlet mentését. Marlene, ugye emlékszel a múltkori szimulációra? Számítsátok a ki a legoptimálisabb mentési lehetőséget, és kezdjetek hozzá!

Gerard, a matematikusunk azonnal hozzálátott a számításokhoz.

– Kapitány! Újabb tűz ütött ki az 5-ös szinten! A számítógépállományunk jelentős része ott található – tájékoztatott minket Jens, informatikusként ő felelt a számítástechnikai eszközökért.

– Szintén robotokat oda! Kezdjék el a tűzoltást és a készletmenekítést! Optimális számításokat erre a fedélzetre is! Oxigént elszívni onnan és a szomszédos helységekből! Jens, ti is a legoptimálisabb mentési terv szerint irányítsátok a robotokat!

– Kapitány, a sebességjelzőnk meghibásodott – jelentette Matthias.

Egymás után jöttek a rendszerhibák, és a tűz terjedni kezdett az űrhajón. A robotok sorra váltak a tűz áldozatává. Váratlanul egy hatalmas robbanás rázta meg az űrhajót.

– Kapitány! A robbanás megsemmisítette a 2-es és 3-as hangárt. A tűz a mentőkabinok felé terjed. Nincs elég robotunk a fedélzeteken, hogy idejében megfékezzük a lángokat. Az automata tűzoltás pedig nem működik az érintett szinteken! – pánikolt Anke.

– Ha ez így megy tovább, akkor az űrhajó hamarosan felrobban. Nincs más megoldás. Mindenki készüljön, mentőkabinokban fogjuk elhagyni az űrhajót. Mennyi időnk van, hogy biztonságosan elérjük a mentőkabinokat? – kérdezte Philip.

– Tizenöt percünk.

– Rendben, Pablo, akkor tíz perc múlva mindenki a kijelölt a mentőkabinjában legyen. A kormányzást még öt percig folytatjuk, hogy minél közelebb vigyük az űrhajót az EP 71-hez. A tizedik percben elkezdem az Odüsszeusz szétválasztását.

Philip döntésével mindannyian egyetértettünk. Tisztában voltunk vele, hogy már nem tudjuk egy darabban megmenti az űrhajót. Az Odüsszeuszt úgy építették meg, hogy vészlandolás esetén a hajó több részre osztható legyen. Minden részt saját fékezőrakétákkal láttak el, amely a földet éréskor bekövetkező károsodást minimalizálja, így növelve annak esélyét, hogy a teljes rakomány megmeneküljön. Sajnos a tűzkárok miatt már lehetetlen volt az összes készletünk megmentése. Tudtuk, hogy minél jobban megközelítjük a bolygót, annál több esélyünk marad arra, hogy az űrhajó darabjai egy bizonyos sugarú körben szóródjanak szét, így könnyebben találhatjuk meg azokat. A kormányosok mindent megtettek, hogy az egyre rázkódó Odüsszeuszt irányban tartsák. Két újabb robbanás következett be, az egyik a hibernálófülkéknél, a másik a talajkutató robotoknál.

– Letelt az öt perc. Mindenki induljon a mentőkabinokhoz! Sok szerencsét! A bolygón találkozunk! – hangzott el Philip parancsa.

Én is el kartam indulni, de földbe gyökerezett a lábam.

– Marlene, te is menj már! Mit keresel még itt?! – förmedt rám a kapitány.

– Nem tudlak itt hagyni.

– Nem hallottad a parancsot? Irány a mentőkabinod!

Philip már dühösen ordított velem, de nem érdekelt. Nem hagyhattam ott. Elfoglaltam a másodpilóta székét, és segítettem neki az Odüsszeusz irányításában. Remegő kézzel fogtam a kormányt, reszkettem a félelemtől.

– Jól van, Pöttöm Lady, jól csinálod, így tovább! Megadom a parancskódot az űrhajó szétválasztására. Két percünk van még, amíg a hajó elkezd darabjaira válni. Amint meghallod a visszaszámlálást, még pont elegendő időnk lesz arra, hogy elrohanjunk a kapitányi mentőkabinhoz.

A mentőkabinok két fő számára lettek kialakítva, mindegyik a vezérlőteremhez legközelebbi hangárban volt, kivéve a kapitányi mentőkabint. Az a vezérlőteremben volt elhelyezve egy süllyesztett szinten, ahonnan egy nyíláson át lehetett kijutni a világűrbe.

– Marlene, vizsgáld meg, hogy mindenki eljutott-e a mentőkabinokhoz.

– Igen, sikerült nekik. Irina és Charles már elhagyta az Odüsszeuszt, a többiek is elkezdték a felszállást. Minden mentőkabin hibátlanul működik.

– Valamiben csak szerencsénk van! – próbálta Philip biztatni.

A füst már kezdett beszivárogni a vezérlőterembe. Az űrhajó folyamatosan rázkódott, alig bírtuk egyenesben tartani.

– Itt az idő, visszaszámlálás indul. Gyere! – kiáltott rám hangosan.

Philip gyorsan kipattant a kormányosi székből, megragadta a kezem, és kirántott a helyemről. Minden erőnket összeszedve rohantunk a kapitányi mentőkabinhoz. Philip végig fogta a kezem. Újabb robbanás rázta meg az űrhajót. Elértük a kabint, lassan felnyílt az ajtaja, de félúton megakadt. Philip mérgében káromkodott valamit, majd dühösen belerúgott a kabint rögzítő karokba. Ettől megingott a kabin, és az ajtó tovább emelkedett. Amint elég nagy volt a nyílás egy ember számára, Philip belökött a kabinba. Nem várta meg, amíg teljesen kinyílt az ajtó, bepréselte magát ő is azon a keskeny nyíláson.

– Kösd be magad, indulunk! – parancsolt rám.

A kezem úgy remegett, hogy nem bírtam bekapcsolni a biztonsági övem. Philip látta, hogy szerencsétlenkedem, fölém hajolt, és jó erősen az üléshez szíjazott. Még be sem kötötte magát, már benyomta a kabin indítógombját. A fixáló karok kioldottak, és a kabin hirtelen zuhanni kezdett. El sem értük a kilövőnyílás végét, amikor elkezdődött az űrhajó szétválása. Amint kabinunk kijutott a világűrbe, fokozatosan elkezdett szétválni az Odüsszeusz. Felejthetetlen látvány volt.

– Kijutottunk! Irány az EP 71! Minden rendben, Pöttöm Lady? Semmi bajod?

– Azt hiszem, jól vagyok. – Gyorsan megtapogattam magam, majd Philipre néztem. – Jesszus, a fejed! Folyik belőle a vér!

– Biztosan bevertem, mikor a kabin zuhanni kezdett. Jól vagyok, nem komoly – nyugtatott meg, majd rám kacsintott.

A kabinunk landolását nem nevezném zökkenőmentesnek, de egy darabban földet értünk. Mindig azt hittem, hogy amikor majd először éri a lábam az EP 71 talaját, az valami elképesztő pillanat lesz. Végül is nem sokat tévedtem. Ahogy kiléptem a mentőkabinból, térdre rogytam, és könnyezni kezdtem. Philip leguggolt mellém, majd magához húzott. Éreztem, ahogy még mindkettőnk teste remeg az izgalomtól. Hosszú percekig csak öleltük egymást, mintha menedéket kerestünk volna egymás karjaiban.

Szerencsére sikerült az Odüsszeuszt elég közel vinnünk az EP 71-hez. Minden fel nem robbant eleme a bolygóra zuhant, bár igen nagy sugarú körben történt a becsapódás. Azt hiszem, a legénység szebb landolást képzelt el. Két mentőkabin kivételével mind eljutott az eredeti leszálló területre, közel a lakóövezethez. Anke és Jens kabinja az űrhajó rázkódása miatt a felszálláskor nekiment a hangárkapunak. Megsérült a kabinjuk borítása, az oxigénjük félúton elszökött, Anke és Jens meghaltak. Irina és Charles kabinja pedig az Odüsszeuszból leszakadt egyik törmelékkel ütközött, majd felrobbant az űrben. A legénység többi tagja kisebb-nagyobb sérülésekkel, de túlélte a katasztrófát. Jeremy egyszemélyes mentőkapszulában katapultált, azonban a földet éréskor túl nagy erővel csapódott a felszínre, tűz ütött ki a kapszulában. Sikerült kijutnia a tűz fogságából, de az andorid testét borító bőrszövet súlyosan károsodott. A bal kezén és lábán, illetve az arcán kilátszott a fémváza. Már korántsem volt az a jóképű android, mint akit megismertünk.

A kapitányi kabinba érkezett utolsó jelentések szerint a robotoknak sikerült a lángba borult szintek rakományának kétharmadát megmenteni, de számos robot ment tönkre a tűztől.

Nem volt adatunk arról, hogy a Földön lévő irányítóközpont mennyit tudott a kialakult helyzetről, melyik jelentésünket kapták meg utolsónak. Csak azt tudtuk, hogy szükségünk van a közreműködésükre. Hajótöröttként érkeztünk az új otthonunkba, szétszóródott élelemmel és felszereléssel. Fogalmunk sem volt róla, hogy mennyi élelmiszerünk maradt a becsapódást követően. Csak azt tudtuk, hogy a legközelebbi élelemszállítmány négy év múlva éri el az EP 71-et a telepesszállító hajó által, és addig túl kell élnünk. Az emberi faj megmentőjeként indultunk útnak, és most mi szorultunk az emberiség segítségére.

Nos, ez az én történetem, így jutottam el egy idegen bolygóra, és így lettem terraformáló telepes.

Egyéb kiadványaink

Antológiák:
„Robot / ember" sci-fi antológia
„Oberon álma" sci-fi antológia

Bálint Endre
A Programozó Könyve (sci-fi regény)

Szemán Zoltán
A Link (sci-fi regény)
Múlt idő (sci-fi regény)

Anne Grant
Mira vagyok (thrillersorozat)
1. Mira vagyok... és magányos
2. Mira vagyok... és veszélyes [hamarosan]
3. Mira vagyok... és menyasszony [hamarosan]

David Adamovsky
A halhatatlanság hullámhosszán (sci-fi sorozat)
1. Tudatküszöb (írta: David Adamovsky)
2. Túl a valóságon (írta: Gabriel Wolf és David Adamovsky) [hamarosan]
3. A hazugok tévedése (írta: Gabriel Wolf) [hamarosan]
1-3. A halhatatlanság hullámhosszán (teljes regény) [hamarosan]

Gabriel Wolf

Tükörvilág:

Pszichopata apokalipszis (horrorsorozat)
1. Táncolj a holtakkal
2. Játék a holtakkal
3. Élet a holtakkal
4. Halál a Holtakkal
1-4. Pszichokalipszis (teljes regény)

Mit üzen a sír? (horrorsorozat)
1. A sötétség mondja...
2. A fekete fák gyermekei
3. Suttog a fény
1-3. Mit üzen a sír? (teljes regény)

Kellünk a sötétségnek (horrorsorozat)
1. A legsötétebb szabadság ura
2. A hajléktalanok felemelkedése
3. Az elmúlás ősi fészke
4. Rothadás a csillagokon túlról
1-4. Kellünk a sötétségnek (teljes regény)
5. A feledés fátyla (a teljes regény újrakiadása új címmel és borítóval)

Gépisten (science fiction sorozat)
1. Egy robot naplója
1.5 Fajok 2177 (spin-off novella)
2. Egy pszichiáter-szerelő naplója
3. Egy ember és egy isten naplója
1-3. Gépisten (teljes regény)

Hit (science fiction sorozat)
1. Soylentville
2. Isten-klón (Vallás 2.0) [hamarosan]

296

3. Jézus-merénylet (A Hazugok Harca) [hamarosan]
1-3. Hit (teljes regény) [hamarosan]

Valami betegesen más (thrillerparódia sorozat)
1. Az éjféli fojtogató!
2. A kibertéri gyilkos
3. A hegyi stoppos
4. A pap
1-4. Valami betegesen más (regény)
5. A merénylő [hamarosan]

Dimenziók Kulcsa (okkult horrornovella)

Egy élet a tükör mögött (dalszövegek és versek)

Tükörvilágtól független történetek:

Árnykeltő (paranormális thriller/horrorsorozat)
1. A halál nyomában
2. Az ördög jobb keze [hamarosan]
3. ... [hamarosan]
1-3. Árnykeltő (teljes regény) [hamarosan]

A napisten háborúja (fantasy/sci-fi sorozat)
1. Idegen Mágia
2. A keselyűk hava
3. A jövő vándora
4. Jeges halál
5. Bolygótörés
1-5. A napisten háborúja (teljes regény)
1-5. A napisten háborúja illusztrált változat (a teljes regény
újrakiadása magyar és külföldi grafikusok illusztrációival)

Ahová sose menj (horrorparódia sorozat)

1. A borzalmak szigete
2. A borzalmak városa

Odalent (young adult sci-fi sorozat)

1. A bunker
2. A titok
3. A búvóhely
1-3. Odalent (teljes regény)

Humor vagy szerelem (humoros romantikus sorozat)

1. Gyógymód: Szerelem
2. A kezelés [hamarosan]

Álomharcos (fantasy novella)

Gabriel Wolf gyűjtemények:
Sci-fi 2017
Horror 2017
Humor 2017